5. Nov. 1991

BIBLIOTHEK DEUTSCHER KLASSIKER

SEUME

BIBLIOTHEK DEUTSCHER KLASSIKER

BDK

HERAUSGEGEBEN VON DEN
NATIONALEN FORSCHUNGS- UND GEDENKSTÄTTEN
DER KLASSISCHEN DEUTSCHEN LITERATUR
IN WEIMAR

SEUMES WERKE

IN ZWEI BÄNDEN

ZWEITER BAND

Mein Sommer 1805 – Apokryphen
Vorwort zu einem Bändchen Bemerkungen und Konjekturen
zu schwereren Stellen des Plutarch

Aufbau-Verlag Berlin und Weimar
1990

Ausgewählt und eingeleitet
von Anneliese und Karl-Heinz Klingenberg

Seume, Werke 1–2 BDK
ISBN 3-351-00749-3
Bd. 2
ISBN 3-351-00851-1

5. Auflage 1990

Einbandgestaltung Horst Erich Wolter
Lichtsatz Karl-Marx-Werk, Graphischer Großbetrieb, Pößneck V 15/30
Druck und Binden LVZ-Druckerei „Hermann Duncker“, Leipzig III/18/138
Printed in the German Democratic Republic
Lizenznummer 301.120
Bestellnummer 611 301 9

MEIN SOMMER

1805

Veritatem sequi et colere, tueri justitiam, aeque omnibus bene velle ac facere, nil extimescere.

Lieber Leser!

Ich war willens, über meine jetzige Ausflucht in den Norden nichts zu sagen. Als ich nach Sizilien ging, fühlte ich in mir selbst das Bedürfnis, meinen Zeitgenossen ein kleines Denkmal meines Seins und Wirkens zu geben. Das hatte ich getan und war zufrieden; der Drang war gestillt. Schreibsucht ist, wie alle meine Freunde bezeugen können, nicht meine Krankheit. Mehrere wackeren Männer aber, die ich nennen könnte, haben mich aufgefordert, über meine letzte Reise ihnen meine Bemerkungen nach meiner Weise mitzuteilen; das habe ich denn getan. Ich setzte mich hin und nahm das Wesentliche aus meinem Taschenbuche, und das Ganze war fertig. Für Leute, welche alles wissen, habe ich nicht geschrieben, ebensowenig als für Leute, welche nichts wissen: für die ersten wäre es viel zu viel, für die letzten viel zu wenig.

Der Druck ist das gewöhnlichste und leichteste Mittel der Vervielfältigung. Ich mache weiter keine Apologie darüber, sondern stelle die Dinge vor, wie ich sie sah. Ich bin mir der reinsten Absichten bewußt, ohne jemand meine Ansicht aufdrängen zu wollen. Wenn meine Urteile zuweilen etwas hart sind, so liegt das leider in der Sache; ich wollte, ich hätte überall Gelegenheit gehabt, das Gegenteil zu sagen.

Diesmal habe ich nur den kleinsten Teil zu Fuße gemacht; ungefähr zu hundertundfünfzig Meilen. Lieber wäre es mir und besser gewesen, wenn meine Zeit mir erlaubt hätte, das Ganze abzuwandeln. Wer geht, sieht am Durchschnitt anthropologisch und kosmisch mehr, als wer fährt. Überfeine und unfeine Leute mögen ihre Glossen darüber machen nach Belieben; es ist mir ziemlich gleichgültig. Ich halte den Gang für das Ehrenvollste und Selbständigste in dem Manne und bin der Meinung, daß alles besser gehen würde, wenn man mehr ginge. Man kann fast überall bloß deswegen nicht recht auf die Beine kommen und auf den Beinen bleiben, weil man zu viel fährt. Wer zu viel in dem Wagen sitzt, mit dem kann es nicht ordentlich gehen. Das Gefühl dieser Wahrheit scheint unaustilgbar zu sein. Wenn die Maschine steckenbleibt, sagt man doch noch immer, als ob man recht sehr tätig dabei wäre: es will nicht gehen. Wenn der König ohne allen Gebrauch seiner Füße sich ins Feld bewegen läßt, tut man ihm doch die Ehre an und spricht nicht anders als: er geht zur Armee, er geht mit der Armee: nach der Regel a potiori. Sogar wenn eigentlich nicht mehr vom Gange die Rede sein kann, behält man zur Ehrenbezeigung doch immer noch das wichtige Wort bei und sagt: der Admiral geht mit der Flotte und sucht den Feind auf; und wo die Hoffnung aufhört, spricht man: es will nicht mehr gehen. Wo alles zu viel fährt, geht alles sehr schlecht, man sehe sich nur um! Sowie man im Wagen sitzt, hat man sich sogleich einige Grade von der ursprünglichen Humanität entfernt. Man kann niemand mehr fest und rein ins Angesicht sehen, wie man soll; man tut notwendig zu viel oder zu wenig. Fahren zeigt Ohnmacht, Gehen Kraft. Schon deswegen wünschte ich nur selten zu fahren, und weil ich aus dem Wagen keinem Armen so bequem und freundlich einen Groschen geben kann. Wenn ich nicht mehr zuweilen einem Armen einen Groschen geben kann, so lasse mich das Schicksal nicht länger mehr leben!

Ich war willens, hier eine kleine Abhandlung über den Vorteil und die beste Methode des Fußwandelns zu geben, wozu ich vielleicht ein Recht so gut als irgendein anderer erworben habe; aber meine Seele ist jetzt voll von Dingen, die ihr billig wichtiger sind.

Wenn man mir vorwirft, daß dieses Buch zu politisch ist, so ist meine Antwort, daß ich glaube, jedes gute Buch müsse näher oder entfernter politisch sein. Ein Buch, das dieses nicht ist, ist sehr überflüssig oder gar schlecht. Wenn man das Gegenteil sagt, so hat man seine – nicht guten Ursachen dazu. Politisch ist, was zu dem allgemeinen Wohl etwas beiträgt oder beitragen soll: quod bonum publicum promovet. Was dieses nicht tut, ist eben nicht politisch. Man hat dieses Wort sehr entstellt, verwirrt und herabgewürdigt oder es auch, nicht sehr ehrlich, in einen eigenen Nebel einzuhüllen gesucht, wo es dem ehrlichen, schlichten Manne wie eine gespensterähnliche Schreckgestalt erscheinen soll. Meistenteils gelingt es leider sehr gut.

Wo das Denken gänzlich aufhört, haben die Spitzköpfe ebensosehr gewonnen, als wo das Verkehrtdenken anfängt. Der Mensch braucht durchaus nichts als sich selbst, um Wahrheit zu sehen, nichts als seine eigene Kraft, um ihr zu folgen, und nur seinen eigenen Mut, um dadurch so viel Glückseligkeit zu erlangen, als seine Natur ihm gewähren kann. Ich habe nicht vorgegriffen, sondern gewissenhaft alles gegeben, wie es damals war und wie ich darüber dachte. Wenige werden vielleicht hier etwas neues finden, aber gewiß viele sich selbst; und ich bin so stolz, diese für gut zu halten. Hunderttausende denken wie ich; aber niemand hat vielleicht die Pflicht oder die Gelegenheit, es öffentlich zu sagen. Wenn man mich nach meinem Berufe dazu fragt, so ist die Antwort: ich bin ein Mensch, ein freier Mann, glaube vernünftig zu sein und will allen meinen Mitbrüdern ohne Ausschluß gleich wohl. Dessen bin ich mir so innig und fest und wohltätig bewußt, daß ich dafür mein Haupt ohne Reue auf den Block legen würde, wenn es nötig wäre. Stürmen will ich nicht, aber offen sagen, wo ich glaube, daß die Krankheit liegt.

Es ist mir seit langer Zeit ein etwas trauriger Gedanke, ein Deutscher zu sein; und doch möchte ich wieder meine väterliche Nation mit keiner andern vertauschen. Wir haben seit Karl dem Großen in unserem Vaterlande ein so sonderbares Gewebe von Halbgerechtigkeit, Halbfreiheit,

Halbvernunft und überhaupt von Halbexistenz gehabt, daß sich die Fremden bei näherer Einsicht schon oft gewundert haben, wie wir noch so lange politisch lebten. Die Krisen waren häufig und sind jetzt gefährlicher als jemals. Solange wir verhältnismäßig noch Kraft und Stempel in Sitten und Verfassung hatten, oder vielmehr, solange unsere Nachbarn um uns her auch noch im Chaos lagen, hielten wir uns noch mit Anstand und Würde. Der Dreißigjährige Krieg war die erste unserer großen letalen Nationaltorheiten. Wir wollen den Fürsten nicht vorzugsweise die Last des Unheils aufbürden, denn wo das Volk zur Entscheidung kam, ging es verhältnismäßig nicht besser; das zeigt die alte und neuere Geschichte. Alle tragen ihren Teil der Schuld.

Eine so traurige Rolle, als wir seit den letzten zehn Jahren gespielt haben, liegt kaum in den Annalen; und noch schlimmer ist es, es ist durchaus keine Aussicht, daß es je im einzelnen und im ganzen besser werde. Wir sind wirklich nun ein Spott einer Nation, die uns seit Jahrhunderten mit ihren Torheiten gegängelt hat. Unsere Eupatriden waren ihre Affen, und unsere übrigen waren nicht viel mehr als die Sklaven unserer Eupatriden. Woher kommt es nun, daß eine Nation, die Friedrich der Zweite, verachtungsweise bei ihnen der kleine Markgraf von Brandenburg, in seinen Kriegen nur als ein Parergon behandelte, jetzt das ganze Europa zittern macht? daß sie in einer neuen Riesengröße dasteht und rund umher alles zu verschlingen droht und wirklich verschlingt? Ich will kein Geschichtsgemälde aufstellen; das liegt leider nur zu grell jedem Sehenden vor Augen. Spanien, Italien, die Schweiz und Holland sind so gut als vernichtet. Es fehlt nur noch die Einverleibung, welche die wohlberechnete Interimsmäßigung bloß aufschiebt. Uns spricht man Hohn, und wir müssen es in unserer Schwachheit dulden. Woher kommt nun diese Schwachheit und die Stärke der Männer an der Seine? Ich will mit tiefem Trauergefühl als deutscher Mann noch ein Wort sprechen – weil ich will und Fug habe. Beherzige man es, oder beherzige man es nicht: ich habe dabei nichts zu verlieren. Nur höchstens meinen Kopf, und dieser fängt an grau zu werden und wird mir täglich entbehrlicher. Tausende müssen ihn mit wenigem Sinn täglich wagen für die Grille eines einzigen, den Wink eines Despoten, das Nicken seines Lieblingshandlangers, vielleicht für den Unterrock seiner Maitresse: ein unbefangener Mann wird ihn doch also wagen dürfen für das, was er nach seiner Überzeugung für Wahrheit hält. Durch Wahrheit ist, nach der alten Erfahrung, freilich keine Gunst zu verdienen: denn sie beleidigt fast überall, weil fast überall Sünde ist. Desto besser, wenn sie nicht gefährdet.

Die Franzosen sind seit funfzehn Jahren erst zur Nation im höheren Sinne des Wortes geworden; freilich durch eine furchtbare Wiedergeburt, um die sie niemand beneiden wird; aber sie sind es geworden. Ich habe hier weder Zeit noch Neigung, mich über den Ursprung, die Ursachen, den Fortgang und das Ende der Revolution auszubreiten. Dem Forscher und fleißigen Bemerker der Geschichte ist alles klar. Sie haben die Nationalkraft gesammelt, und es stehen nun Männer da, die sich als solche denken und fühlen und als solche gehandelt haben und handeln. Das ganze Schiboleth und das Palladium der Staatsveränderung ist ein mathematisch richtiges Steuerkataster. Das übrige ist notwendige Folge. Nur dadurch besteht Freiheit und Gerechtigkeit und höchste Nationalkraft; nur dieses macht gute Bürger und hält sie. Das hat die große Nation geschaffen und wird sie halten, solange es gehalten wird. Geht es verloren, so steigt sie herab zu den übrigen.

Bei uns zerstörten die Freiheiten die Freiheit, die Gerechtigkeiten die Gerechtigkeit. Jedes Privilegium, jede Realimmunität ist ganz gewiß der erste Schritt zur Sklaverei, so wie es die erste öffentliche Ungerechtigkeit ist. Das ist unser Urteil. Das sehen alle Vernünftigen; aber niemand hat den Mut, den Anfang zur Gerechtigkeit zu machen. So mögen wir denn die Schmach unserer Schwäche tragen! Die

Franzosen werden jetzt freilich hart gedrückt; aber welche Nation hat auch getan, was sie getan haben? Wo findet man ihresgleichen in der Geschichte? Das tat der Geist, der in ihnen erwacht ist. Schläft dieser Geist wieder ein, so sinken sie wieder zurück. Aber ehe er wieder einschläft, kann er noch viel um sich her zertrümmern, so wie er schon viel zertrümmert hat. Ich erinnere mich, daß vor einiger Zeit einige Franzosen sich bitter beklagten über die Menge und Größe der Abgaben, die sie bezahlen. „Wollt ihr dies?" fragte ich sie und hielt ihnen ein deutsches Steuerkataster vor. Sie fuhren elektrisch auf. „Nein, bei Gott", riefen sie; „wir wollen geben, solange wir können; und wir wollen schlagen, solange die letzten Knochen halten. Wir tragen wenigstens gleich und haben alle nur eine Furcht und eine Hoffnung." Das ist wahr, und dieses macht sie stark. Ob das lange währen wird, mag der Zeit bleiben. Ich glaube leider die Keime des Verderbens wieder unter ihnen schlummern zu sehen.

Die Römer und Griechen hatten ein starkes Gefühl, aber keinen Begriff von Naturrecht und Völkerrecht. Ihre Geschichte ist Beleg. Die unglücklichen Gracchen sind die einzigen, in deren Seele ein Schimmer von öffentlicher Gerechtigkeit gefallen zu sein scheint. Als unsere Vorfahren, die Barbaren, eroberten, war, trotz dem vielen Reden davon, bei ihnen kein Gedanke von Freiheit und Gerechtigkeit. Man schlug und vertilgte und machte Sklaven. Der sogenannte Freie oder Edelmann war der Zügellose; die Überwundenen wurden zur Schande der Menschenvernunft und der Religion als Dinge behandelt. Ich habe das Recht, meinen Feind zu töten, aber nicht das Recht, ihn zum Sklaven zu machen. Sklaverei ist mehr Erniedrigung als Tod; also ist der Tod das Minus. Es ist hier kein Paktum, oder es wäre null; und ohne Paktum ist kein Verhältnis. Der strenge Beweis gehört nicht hierher. Nur der Edelmann war Person; einige Städte ausgenommen, waren die übrigen ganz ohne Haupt, sine capite im Sinne des römischen Unrechts. Der Unsinn leuchtet freilich ein; aber wie vieles dieser Art leuchtet nicht ein und dauert doch Jahrhunderte und vielleicht Jahrtausende?

Die Staaten waren damals einfacher, der Adel etwas anderes und in dem Chaos verhältnismäßig auch etwas besseres. Er allein trug die Last und tat und handelte. Von den übrigen war keine Frage. Die Zeiten änderten sich; man brauchte mehr, von innen und nach außen. Der Adel wollte nicht geben, denn die jetzige Seele des Adels ist ja, nichts beitragen und alles genießen. Adel nenne ich die Inhaber der Privilegien und Immunitäten; alles übrige ist Kleinigkeit. Der Adel hörte auf, Pflichten zu leisten, fing aber nach den Verhältnissen nicht an, Lasten zu tragen. Man brauchte Krieger; Sklaven konnte man mit Sicherheit nicht unter den Waffen sehen. Daher die Personalfreiheit der deutschen Landleute von der Zeit Friedrichs des Dritten an. Die Bedürfnisse wurden nun mannigfaltiger, und alles ohne Ausnahme wurde den Städten und dem kleinen Landmann aufgebürdet. Die Stände kamen bloß zusammen, um zu bewilligen, was die anderen geben sollten. Freilich ein Widerspruch! aber es ist so. An eine philosophische Gründung eines Staats, am Ende doch die einzige haltbare, ist bis auf die französische Staatsveränderung nicht gedacht worden. Die Wirkung hat sich gezeigt. Solange sie auf dieser Base halten, sind sie gewiß unüberwindlich, und Nationalglück von innen und außen wird das endliche Resultat sein. Wenn sie zu dem Alten zurückgeführt werden, kommt das Alte wieder. Der Adel und der Klerus hatten die Franzosen dahin gebracht, wo sie waren. Ermannung und eine Anwandlung von Vernunft haben sie zu dem Grade geführt, wo sie jetzt stehen. Der gegenwärtige Dynast – *ὁ πάντα ἐν τοῖς κοινοῖς δυνάμενός ἐστι δυνάστης* – droht die Sache zurückzuführen und sein Geist nach ihm sie zu vollenden. Daher mein laut erklärter Widerwille, da ich doch die Größe des Mannes gern anerkenne. Ich fürchte bloß für die Vernunft und Freiheit und Gerechtigkeit; nie für mich.

Die letzten Kriege haben ganz die Ohnmacht unseres Systems gezeigt, vorzüglich der letzte. Freie Männer schlugen immer die Halbknechte. Auch Spartakus war ein freier Mann, solange er schlug. Kann man sich einen größeren Widersinn denken, als daß bei Nationalkrisen, wie die Kriege sind, gerade diejenigen Besitzungen, welche die meiste Kraft haben, keine Last tragen sollen? Daß sie nicht zahlen im Frieden, ist Ungerechtigkeit; daß sie befreit sein wollen im Kriege, ist Dummheit. Ich kann mir nicht helfen, ich brauche das harte Wort; es ist das eigentliche. Merkantilisch berechnet, ist freilich die Steuerfreiheit keine Beeinträchtigung; denn der Preis dieser Güter steigt um desto höher, sie müssen desto teurer bezahlt werden; aber staatsökonomisch und in der teilweisen Sammlung der Nationalkraft ist sie Blödsinn. Nur der ist der Edelste, der das meiste für das Vaterland tut und das wenigste dafür genießt. Die Erfahrung hat belegt. Der Enthusiasmus der Freiheit ist, heller betrachtet, nichts anderes als die Vorstellung der allgemeinen Gerechtigkeit. Diese hat getan, was wir gesehen haben. Man rückte sonst immer den Franzosen nur Roßbach und Krefeld vor: sie haben die Tage furchtbar gerächt. Hat sich etwa ihr Wesen geändert? Sie haben nur ihre Verhältnisse umgeschaffen. Die Gärung hat Männer zutage gefördert und die meisten an ihren rechten Platz gestellt. Österreich verkaufte seine Fahnen an die Milchknaben der Goldmäkler; dafür war denn auch Ehre und Vaterland verkauft. Nun soll Finanzerei retten: nur Ehre und Gerechtigkeit bewahrt den Staat. Es ist nur Scham zu ernten, wo das Vaterland nur merkantilisch behandelt wird. Dieser aktive und passive Handelsgeist ist bloß für die isolierten Briten weniger schädlich, aber immer auch ihre Schande; und ihre Armeen haben es unter Washington erfahren. To buy and to sell is the soul of their wisdom. Indes ist doch die Freiheit noch nicht in das Palladium ihrer Flotte gedrungen.

Der Franzose ohne Unterschied schlägt für ein Vaterland, das ihm nun lieb geworden ist, das ihm und seiner Familie eine gleiche Aussicht auf alle Vorteile vorhält und diese Vorteile wirklich gewährt. Nur der Mann wird gewürdigt nach dem, was er gilt; bei uns wird die Schätzung genommen nach dem, was das Kirchenbuch spricht, der Geldsack des Vaters wiegt oder das Hofmarschallamt vorschreibt. Für wen soll der deutsche Grenadier sich auf die Batterie und in die Bajonette stürzen? Er bleibt sicher, was er ist, und trägt seinen Tornister so fort und erntet kaum ein freundliches Wort von seinem mürrischen Gewalthaber. Er soll dem Tode unverwandt ins Auge sehen, und zu Hause pflügt sein alter, schwacher Vater frönend die Felder des gnädigen Junkers, der nichts tut und nichts zahlt und mit Mißhandlungen vergilt. Der Alte fährt schwitzend die Ernte des Hofes ein und muß oft die seinige draußen verfaulen lassen; und dafür hat er die jämmerliche Ehre, der einzige Lastträger des Staates zu sein: eine Ehre, die klüglich nicht anerkannt wird! Soll der Soldat deshalb mutig fechten, um eben dieses Glück einst selbst zu genießen? Er soll brav sein, und seine Schwester oder Geliebte muß auf dem Edelhofe zu Zwange dienen, jährlich für acht Gulden, oft ohne Aussicht, ein Jahr um das andere ihr Leben lang; und seine alte, kranke Muhme, die kaum trockenes Brot hat, muß ihren zugewogenen Haufen Flachs spinnen für den Hof, damit ihr nicht die Hülfe geschehe; und sein kleiner Bruder muß Botschaft laufen in Frost und Hitze für einen Groschen den Tag. Der kleine Landmann fährt und zieht und gibt; auf den großen Höfen rührt sich kein Huf und dreht sich kein Rad. Das nennt man denn Staat und gute Ordnung und Gerechtigkeit und fragt noch, woher das öffentliche Unglück kommt? Wo keine Gemeinheit ist, ist kein Gemeinsinn. Gemeinheit des Rechts, Isonomie, ist ein göttlicher Gedanke, vielleicht der schönste, den wir haben; nur Sklavensinn und Despotensucht können Verachtung darauf werfen. Alle wollen nur genießen, und niemand will tun. Jeder bürdet dem anderen auf; keine allgemeine Übereinstimmung zum Guten, kein tätiges Mitwirken zum Gemeinwohl! Die Feinde sind nur stark durch unsere physische und moralische Schwäche, die unsere Schuld ist. Überall ist unter dem Volke grobe, schmutzige Selbstsucht. Unter unseren Fürsten herrscht Mißtrauen; einer freuet sich über das Unglück des andern, wird ohnmächtig durch Trennung, greift unüberlegt nach jedem kleinlichen Vorteile des Moments und bringt endlich sich und die Nation an den Rand des Verderbens. Ein einziger ist jetzt Diktator von Europa, der vor funfzehn Jahren nur eben Zutritt in das Vorzimmer der dummstolzen Minister hatte. So geht es, wenn Männer die Sache betreiben; und so geht es, wenn Knaben stehen, wo Männer stehen sollten. Wir sind, wenn wir so fortfahren, in Gefahr weggewischt zu werden wie die Sarmaten; und bald wird man in unsern Gerichten fremde Befehle in einer fremden Sprache bringen. Ob die Menschheit dabei gewinnt oder verliert, wer vermag das aus dem Buche des Schicksals zu sagen?

Buonaparte ist ein großer Mann im gewöhnlichen Sinne. Das Schicksal hat ihn an seinen Posten gestellt. Erst haben die Verhältnisse ihn gemacht; nun macht er die Verhältnisse. Aber weder Alexander noch Cäsar noch Friedrich hatten die Mittel, die ihm der Zufall in die Hände gab. Er verstand es, die aufgeregten Riesenkräfte einer großen, schönen, wackern, liebenswürdigen Nation zusammenzufassen und sie nach seiner Neigung zu richten. Zum Glück für beide gehen beider Wege so ziemlich zusammen. So ziemlich sage ich; denn von der reinen Harmonie bin ich noch nicht überzeugt. Ohne sein Verdienst und seine Größe zu schmälern, muß man der Nation die ihrige lassen. Seine Sache war, bloß das Gute der Revolution zu sammeln und es zu seinen Zwecken zu leiten. Was die Nation dabei gewinnt oder verliert, kann erst ein künftiges Jahrhundert entscheiden. Der Krieg hat Krieger gemacht, die Nationalsache hat sie zu Helden gebildet; alles hat sich in der Krise vereinigen müssen, die allgemeine Kraft zu erhöhen. Ob die neue Dynastie wie die alte sein wird, kann nur die Zeit lehren: sie fängt an wie jene und hat das Ansehen, sich zu machen wie jene. Dann war das heroische Reinigungsmittel umsonst. Wo die Bajonette der Söldlinge herrschen, ist von Vernunft und Freiheit, Gerechtigkeit und Volksglück nicht mehr die Rede. Man braucht fast überall nur das Minimum, um das System zu halten, und herrscht, weil man nicht weise genug ist zu regieren. Wenn es so geht, ist die gefürchtete Römerei fertig. Die Engländer sind von innen und außen nicht besser. Die Natur scheint sogar ihre Regierung durch ihre Lage kaufmännisch gemacht zu haben.

Buonaparte ist der Held des Tages und verdient es durch seinen Mut, seine rastlose Tätigkeit, seinen tiefen Scharfblick. Er hat die Soldaten laut zu seinen Kindern gemacht; dadurch hat er der Bürgerfreiheit ihr Urteil gesprochen. Überall beherrscht die sicher berechnete Kühnheit der wenigen die furchtsame Gutmütigkeit der vielen. Er ist nicht der erste, unter dem die Nation ruhmvoll siegte; er trat auf die Schultern seiner Vorgänger. Für ihn sind alle gestorben, welche für die selige Republik starben, wie die Scipionen für Cäsar siegten. Von Pichegru und Moreau weiß man nichts mehr; und doch waren auch sie einst die Männer des Tages. Nur er verstand die Stirne der Gelegenheit für sich zu fassen. Wenn ich überzeugt wäre, daß unter ihm Vernunft und Freiheit und Gerechtigkeit gediehe, ich wollte der erste sein, das Blut des Herzens unter seinen Fahnen zu vergießen. Der Tag, wo er erster Konsul ward, hat bewiesen, daß es so sein mußte; weil an diesem Tage in dem ganzen Senat der Nation kein einziger Republikaner lebte. Republik oder Nichtrepublik, wenn nur Freiheit und Gerechtigkeit gesichert wird. Die Vernunft wird nicht sterben, wenn man sie auch von Jahrtausend zu Jahrtausend foltert.

Für uns ist keine Rettung, als das Gute der Franzosen nachzuahmen und ihre Schrecknisse zu vermeiden. Sie sind durch Gleichung der Lasten, die einzige wahre Freiheit und Gerechtigkeit, zu der größten Nationalkraft gestiegen. Es ist bei ihnen, trotz dem eisernen periodischen Joche dieser und jener Despotie, immer noch die größte Summe allgemeiner öffentlicher Gerechtigkeit; also die größte Sammlung öffentlicher Mittel zu Nationalunternehmungen. Anstatt daß wir, philosophischer und humaner als sie, zu ihnen hinaufsteigen sollten, hoffen wir verkehrt genug, sie werden wieder zu uns herabsinken. Ich bin kein Gegner der Alleinherrscher, wenn sie republikanisch walten, das heißt in emolumentum publicum ex aequo jure cum omnibus; aber ich werde mit meinem letzten Hauche jedes Privilegium und jede Realimmunität als eine Pest der Gesellschaft verabscheuen. Sie sind die Schwelle zu allen Ungerechtigkeiten. In Frankreich hat man die alte Krankheit geheilt, aber der neuen nicht vorgebeugt; und es ist sehr zu fürchten, die Gespenster werden bald wieder erscheinen. Erbpachten und Emphyteusen sind die Einleitung zum Feudalsystem, und dieses zur Unterdrückung und Sklaverei. Man appelliere nicht an die Befugnisse des Besitztums! In detrimentum reipublicae non datur possessio. Der Staat wird nur gesichert durch reinen Besitz und reine Veräußerung auf gleiche Bedingung für alle. Intermediärleistungen schwächen das Ganze. Jedes Privilegium wird ein Staat im Staate und beweist die Krankheit im Gesetze. Wer sein Vermögen nicht mehr verwalten oder verwalten lassen kann, hat für sich und den Staat als Bürger zu viel; und wer nicht mehr Bürger ist, ist durchaus weniger und wird für das Vaterland negativ. Aber wer denkt an Bürgerpflicht, wenn sie der Staat nicht ordnet?

Wollen wir dem einbrechenden Verderben Widerstand tun, so müssen wir es mit der gesamten Kraft alle tun. Jede Ausnahme ist zweckwidrig und Nationalsünde. Die Franzosen kennen recht gut die Schwächen ihrer Nachbarn und hüten sich sehr, sie darauf aufmerksam zu machen. Das zeigt ihr sehr abgemessenes Betragen in Hannover und Österreich. Nur unsere Schwäche macht ihre Stärke. Können wir nun den Gedanken der öffentlichen Gerechtigkeit nicht wagen, so dürfen wir uns nur recht folgsam bescheiden auf das

Joch gefaßt machen, das man uns nach der Reihe auflegen wird. So weit sind wir schon erniedrigt, daß unsere Fürsten für jeden ihrer Schritte erst das Wohlgefallen fremder Machthaber einholen müssen, und zwar einer Macht, die sie vor nicht langer Zeit noch echt stiftsmäßig verachteten. So rächt sich Ungerechtigkeit und Inkonsequenz!

Diese Gesinnungen, die vielleicht nicht ganz methodisch geordnet oder lebendig in meiner Seele sind, will ich hiermit bei meiner Nation niederlegen. Ich für mich selbst habe keinen Gewinn und keinen Verlust an allen Staaten. Meine Äußerungen sind meine Überzeugungen, die sich auf Geschichte und Beobachtungen der Menschennatur gründen. Freiheit und Gerechtigkeit sind Schwestern; ihr Vater ist der Geist und ihre Mutter die Vernunft, ihre Kinder sind Fleiß und Mut und Kraft und Glückseligkeit. Die Familie gedeiht nur zusammen und leidet zusammen. Die Furcht hat viele Götter des Himmels gemacht und noch mehrere Götter der Erde. Wo sie eintritt, ist schon die Hälfte der guten Hoffnung verloren. Nur durch Verachtung des Todes lebt man mit Ehre, und das Leben hat nur Wert, insofern es Würde hat. Wer die Gefahr ohne weise Absicht sucht, ist ein Tollkühner; wer sie auf dem Wege der Pflicht mit Kleinmut scheut, ist ein Feiger: jener verdient lauten Tadel, dieser laute Verachtung. Der Gedanke ist das Eigentum jedes Geistes; selbst der Allmächtige kann ihn nicht rauben, ohne zu vernichten. Gedankenfreiheit ist eine Erfindung der Despotie. Sie ist und wird weder gegeben noch zugestanden; jeder denkt, indem er ist, durch sein Wesen. Wer den Tod nicht fürchtet, denkt auch laut, wenn er erst mit einer moralischen Natur gehörig in Ordnung ist.

Fast jeder Monat bringt uns eine neue Katastrophe. Jetzt hält man den Ölzweig empor; wer bürgt uns, daß, ehe du dieses liesest, lieber Leser, nicht die Flamme über unserem Haupte schlage? Kraft und Mut hilft das Leben tragen; geschlossen ist es bald, wenn das Schicksal will, bei diesem etwas leichter, bei jenem etwas schwerer.

Ich war willens, noch ein Werk zu schreiben, das mir noch einige Zeit nach meinem Tode sollte leben helfen; aber meine Verhältnisse erlauben mir nicht den dazu gehörigen Zeitaufwand in Vorbereitung und Ausführung; und die Zeit wird bald kommen, wo auch die Kräfte dem Willen nicht folgen, wenn sich gleich die Muße fände. Ich beruhige mich also mit der Überzeugung, nach der besten Einsicht immer nur das Gute und Rechte gewollt und, wenn es galt, auch getan zu haben. In meiner Jugend führte mich der unbestimmte Tätigkeitstrieb hierher und dorthin. Dieses Mittels bediente sich vielleicht die Natur weise genug zur Ausbildung des Charakters. Die Wahl des Mannes zu bestimmen, der auf gewöhnliche Vorteile längst Verzicht getan hat, gehören höhere Gründe.

Ich liebe nun Ruhe, aber mit offener Liberalität; ohne diese wäre jene Todesschlaf. Was auch mein Los sein mag, ich bleibe fest in meiner Überzeugung: Es gibt nur eine Tugend, und diese Tugend ist Gerechtigkeit. Gebe der Himmel, oder vielmehr, helfen die Menschen, daß sie in Zukunft nicht mehr so oft entweiht werde, als es bis jetzt die Geschichte zeigt!

Den 3. Januar 1806

Breslau, den 18. April

Es ist so schön, wenn wir ein Glück uns bauen
In lichten Höhn;
Doch mehr als Grab, fühlt unser Herz mit Grauen
Es untergehn.

Da stirbt's in uns, da wird die Schöpfung öde
Melancholei,
Und stumm, als ob die gelbe Seuche töte,
Der vollste Mai.

Noch hangen wir mit Wehmut an dem Saume
Der Lichtgestalt,
Die, nun entflohn, uns magisch nur im Traume
Vorüberwallt.

Der Stolz verbirgt sich scheu in seine Falten
Und knirschet nach:
Er konnt es links nicht recht in Ordnung halten,
Wie er versprach.

Die Traub erfreut, die Herrscherbinde glänzet,
Der Lorbeer ehrt;
Die Weisheit ziert, die Wissenschaft bekränzet,
Paktol betört;

Die Achtung hält, die hehre Tugend leitet
Dem Himmel nah:
Doch ganz wird er erst nur von dir bereitet,
Urania!

Es sterben mir die Funken, die noch flammten,
Nun nach und nach:
Und so gehör auch ich zu den Verdammten,
Der nichts verbrach.

Wächst mir denn Flaum noch immer an dem Kinne,
Daß ohne Kraft
Ich noch mich in den schönen Zauber spinne,
Nur knabenhaft?

Als Jüngling trug ich, trotz der Stoa weise,
Das Haupt empor;
Und bin nunmehr, tief in der Lebensreise,
Als Mann ein Tor.

Mir wird's so dunkel und so abgestorben
Und menschenleer.
Bin ich es, oder ist die Welt verdorben
Rund um mich her?

Es liegt in mir wie lauter Totenhügel,
Und ich entflieh
Im Sonnenlichte kaum dem Rabenflügel
Der Phantasie.

Kannt ich denn nicht das Rad, das alles treibet
In dieser Welt?
Den Griffel nicht, der die Gesetze schreibet
Und dann sie hält?

Wird Eigennutz mir je den Geist belasten
Mit grober Sucht,
So werde mir, um Rollen Gold zu fasten,
Noch einst geflucht!

Hinaus, hinaus, zum Kampf der Elemente!
Dort findest du,
Als ob der Tod das Leben zaubern könnte,
Im Sturme Ruh.

Ob mich, den Pilger, wilde Samogeten
In ihrem Reich,
Ob Räuber mich am Fuß des Ätna töten,
Mir ist es gleich.

Und gleich ist's auch, so deucht es mir, für andre,
Ob ich dahin,
Hier oder dort durchs schale Leben wandre
Und Niete bin.

Der Nacken brennt, die Wimper glüht; es hebet
Ein Tropfen sich:
Fort, fort, eh er empor zur Träne bebet!
Ermanne dich!

Ich habe mich ermannt. Dieses nehme ich eben für Dich aus meinem Taschenbuche, mein Freund; und, die Wahrheit jeder Silbe ohne Dichtung behauptet, will es weiter nichts sagen, als daß ich mit meiner Weisheit etwas in den Brüchen und in der Leidenschaft – leidenschaftlich war. Es gehören Jahre dazu, ehe ich weich werde; dann wirkt es vulkanisch; aber mit einem einzigen heroischen Streiche ist auch die Kur vollendet; ich bin wieder der Alte und halte nicht nur an dem Begriffe der Pflicht und der Männerwürde, sondern lebe auch kräftig darin. Im September werden die Gewitter etwas seltener, und so wird dieses hoffentlich eines der letzten in meiner Natur sein. Weiß der Himmel, wie es zugeht, ich bin bis in mein achtundzwanzigstes Jahr ein Muster von Ernst und Festigkeit gewesen; aber seitdem hat mich einige Mal der Geschlechtszauber zwar nicht in die gewöhnliche Sinnlichkeit hinein, aber doch aus meiner alten Euthymie herausgezogen. Zum Glück rettete ich immer noch meine Selbständigkeit, und sobald ich mit gehörigem Grunde sage: „Ich will oder will nicht“, bringe ich, obgleich mit tiefer Erschütterung, meine drei platonischen Seelen sogleich wieder in ziemlich gute Ordnung. Es geht nahe an der Zertrümmerung meines Wesens vorbei; aber es geht. Genug davon, und vielleicht mehr als genug!

Du siehst, die Vorbereitung und vielleicht die Veranlassung zu meiner Ausflucht hätte wohl etwas philosophischer sein können. Wenn es nur der Erfolg ist, mag es noch hingehen; gesetzt auch, daß ich in den Enthusiasmus einer anderen Art geriete.

Der Weg nach Dresden ging wie gewöhnlich, und ich bedauerte nur in Meißen, daß man nicht mehr Ästhetik für unsere Porzellanfabrik studiert. Form und Malerei bleibt in dem Grade zurück, als der innere Wert Vorzug hat. Ich erinnere mich, daß ich für eine Tasse, auf welcher nichts als Friedrichs des Zweiten Bildnis stand, für einen reichen Russen in Berlin sechzig Taler bezahlt habe. Etwas Ähnliches dürfte in Meißen wohl kaum eintreten.

Hat sich Dresden gebessert oder ich mich? Beides wäre gut, und vielleicht ist beides. Mir deucht, daß der Charakter der Leute daselbst um die Nasenläppchen und Mundwinkel sich merklich zum Vorteil geändert hat, und ich sehe jetzt nicht mehr so viele dumm despotische vornehme Gesichter als ehemals. Die vornehmen Gesichter mit ihren korrespondierenden Nasen findet man glücklicherweise jetzt meistens nur unter den niederen Halbgebildeten; aber eine komplette, völlig konstituierte, ganz ausgearbeitete vornehme Nase in der höheren Sphäre ist auch das Impertinenteste, was einem ehrlichen, schlichten Manne in der Natur erscheinen kann.

Diesmal besuchte ich die Galerie und habe sie, ein halbes Dutzend der ersten klassischen Stücke abgerechnet, in den besseren italienischen Schulen bei weitem nicht so reich gefunden, als ich geglaubt hatte: desto reicher an Zahl und

Gehalt ist sie aber an Niederländern. Die Pariser Sammlung ausgenommen, ist in Dresden nun doch wohl die erste in Europa. Ich weiß wenigstens in Italien keine, die ihr den Rang streitig machen könnte. Verhältnismäßig noch größer ist der Schatz der Antiken; und hier gilt wieder das obige, zumal nachdem die Mediceerin und die Familie der Niobe nun auch in Paris sind. Der junge Faun, der Torso, die Venus, die Ariadne, die Matrone und einige anderen Stücke gehören unstreitig zu dem Kostbarsten, was der Geist der Kunst erschaffen hat. Es ist mir ziemlich wahrscheinlich, daß Canova die schöne Stellung seiner Hebe von dem jungen Faun in Dresden genommen hat. Sie ist fast ganz dieselbe; und was meine Vermutung bestärkt, er selbst hat vorher die Statue in Dresden wiederholt lange mit stillem Enthusiasmus beschauet. Die Mumien hat man anderwärts besser. Eine antike Büste, die Caligula vorstellen soll, war mir noch besonders merkwürdig, da ich schon vorher im Abguß eine große Ähnlichkeit mit einem großen Manne unserer Zeit zu finden geglaubt hatte; und dieser Glaube gewann mehr, als er verlor, durch die Beschauung der Antike selbst. Becker, dessen Verdienste und Urteile in der Kunstgeschichte ich so sehr schätze, als irgend jemand nur kann, sagt: „Wenn man in der alten Kunst nur neun klassische Stücke annimmt, so liefert Dresden davon fünf." Das heißt doch wohl die Vorliebe für seine Inspektion etwas weit treiben, und er dürfte zufrieden sein, wenn man ihm den vierten Teil des Ganzen zugestände.

Im Grünen Gewölbe sah ich, daß der Kurfürst ein steinreicher Mann ist.

Einen herrlichen Genuß verschaffte mir noch die Probe von Naumann Amphions Schwanenlied, seiner Bethulia, die erst zu Ostern in der Kirche gegeben werden sollte, welches ich aber nicht abwarten konnte. Schuster ließ mit exemplarischer Strenge vieles einige Mal wiederholen, was man nicht vollendet gut gemacht hatte. Unmöglich kann ich Dir alle ausgezeichnet schönen Stellen anführen. Vorzüglich gut waren für mich die Arien: „Se dio veder tu vuoi" und „Prigionier che fa ritorno dagli orrori al die sereno", und die Erzählung des Mords. Weniger sind ihm vielleicht einige andere Stellen gelungen. Nicht gelungen nenne ich alles, wo der Komponist mit dem Dichter in Widerspruch ist. Wo der Dichter nicht lyrisch ist, welches freilich oft der Fall sein mag, muß ihm der Komponist nichts geben wollen, ehe er es wagt, ihm etwas Falsches zu geben. Der Komponist darf ja wohl mit dem Dichter zuweilen etwas gleichgültiger bleiben; das gibt zufällige Erholungen. Nicht gut ist mir vorgekommen die Stelle: „Corriamo al campo!", aber die Gründe sind mir in Breslau von Dresden aus nicht mehr gegenwärtig. Wenn ich die Stelle wieder höre, will ich Dir die Gründe sagen. Die alte unangenehme Wirkung tat von neuem auf mich die Stimme des Kastraten. Und wenn der Verschnittene wie eine Flamme durch die Tonleiter läuft und kräht und trillert, ich weiß nicht, wo ich in der Natur mit ihm hin soll: alle Augenblicke erregt er Mitleiden und Widerwillen. Der Mann ist in ihm verdorben und das Weib nicht gegeben. Ich würde mich für verstümmelt an Vernunft halten, wenn ich Wohlgefallen an der Gurgelkunst des Hämlings fände. Psychologisch und naturrechtlich wäre noch weit strenger darüber zu sprechen; ich wollte sogar behaupten, daß man einem solchen unglücklichen Halbgeschöpfe moralisch durchaus keine Missetat zurechnen könne.

In Bautzen fand ich nur einen meiner Freunde zu Hause, und in Görlitz sah ich während der Umspannung nur Anton. Gern wäre ich nach Meffersdorf hinübergewandelt; aber meine Zeit erlaubte hier keinen Abstecher. Von Görlitz und Waldau aus hat man rechts einige Tage lang auf vielen Punkten die Aussicht auf das Riesengebirge. Vorzüglich schön erschien es mir auf der Anhöhe zwischen Waldau und Bunzlau, bei untergehender Sonne; und das Bobertal macht vor Bunzlau abends im Mondenschein eine romantische Fahrt. Die Leutchen in Gnadenberg leben fast durchaus wie die Leutchen in Herrnhut, und eine Kolonie sieht der andern so ähnlich wie Tücher nach eben demselben Muster aus eben derselben Fabrik. Ich bin den Anstalten gar nicht abhold und bedaure nur, daß man in der übrigen Welt nicht eben so viel Gemeinsinn, Fleiß und Ordnung hat, bei etwas mehr Vernunft und Klarheit.

Es geht doch nichts über die Momente, wo man das Gute des Lebens mit seinen Freunden oder allein in der Erinnerung noch einmal genießt. Was dann noch Vergnügen gibt, hält gewiß die Probe. Ein Freund in der Gegend aus dem Vaterlande schickte mich längs der Sudeten hin, und ich suchte auf der Fahrt die Punkte, wo ich das ganze, große, herrliche Gebirge übersehen konnte. Von allen Gebirgen, die ich noch gesehen habe, ist das Riesengebirge eines der schönsten und fruchtbarsten. Bloß der Ätna ist beides mehr, und der Apennin zwischen Florenz und Bologna macht ihm den Rang streitig. Von den Alpen wird es übertroffen an furchtbarer Größe und Erhabenheit, aber nicht an Freundlichkeit und Reichtum der Natur. Jetzt lebte ich zusammengedrängt den Frühling des letzten Jahres noch einmal und sah in der Ferne mit Augen oder suchte mit dem Geiste die vorzüglichsten Stellen des großen Rückens. Dort hob sich in der Abendsonne majestätisch das Schneehaupt des Riesen empor, wo ich den vorigen April, wie einst auf dem Ätna, der erste war, der sich durch Sturmwetter hinaufarbeitete und durch das magische Luftgewebe in die Täler herabsah. An seiner Schulter sah ich im Geist die Baude mit dem freundlichen Wirt und weiter herab die Baude mit dem unfreundlichen Namen. Rechts herüber lagen sichtbar die Schneegruben und weiter hin der Reifenstein; und weiter hin zog sich das lange, lange Joch bis an die vaterländische Tafelfichte. Tiefer verfolgte ich die Krümmungen bis an den Zackenfall und durchstrich an den Flüssen hinab und hinauf das ganze reizende Tal von Warmbrunn und Hirschberg und Schmiedeberg. Einen schöneren Winkel der Erde trifft man nur selten und selten bessere

Menschen. Vor mir stand in friedlicher, freundlicher Einsamkeit der Gräzberg mit der alten Ruine auf seiner Stirne, wo ich im letzten Frühling die ersten Veilchen pflückte und die erste Nachtigall schlagen hörte. Der alte berüchtigte Zobten beschloß den Gesichtskreis, und die Phantasie verlor sich sanft jenseits in Böhmen in dem Steinlabyrinthe zu Adersbach. Mit einiger Mühe unterdrückte ich einige schwärmerischen Reime vom letzten ersten Mai in der Schlucht des Zackenfalles und vernichte sie hiermit, damit ich nicht künftig in Versuchung gerate, Dich oder sonst jemand damit zu quälen.

Die Ebene von Liegnitz ist vielleicht eine der größten in Europa; die bei Chalons ist nicht größer. Die Dörfer in Schlesien haben meistens das Ansehen der Wohlhabenheit. Die Häuser sind zwar alle nur mit Stroh gedeckt; aber Schornstein und Fenster und Türe sind überall ziemlich nett und reinlich; und diese nehme ich immer zur Probe guter Haushaltung und liberaler Bewirtschaftung. Vor den Dörfern ist allemal der Name derselben auf einer Tafel an einem Pfosten geschrieben: eine Anordnung, die man, wie ich hörte, dem Minister dankt und die zu der guten Landespolizei nicht wenig beitragen muß. Die Schrift ist aber überall jetzt schon wieder sehr unleserlich und braucht Auffrischung. Man täte vielleicht nicht übel, zu eben diesem Behufe jeden Hauswirt seinen Namen mit der Nummer über seine Türe schreiben zu lassen, wie ich wirklich in einigen Orten, ich weiß nicht wo, gesehen habe. Das gibt auch jedem Eigentümer ein Ansehen von Wichtigkeit, das ihm als Staatsbürger und vorzüglichem Kontribuenten wirklich zukommt. Alles klagt hier über Teuerung; der Scheffel Korn kostet schon sechs Taler und der Hafer drei, und beides ist fast nicht zu haben. Weit kläglicher ist es jenseits der Berge in Böhmen, wo eine förmliche Hungersnot sein soll. Die Ausfuhr ist, wie überall, streng verboten; aber es wird dennoch viel hinübergeschafft. „Unsere Nachbarn haben uns gefüttert, als wir Not hatten", sagten die Schlesier ganz laut,

„wir können sie also doch jetzt nicht verhungern lassen." Wer vermag nun zu entscheiden, ob dies Menschlichkeit oder Gewinnsucht ist. Ein Glück ist es, daß die Vorsehung die Leidenschaften in das gemeinsame Wohl mit verflochten hat. Aus reiner Vernunft wird wohl der Mensch, so wie er jetzt politisch und moralisch ist, wenig Gutes tun.

Hier in Breslau hörte ich in der Elisabethkirche den „Tod Jesu" von Graun. Der Gesang war eben leidlich; aber tief und feierlich wirkte die schöne, volle Orgel zum Chor. Ich erinnere mich kaum, ein besseres Werk gehört zu haben. Die Rede des Tages ist hier noch die Geschichte von der Vitriolsäure, mit der man aus einer Loge während der Vorstellung das Gesicht einer Schauspielerin fast vernichtet hätte. Die Sache ist auf alle Weise ein trauriger Beleg zu unsern Sitten. Schon die Möglichkeit und Wirklichkeit, und zwar aus dem ersten Platze der Gesellschaft einer feinen Stadt, ist empörend. Nun kann oder will man aus sehr mißverstandener Ehre nicht einmal den Täter finden. Es ist freilich keine Zierde für einen Zirkel, ein Subjekt, das zu so etwas fähig ist, in seiner Mitte zu haben; aber durch Verbergung wälzt man die Schande nicht weg. Die Ehre fordert die Sichtung der Gesellschaft, und zwar den deutlichsten, bestimmtesten Ausdruck des Abscheues in der öffentlichen Meinung. Wer so weit sinken konnte, verdient keine Schonung mehr. Die Bosheit hat übrigens nicht einmal den Stempel der Originalität: ich habe in Holland von einem Schneider gehört, der sich doch noch etwas menschlicher dieses Mittels bediente, bei öffentlichen Gelegenheiten die Kleider seiner Kundleute zu verderben, um sich desto besser in Arbeit zu halten. Er wurde dafür billig ins Zuchthaus gebracht.

Schawl in Litauen, den 29. April

Da bin ich denn nun wieder einmal bei den Samogeten und schauere vor Frost, während Du vielleicht im Rosentale den Nachtigallen zuhörst. Voriges Jahr war ich diesen nämlichen Tag oben auf der Schneekoppe; auch hier unten auf dem Blachfelde hat es heute noch geschneit, und man geht fast über den gefrorenen Weg. Ich merke jetzt mit dem Perser, daß ich zwei Hauptseelen habe; die platonische dritte ist noch leicht beschwichtiget. Eine treibt mich fort an den Kaukasus und den Baikal, und die andere zieht mich sanft zurück zu den vaterländischen Eichen. Welcher Konfuz sagt mir armem Araspes nun, welches die gute ist? Die zweite wird wohl die bessere sein, da sie die ruhigere ist und die Stimme der Pflicht auf ihrer Seite hat. Ihr werde ich also folgen. Meine Reise ist bis jetzt gut gegangen. Von meinen literarischen, statistischen, kosmologischen und ästhetischen Reisebemerkungen erwarte nur nicht viel! Ich weiß nicht, ob die Ursache in mir oder außer mir liegt; aber es kommt mir vor, als ob von Dan bis Berseba alles eitel, wüste und leer sei. Im Ernst glaube ich, daß jetzt eine Reise durch Polen mit Ehren für einen nicht kleinen Feldzug gelten kann. Die Bequemlichkeiten für Reisende haben, besonders seit der letzten Staatsveränderung oder Staatsvernichtung, noch beträchtlich abgenommen. Das scheint vielleicht unmöglich zu sein, aber es ist doch wahr. Ich kann die Vergleichung sehr wohl ziehen, da ich ehemals das Land unter Stanislaus Poniatowsky in verschiedenen Richtungen verschiedene Male durchreist bin. Besonders ist der Strich von Wartenberg bis Warschau, Petrikau und Rawa ausgenommen, bis zum Mitleid ärmlich und schmutzig, bei Christen wie bei Juden: bei den ersten womöglich noch mehr. Im eigentlichen Verstande ohne alle Übertreibung ist in den meisten polnischen Häusern auf dem Lande, und nicht selten auch in den Städten, der Mist das reinlichste Fleckchen, wo man noch ohne Ekel stehen kann. Warschau und hier und da einzelne Örtchen machen noch einige Ausnahmen. Nachdem wir einige Stationen gehungert und gehofft hatten, versprach man uns endlich in Wielky einen Tee auf der Post. Da brachte man denn einen alten, zerdrückten, schmutzigen kupfernen Topf, der seit der Revolution ohne Säuberung eine Zigeunermenage enthalten zu haben schien und das Ansehen hatte, als ob er bei Gelegenheit unseres Tees mit ausgekocht würde. Es gehörte unser huronischer Appetit und die Öde rund umher dazu, um die Tunke trinkbar zu machen. Der Post in Rawa muß man ausschlußweise das Zeugnis eines vorzüglichen guten und billigen Hauses geben.

Schade, daß Buchhorn und Kompagnie nicht hier in Schawl bei uns sind! denn ein solches Quodlibet Hogarthischer Figuren und Gruppen sieht man wohl selten so reich als auf einem polnischen Jahrmarkt. Deutsche, Polen, Russen, Hebräer, alle mit dem verschiedensten, hervorstechendsten Charakter: dagegen sieht der Brühl der Leipziger Messe wie eine Amphiktyonenversammlung aus. Nimm nur meine Personalität selbst, wie ich mir endlich den sechs Tage langen Bart abnehmen lassen mußte! Als Scherer erschien ein alter, hagerer, geisterähnlicher Israelit, mit einem Bart bis zum Gurt und einem gewaltigen Streichriemen am Talar. Der Mann sah aus wie der Prophet Elisa in Hübners biblischen Historien; aber seine Seife roch wie ein Extrakt des ganzen Tales Gehenna. Ich saß auf einem dreibeinigen, wankenden Lehnstuhle ohne Lehne, ein großer, gigantischer Finne hielt das Licht, Waspan, der Sarmate, machte mir die Konservation, und die grämliche Donna des Hauses schlich durch das Zimmer und brummte, daß man sie in ihrer alten, gemütlichen Indolenz gestört habe.

Es wäre schwer zu bestimmen, ob die Verwaisung in dem Preußischen oder Russischen größer sei. Das Land ist übrigens nicht arm, sondern nur elend und jämmerlich. Die Leute haben Beutel voll Gold, aber liegen fast im Kote und haben nicht die gewöhnlichsten Lebensbedürfnisse, ohne die sich gewiß ein Leipziger Stadtsoldat totschießen würde. Vorgestern konnten wir in einem stattlichen Dorfe von fast hundert Häusern, das wohl ein Dutzend Fenster und sogar einige Schornsteine hatte und wo das Wasser gelb und lehmig war, keinen Tropfen Bier finden. In einem andern hatte man das Bier mit Pflaumen und Branntwein sublimiert und eine stygisch-köstliche Tunke daraus gemacht.

Ich hatte wohl ehemals in der Kirchengeschichte von allerhand Taufen und unter anderm auch wohl von der Korntaufe gehört; aber hier hatte ich zum ersten Male Gelegenheit, sie zu Ostern zu sehen. Man ging mit einem großen Gefäß voll heiligen Wassers auf den Äckern hinunter und befeuchtete damit die junge Saat und steckte von Zeit zu Zeit etwas in die Erde, das, wie ich hernach hörte, geweihte hölzerne Kreuzchen waren, und murmelte dabei seine Formeln. Wenn nur der Acker gut bearbeitet ist und gutes Wetter folgt, so wird wenigstens die gottselige Operation nichts schaden. Überall hielt man öffentlich gar lächerliche Osterfarcen, vorzüglich in Petrikau.

In Warschau hielt ich meinen Einzug den siebzehnten April, den nämlichen Abend, wo ich vor eilf Jahren abwechselnd hier und da unter Kartätschenfeuer stand. Es waren zwei heiße Tage, der blutige grüne Donnerstag und der Karfreitag. Ich fand mein ganzes Tabernakel noch ebenso in Trümmern als damals am heiligen Ostertage. Es war noch kein Stein wieder gelegt, und man schien sich in dem Anblick des Monuments der letzten Nationalkraft melancholisch zu gefallen. Der Name Russen und Igelström wurde noch immer von den Vorübergehenden gemurmelt. Unser Speisesaal ist eine Ruine, das Wachthaus eine Wäsche, die Kriegskanzlei eine Schmiede, und mein Zimmer im Hintergebäude des Palastes hängt ohne Treppe in der Schwebe. Die Zeit wird bald kommen, wo ich bloß von Reminiszenzen werde leben müssen; ich stand also an der Torecke, wo wir an dem heißen Tage den Eingang mit blutigen Leichnamen und toten Pferden verrammelt hatten, und durchlief die Verflechtungen meines Schicksals. Dort oben stand mein Bett, dort war das Gesims, auf dem mein Taschenhomer und Musarion lagen; dort arbeitete ich lange Memoiren zu Organisationen, zu denen man vorher weidlich desorganisiert hatte; dort bratete ich mit Strick und Stenbock und Stackelberg meine Kastanien und trank mein Bier, das man nun zum Medium meiner Sehkraft machen will. Ich wiederholte alle Angriffe im Geiste noch einmal und zählte alle bedeutenden Kugeln, die mir glücklich nahe am Schädel vorbeigeflogen waren und deren Merkmale sich noch in der Mauer zeigten. Ich gab mir das ganze Trauerspiel noch einmal.

Dura satis miseris memoratio prisca malorum,
Et gravius summo culmine missa ruunt;

steht an den Fensterscheiben des Herrn Schulz in Petrikau. Was litaneie ich Dir die Bänkelei von Olims Zeiten vor? Meine Stimme ist gegen das Fuimus Troes der Sarmaten ein Tropfen im Eimer. Die Polen hängen mit Schwärmerei an dem Andenken vergangener Zeiten und ergreifen jeden Schimmer zur Hoffnung einer Auferstehung ihres Vaterlandes. Die Stimmung der Männer verdient Achtung, die über dem Grabe desjenigen trauern, was dem reinen Menschen das Heiligste auf der Erde ist. Manum de tabula! Das führt mich zu weit, und ich bin in Gefahr, Rhapsode zu werden.

Ich zweifle gar nicht daran, daß der Landmann unter der preußischen Regierung mehr gewonnen hat als unter der russischen; denn das preußische Regierungssystem ist durchaus gegen die geringeren Volksklassen etwas liberaler als das russische, da es auf Personalfreiheit beruhet und darauf hinarbeitet. Der Adel hängt aus diesem Grunde mehr an der russischen Seite, weil er überall Unterdrücker und Freund der Sklaverei ist. Neigung für die Russen kann man, aller Bemühung der Regierung ungeachtet, auch wohl bei allen übrigen Klassen der Nation treffen; denn das Andenken an Lucchesinis Vorspiegelung und an sein Halten sitzt noch fest in aller Herzen. Dazu kommt noch die schnelle, unerläßliche Einführung der strengen preußischen Ordonnanz, vorzüglich der Akzise, die man nicht ohne Grund als drückend und verhaßt ansieht und bei welcher die Verwaltung nicht immer sehr human ist. Übrigens ist mehr Verwandtschaft zwischen den Polen und Russen, da sie Völker eines und desselben Stammes sind, sich sogleich leidlich verständlich gegeneinander erklären und sich bald als Brüder ansehen. Auch mag bei vielen der geheime Wunsch, unter einem einzigen Zepter zu stehen, mitwirken, weil sodann die Hoffnung zur Wiederauflebung des Staates aus vielen Gründen größer wird.

Warschau sinkt ganz gemächlich zur Gouvernementsstadt eines größern Reichs herab. Die Reichen ziehen sich nach Berlin oder Petersburg, nach der verschiedenen Eingrenzung, oder gehen ins Ausland. Nur diejenigen, denen ihre Familienverhältnisse so große Veränderungen nicht erlauben oder die durch Grundsätze und Neigung an ihre Hufe gefesselt sind, bleiben dort. Das Militär ist jetzt stärker als jemals zur Zeit, als die Russen den Meister spielten, welches sich aus mehreren politischen Gründen leicht erklären läßt. Die Wachtparaden sind in dem sogenannten sächsischen Hofe, wo ich ehemals den barocken Suworow selbst die russische im bloßen Hemde kommandieren sah. Im Garten wird der große Pavillon in der Mitte, der ehemals das Buffet für die feine Gesellschaft war, ich weiß nicht zu welchem Behufe, niedergerissen. Viele Paläste stehen leer oder werden zu Wirtshäusern umgeschaffen, von denen der Palast der Familie von Borch, wo die russischen Gesandten wohnten, unter dem neuen Namen Hotel de Prusse das beste ist.

Herr Bogulawsky, ein Mann, der nach Kościuszko vielleicht der letzte Pole genannt zu werden verdient, hat noch immer sein Theater und scheint nur zu leben, um seinem Vaterlande Totenopfer zu bringen, und dann in und mit ihm sterben zu wollen. Er ist gewiß in seinem Fache einer der ersten Künstler des Zeitalters und verdient, in vielen Rollen völlig Iffland an die Seite gesetzt zu werden; in einigen vielleicht sogar an die rechte Seite. Alle seine Einrichtungen sind mit dem besten Takt und mit dem feinsten Geschmack. Er ist noch ein Schüler von Stanislaus Poniatowsky, der bekanntlich der erste arbiter elegantiarum war. Ich sage dies offen und unbefangen, ohne deswegen weniger Ifflands Freund zu sein und ohne zu fürchten, daß er mir etwas von seiner Freundschaft entziehe.

In Laschenka ist zwar alles öde und leer, aber doch in ziemlicher Ordnung. Im Amphitheater hinten am Wasser saßen zwei junge Leute und sangen von einem Musikblatte halblaut eine Lieblingsarie aus den Krakauern, hörten aber sogleich auf und verbargen ihre Noten bei meiner Annäherung. Hätte ich die Musik nicht gekannt, so wären mir die Leute zwar magisch traurig, aber weiter nichts gewesen. Ich will euch in eurer Andacht nicht stören.

Sobieskys Statue steht gerade den ehemaligen Zimmern Poniatowskys gegenüber: eine bessere Satire konnte der gute Mann wohl nicht auf sich selbst machen. Die ehemaligen litauischen Kasernen, wo man die schönste Aussicht hat, sind womöglich noch weit unreinlicher als ehemals. Auf dem großen Platze vor denselben dressiert man Rekruten. Einige Stunden sah ich von allen Seiten zu, und ich gestehe mit Vergnügen, daß man die Leute mit vieler Güte und Freundlichkeit behandelte.

Vor Praga hielt ich eine Minute an dem Orte stille, wo der König Poniatowsky von seinen zärtlichen Frauen zurückgehalten wurde, als er zur Armee gehen sollte. Es ist in meinen Versen auf seinen Tod durchaus keine Silbe Dichtung; alles ist reine historische Wahrheit nach meiner Überzeugung. Jedem das Seinige ohne Furcht und Hoffnung!

Das Wasser war sehr groß; wir mußten zweimal mit dem Wagen über den Bug setzen und jedes Mal zehn Gulden bezahlen, ohne daß etwas bestimmt gewesen wäre. Mir deucht, daß man an Polizei durchaus noch gar nicht gedacht hat. Nun fuhren wir einen ganzen Tag immer an dem Bug hinauf. Die Straße ist hier nicht ganz so leer an Bequemlichkeit als vor Warschau. Über den Fluß hinüber sieht man an vielen Punkten in das Österreichische. Man treibt einen beträchtlichen Holzhandel auf dem Bug herunter, besonders in Brock, wo ein einziger Husar in Garnison lag, der sich als das ganze Militärkommando produzierte.

Zwischen Wischkow und Brock trat, wo man anhielt, ein Soldat zu mir an den Wagen, mit Papier in der Hand und Bitte um Unterstützung. Die Papiere waren sein Abschied und ein Brief von dem Generaladjutanten des Königs, dem Herrn von Kleist. Der Soldat hieß Joseph Haacke, vom Regiment Owstien in Altstettin. Er erzählte, daß ihn sein Hauptmann, ein Herr von Schenk, beim Exerzieren mit dem Sponton vor die Brust gestoßen habe, daß der Knochen zerbrochen sei. Lange habe er im Lazarette gelegen und viel gelitten und sei nachher als untüchtig zum Dienst ohne weiteres verabschiedet worden. Sein Brustknochen, den er entblößte, sah allerdings sehr traurig aus. Er habe sich bei dem König um eine Pension oder eine Invalidenstelle gemeldet, habe vierzehn Tage warten müssen, und der König habe ihm dann zur Heimreise in sein Vaterland bei Dubno im Russischen, ungefähr hundertundachtzig Meilen von Berlin, zwei Friedrichsdor als *Gnadengeschenk* geschickt. Das stand wirklich alles wörtlich in dem Briefe des Herrn von Kleist. Mir wären in einer ähnlichen Lage freilich wohl zwei Kugeln lieber gewesen als ein solches Gnadengeschenk, und, die Wahrheit der Geschichte angenommen, mochte ich in diesem Moment weder der König, noch Kleist und am allerwenigsten Schenk sein. Besser für alle, wenn es anders und besser ist! Die zwei Goldstücke waren ziemlich verzehrt, und mein Gulden konnte ihn auch wohl nicht weiterbringen, zumal da er unter seinem zerstoßenen Brustknochen schwer atmete. Soviel in die Seele des Joseph Haacke aus Dubno!

In Chechanowice, ganz nahe am Bug, hoffte der preußische Werbeoffizier an dem Jahrmarkt, der den folgenden Tag sein sollte, eine reiche Ernte. Es ist ein guter Zwickel, zwischen dem Russischen und Österreichischen, wo an einem solchen Tage von allen Seiten mancher seine Freiheit vertrinkt. Auffallend war der Unterschied der Zehrung. Ich weiß, daß wir für ein Nachtlager in einem leeren Zimmer, mit zerbrochenen Fenstern, ohne Bettstellen und die geringste Bequemlichkeit, einen goldenen Dukaten bezahlten; und für ein ziemlich gutes Frühstück, das aus Warmbier und Butterbrot bestand, in einer noch leidlich reinlichen Stube, nur sechs gute Groschen.

Bialystock, der Lieblingsort des letzten Königs von Polen, ist allerdings noch das freundlichste Plätzchen auf dem Zuge von Warschau nach Grodno. Hier und in Rawa und in Widawa wird ziemlich viel und ziemlich solid gebaut; und auch in einigen andern Orten sieht man wenigstens den Anfang zur Verbesserung. Von Buckstell aus geht der Weg immer bergan bis nach Sokolka, dessen Name schon Falkenberg bedeutet, und bis nach Kusniza immer auf der Höhe fort und sodann nach Grodno wieder etwas bergab. An dem ersten russischen Posten wurden wir wohl eine Stunde wegen Vidierung der Pässe aufgehalten, und die Kosaken baten sich sogleich ein Trinkgeld aus, ohne uns nachher fortzulassen. Der Offizier des Kommandos mochte wohl den Säbel besser führen können als die Feder, denn man hätte einen Stoß Kriminalakten schreiben können, ehe wir abgefertigt wurden. Ebenso langsam ging es oben im Zollhause; aber alles sehr anständig und freundlich.

Das russische Wetter macht flink. Als ich in einem sehr kalten Winter das erste Mal in Pleskow war, ging ich aus einer Gesellschaft sehr rasch nach Hause. „Bosche moi, kak skorro on beschit!“ Mein Gott, wie schnell läuft er! rief ein kleines Mädchen hinter mir her; und ich mußte das Bosche moi noch lange nachher bei jedem raschen Gange hören. Hier in Grodno im Zollhause, wo ich lange sitzen mußte, nahm ich mein Taschenbuch heraus und schrieb mir eine kleine Notiz vom Wege hinein: „Bosche moi, kak skorro on pischit!" Mein Gott, wie schnell er schreibt! sagte einer der diensttuenden Unteroffiziere, indem er zugleich nach der Langsamkeit des Ausfertigers schielte.

Man schickte uns zu Herrn Harbatowsky, angeblich in das beste Wirtshaus, wo auch die Zimmer wirklich noch leidlich genug waren. Zum Abendbrot öffnete man einen ziemlich großen Saal mit einer Tafel, auf welcher ein reicher, schwelgerischer Osterschmaus stand. Es war eben dieses Fest bei den Russen. Pracht und Verschwendung waren hier beisammen. Desto spärlicher war den andern Tag die Wirtstafel. Ein Beweis, daß es wirklich wohl das beste Haus in der Stadt sein mußte: ein russischer Major brachte seine vornehmen reisenden Gäste, bekannte Kurländer, dahin, um sie zu bewirten, und er und seine Gäste und ich waren die einzigen am Tische, wo wenig gegessen und viel in fremden Zungen geflucht wurde. Die Terrine war gesprungen, kein Teller war ganz, und keine Flasche hatte ihren Hals. Zum Belege der guten Ordnung dient noch: unser Pudel erhielt seine Kost in der nämlichen Schüssel, aus der wir gegessen hatten. Auch Grodno hat sich nicht gebessert. Vom Schloß bis zu den Hütten herab sieht man Verfall. Ich besuchte noch einmal das Lokal, wo man den letzten Reichstag spielte, auf dem man so viel sonderbare Dinge tat, zu denen nachher noch mehr gelogen wurde.

Von Grodno nach Kowno fuhren wir mit Juden, die als die besten Fuhrleute dort bekannt sind, weil ich vergessen hatte, mir eine Podoroschne oder einen Postpaß zu nehmen, und nicht gern noch einen Tag warten wollte. Du mußt wissen, daß man hier mit einem allgemeinen Passe, und wenn er noch so diplomatisch wäre, nicht mit Post reisen kann; dazu muß man von dem russischen Gouverneur des Hauptorts, aus dem man reist, noch eine sogenannte Podoroschne haben. Der Paß ist zwar das Majus und sollte das Minus oder die Podoroschne einschließen; das ist aber nicht der Fall, und die größte Unannehmlichkeit ist, daß man meistens mit dem Postpaß etwas aufgehalten wird.

Wer heute spät in Grodno oder jeder andern Gouvernementsstadt ankommt, kann nicht eher weiterreisen, als bis ihn die Polizeiverwaltung abgefertigt hat, und so ist er also oft genötigt, eine Nacht zu bleiben, wo er nicht will. Dieses kleine Übel der Gesellschaft muß man sich nun wohl des übrigen Guten wegen gefallen lassen. Es ist fast überall und war auch in Warschau. In Rußland hat die Abänderung deswegen größere Schwierigkeiten, weil man bei Lösung des Passes sogleich mit nach der Distanz, die darin angegeben ist, das Wegegeld bezahlt. Nun fuhren wir rechts an der Memel hinauf. Vor und nach Oliva ist die Gegend recht artig; aber die Kultur ist nicht besser als auf der andern Seite des Flusses im Preußischen. Die Poststraße ist verändert, und man kann nicht mehr grade nach Kowno fahren wie ehedem, sondern muß über Wilna zwölf Meilen Umweg nehmen; und die neue Einrichtung der Post auf russischem Fuß verursacht auch noch viele Schwierigkeiten. Alles war hier in der Mitte des Mais noch kahl und ohne Laub. Nur ein einziger, zuweilen ziemlich hoher Strauch hatte eine frühe, schöne Blüte, die wie die Pfirsichblüte aussah und fast wie Veilchen roch. Das Holz glich etwas der Zwergmandel, roch aber beim Reiben unangenehm und häßlicher als Faulbaum. Wenn ich Gurkenblätter und Kartoffelkraut unterschieden habe, bin ich mit meiner Botanik bald zu Ende; ich wußte also nicht, was ich daraus machen sollte, bis mir ein gescheiter Mann sagte, es sei Seidelbast. Der Strauch wuchs in großer Menge und gab mit seiner herrlichen Blüte dem nackten Walde oft einen sehr magischen Schmelz.

Die Russen hatten hier und da ihre Magazine in den ersten besten Scheunen: eine Maßregel, die, wenn auch niemand beeinträchtigt wird, schon wegen der Sache selbst sehr mißlich ist! Jeder Funke fängt; und wie leicht ist nicht eine Vernachlässigung geschehen? Die Preußen auf der andern Seite haben wenigstens diesen Artikel mit militärischer Genauigkeit besorgt und längs des Bug herauf hier und da schöne steinerne Vorratshäuser erbaut. Längs der Memel hinunter war unsere beste Zuflucht der schöne Hecht aus dem Flusse, und ich erinnere mich nicht, ihn irgendwo besser gegessen zu haben. In Kowno gab man uns noch eine Art Fische, die man Zerben nannte und die den Heringen ähnlich sahen und schmeckten. Überall fanden wir noch Zerstörungen der Kosaken und Jäger aus dem letzten Kriege. Der Verwüstungsgeist ist doch etwas Entehrendes in der menschlichen Natur, er erscheine, wo er wolle und wie er wolle. Peter der Erste, dessen Humanität eben nicht die höchste war, ließ den Soldaten Gassen laufen und den Offizier ehrlos wegjagen, der nur einen Baum ohne Befehl niedergehauen hätte, und jetzt vernichtet man ganze Wälder und Gärten und macht das ohnedies schon kahle Land noch verödeter.

Das Wasser hatte auch hier vielen Schaden getan, und die Werchnaja hatte die ganze Brücke mit fortgenommen und die Ufer zerrissen. Zum Übersetzen war noch keine Anstalt getroffen, und es konnte sogar noch kein Fußgänger hinüber. Wir hätten müssen aufwärts wenigstens zwei Meilen einen Umweg machen; das wäre langweilig und verdrießlich gewesen. Sogleich schafften sich auf einigen glücklich gelegten Planken und Stämmen einige Fußgänger herüber und deuteten an, wo es möglich sei, den Wagen etwas unter der Mühle durch den Fluß zu fahren. Das geschah denn mit großer Anstrengung und nicht ohne Gefahr. Nun stand er aber im Mühlhofe und konnte nicht herausgebracht werden; denn man hatte das Tor nicht gemessen, das wenigstens einen Fuß zu niedrig war, auch nachdem man den Wagen heruntergeschlagen hatte. Was war zu tun? Ein Dutzend Sarmaten legten sogleich Hand an und zogen rasch und munter die Räder ab, machten eine Schleifmaschinerie und brachten ihn so mit vieler Arbeit glücklich heraus auf die andere Seite des Flusses. Es war ein Jubel, als ob das Vaterland wiederhergestellt wäre, da der schwer bepackte Kasten wieder im sicheren Lichte stand. So viel rasche Dienstfertigkeit findet man nur selten in unserem lieben deutschen Vaterlande.

In Kowno mußten wir die Fuhrleute wechseln und also etwas bleiben. Zur Sicherheit hatte ich immer bei dem Wagen wachen lassen, weil doch Sachen von Wert darauf lagen. Hier wollte der Wirt sich nicht damit befassen, einen Mann zu stellen, und meinte, das sei die Sache der Polizei. Als ich dahin schickte, kam auf einmal ein Korporal mit drei Mann in Schlachtordnung angezogen und besetzte den Wagen ordonnanzmäßig. Der Korporal hatte seine Not mit einem der Leute, der ziemlich selig berauscht zu sein schien. „Kerl, in's Teufels Namen", fuhr er ihn an, „du bist ja schon vier Tage besoffen." – „Slama bogu, Sudar, cebodni pjaeti", antwortete der Soldat mit heroisch-philosophischer Ruhe. „Gott sei Dank, Herr; es ist heute der fünfte." – Draußen vor der Stadt wird ein großes, schönes, neues Kloster gebaut, welches, wie ich hoffe, nun doch wohl eine Schule unter vernünftiger Einrichtung werden wird; denn was hier Mönche sollen, kann ich, alle Gottseligkeit eingerechnet, nicht begreifen.

Es ist nirgend mehr das papierne Jahrhundert als in Rußland. Als ich mit den neun jüdischen Fuhrleuten in Mitau abschloß, ließ der Gorodnitsche oder kaiserliche Stadtpfleger, der die Stadt pflegt oder sich von ihr pflegen läßt, sogleich einen schriftlichen Kontrakt aufsetzen, wofür ich einen silbernen Rubel bezahlen mußte. Ich und die Juden wären ohne einen Buchstaben Dinte in Einigkeit zusammen bis Irkutsk gezogen. Aber der Mann mußte für unsere Sicherheit sorgen, und der Judenprinzipal erhielt die Weisung, von Mitau aus von mir gehörig eine Quittung zu bringen, daß er seine Obliegenheiten alle zu meiner Zufriedenheit erfüllt habe.

Von dem russischen General Zapolsky in Kowno wollte das Publikum eben nicht die erbaulichsten Dinge sagen. Er rollte mit einer furchtbaren Satrapenmiene in einem großen Wagen mit großer, stolz gekleideter Bedienung über den

Markt. Leute, welche mit Aufmerksamkeit etwas von der Welt gesehen haben, wissen, was zuweilen auf diese Weise in dem Wagen sitzt. Vor einiger Zeit war Feuerschaden in der Stadt, und der General hatte bei der Gelegenheit dem Kerl eines ehrsamen Bürgers ex plenitudine auctoritatis de facto mit furchtbaren Drohungen dreihundert Stockschläge geben lassen, weil er im Gedränge das Majestätsverbrechen begangen und einen Bedienten des Generals etwas geworfen hatte. Die Bürger beschwerten sich darüber bei dem Magistrat, der General aber meinte, daß ihnen nichts besseres gebühre, und drohete noch härtere Züchtigung für ihre Kühnheit. Nun wollten die Bürger Gerechtigkeit bei dem Kaiser suchen, fürchteten aber seine Milde und Vorliebe für die Soldaten. Übrigens machten sie sehr frei ihre Glossen über den General und bemerkten, daß das Regiment nie so viele Kranken und Wegläufer gehabt habe; über zweihundert lägen im Lazarett, und beständig liefen oder schwämmen Flüchtlinge über den Strom auf die andere Seite, und fast alle alten wackeren Offiziere nähmen aus Ärger ihren Abschied. Wenn auch die Bürger, wie wohl anzunehmen ist, etwas übertrieben, so ist doch nicht zu leugnen, daß die stolze, beleidigende, barbarische, gewalttätige Willkür des Militärs in Rußland noch mehr als in andern Staaten eine tief eingewurzelte Krankheit ist. Ich habe empörende Beispiele davon gehört und selbst gesehen. Es ist nichts Neues, zu hören, daß dieser oder jener Offizier einige Wochen gewissenlos im Standquartier zehrt, seinen Soldaten eine Menge Unordnungen nachsieht und beim Abschied den Wirt, wenn er so kühn ist und Bezahlung verlangt, mit Schlägen mißhandelt und mit der Heldentat triumphierend davonzieht. Selten kommt so etwas vor die Behörde, und noch seltener wird es gehörig bestraft. Die Militärgewalt behandelt besonders die Munizipalpersonen der kleinen Städte, auch wohl der größeren, mit einer solchen Härte und erniedrigenden Roheit, daß alles Ehrgefühl getötet und alle Rechtlichkeit erstickt wird. Mancher Gouverneur, und nach ihm mancher Stadtpfleger, ist mit allen Kniffen der Schikane der Schrecken seines Bezirks, zumal in entfernteren Gegenden. Der Himmel ist hoch, und der Kaiser wohnt weit, sagt das russische Sprichwort; und die Unbestimmtheit der Gesetze läßt der Bosheit eine lange Hand! Leb wohl! Wenn ich nicht schließe, hörst Du Jeremiaden, die sehr wahr und sehr unnütze wären.

Reval, den 18. Mai

Ziehe durch Polen und iß mit den Juden und schlaf unter dem Grunzen der Schweine, und Du wirst fühlen, wie wohltätig, welche gesellige Wiedergeburt es ist, wenn Du in Kurland in ein reinliches, freundliches Zimmer trittst, von einem artigen, nettgekleideten Mädchen bewillkommt und mit einer guten Mahlzeit bewirtet wirst. Das war unser Fall, als wir in Medemkrug an der Grenze Mittag hielten und den Abend in Mitau bei Herrn Morelli im Hotel von Petersburg einzogen. In Mitau sah ich von meinen alten Bekannten durchaus niemand, weil ich den Abend ankam und den Morgen abzog. Welche angenehme Veränderung von dem letzten polnischen Juden bei Kaydan zu dem wirklich stattlichen Wirtshause Mellopkrug! Du wirst glauben, ich sei in Agrigent ein Sybarit geworden. Das nun wohl nicht. Ein gutes Kartoffelgericht ist mir noch immer ebenso lieb als eine Wildpastete; und wenn sie auch Potemkin durch Kuriere aus Paris bringen ließe. Aber ich kann nicht leugnen, daß mir ein reinliches Zimmer, eine gewaschene Schüssel und eine geputzte Gabel angenehm sind. Die Extreme sind hier, wie überall, übel wirkend. Unreinlichkeit macht Ekel und Überfeinerung Ängstlichkeit und bringt nicht selten nach Tische das Übelbefinden zur Zugabe.

Mit wahrem Vergnügen sah ich wieder einmal in der Sandferne die hohen Türme von Riga, deren Name schon wohlklingend ist. Der Reichtum hat sich hier durch die Wohltat des Stroms seinen Sitz auf der Armut des Bodens geschaffen: so weise weiß Natur die Versagung des einen Geschenks durch ein anderes großes zu ersetzen; wenn man auch nicht mit dem guten Pfarrer in Hamburg zum Beweise der Vorsehung annimmt, daß sie wohltätig die großen Flüsse bei den großen Städten vorbeiführe. Tief im Mai war hier die Schiffbrücke noch nicht gelegt, und es war noch schauerlich kalt. Erst in Dorpat kamen einige warmen Tage, die den Frühling ankündigten. Meine Freunde am Ufer der Düna empfingen mich mit offenen Armen und freundlich glänzenden Augen und zärtelten mich aus einem Hause in das andere. Da wurde denn das neue Leben an das alte geknüpft und die Erinnerung lebendig gemacht und dadurch der Geist des Moments erhöht. Es ist hier eine schöne Mischung von deutscher Frugalität und nordischer, traulicher Hospitalität. Glanz und Überfeinerung blenden noch nicht die Augen; aber voller Wohlstand, Freundlichkeit und Wohlwollen sprechen zum Herzen. An jeder Ecke sieht man Geschäftigkeit und Segen.

Die hiesige Muse ist unstreitig eine der besten und geschmackvollsten Gesellschaften, die auf das Bedürfnis aller von der gebildeten Klasse eingerichtet ist. Du mußt mir wohl erlauben, daß ich es gut finde, daß man hier zur Geistesnahrung auch etwas Speise und Trank für den Körper hat. Man kommt hierher, um sich an Leib und Seele zu erholen. Es kommt mir eben nicht behaglich vor, wenn ich nach der Lesung eines guten Buchs oder nach einem gewürzten Gespräch erst anderwärts ein Abendbrot suchen soll. Ich habe es beliebter Kürze wegen fast immer in der Gewohnheit, wo ich nicht essen kann, bezahlt oder unbezahlt, da gehe ich nicht eher hin, als wenn es Pflicht ist; und das ist denn seltener. Man hat der Zeit so wenig, und ich suche lieber Zeithalter als Zeitvertreib. Warum soll ich mir die schönsten Stunden noch mehr zersplittern lassen? Der Himmel wird mich hoffentlich nie so sehr verlassen, daß ich geflissentlich meine Aussicht nach der Mahlzeit nehmen müßte; dafür sorgt mein guter Mut und der nächste Kartoffelbauer; aber ein Butterbrot ist nach meiner Meinung gar kein schlimmer Schluß der Gesellschaft. Wenn ich das zu finden nicht hoffen darf, schiebe ich lieber meinen Lukian oder Plautus in die Tasche, streiche in dem Walde herum und kehre für vier Groschen bei dem alten Schmidt in Nimptschen ein.

Das Theater in Riga ist bekannt und hält wohl eine Vergleichung mit den bessern in Deutschland aus. Madame Taube, die ehemalige Demoiselle Brückl, und Madame Oehme, die ehemalige Demoiselle Koch, gelten für die vorzüglichsten Schauspielerinnen und sind es auch wohl; es fehlt aber beiden noch viel in der höhern Richtigkeit und Bestimmtheit in ihrer Kunst. Arnold ist noch immer der Lieblingssänger des Publikums, und wenn er nur alle Mal erst die schulmeisterliche Ängstlichkeit der ersten Szene überwunden hat, so ist sein Vortrag nicht ohne Leben und Anmut.

Das Publikum war eben nicht sehr zufrieden mit dem satrapischen Aufzuge des Generalgouverneurs Buxhövden, wo einige Kosaken mit der Pike jedesmal in großer Eile, Übereilung möchte man sagen, nicht sehr freundlich und oft tätlich in den engen Straßen Platz machen mußten. Solche Erscheinungen hatte man bei Browne und Repnin nicht gehabt; deswegen fielen sie auf, ob sie gleich sonst in Rußland nicht ungewöhnlich sind. Die Rede des Tages war noch der Prozeß gegen den Generalsuperintendenten Sonntag, einen Mann, der sich durch seinen Feuereifer für das Wahre und Gute immer ausgezeichnet und dadurch nur ein sehr problematisches Wohlwollen der Vornehmen gewonnen hat. Man kann wohl nicht leicht etwas Schwächeres und Unzusammenhängenderes lesen als die Anklagepunkte des Generals gegen ihn, und seine Verteidigung dagegen war leicht und bündig und geschah mit Mut und Offenheit. Der Monarch und das Ministerium hat ihm alle Gerechtigkeit widerfahren lassen, die er erwarten durfte, und es gelang dem Parteigeiste mit seinem Anhange nicht, die unschuldige, unerschrockene Unbefangenheit in der guten Sache zu unterdrücken. Hier und da wunderte man sich sogar laut in die Seele des Monarchen, wie der Graf Buxhövden nach einem so problematischen Ausgange eines so schlimmen Prozesses in der Residenz noch einen solchen Posten verwaltete, der das uneingeschränkte Zutrauen eines reinen, unbescholtenen Charakters erforderte. Die allgemeine Meinung wird durch keine Ukase bestimmt.

Eine neue kleine Merkwürdigkeit in Riga war mir bei Marty noch die Arbeit eines Tischlers aus Lemsal, dessen Namen ich vergessen habe. Er kommt zwar Röntgen wohl noch nicht bei; ich habe aber doch weder in Sachsen noch in Berlin etwas gesehen, das seine Sachen an Festigkeit und Nettigkeit überträfe. Der Mann verdient allerdings Aufmunterung und Belohnung; auch werden seine Schüler schon gesucht, und einer von ihnen arbeitet in Dorpat in den akademischen Bauen, wo man außerordentlich mit ihm zufrieden ist. Eine seiner feinsten Unternehmungen ist eine in Holz, mit farbigen Hölzern eingelegte, ausgeführte Zeichnung der drei Schweizer, die den ersten Bund beschwören. Die Figuren sind, für die Art der Arbeit, sehr richtig, ohne große Härte und Schroffheit, und geben der besten neuen Mosaik nichts nach. Sie haben das Verdienst, daß sie mit großer Genauigkeit in beträchtlicher Tiefe eingelegt sind und daß ihre Oberfläche ohne Schaden verschiedene Mal fein abgehobelt und also ihr Glanz erneuert werden kann.

Auf einem meiner Spaziergänge von der neu gelegten Brücke nach dem kaiserlichen Garten und von dort nach der Petersburger Vorstadt überraschte mich eine Kriegsmusik, die den Charakter des furchtbarsten Sturms hatte, ohne alle übrige Beimischung irgendeiner Leidenschaft. Wenn es denn einmal auch despotische Musik geben soll, so ist mir die reine Energie ohne dumpfe Schwärmerei doch noch immer die liebste. Mir ward dabei die Wirkung zweier Musikstücke sehr verschiedener Art wieder so lebendig, daß ich sie nicht aus der Seele treiben konnte, der Märsche von Marengo und der Konsulargarde; und unwillkürlich setzte ich mich zu Hause an ein Fenster, das den Nachhall aufnahm, und zog in meinem Taschenbuche die Parallele.

So hat Tyrtäus sich der Sparter Kraft bemeistert
Und, wenn sie rund der Feind umdrang,
Durch seinen göttlichen Gesang
Das Heldenvolk zu Schlacht und Sieg begeistert.
Der Lanzenwald ging furchtbar seinen Gang
Durch das Gefühl der Männerwürde;
Und Waffen waren keine Bürde,
Weil man sie kühn und ohne Zwang
Für seiner Enkel Freiheit schwang.
Ihm hat der Franke nachgesungen
Und führt mit Ernst und hohem, festem Sinn
Sein Heldenvolk zum Kampfplatz hin:
So hat sein Geist der Krieger Geist durchdrungen.
Doch fruchtlos war, was man zuletzt erwarb:
Die Freiheit siegte hier und starb.
Dort wälzet man in vollem Taumel sich,
Von des Kokytus Dunst umgossen,
Ein Tongewirre fürchterlich,
Und stürmt und bäumt, gleich ungezähmten Rossen.
Die Ordnung ist darin verloren,
Und wild bacchantisch kocht das Blut,
Und statt des Zornes bricht die Wut,
Wie Erinnyen aus des Orkus Toren,
Und stürzt sich wie des Waldstroms Flut.
Das ist das Rauschen stolzer Bassen,
Die auf dem Grabe der Vernunft
Des Aberglaubens Wiederkunft
Durch die Trabanten ihrer Zunft
Im Strahlentanz der Dolche feiern lassen.
Die Schwärmerei durchglüht den Zug;
Und mächtig spricht in jeder trunknen Note

Des neuen Sultans schlauer Bote
Und hebet mit allmächtigem Betrug
Die Fittiche zu immer kühnerm Flug.
Die Kechenäer stehen da,
Erstaunt ob allem, was sie waren,
Und tanzen schnell mit ihren neuen Scharen,
Urania Vulgivaga;
Marengo und die Konsularen.

Von Riga aus geht es einige Stationen durch gar traurigen Sand, wo man Muße genug hat, wenn das Gehirn heiß genug dazu ist, unterdessen eine Reise mit Muhamed zu machen. Damit ich doch auch zur Kritik der Geographie und Statistik das Meinige beitrage, will ich Dir hier bemerken, daß mein Führer, das Reisebuch von Gotha, auf dieser kleinen Distanz in der Benennung der Posten einige ziemlich entstellenden Fehler hat, die mir, als einem alten Wanderer in hiesiger Gegend, sogleich in die Augen sprangen. Eine Station heißt nicht Lenzendorf, sondern Lenzenhof; eine andere nicht Tepliry, sondern Teilitz; eine dritte nicht Kuikar, sondern Kuikatz. Dergleichen Quisquilien finden sich hier und da, die zwar von keiner Bedeutung, aber doch nicht angenehm sind.

Von Lenzenhof machte ich einen kleinen Abstecher nach Lindenhof, rechts durch die Nachbarschaft von Wenden. Schon der Name zeigt, daß die Gegend nicht unangenehm sein könne; und wirklich sind an der Aa hinauf einige Partien von Tälern und Bergen, die von den Sandhöhen bei Riga sehr lieblich abstechen. Von Lindenhof ging es wieder links ein auf die Straße nach Wolmar und weiter nach Dorpat. Von Wolmar bis Gulbin ist wieder viel Sand und Wald; aber von Teilitz aus über Kuikatz ist eine angenehme Abwechselung durch ziemlich fruchtbare, gut bebaute Gegenden.

Es verblüfft etwas, wenn man einen schönen Ruhepunkt vor der Nase sieht und sozusagen schon einen Fuß dahin setzt und durch einen Ruck eben vor dem Ziele hart genug abgesetzt und aufgehalten wird. Der Wagen jagte echt russisch reißend auf der ganz glatten Chaussee hin, als im Sturz die eiserne Achse brach, die große, hohe Maschine umflog und meine ganze Poetik in einem Bogen von vielen Klaftern rechts hinab in den Graben schleuderte. Die Pferde machten vernünftig Stillstand, und wohlbehalten arbeitete ich mich mit meinem jungen Freunde aus dem Gepäcke heraus und setzte mich mit einer nur kleinen Kontusion auf die Füße. Der Bediente aber, der kurz vorher die Geißel, trotz einem homerischen Fuhrmann, unbarmherzig geschwungen hatte, wehklagte laut mit den Fingern an den Rippen, an welche das Bockeisen ziemlich unsanft geschlagen hatte, und mußte in Dorpat der heilenden Hand des Herrn Kauzmann übergeben werden.

In Dorpat gewann ich wieder meine alte völlige Freiheit, weil ich hier meinen jungen Reisegefährten glücklich in den Schoß seiner Familie ablieferte. Man ist mit einem solchen Auftrage doch nie so ganz leicht und ruhig, da man bei Übernehmung desselben sich natürlich verbindlich macht, das junge Menschenkind wohlbehalten an Leib und Seele zu überbringen. Du weißt, welche Bedenklichkeiten meine Freunde zu Hause hatten, als ich mich entschloß, so zu gehen; aber man hatte die Sorge übertrieben. Es ging pädagogisch alles sehr gut. Der Vater hatte das Söhnchen zu ungleich behandelt und verzärtelt; der nachherige Lehrer hatte bei der besten Meinung die Sache zweckwidrig und unpsychologisch genommen. Ich brauchte eben kein Seelenbändiger zu sein, um mit Ernst, Mut und Bestimmtheit das Gleis zu halten.

Nun wirst Du etwas hören wollen von dem Athenäum an der Embach? Rom ward nicht in einem Tage; aber mir deucht, es geht gut, und mehrere wackeren, braven Männer arbeiten ehrlich aus allen Kräften, dem wiedergeborenen Institut Ansehen und Festigkeit zu verschaffen. Die Kollision mit dem Adel – denn wo sucht der Adel nicht das Unwesen seiner Privilegien einzuimpfen? – ist nun im wesentlichen gehoben; das übrige wird durch Zeit und Bedürfnis der Umstände gemacht werden. Für die Solidität hat der Monarch gesorgt, so daß eine russische Universität nie ganz schlecht sein kann, wenn sie nicht ganz verwahrlost wird. Der Bau wird unter Krauses Aufsicht lebhaft und gewissenhaft betrieben, und die wissenschaftlichen Vorträge haben einen guten Anfang genommen und versprechen Gedeihen.

Eine Haupteinwendung, die man gegen die russischen Universitäten macht, ist gewöhnlich, daß es noch an Schulen fehle, daß man erst für diese sorgen müsse und ohne festen Grund nicht weiterbauen könne. Das klingt allerdings gegründet genug und mag es anderwärts auch sein; aber in Rußland ist die Einwendung nicht gültig. Dort müssen die kleinen Schulen erst durch die großen gemacht werden, wenn Hoffnung einer allgemeinen, bessern Bildung entstehen soll. Die unerläßliche Bedingung einer festern, schönen Kultur ist die Personalfreiheit aller, und das Palladium des Adels ist die Bauernsklaverei. Die niedern Schulen werden nie eingerichtet werden und fortkommen, solange der kleinere Bürger und Landmann nicht selbst das Bedürfnis fühlt und das Wohltätige derselben erkennt und das Seinige dazu beitragen kann. Der Adel wird dazu nie etwas tun, ohne zugleich seine eigenen Absichten zu nehmen, wodurch das allgemeine Gute wieder zerstört wird. Das liegt in der Sache. Es wäre Unsinn, zu glauben, daß unter den Edelleuten durchaus keine seien, die es redlich meinen; aber der Geist des Korps ist im Widerspruch mit allem Bessern und hebt alles Emporkommen der Vernunft und Gerechtigkeit auf. Gerechtigkeit und Adel, nämlich wie wir ihn in der Geschichte haben, sind immer im Gegensatz, und kein Edelmann ist gerecht und vernünftig als solcher, sondern nur insofern er aufhört, es zu sein. An höhere Kultur in dieser Rücksicht ist in Rußland noch in Jahrhunderten nicht zu denken, so wenig als in Deutschland. Sogar die Franzosen konnten sie noch nicht vertragen. Die Professoren scheinen nicht mit Unrecht unter dem Adelskuratorium Adelsnepotismus in der Verwaltung der akademischen Güter und der Wahl der Stellen befürchtet zu haben. Man braucht aber nicht Edelmann zu sein, um von Familiensucht besessen zu werden. Nicht ungegründet ist also auch die Furcht, daß nun in eben diesem Falle auch Professornepotismus entstehe, wenn die Oberaufsicht nicht strenge Aufmerksamkeit hat. Die Gymnasien und Kreisschulen, die unter der Aufsicht der Akademien stehen, werden allerdings trotz der gelegten Schwierigkeiten nach und nach guten Fuß gewinnen. Das Gehässige der neuen akademischen Inspektion wird aufhören, wenn man die Sache liberal behandelt, da alles in guter Ordnung ist. Wer sollte sonst die Aufsicht haben? Daß man vielleicht hier und da die Sache nachlässig und illiberal behandelt, hebt das Gute nicht auf, das wirklich in der Anordnung liegt. Die größte Schwierigkeit liegt vielleicht darin, daß die Professoren die Inspektionsreisen nicht, ohne ihrem eigentlichen Amte zu schaden, bestreiten können und daß doch wohl manche nicht den pädagogischen Takt haben, der zu einem solchen Geschäft nötig ist. Während der Ferien braucht der Dozent Ruhe, um sich zur künftigen Arbeit vorzubereiten. Vielleicht wäre es zweckmäßig, wenn der Monarch auf jeder Universität zu diesem Behufe einen eigenen Mann anstellte, dessen Fähigkeit und Tüchtigkeit erprobt wären und der als Scholarch die nähere Aufsicht des Schulwesens nach bestimmten Regeln unter sich hätte, der Gesamtheit der Professoren meldete, welche dann für sich und ihn der Oberschulkommission gehörig Rapport machte. Ein solcher Mann dürfte nur verpflichtet werden, bloß eine kurze Zeit des Jahres über irgendeinen Gegenstand der physischen, moralischen und scientifischen Erziehung eine Vorlesung zu halten.

Die Parochialschulen wird selbst der Monarch jetzt noch nicht durchsetzen können, was auch Parrot und andere wohlmeinenden Enthusiasten ihm darüber vorbeweisen. Er selbst ist nicht imstande, den ganzen Fonds zu bestreiten; der Adel gibt nichts; der Bauer kann nichts geben und fühlt noch lange nicht das allgemeine Bedürfnis einer bessern Bildung. Alles, was der Kaiser bis jetzt zu dessen Vorteil hat tun wollen, blieb kraftlos oder wirkt wenig.

Sklaverei läßt gar keinen Begriff öffentlicher Gerechtigkeit zu! und es ist doch die Sklaverei, was der ganze Adel so fest hält: nämlich die Sache, denn das verhaßte Wort sucht man zu vermeiden. Das sogenannte neue Bauerngericht ist ein Mittel, wodurch der Edelmann nur ebensoviel Ordnung unter seinen eigenen Leibeigenen hält, als er zu seinen Zwecken braucht. Wo ich die Beisitzer wähle und nach Gefallen ein- und absetze, beherrsche ich auch das Gericht. Das Resultat ist, daß manche Gemeinden schon laut gewünscht haben, man möchte sie doch lieber bei dem Alten lassen. Auf einer Akademie, wo rund herum solche Unsätze, denn Grundsätze kann man es nicht nennen, geübt werden, ist es freilich schwer, unbefangene Geschichte und Naturrecht zu lehren. Jedes Gute wird da Gift. Wo man das Höchste nicht haben kann, muß man sich an das Erreichbare und örtlich Mögliche halten. Wo ist es nicht der nämliche Fall? Man hat mit Spekulationen aller Art noch so lange und so viel zu schaffen, daß es noch lange dauern wird, ehe man zur Aufstellung praktischer Vernunft im Staatsrecht kommen wird.

Das akademische Gebäude auf der Anhöhe vor der Stadt, auf dem Grunde der alten Domkirche, wird eine stattliche Erscheinung machen und als Kirche, Bibliothek und Museum seinem Zweck entsprechen. So viel Gutes sieht man schon, daß rund umher mehrere wüsten Stellen zu Gärten bearbeitet und mit Häusern bebaut werden. Ob das andere Haus gegenüber als Anatomikum und Sternwarte seine Absicht erreichen wird, mögen Kenner beurteilen. Die Bibliothek ist schon ziemlich zahlreich und muß bald ansehnlich werden, wenn man die beträchtliche jährliche Summe von fünftausend Rubeln mit Wahl anwendet. Morgenstern lebt darin wie in einer Lieblingsschöpfung, und der Himmel gebe ihm viel schönen Genuß für seine Bemühungen. Auch das Museum gewinnt wenigstens schon einige Bedeutung, wo Germann mit vieler Tätigkeit Seltenheiten zusammenbringt und ordnet. Freilich ist es nicht mit den Schätzen von Moskau zu vergleichen.

Die Botanik ist die Lieblingsbeschäftigung mehrerer wohlhabenden Edelleute in der umliegenden Gegend. Unter anderen verwendet der reiche Herr von Lipphard auf Rathshof jährlich eine beträchtliche Summe darauf, und der Graf Münnich auf Lunia soll wirklich weit mehr als bloßer Dilettant darin sein. Der Geist der Universität und ihre Anlage ist gut, und von ihrem Kurator Klinger hat sie alle tätige Unterstützung zu erwarten; also ist wohl zu hoffen, daß sie, trotz den Schwierigkeiten, für das Reich und die Wissenschaften bald etwas Wesentliches leisten werde.

Von Dorpat aus nahm ich hohen Muts meinen sizilianischen Seehundstornister wieder selbst auf eigene Schultern und pilgerte rüstig an der Embach hinauf, links ab nach Oberpalen, wo ich schon zu Hause einen Besuch versprochen hatte. Lieber breche ich mein Bein als mein Wort; also ging ich nach Oberpalen, und das ward mir sehr leicht. Die Frühlingssonne schien genialisch warm, ohne schon zu beschweren, und ich tanzte ganz lustig einige Lieblingsstellen aus dem Virgil ab. Man fühlt sich nie mehr in seiner Kraft, als wenn man geht, und so möchte ich einmal ganz abtreten. Es muß kein herrlicheres Ende sein als der Tod im Gefühl seiner Kraft.

Im roten Kruge sah es ziemlich traurig aus; aber man erbot sich doch sehr freundlich, mir zu Mittage ein Ochsenauge zu machen; weiter könne man nichts schaffen. Da ich in der estnischen Küchennomenklatur nicht sehr gelehrt bin, wußte ich durchaus nicht, welche Art von Gericht das sein würde. Indessen, es würde doch wohl etwas Eßbares kommen, dachte ich und bestellte, ohne weiter zu fragen, frisch darauf los das Ochsenauge. Es erschien, was man auf

Deutsch eine Art von Eierkuchen nennen möchte, woran ich weit mehr Geschmack fand als an dem hochberühmten estnischen Bierkäse, den ich nie sehe, ohne an Käsebier zu denken, wie es auch wohl richtiger heißen sollte. Noch brachte man mir einen Teller voll Krebse, und nun war ich froher als an dem Tische des Erzbischofs von Agrigent. Unbekümmert um den Weg, wie ein Spaziergänger, wandelte ich nun raschen Schrittes immer auf der Straße fort, bis mich der Abend überraschte und ich an dem Pfahle sah, daß ich siebenundfunfzig Werste gemacht hatte. Da war nun rechts und links und vorwärts und rückwärts kein Haus wirtlichen Ansehens, und ich hörte etwas verblüfft von einem russischen Fuhrmann, daß ich viel zu weit rechts über Kurristan hinausgegangen sei und sechs Werste zurück über Kawa müsse, um nach Oberpalen zu kommen. Kurristan klang mir ganz persisch und Kawa allerliebst italienisch. Was war zu tun? Ich hatte doch für siebenundfunfzig Werste Müdigkeit in den Knochen, und der Abend war da. Ich machte also stracks mit dem Fuhrmann die Übereinkunft, daß er mich durch das Irrsal über Kurristan nach Kawa führen sollte. Das tat er und gab mir für einen blauen Zettel eine gewaltige Schwere Kupfer zurück. Kawa in Italien ist ein gar lieblicher Ort zwischen Neapel und Salerno, auf dem herrlichsten Wege in ganz Hesperien. Wenn Du in Neapel bist und nicht wenigstens einmal über Pompeji und Kawa nach Salerno gehst, müsse Dir keine Muse mehr hold werden. Hier in Estland ist Kawa eine traurige, verwaiste Gegend, so unfreundlich sie nur bei den Antihesperiden sein kann. Meine Füße taten mir von der ersten etwas zu starken Anstrengung etwas wehe, so daß ich den andern Morgen das freundliche Anerbieten eines gelehrten Esten, mich hinüber nach Oberpalen zu bringen, mit Vergnügen annahm. Der Mann sprach Russisch, Deutsch und Schwedisch, außer seiner eigenen Zunge, war in Paris gewesen und hatte sich eine Menge Qualitäten als Bedienter erworben, die er als mein Fuhrmann weiter nicht gebrauchen konnte. Er brachte ein leichtes Fuhrwerk, nach Landessitte ohne alles Eisen, hoch mit Heu bepackt, um mir einen leidlichen Sitz zu bereiten. Ich versuchte es rechts und links; es wollte nicht gemächlich werden. Das Beste war, daß ich die Peitsche nahm und mich selbst in Funktion setzte. Mein Tornister war unten gehörig an der Leiter festgeschnallt, und so rollten wir mit einem kleinen Klepper in den Wald hinein. Mein Führer unterhielt mich, so gut es ihm seine Pfeife erlaubte, von seinen Reisen und seinen Erfahrungen in seinen mannigfaltigen Qualitäten. „Aber was riecht denn, Freund?" sagte ich und beschaute das Vehikelchen von allen Seiten. Er guckte mit, fand nichts, rauchte fort und sprach weiter. Aber der Geruch ward stärker, und nun brach die hell lodernde Flamme aus dem Heu hervor, auf dem wir saßen. „Hilf, Himmel, hilf!" schrie mein Vetturino aus Kawa. „Hat Er mit seiner verdammten Pfeife den Brand angezündet, kann Er ihn auch löschen!" sagte ich und griff nach meinem Tornister. Aber dieser war nun zum Unglück unten fest geschnallt, die Flamme schlug hoch, und ich konnte in der Eile kein Messer finden. Ich riß mit ganzer Gewalt und riß die Riemen entzwei und war nur froh, daß ich meine Hemden und meinen Aristophanes gerettet hatte. Dem Zollinspektor in Fondi hatte ich meinen Reisesack für mehrere Goldstücke nicht geben wollen; jetzt wäre es doch ärgerlich gewesen, wenn er hier in Estland verbrannt wäre. „Hilf, Himmel, hilf!" schrie der Vetturino immer fort und sah sein Fuhrwerk jammernd in Feuer stehen. „Aber sieht Er denn zum Henker hier nicht, daß Flußwasser im Graben ist?" Nun ergriff er seine Ledermütze und schöpfte und goß Dutzende von Wasserfuhren, und ich schlug mit Stock und Hut so wacker zu, daß der Brand bald gedämpft war. Wäre es im freien Felde gewesen, wo kein Wasser war, so wäre die Telege ohne Rettung verbrannt.

In Oberpahlen war ich bei einer freundlichen Familie, in einem freundlichen Hause, in einer sehr freundlichen Gegend, patriarchalisch willkommen und genoß einige Tage der Wohltat des reinen Landlebens und einer feinen, gebildeten Gesellschaft, unter welcher auch der alte, liberale, ehrwürdige Hupel sich befand, ein Mann voll heitern Frohsinns mit dem Gepräge echter Humanität. Man kutschierte mich dann nach Weißenstein, einem Namen ohne Ort, wo einst die Ahnherren der heutigen Erbherren unter dem Mantel einer Religion, die ausgezeichnet Bruderliebe lehrt, Elend und Sklaverei über ein freies Volk brachten. Der Ort konnte auch wohl ehemals nur im Sommer durch die Sumpfgegend und nur gegen Halbbarbaren, wie die Esten und einige Jahrhunderte nachher noch die Russen waren, als Festung gelten. Jetzt tut die Regierung manches, wieder eine Stadt zu schaffen: das ist aber in den dortigen Verhältnissen nicht so leicht. Einige Regierungshäuser, einige Krämer und Handwerker sind alles, was man unter den Überresten der heiligen Unterdrückung sieht.

Nun schlug ich den Weg nach Reval ein, da ich doch einmal so ziemlich auf der Hälfte war und die große Straße zu weit rechts lag. Hier hörte nun aber auch alle humanere Kultur auf, und in den Wirtshäusern fand man gewöhnlich nichts als die leeren Wände. Außer der Hauptstraße reist selten jemand, der nicht seinen Speisekorb und Flaschenkeller bei sich führte, so daß die ärmlichen Krüge ohne wahrscheinlichen großen Verlust nicht einmal etwas anschaffen können. Man reist also freilich unbegreiflich wohlfeil, aber auch unbegreiflich schlecht. Die Bauerhäuser sind wahre Troglodytenhöhlen. In den Wirtshäusern hat man zwar meistens eine sogenannte deutsche Stube, welche zur Auszeichnung düstere, geflickte Fenster hat; aber sonst ist auch nicht die geringste Bequemlichkeit, und was man mitbringt, kann man bei saurem Bier verzehren. Ein Livländer verzehrt in einem solchen Hause nichts; er ist mit allem gehörig versorgt und gibt nur ein kleines Geschenk von einigen Kopeken für den Aufenthalt; und auch dieses nicht alle Mal. Ich konnte zum Abend durchaus nichts finden als ein Stück altes, hartes, ungekochtes Pökelfleisch, das mir denn nach dem herrlichen Tische, den ich seit dem Zuge in Polen bisher wieder gehabt hatte, nicht sonderlich behagen wollte, und gegen das hiesige Bier war das in Polen mit Pflaumen und Branntwein eingemachte noch Nektar. Doch hatte ich mein eigenes Zimmer und eine Pferdedecke zur Erwärmung; denn die Nächte waren noch empfindlich kalt. In der andern Abteilung schlief der Fleischer Elring aus Reval und ein Schneider, der Exküster aus Karkus. Der Schneider Exküster hatte durch seine Bekanntschaft und Industrie den andern Morgen für zehn Kopeken hundert Krebse herbeigeschafft, die natürlich auf meine Rechnung kamen und womit ich sodann großmütig das Triumvirat, den Metzger, den Küster und mich selbst, bewirten konnte. So wohlfeil kann man den Kredit der Großmut wohl nirgends kaufen, und die Krebse gehörten wirklich zu den besten, die ich in meinem Leben gegessen habe. Die Qualität des gestrigen Abendbrots mochte auch wohl dem heutigen Frühstück nichts schaden. Der Fleischer blieb zurück bei seiner gehörnten Gesellschaft, und der Herr Exküster schlenderte mit mir fort und erzählte mir aus seinem reichen Vorrat in einigen Stunden sogleich einige Dutzend Skandale der Gegend. Besonders beschwerte er sich über den Pastor Seeburg, den Grafen Dunden und den Herrn von Siewers, die ich, nach dem Tone seiner Anklage zu urteilen, bei mir sogleich rechtfertigte. Der Kerl soff Branntwein wie drei Kosaken, radebrechte Latein wie ein abgesetzter Küster, räsonierte wie ein Unwissender und Dummkopf und ging jetzt als Gärtner, eine Anlage zu einem englischen Park zu machen. Besonders drollig war seine Verteidigung wegen seiner Absetzung; denn es ging aus der ganzen Erzählung hervor, daß der Kerl gelegentlich Unterschleif mit den jungen Estinnen getrieben: ein Privilegium, das der Adel mit keinem Küster teilen will.

In Woit, wo ich die zweite Nacht schlief, war der große, weitläufige Gasthof wieder ebenso wüste und leer; und ich würde wieder ebenso übel gefahren sein, wenn ich nicht von ungefähr einen Bekannten meiner alten Bekannten, einen Herrn von Stackelberg, dort angetroffen hätte, der sich ritterlich meiner annahm. Sodann kutschierte ich, weil ich mir in einer Steingegend den Fuß vertreten hatte, etwas lahm mit einem Fuhrmann in Reval ein und wandelte oder vielmehr hinkte zu Herrn Stolzenwald. Ein gutes Zimmer und eine gute Mahlzeit taten mir recht wohl. Mein Aufzug mit dem Tornister mochte doch wohl den Leuten etwas problematisch vorgekommen sein; man ließ mich nachher liegen, ohne sich einen Deut weiter um mich zu bekümmern. Das Vorzimmer war eine Billardstube, wo beständig großer Lärm von allerlei Publikum war. Du mußt wissen, ich habe seit mehr als zehn Jahren eine Kontusion am linken Fuße, wodurch die Bänder eine Art von Schwäche bekommen haben, die mir jeden Fehltritt empfindlich macht. Die beste Stärkung ist nun gehen, und ich pflege zuweilen wörtlich zu sagen, ich muß nur einige hundert Meilen zu Fuß gehen, weil ich lahm bin. Das Stauchen ist indes eine verteufelte Sache. Mein Fuß war sehr geschwollen und schmerzte fürchterlich. Ich hatte mir einige Mal ein warmes Bad bestellt, niemand erschien wieder. Ich rief, ich lärmte, ich polterte, ich schrie sogar, niemand hörte. So ging oder vielmehr so lag es von früh sieben Uhr bis abends gegen fünfe, da ermannte ich mich an meinem Rohrstocke, hinkte mit großer Anstrengung hinaus und hielt in meinem Ärger eine etwas starke Epanorthose der Humanität. „Bin ich denn unter die Irokesen geraten, daß ein ehrlicher kranker Kerl in einem öffentlichen Hause nicht die gewöhnlichen Bedürfnisse des Lebens für seinen Zustand haben kann? Soll ich zehn, soll ich zwanzig Dukaten Sicherheit wegen der Zehrung stellen? das will ich, aber man schaffe mir doch wenigstens fremde Bedienung, wenn keine im Hause ist. Es ist ja unverantwortlich, es ist ja unmenschlich." Ich drückte mich im Ingrimm wohl noch härter aus. Die Gesellschaft mochte doch aus meiner Wortfügung und der Art, sie zu sagen, schließen, daß ich nicht so ganz ein Burlak sein könnte. Man half mir mit dem Nötigen, und ich hatte nun gar nicht mehr Ursache zu klagen. Herr Stolzenwald hatte gar keine Schuld. Er beschäftigte sich in seinem Garten, und seine Leute hielten mich wahrscheinlich gar nicht für einen Menschen, mit dem man sich viel beschäftigen müsse. So geht es oft in Gasthäusern. Die folgenden Tage erhielt mein Name einige Komplimente aus der Stadt und meine Person dadurch einen beträchtlichen Zuwachs von Höflichkeit zu Hause.

Bronniza, den 8. Juni

Damit Du nicht umsonst ein Dutzend Geographien nachschlägst, will ich Dir sogleich sagen, daß Bronniza die erste Post, fünfunddreißig Werste hinter Nowogorod, nach Moskau ist; ein Nest, wo es sich nach Mühseligkeit und Plage wohl noch eine Nacht ausruhen läßt. Das ist jetzt mein Fall. Denn Du mußt wissen, als ich gegen Abend aus Nowogorod abfuhr, taten sich alle Fenster des Himmels auf, und der Regen stürzte strömend bis zum Erstarren kalt auf meine offene Posttelege herab. Ich lag auf einer Handvoll Stroh auf der Achse des rasselnden Karrens, schon die erste Viertelstunde bis auf die Haut naß, und ließ zitternd und mürrisch trotzig die Sündflut über mich hergießen. Eine Regennacht ist unter dem hiesigen Himmel noch in diesem Monate, wie bei uns im März oder im späten Herbste. Was kann das Elegieren helfen? Ich will nur den Faden wieder aufnehmen und mich und Dich hierher bringen. Die schlechten Auftritte müssen bei einer größern Reise schon zu Hause mit eingerechnet werden. Das Wetter war in Reval unfreundlich und mein Fuß nicht im baulichen Wesen, so daß ich mich einige Mal auf der Droschke herumbugsieren ließ, um die Gegend und vorzüglich den Hafen zu sehen. Ohne Bau ist in Reval kein Hafen, sondern nur eine Reede; und obgleich der Bau durch die hervorspringende Landspitze links an der Stadt etwas vor der Macht des Sturmes geschützt wird, so möchte doch eben dieser Punkt noch immer sehr mißlich sein, wenn der Nordwest anhaltend wütet. Die Lage hat etwas Ähnliches mit Catanien gegen den Nordost, nur ist Catanien nicht so sehr als Reval durch den Vorsprung gedeckt und wird wohl schwerlich einen sichern Hafen bekommen, wenn ihn nicht einmal glücklicher- oder unglücklicherweise der Nachbar Ätna macht. Mit russischer Anstrengung und russischem Aufwand mag es in Reval glücken; das kann man aber in Sizilien nicht leisten.

Schon das Eichenwäldchen bei Riga an der roten Düne war mir als eine Pflanzung Peters des Ersten immer ein angenehmer Gang; noch mehr war es hier Katharinental, das nicht so weit von der Stadt liegt und eine freundlichere Erscheinung macht. Es ist auch der gewöhnliche und, wie es mir scheint, der einzige Vergnügungsort der guten Leutchen aus Reval. Bei unserm Auszug aus Reval, ich glaube den einundzwanzigsten Mai, schneite und stiebte es hoch und kalt. Jedermann beschwert sich hier über das späte und schlechte Frühjahr, und ich bin eben jetzt nicht gestimmt, der Advokat des Himmels zu werden. Mein Fuhrmann war der nämliche, mit dem ich in Reval einzog, und sein großer, bedeckter, britschkenartiger Wagen hatte, trotz der Ladung an Gütern, doch noch ziemlich viel Bequemlichkeit; meine Gefährten waren ein junger Mensch aus Reval, der nach Petersburg in ein Handlungshaus ging und der mir von seinem Vater, einem alten Hofrat und Schulmanne, geflissentlich empfohlen worden war, und ein Drechsler aus Kopenhagen, der auch in das Eldorado an der Newa zog. Der Bruder Kopenhagener Drechsler hatte sein bißchen Sittsamkeit vermutlich schon am Sunde gelassen und in Reval nicht viel davon wieder gewonnen; seine Reden waren für den jungen Menschen freilich wohl unterrichtend, aber nicht auf die beste Weise, und gar nicht erbaulich. Er schlug einige Mal mit Zötchen an und aus. Ich schwieg und blickte dann ernst und brummte dann und sagte ihm dann so katonisch als ich konnte, daß er über seine Gesinnung und sein Leben selbst richten möchte nach seiner Überzeugung, daß er sich aber hüten sollte, seine Sittenlosigkeit vor jungen Leuten zur Schau zu tragen, wodurch er schlecht und verächtlich würde. Nach einigen Alltagsremonstranzen ergab er sich denn der Wahrheit und blieb die ganze Zeit über in den Grenzen des Anständigen. Das Nonplusultra seiner Freiheit in dieser Art war die öftere Wiederholung der Melodie:

„Du weißt es nicht, wie gut ich bin,
Mein Herz hegt zarten Liebessinn."

welche er wirklich mit einem Ausdruck von feinem Instinkt sang, daß ich mich mit ihm und Schikaneder aussöhnte, welches aber wohl mehr das Verdienst der Musik war. Der Mensch war übrigens nichts als ein ehrlicher, etwas liederlicher Handwerksbursche, dem zum Gutsein nur etwas ernsthafte Überlegung und gute Gesellschaft fehlte.

In Reval hatte ich aller Wahrscheinlichkeit nach geglaubt, den Herrn von Kotzebue zu finden. Er war auch noch den Tag vorher da gewesen, aber aufs Land gegangen. Ich konnte so viel Zeit nicht aufwenden, noch Nebenpartien zu machen, reiste also ab, ohne ihn gesehen zu haben. Unterwegs trafen wir in einigen Wirtshäusern nacheinander einen Wagen mit Reisenden, welche, wie ich hörte, Kaufleute aus Reval waren. Ein Wort gibt das andere. Es wurde auch von Kotzebue geredet, und einer der Schützlinge Merkurs sagte ganz ehrlich gläubig, Kotzebue wolle nach Königsberg gehen und drei Monate dort bleiben, um die preußische Geschichte zu schreiben. „In drei Monaten?" fragte ich. „Ja, in drei Monaten", sagte er; „er hat schon viele Materialien gesammelt und viel vorgearbeitet." Nun in drei Monaten möchte er wohl eine preußische Geschichte schreiben, aber nicht die preußische Geschichte. Ich hörte die alberne Geschichte noch verschiedene Male wiederholen und kann nicht begreifen, wie man Kotzebues Kopfe so etwas beimessen kann. Wahrscheinlich will er während der drei Monate einige Dokumente zu dieser Geschichte genauer prüfen und benutzen. Mir deucht aber überhaupt, weder Kotzebue noch Müller müssen eine preußische Geschichte schreiben, eben weil sie preußische Historiographen sind. Wie können sie die Kollisionen vermeiden, die notwendig entstehen müssen, oder dem Vorwurf der Einseitigkeit entgehen? Müller kann in Berlin wohl die Schweizer Geschichte schreiben. Man darf nun leider nicht in einem Lande sein, um über ein Land Wahrheit zu sagen; wenigstens darf man mit dem Lande in keinen Verhältnissen stehen. Freilich ist dies kein Lob unserer Liberalität, aber es ist nun so, an der Spree und der Elbe und der Seine und der Newa. London ist vielleicht, aber auch nur vielleicht, noch der einzige Ort, wo die Unbefangenheit ohne Rücksicht auftreten darf. Karamsin wird uns auch keine russische Geschichte geben, am allerwenigsten die Geschichte der ganz neuen Zeit. Auch hat Karamsins Geist, soweit ich ihn kenne, nicht den tiefen Ernst eines Geschichtsforschers.

Meinen warmen Rock hatte ich als nunmehr überflüssig in Dorpat gelassen und mußte einige Male für meinen Übermut vor Frost zittern. Die Wirtshäuser sind ungewöhnlich schlecht, fast auf gleichem Fuß mit den polnischen und littauischen, und unser Fuhrmann brachte uns allem Anschein nach in solche, wo für sein Vieh besser gesorgt war wie für seine Passagiere. Ich hielt mich unter diesen Umständen kontraktmäßig mit an den Speisekorb des jungen Herrn, dem mich seine liebe Mutter als Quasihofmeister zugegeben hatte, und tat nach meinem Gewissen mein Bestes in der Aufsicht und im Essen. Zu Jewe besuchte ich auf ein Stündchen den Probst Koch, den Erzieher einiger Kinder von Kotzebue, konnte aber nicht so lange bleiben, um alle die alten und neuen Merkwürdigkeiten der Gegend in Augenschein zu nehmen. Die Umgebungen sind eben nicht vielversprechend, und die alten Erzählungen von der Unsicherheit des dortigen Waldes trugen nichts dazu bei, meine Meinung besser zu stimmen. Der Oberst Eckermann mit seinem soliden Pferdestalle, den er noch auf viele Jahrhunderte nach dem jüngsten Tage gebaut hat, mag allerdings für die Leutchen dort ein ganz komischer, genialisch unterhaltender Mann sein; mich konnte weder er noch sein Pferdestall aufhalten. Ich lief schon wieder recht rüstig voraus und hatte mich im Walde hingesetzt, mir in einem kleinen Bache die Füße zu waschen. „Was macht Ihr da, liebes Väterchen!" rief mir ein alter, bärtiger Russe zu, der vorbeifuhr. Ich konnte mich nicht gleich auf die Antwort im Russischen besinnen, und indem ich mich besann, mochte meine Miene sonderbar genug aussehen, während ich mit den Füßen im kalten Wasser rührte. „Mein Gott", sagte er zu seinem Gefährten, „der arme Mann hat den Verstand verloren." Das Bad bekam aber meinen Füßen vortrefflich, und es ging immer besser und besser. Eine schöne und schön bebaute Gegend ist noch das Gut und die Postierung Waimar, nicht weit von Narwa, die dem Baron Arps gehört, der zu seiner Zeit den nordischen Herren als reicher Geldnegotiant bekannt war. Nicht weit davon schliefen wir in einem einsamen Wirtshause, in der Nähe einer alten Kirche, die man die Peterskirche oder nur die schwedische Kirche hieß. Es wurde dort gebaut, und das ganze Haus war voll Russen, die bei dem Baue arbeiteten. Da sang und trank und sprang alles durcheinander, mit der größten Jovialität und Gutmütigkeit bis zur Vergessenheit. Vorzüglich zeichneten sich zwei Brüder aus, wovon einer dem andern die Wohltat des Branntweins bis zur Übermacht aufzwang. „Du bist nicht mein Bruder", hieß es, „bist ein schlechter Kerl, ein Taugenichts, ich werde dich bei der Mutter verklagen, du kannst ja gar nicht trinken." Der andere arme Teufel hatte sich schon mit seiner völligen Ladung hinauf zu Bette geschrotet, aber sein Bruder, der größere Held, brachte ihn wieder herab aus der Bucht und verfolgte ihn mit dem Glase in der Hand bis zum letzten Punkt der schweren Seligkeit.

Als eine Charakterzeichnung der gesetzlichen Verhältnisse und der schönen Liberalität der Machthaber in Livland ist mir noch oft vorgekommen, daß ich hier und da an der Wand eine große Peitsche hängen sah. „Das sind unsere Landesgesetze", sagte man, als ich das Instrument mit einiger Aufmerksamkeit betrachtete; „weiter haben wir keine und weiter brauchen wir keine." Alles ist so ziemlich aus der Seele der Peitschenträger herausgesprochen, die wirklich gern möchten, daß es weiter keine Gesetze gäbe, und meistens handeln, als ob es so wäre.

Bei Narwa sah ich den Wasserfall nicht, weil man zu eilig war. So kommt es, wenn man nicht allein ist und nicht auf seinen eigenen Füßen geht. Es ärgerte mich nachher etwas, denn nach der Beschreibung und nach dem allgemeinen Anblick der Gegend muß er sehr schön sein. Die Narwa führt bekanntlich das Wasser des Peipus herab in die Ostsee oder in den finnischen Meerbusen. Der Lage nach zu urteilen, müssen dergleichen unschiffbare Stellen auf der Narwa oder dem nördlichen Kanale mehrere sein; und es wäre wohl ein Gedanke, ob man durch Brechung und Reinigung nicht den ganzen Fluß für Fahrzeuge gangbar machen könnte. Bis jetzt ist er es nur bis Narwa. Die Schiffbarkeit des Flusses wäre sodann noch das wenigste, was man dadurch gewönne. Mir deucht, durch Wegbrechung der Felsenhöhen würde das Wasser oben mehr und stärker herab nach der großen See zu fallen, und links und rechts an dem Peipus, in Livland und nach Pleskow, würde man durch den Abzug beträchtliche Strecken Land erhalten, die man denn nun auch dort schon brauchen könnte. Der Sumpf rund um den See würde sich wenigstens sehr verlieren. Der See würde immer noch groß genug bleiben für die Fischerei, welches der einzige Vorteil ist, den man für die umliegende Gegend daraus zieht. Bei nassen Jahren muß die Versumpfung beträchtlicher sein, da nur allein zwei so stattliche Flüsse, wie die Embach bei Dorpat und die Welika bei Pleskow, hineinfallen. Man hat ja wohl in Rußland größere

Werke unternommen und ausgeführt. Ich gebe dieses nur als eine Idee, deren Ausführbarkeit erst von einer nähern Untersuchung bestimmt werden muß.

Gamburg will, trotz aller Bemühungen der vorigen Regierungen und ungeachtet seiner vorteilhaften Lage an dem Flusse, sich nicht heben. Die Gegend umher ist ziemlich öde; und wie sollen Städte gedeihen in einer Wüste? Die Städte wachsen nur, wenn nicht andere ungewöhnlichen Ursachen eintreten, im Verhältnisse der Kultur des Landes umher. Auch scheint überall die Strenge der Zolleinrichtungen dem Emporkommen junger Pflanzungen dieser Art oder ihrem Wiederaufleben hinderlich zu sein. Nach meiner Überzeugung dürfte Rußland seinem Handel wenigstens noch hundert Jahre völlig uneingeschränkte Freiheit geben und könnte sicher sein, immer im Vorteil zu bleiben. Was es an einem Artikel verlöre, würde es an andern doppelt gewinnen, und der allgemeinen Kultur würde eine solche Liberalität nicht anders als vorteilhaft sein. Auch die Krone würde an ihren Einkünften wenig oder nichts einbüßen, und für das Wohl des Ganzen dürfte doch der Regierung auch eine kleine Aufopferung nicht zu viel sein. Die Hauptbedingung wäre wohl, daß man alle fremden Artikel so viel als möglich in russischen Schiffen herbeischaffte. Aber blühende Schiffahrt ist wieder ohne Personalfreiheit nicht denkbar. In andern Staaten, die in ihrer Kultur weiter sind und ihre Volksmengen mit Anstrengung nähren müssen, treten andere Rücksichten über den Handel ein.

Koskolowa ist das einzige gute Wirtshaus zwischen Narwa und Petersburg, einige Posthäuser ausgenommen. Ingermannland ist allerdings etwas ärmer als Livland, aber in der Tat etwas wohlhabender. Die Häuser sind nicht mehr so finstere, traurige Rauchlöcher; sie haben meistens schon freundliche, helle Fensterchen, die hier und da niedlich ausgeschnitzt und bemalt sind; auch findet man nicht selten wieder Schornsteine. Das spricht zum Vorteil des hiesigen

Adels. Aber die vorzügliche Ursache ist wohl, weil hier schon sehr viel Russen wohnen, und der Russe ist überall tätiger und läßt sich nie so weit herabwürdigen als der Lette und Este. Wo Du in Livland einen Schornstein siehst, ist es sicher des Edelmanns Krug oder Branntweinsküche. Wir gingen über Ropscha und Strelna und nicht über Krasnoe Selo.

Strelna, wo das Schloß des Großfürsten Konstantin ist, liegt angenehm genug zwischen Kronstadt und Petersburg. Die Kultur fängt nun von hier an durchaus besser zu werden. Von Strelna aus sieht man rechts schon eine große Menge Landhäuser der Vornehmen aus Petersburg, und auf der zweiten Hälfte, vorzüglich den letzten sechs Wersten, gehen sie links und rechts ununterbrochen fort. Eine solche Nachbarschaft hat, soviel ich weiß, keine große Stadt in Europa als Petersburg von dieser Seite. Es ist aber auch nur von dieser Seite; die anderen sind verhältnismäßig bei weitem nicht so voll. Der Eingang in die Stadt selbst ist zu Lande nicht so glänzend, als man nach den prächtigen Villen wohl denken sollte. Aber wirklich groß und überraschend und vielleicht einzig ist die Fahrt zu Wasser von dem Galeerenhof hinauf, und ebenso von oben auf dem Fluß von dem Stückhof herab. Wer aber dann die Newa hinauf- und herabgefahren ist und einige Gänge an dem Kai und den Ufern auf und ab gemacht hat, kann auch sogleich mit Wahrheit bestimmt sagen, daß er das Glänzendste und in jeder Rücksicht das Merkwürdigste von Petersburg gesehen hat. Ich halte also den Engländer eben nicht für den tollsten Grillenfänger, der in London von Petersburg las, sich auf ein Schiff setzte, herüberfuhr, den Kai und die Balustrade am Sommergarten besah, ins Boot stieg und so zu Wasser wieder abreiste. Um die neue, sonderbare, mächtige Kapitale also wirklich sogleich in ihrer größten Pracht zu erblicken, muß man zu Schiffe kommen, und ich kam nicht zu Schiffe. Dafür hatte ich den Vorteil, daß die Stadt bei mir immer gewann, welches bei denen, die vom Schiffe steigen, wohl nicht ganz der Fall sein mag. Städte und Gegenden und Menschen und ihre Pracht anzustaunen, ist eben nicht meine Sache, wie Du weißt! aber wo ich Großes und Gutes sehe, bleibe ich mit Achtung stehen. Bis zur Bewunderung steigt meine Seele nur selten. Hier habe ich bewundert, wenn ich dachte, daß da, wo Paläste stehen und Monumente, die man kühn unter die größten zählen darf, da, wo sich Menschen drängen und in Glanz und Üppigkeit leben, wo eine kolossalische Macht jetzt ihre Propyläen errichtet hat, daß da vor hundert Jahren nichts war als rund umher eine ungeheure Sumpfgegend mit einigen Fischerhütten. Das ist Größe. Ob auch Güte, ist eine andere Frage. Vielleicht gelingt es Alexander, das Große gut zu machen; dann ist er größer als die übrigen. Petersburg ist mehr als Berlin und Wien und ist es in einem Jahrhundert geworden. Der Russe in seinem heißen Patriotismus findet es noch besser als Paris und Rom. Da hat er recht, aber im einzelnen, und wird es ganz haben, wenn das Ganze fertig sein wird. Es ist schade, daß bei der großen, schönen Anlage nicht auch immer ein großer, schöner, reiner Geschmack in der Ausführung herrscht. Man hat in Petersburg keine einzige schöne Kirche, wie man sie nämlich in Petersburg bei solchen Unternehmungen zu erwarten berechtigt ist. Die Isaakskirche ist von außen ein schwerer, unförmlicher, winkliger Marmorhaufen, dem keine Kunst mehr helfen kann. Die neue Kasanische Kirche, die eben gebaut wird, hat schon den Nachteil, daß sie zu nahe an dem Kanale steht und feuchten Grund haben muß, wenn man ihr auch durch Wegschaffung der nahen Gebäude Platz und Tag macht. Soviel ich aus der Anlage gesehen habe, wird sie zwar groß und prächtig werden; Schönheit aber und hohe Einfalt habe ich noch nicht entdecken können. Nur blinde Vorliebe für das Vaterländische kann sich einbilden, daß sie mit der Peterskirche am Vatikan wetteifern werde. Der Kai an der Newa herab vom Stückhof bis zum Galeerenhof ist einzig, soviel ich gesehen habe; und die Säulen an der Balustrade des Sommergartens werden, in der alten und der neuen Kunst, vielleicht nur von den Säulen des Pantheons in Rom übertroffen. Hier und dort ist der Schaft aus einem einzigen Stücke. Weder bei den Säulen in Agrigent noch in Pästum ist das der Fall. Nur die Säulen in der Kathedrale zu Messina, die aus dem alten Neptunstempel am dortigen Pharus genommen sind, dürften ihnen noch den Rang streitig machen. Ich spreche bloß von dem, was ich gesehen habe. Was in Griechenland noch Großes und Schönes in dieser Rücksicht sein mag, weiß ich nicht. Paris weiß nichts aufzuweisen, was den beiden oben erwähnten Stücken in Petersburg gleichkäme: deswegen möchte ich aber Petersburg noch nicht für besser und schöner halten. Einzeln ist Petersburg größer, im ganzen Paris, Rom übertrifft beide vorzüglich durch die Größe dessen, was es noch aus dem Altertum hat. Es ist schade, daß der Sommergarten nicht auch von den andern zwei Seiten, denn von den entgegengesetzten schließt ihn der Michailowsche Palast, gehörig umgeben ist, wenn es auch nicht ganz nach dem großen Maßstabe nach der Newaseite wäre. Der Schloßplatz in Petersburg ist unstreitig der schönste und größte in Europa, trotz seiner Unregelmäßigkeit. Die große Parade auf demselben ist in jeder Rücksicht, an Zahl und Schönheit der Mannschaft und des Aufzugs, besser als die große Parade vor den Tuilerien in Paris, auch in der Haltung. Wenn an der Seine bessere Krieger sind, so beseelt sie bloß ein besserer Geist. Ich habe beide mit Aufmerksamkeit gesehen und spreche ohne Vorurteil nach Überzeugung. Es hat mir wohlgefallen, wenn der Kaiser Alexander, der schöne, liebenswürdige junge Mann, ohne Furcht und Zwang zur Parade und von der Parade den langen Weg durch die gemischte, dicht gedrängte Volksmenge aller Klassen und Nationen offen und freundlich hinging, ohne daß jemand einen Erlaubniszettel nötig hatte, ihm so nahe zu sein, als es der öffentliche Anstand erlaubt. Der Schloßplatz hat zwar durch die Anlage der Promenade um die Admiralität herum an Raum beträchtlich verloren, ist aber deswegen immer noch der größte, den ich in irgendeiner Stadt kenne, den heiligen Petersplatz nicht ausgenommen. Auch schon diese Anlage allein ist eine Unternehmung, die anderwärts Bewunderung erregen würde. Nur den Grund gehörig auszufüllen, zu ebnen und zu erhöhen, selbst über Kanäle hinweg, eine starke Viertelstunde Weges, war eine Arbeit, die in andern Hauptstädten nicht ohne große Anstrengung geschehen wäre; und ich begreife jetzt noch kaum, woher man eine so große Menge der schönsten, schenkelstarken, jungen Lindenbäume in einem Klima wie Petersburg so schnell zusammengebracht hat. Die Stämme sind gegen die Strenge der Witterung alle hoch mit Moos umwickelt, stark gestützt und werden mit großer Sorgfalt behandelt. In einigen Jahren wird der Platz, wenn er so fortgepflegt wird und gedeiht, gewiß einer der schönsten Spaziergänge, die man nur aufzuweisen hat. Wer vor dem Tore der Admiralität als dem besten Punkte zum Orientieren steht und in die drei Hauptperspektiven hinuntersieht, hat allerdings einen Anblick, so groß wie man ihn vielleicht in ganz Europa nicht findet. Die Newskyperspektive ist die größte und schönste. Diese Hauptstraße ist so breit, daß der Kaiser Paul in der Mitte eine schöne Allee von Linden auf erhöhtem Grunde für die Fußgänger angelegt hat, und auf jeder Seite können doch noch drei große Wagen bequem nebeneinander fahren. Nicht viel weniger Breite haben noch einige anderen Straßen. Die ehemals so berühmte Million wird jetzt kaum mehr zu den Hauptstraßen gezählt, so sehr sie sich auch durch die Pracht einzelner Gebäude auszeichnet. Nun sind freilich die Petersburger, nach der Gewohnheit aller patriotischen Enthusiasten, auf diese Schönheiten noch stolzer, als sie wohl Ursache haben. „Ist das nicht das Größte und Prächtigste, was man sich denken kann?“ wurde ich gefragt. „Ja“, war meine Antwort, „wenn es fertig sein wird.“ Man sah mich an, und ich war genötigt bemerklich zu machen, daß die Ungleichheit und oft barocke Unregelmäßigkeit der Gebäude durchaus noch nicht der Pracht der Anlage entspreche. Man fragte mich, wo denn das zu finden wäre. „Der Toledo in Neapel“, war meine Antwort, „besteht ganz und gar und ganz regelmäßig fast aus lauter solchen Gebäuden, wie hier die schönsten sind, und hat viele noch schöneren. Und die Hafenseite von Messina ist noch in ihren Ruinen so schön und groß als die beste Straße in Petersburg.“ Das war freilich ungalant, aber abgeforderte Wahrheit. Indessen hat auch ganz Italien keine Straße aufzuweisen, die dem gleichkommt, was man noch jetzt an der Hafenseite von Messina erblickt. Das sogenannte Marsfeld zwischen dem Marmorpalast, dem Michailowschen Schlosse und dem großen und kleinen Sommergarten ist zwar ein Diminutiv gegen das Pariser, es hat aber den Vorteil, daß es mitten in der Stadt liegt. Suworows eherne Bildsäule zu Fuße, am Ende desselben, ist zwar kein gutes Kunstwerk nach dem Maßstabe der Alten, aber doch auch nicht ganz schlecht zu nennen, wie die Tadler schreien. Ein Mißbegriff, wie viele andere, war es vom Kaiser Paul, nach Katharinens Unternehmung noch eine Statue Peters des Ersten zu geben, wo er den Charakter der ruhigen Größe ausdrücken wollte und in Härte, Frost und steife Gezwungenheit geriet. Seine Inschrift sticht ebenso gezwungen ab gegen die hohe Einfalt der andern. Er hat gesetzt: „Dem Vater der Vorväter“, dort steht, wie bekannt: „Peter dem Ersten Katharina die Zweite.“

Eben war ich mit meinem Wirt und Freunde in einer gemütlichen und traulichen Unterredung, da trat ein großer, ernster, charaktervoller Mann herein, mit finsterem, fast mürrischem Gesichte, warf seinen Federhut und Stock nachlässig auf einen Seitentisch und schritt schweigend einige Mal im Zimmer auf und ab. Der Mann war Klinger, er kam von der Kaiserin. „Kinder“, sagte er mit dem Tone der tiefen, männlichen Rührung, „Schiller ist tot!“ Werter hätte mir Klinger in langer Zeit nicht werden können als in diesem einzigen Moment durch diesen Ton, ob er mir gleich keine traurigere Nachricht hätte bringen können. Es war der Ton der wahren Teilnahme, mit welcher der Mann von Wert von einem Manne spricht, dessen Wert er mit reiner Freude anerkannte. Die Großfürstin Marie von Weimar hatte mit den kleinsten Umständen und dem ganzen Ausdruck einer schönen Seele den Todesfall sogleich ihrer Mutter in Petersburg gemeldet, und nie ist wohl ein Nationaldichter so allgemein betrauert worden als Schiller an der Newa. Wie groß muß nicht die Bestürzung und Trauer der Seinigen und seines ganzen dankbaren Vaterlandes gewesen sein!

Vorigen Sonntag war ich in einer hiesigen katholischen Kirche, die der Kaiser Paul mit allen großen Appertinenzen, nicht ohne Vorwurf der Ungerechtigkeit der Gemeine genommen und den Jesuiten gegeben hat. Sie ist in Rücksicht der Bauart wohl die einzige schöne Kirche in Petersburg. Es predigte ein Pater Jesuit deutsch mit großem Feuereifer gegen die Greuel der Verführung durch die Aufklärung, natürlich durch die falsche. Aber welche ist diesen Herren wohl die rechte? Er führte dabei einige nichts beweisenden Beweissprüche an. Solange man als die reinste Quelle göttlicher Wahrheit und als die heiligste Norm der vollendetsten Moral ein Buch aufstellt, dessen Inhalt dunkel und widersprechend, selten auf das Leben bezogen und voll moralischer Inkonsequenzen ist und dessen wahres, brauchbares Gute auf unhaltbaren Gründen eines finstern, theosophischen Enthusiasmus beruhet, wird die wahre, wohltätige Aufklärung weder in der Kirche noch im Staate feste Wurzel schlagen. Ich kenne selbst jetzt noch mehrere, deren bißchen Verstand über der prophetischen Theologie apokalyptisch zugrunde gegangen ist, und es ist kein leichterer und gewöhnlicherer Sprung als vom Kardinal zum Atheisten; auch soll sich beides sogar zuweilen recht gut vertragen, wie die Geschichte sagt.

Lot trieb im Traubenrausch Unzucht mit seinen Töchtern: der war der frömmste Mann seiner Stadt. Das mag noch gehen; denn die andern wurden vertilgt wegen ihrer

Bosheit. Abraham stieß seinen eigenen hoffnungsvollen Sohn mit der Mutter zum Raube des Mangels und der Angst hinaus in das Unwirtbare, um einen Sprößling zu verzärteln, dessen Abkunft sehr problematisch war. Der war ein Vater der Gläubigen. Jakob betrog seinen Schwiegervater um die Schafe und seinen wackern, ehrlichen Bruder um die Liebe seiner Eltern. Der Bruder wuchs und gedieh durch die Größe und Reinheit seiner Natur und vergab großmütig dem furchtsamen Kriecher. Dafür ist dieser der Erwählte, und jener muß ausgerottet werden auf den Befehl des Herrn mit seinem Samen ewiglich. Joseph, das schmeichelnde Schoßkind, ist das Muster der Delatoren und Tyrannenhandlanger, ich weiß nicht, ob Narziß und Sejan ihm an Ränken gleichkamen, wenn ich die Wahrheit der Überlieferungen annehme. Die löbliche Geschichte mit der Dame Potiphar ist mancher Deutung fähig. Er ward Minister durch den Zufall oder durch das Talent, das er sich in dem Hause seines Vaters erworben und in der Welt ausgebildet hatte. Er legte in den guten Jahren Magazine an: eine sehr lobenswürdige Vorsorge, die heutzutage leider alle Fürsten und ihre Minister, vielleicht mit besserm Glauben an die Vorsehung, aufgegeben haben. Was tat aber der Minister Joseph mit den Magazinen? Rettete er das Land und ward sein Wohltäter? Mit einem Wort, er brachte es in Sklaverei. Erst zahlte man Geld für Korn, dann brachte man seine bewegliche Habe, dann verkaufte man seine Grundstücke, dann seine Person dem Könige zur Knechtschaft. Das nenne ich doch einen Fürstendiener, einen Finanzrat, wie er sein muß! Mir ist in den Annalen der Menschheit kaum ein größerer Bube bekannt, und der wird aufgestellt vor andern der Jugend und dem Volke zum Vorbild. Saul, der hohe, großmütige, königliche Mann, wird verworfen, weil er menschlich war, weil er nicht in das schändliche Ausrottungssystem des Pfaffen Samuel stimmen wollte. Freilich war der Knabe Isais folgsamer und frömmer, der dann die Weiber verführte und ihre Männer im Hinterhalt morden ließ. Dafür ward er ein Mann nach dem Herzen Gottes. Der Himmel behüte mich, daß ich auf diese Weise ein Mann nach seinem Herzen werde. So geht es in Beispielen fort, die man dem gemeinen Menschenverstand, ich weiß nicht, ob zur Bildung oder zur Verwirrung in die Hände gibt. Die schöne Moral Christi, obgleich mit mystischem Nebel umhüllt und durchwebt, gewann durch die Schlechtheit und Verdorbenheit der damaligen Sitten und Begriffe einen Einfluß, der nach und nach die alte Volksreligion beträchtlich veränderte. Man muß die Kirchengeschichte gar nicht und die politischen Händel nicht sehr genau studieren, wenn man nicht voll Bitterkeit gegen das sogenannte Christentum werden soll. Die Helden der Partei trennen mit Wärme, Eigensinn und Hartnäckigkeit immer den Mißbrauch von der Sache. Den Mißbrauch sieht man überall, wo ist denn aber die vorzügliche Wohltat der Sache? Der Herr Abt Henke will auch mich sogar noch aus Gnaden selig werden lassen. Ich bin ihm sehr verbunden für seine Großmut, die er auf Kosten des Himmels übt, denke aber, wenn ich die Seligkeit nicht selbst und rein verdienen kann, so werde ich wohl verdammt werden, wenn gleich nicht sogleich in Ewigkeit. Ich kann seine Begriffe nicht fassen. Der erste Akt des Himmels war Weisheit, alle folgenden sind nur Gerechtigkeit; und ich wiederhole es: die Vergebung der Sünden ist das Palladium der Bösewichter und der Schwachköpfe. Ich glaube, die Polemik hat mich bei den Jesuiten in Petersburg angesteckt. Weg damit!

Nun entstand ein Zwist in mir, was ich von hier aus mit meinem übrigen Sommer noch machen sollte. Ich wäre gern an dem botnischen Meerbusen hinauf- und oben herumgegangen, um zu Tornea am Ende des Juni das Schauspiel der Sonne um Mitternacht am Himmel zu sehen. Das wäre doch auch noch vielleicht einen Spaziergang auf den Ätna zum Aufgang der Sonne dort oben wert gewesen. Aber es war mir zu früh im Jahre; ich hätte zu zeitig von der Newa Abschied nehmen müssen, und vor allem, ich hätte den Abstecher nach Moskau zu meinen Freunden nicht machen können. Nun waren mir meine lebendigen Freunde in Moskau doch lieber als die Sonne um Mitternacht in Tornea. Das wird mir schon die liebe Sonne zugut halten, ich kann ihr vielleicht noch ein andermal meine Achtung dort bezeigen. Ich packte also so viel, als ich nötig hatte, von meinen Siebensachen in meinen alten, halbverbrannten Seehund, nahm eine Podoroschne, setzte mich in eine Droschke über Zarskoe Selo nach Sophia. Da hatte man mich denn von Petersburg aus den falschen Weg geschickt, ich hätte sechs Werste vorher links abfahren sollen, und der Postmeister in Sophia wollte mir ordonnanzmäßig wohl Pferde nach Kleinrußland, aber nicht nach Moskau geben. Mein Jemtschik oder Lohnfuhrmann wollte sich durchaus nicht dazu verstehen, mich weiter auf die erste Station der Straße nach Moskau zu bringen, und forderte endlich für seinen dürren Gaul und ein ziemlich wankelmütiges Fuhrwerk für eilf Werste vier Rubel. Die exorbitante Jüdelei verdroß mich, und die Leute schienen zu meinen, ich wäre in ihren Händen und müßte zahlen auf alle Fälle. Das war nun aber nicht, denn ich warf ganz trotzig meinen Sack über die Schultern und schritt rüstig die Allee hinunter, hinter Zarskoe weg, auf Ischora zu: eine Erscheinung, die den Hyperboräern gar sonderbar vorkam. Hier belugte zwar der Postmeister mich und meine Equipage von allen Seiten, gab mir aber doch auf meine Podoroschne ohne Widerrede weitere Pferde.

Nun ging eine Höllenfahrt an und dauerte ohne große Unterbrechung wahrscheinlich so fort bis Moskau. Der Weg ist das solideste, gröbste, etwas ausgefahrene Steinpflaster mit abwechselnden Knüppelbrücken; das Fuhrwerk gilt zwar für eine Postkibitke, ist aber bloß ein offener, sehr massiver, backtrogähnlicher Karren, Telege genannt, fest auf der Achse liegend und bei jedem Stoß durch alle Sehnen dröhnend. Ich bat um Heu oder Stroh, da war aber selten etwas zu haben, so daß ich in der besten gewöhnlichen Richtung im Kasten auf der Achse saß und nur die Wahl hatte, mich gelegentlich durch eine schlimmere Wendung auf kurze Zeit etwas zu verbessern. Nun jagt der gemeine Russe mit seinen Stahlknochen über kleine und große Steine polternd hinweg, daß die Haare fliegen, und fragt nicht, was Kopf und Schenkel des Reisenden dabei empfinden. Das wirft und stößt und dröhnt von dem heiligen Bein bis in die Zirbeldrüse, so daß Gall einige Minuten nachher gewiß kein einziges seiner Organe an dem Hirnkasten würde finden können. Auf einer solchen Fahrt sollte man sich mit Bruchbändern versehen. Ich setzte mit aller Kraft meine Hände in meine Seite und hielt mir den Brustknochen so fest, als ich konnte, um mir den Thorax nicht zu zerbrechen. Ist man nun einige Stationen vom Schenkel bis zum Schulterblatte etwas gegerbt und gekerbt, so geht es nachher, bis auf einzelne Kapitalstöße, schon etwas leidlicher, weil man nämlich besser zu leiden gelernt hat. In Rücksicht der Unverweslichkeit kann ich mich nun mit Shakespeares bestem Gerber messen und bin nun kraft der Güte meines Felles wohl noch einige Jahre ewiger als er. Auch die russischen Kuriere fürchten sich, wie ich höre, nicht wenig vor diesem Wege und nennen ihn nur die Zitterpartie oder in ihrem eigenen Idiom le tremblement du cul: ein Ausdruck, den nur die Feinheit der französischen Sprache erlaubt, wenn man ihn nicht aristophanisch-griechisch geben will, wo er dann vielleicht ebenso bedeutend Pygisma lauten würde. Die Kuriere haben aber gegen die Dröhnung breite, starke Gurte und eine Ledermaschine zum Sitzen, die sie an die Telege schnallen und die man in Petersburg für zehn Rubel in den Buden kaufen kann. Das erfuhr ich erst bei meiner Rückkunft, da kamen die Herren vom Rathause.

Schon in Ischora setzte sich kurz und gut eine alte Frau zu mir in den Wagen und plauderte, solange man vor dem Gerassel eine Silbe verstehen konnte. Die gute Maritorne klagte entsetzlich über allgemein teure Zeit und trank zum

Trost während der Fahrt doch eine ziemliche Flasche Branntwein in großen Zügen aus. Die Station nachher traf ich mit einem jungen Menschen zusammen, der den nämlichen Weg ging und mir den Vorschlag tat, mit ihm Partie zu machen; eine Sache, die sehr annehmlich war. Es war doch Gesellschaft, und so reisten wir denn jeder mit anderthalb Pferd, da wir beide zusammen nur drei brauchten. Sein Gepäck gab überdies einen bessern Sitz. Er blieb in Nowogorod, und mit ihm verließ mich das gute Wetter.

Petersburg, den 13. Juli

Schon wieder zurück aus Moskau und im Begriff, auch Petersburg zu verlassen, das geht freilich etwas zu schnell für eine wohlgeordnete Reise. Aber darauf kann ich nun eben keinen weitern Anspruch machen, und Du bist vielleicht auch selbst ziemlich froh, wenn ich mit meinen Erzählungen zu Ende bin.

In Nowogorod übersieht man bloß das große Feld der ehemaligen Herrlichkeit. Das Schloß scheint noch ganz aus den Zeiten der Hanse zu sein und ist von einem außerordentlichen Umfange. Von ferne sieht die Stadt aus, als ob sie noch gewaltig viel zu bedeuten hätte, das Inwendige ist aber ziemlich öde und leer. An Kirchen fehlt es nicht, aber desto mehr an guten, volkreichen Straßen. Es sind so viele großen, leeren Stellen nach allen Seiten, daß ich fast glaube, die Bürger können ihr Brot und ihren ganzen Mundvorrat in der Stadt bauen, ohne aus dem Tore zu gehen. Wo ist die Zeit hin, wo Nowogorod die Zaren zittern machte und wo das Sprichwort entstand: „Wer kann wider Gott und Nowogorod?“ Ein Deutscher muß jetzt fast nur in dem Andenken an seine Nation leben. Hier ist ein Östreicher, dort ein Preuße, hier ein Sachse, dort ein Bayer, hier ein Hesse und so weiter, bis zur Legion der kleinen Fürstenkinder, aber nirgends ein Deutscher. Was soll mir die patriotische Aufwallung an der Wolga?

Von Bronniza fuhr ich denn getrocknet weiter. In Krestzy kam ich mit einem Kosakenoffizier zusammen, der mit seinem bärtigen Freund und Bruder, einem gemeinen Kosaken, nach dem Kaukasus beordert war, und wir machten nun den Weg immer in einer Gesellschaft, obgleich in zwei Kibitken. Der Kosak suchte mir einige Furcht wegen der Straßen beizubringen und war überhaupt auf die Russen gar nicht gut zu sprechen. So oft er etwas Schlechtes sah oder zu sehen glaubte, sagte er ganz andächtig: „So ist nun das russische Volk!" Und nach seiner Angabe waren Gerechtigkeit und Vernunft und Freiheit und Ehrlichkeit und überhaupt das Paradies nur in seinem Vaterlande. Das bekräftigte denn sein bärtiger Diener, der Gemeine, immer sehr ernsthaft. Er kannte übrigens die Armee und die Generäle, und so musterten wir denn nach Noten. Ich muß ihm die Gerechtigkeit widerfahren lassen, seine Urteile kamen mir billig und durchdacht vor, und der ganze Mann schien mir sehr menschlich und wacker zu sein. Seine Gesundheit war eben etwas schwach, ich fuhr also mit ihm etwas langsamer, und doch habe ich, ungeachtet des Aufenthalts in Bronniza, die ganze Reise von Petersburg nach Moskau, über hundert Meilen, in weniger als fünf Tagen gemacht.

Von Petersburg bis Ischora ist die Gegend ziemlich bebaut. Von da über Torna bis Podborre sind gegen hundert Werste links und rechts fast lauter Wälder, und der Weg ist einsam und langweilig. In Podborre, wo einige Anhöhen sind, öffnet sich links und rechts die Gegend, und bei Nowogorod wird sie, besonders links am Flusse hin, ziemlich angenehm. Wenn es nur nicht Klöster wären, die dem Lande einen Anschein von Kultur geben. Es ist ermüdend und nicht erfreulich, so viele Meilen immer auf der Hauptstraße gerade fortzurollen, ohne daß ein Seitenweg einläuft oder ausgeht: ein gewisses Zeichen, daß die Kultur links und rechts auf eine ziemliche Entfernung ärmlich sein muß. Aber ich habe immer noch lieber einzelne ärmliche Hütten als reiche Klöster, die von jenen ernährt werden.

Bei Saizowa und Krestzy ist die Kultur besser, nirgends kann man sie aber gut nennen. Gute, große und schöne Dörfer liegen allerdings oft genug an der Straße, aber des urbaren Landes ist doch wenig, und auf beiden Seiten ist die Waldung ziemlich nahe. Als einen Beweis des Mangels an Kultur nehme ich immer wieder an, daß weder Landwege einlaufen noch ausgehen.

Ich hatte den Vorteil, in einer nicht üblen, ziemlich wohlhabenden Gegend die Landleute an ihrem Pfingstfeste zu sehen. Alles war Frohsinn, Heiterkeit und Jubel bis zum Übermaß, und die russische Lebendigkeit war hier recht in ihrem eigentlichen Spiel. Aber nirgends habe ich Unsittlichkeit und Ungezogenheit gesehen, wenn ich einige nicht sehr feinen Landflüche ausnehme. Die Kleidung war sehr reinlich und leicht und geschmackvoll und nicht selten ziemlich kostbar. Es ist unstreitig kein Anzug unbequemer und geschmackloser als die Kleidung der Frauen auf dem Lande in den meisten Provinzen Deutschlands. Die jungen Kerle schritten alle wohlgekleidet und genährt in dem stolzen Gefühle ihrer Kraft einher, als ob sie, wenn's nötig wäre, sogleich eine Batterie nehmen wollten. Das ist freilich ein Menschengeschlecht, mit welchem Peter Narwa durch Pultawa gutmachen konnte. Man trifft sie selten in andern Ländern so lebendig und mutig und kraftvoll. Alles überließ sich der natürlichen Freude, und die Nationalsünde des Trinkens ward noch etwas merklicher als gewöhnlich, aber ohne die bösen Wirkungen, die man sonst fürchtet. Ich habe weder Schlägerei gesehen noch Zank gehört. In Podborre führten zwei junge Burschen einen alten Graubart, der seiner Füße nicht mehr ganz mächtig war, freundlich nach Hause. „Aber, Väterchen, heute seid Ihr doch auch betrunken", sagte einer der jungen Leute recht gutmütig, als ob er froh wäre, dem alten Schulmeister etwas zu geben, es aber doch sehr sanft machen wollte. „Ich betrunken, Brüderchen?" sah ihn der Alte gar silenisch an, indem er sich auf den andern Kameraden stützte und den langen Bart strich, „ich bin nicht betrunken, Brüderchen." – „Aber Ihr könnt ja nicht gehen, Väterchen." – „Nicht gehen, Brüderchen? Siehst du, heute ist ein großer Festtag, da kann man ein bißchen torkeln, aber betrunken bin ich nicht." So torkelte denn auch das Kleeblättchen zur großen Belustigung der übrigen jovialisch weiter.

Es ist eine Wohltat, wieder unter Menschen zu sein, die den Mut haben, sich als Menschen zu fühlen. Die Dörfer sind hier zwar alle von Holz gebaut, aber schön und groß, und man darf sagen, sehr freundlich und Wohlhabenheit zeigend. Die Giebel stehen meistens nach der Straße, und die Fenster sind hell, die Schößchen fast alle geschnitzt und bunt gemalt, das Dach zum Schutz gegen das Wetter traulich hervorstehend. Ich habe mehrere Bauerhäuser gesehen, die, quer gezogen, acht schöne Fenster in einer Reihe hatten, die Hälfte mit weißen Vorhängen. Die meisten haben ein Stock hoch einen freundlichen Altan, der der ganzen Front ein heiteres, schmuckes Ansehen gibt. Auf einigen dieser Altane habe ich die Büsten des jetzigen Kaisers und seiner Gemahlin stehen sehen.

Jaschelbiza liegt schon ziemlich hoch, und nun geht es immer aufwärts bis nach Simogore oder Winterberg bei Waldai, in den davon genannten Gebirgen. Die Waldaischen Gebirge sind der bewohnteste Landstrich zwischen Petersburg und Moskau. Man hatte mir Böses von der Gegend gesagt, und ich habe Gutes gefunden. Gleich am Fuße bewillkommneten mich Rohrsperlinge, Schnarrwachteln und Nachtigallen, und ich muß bekennen, daß das trauliche Tongemisch vaterländischer Vögel, die ich bis jetzt nur selten gehört hatte, es mir sogleich etwas heimisch machte. Auch fand sich hier überall gutes Wasser, welches ich von Petersburg aus nicht gefunden hatte. Oben ward es freilich kälter, aber die Dörfer waren nach allen Seiten zahlreich und nicht ganz schlecht. Ich kann mich einiger Punkte erinnern, wo ich acht Dörfer sah, welches in Rußland noch nie der Fall gewesen war. Die Mädchen oben in Waldai gelten für die besten russischen Hetären, vielleicht weil dort Mönche sind. Ich habe keine Unsittlichkeit wahrgenommen, aber auch eben keine vorzügliche Schönheit an den Frauen gesehen. Mir tat am meisten wohl die Humanität meines Fuhrmanns, der ein Nachbar aus Simogore war. Es war eine kalte, schneidende Morgenluft, der Name sagt schon genug, Winterberg, etwas höher als unser vaterländischer bei Dresden. Ich hatte nichts als mein gewöhnliches Kleidchen, weil ich der Wärme in Dorpat zu viel getraut hatte. Ich sagte stolz keine Silbe und hauchte, so stark ich konnte; aber mein guter Russe von Simogore, der mich und die Luft gehörig taxierte, brachte mir reichlich Stroh und einen großen, warmen, neuen Schafpelz. Der Mann machte durch seine freie Freundlichkeit meiner Seele von innen ebenso warm als meinem Körper von außen, und wir fuhren neben einigen Seen hin rasch nach Jedrowa hinunter.

Von Krestzy bis Simogore und weiter hin sind eine Menge kleiner kegelförmiger Berge, wie man sie auch hier und da in Deutschland findet. Sie sind augenscheinlich von Menschenhänden aufgeführt, und die Eingebornen sagen davon nur, es liegen darunter die alten großen Leute. Sie sind also bei den Russen ungefähr das, was unsere sogenannten Hünengräber sind, wahrscheinlich die Grabmonumente irgendeines einzelnen Heerführers oder mehrerer Krieger, die zusammen in einer Schlacht blieben. Auch in neuern Zeiten hat man zuweilen bei Schlachten die Gewohnheit gehabt, auf diese Weise zu begraben.

In Rußland reist man immer nur mit Papier und Kupfer. So bequem das erste ist, so lästig ist das andere, zumal für jemand, der nicht immer die genaueste Aufmerksamkeit hat. Ich hatte in Krestzy eine Note von fünfundzwanzig wechseln lassen und bekam dadurch auch einen schweren Sack mit elf Rubeln Kupfer. Meine Telege war nur mit Bastdecken ausgeschlagen, und darüber war Stroh gelegt. Der Postillon hatte mit meiner Erlaubnis einen alten Kerl von Petersburg und ein junges Mädchen von Torschok mit aufgepflanzt. Es ging halsbrechend fort, und als ich auf der folgenden Station bezahlen wollte, war der ganze Beutel mit dem Kupfer weg. Ich war anfangs etwas grämlich und hatte einigen Verdacht auf meine Gesellschaft; als ich aber das große Loch unten in der Bastdecke fand, das mein wichtiger Mammon geschlagen hatte, und die Ehrlichkeit meiner Gefährten gerettet sah, war ich schon zufrieden und lachte herzlich über den Unfall, der so eigen und nicht größer war, und die Leute staunten mich sonderbar an, daß ich mit meinem Tornister über ein solches Unglück scherzen konnte. So etwas läßt sich wohl noch weglachen, und der Postkerl bekam nach dem Schelten über die schlechte Telege fünf Kopeken Trinkgeld mehr.

Wischnei Wolotschok ist durch seinen Kanal als Handelsstadt bekannt; auch Torschok ist kein unbeträchtlicher Ort. Alle Stationen sind von da aus nicht ganz unangenehm. Twer hat den Vorzug eines sehr guten Gasthauses auf der Post, wo man zugleich sehr billig ißt: eine Wohltat, die in den dortigen Gegenden weit größer ist, als Du vielleicht denkst. Die Wolga gibt hier schon sehr gute Fische; und Du kannst glauben, daß ich sie mir bekommen ließ. Bei Klin ist eine sehr liebliche Gegend von Tälern und Anhöhen, vielleicht die beste auf dem ganzen Wege. Hier aß ich denn dankbar mit großem Appetit das letzte Stück von einem Paar gebratenen Birkhühnern, die mir meine gute Wirtin in Petersburg in meinen Tornister hatte packen lassen. Als eine Eigenheit fand ich hier vorzüglich kleine Pferde und sogar unbeschlagene Wagen, wie das Fuhrwerk der Litauer, Letten und Esten. Hinter Pesky, welches auf einer kalten Höhe liegt, wird der Weg wieder abwechselnd freundlich, bis auf die letzte Station Czernaja Grähs, die sich durch ihren Namen bezeichnet, Schwarzkot. Das Wetter und der Weg bestätigten sogleich die Benennung.

Die Einfahrt nach Moskau ist von der andern Seite von Pleskow über die Berge die schönste, wo man die ganze alte, große, sonderbare Kapitale übersehen kann. Von der

Petersburger Seite ist alles flach, und links und rechts dekken in einer nicht großen Entfernung noch Wälder die Aussicht. Links liegt, einige Werst von der Stadt, am Walde das neue kaiserliche Schloß, hat aber mehr das Aussehen einer großen Ritterburg als eines kaiserlichen Palastes. Am Tore der Stadt nahm ich von meinen guten Freunden, den Kosaken, Abschied, die nun ihres Weges weiterreisten. Da ich für sie einige Rubel in Auslage gewesen war, dachte ich etwas voreilig, das wird nun wohl kosakisch quittiert werden, und war schon willens, weiter keine Notiz davon zu nehmen, aber der wackere Mann bezahlte mich sehr freundlich, sogar mit billiger Reduktion in Silbergelde. Nun fuhr mich mein Postkerl eine Ewigkeit von Straße gerade hinunter und hinauf bis an den Kreml und von da links in die Nikolaistraße, wo er mich dem griechischen Kloster gegenüber in ein deutsches Gasthaus brachte, zu dem ich schon die Notiz auf der letzten Station gefunden hatte, wo aber außer dem Herrn und dem Oberkellner niemand deutsch sprach.

Vor und nach Wischnei Wolotschok ist etwas Sand; sonst ist der ganze Strich von Petersburg bis Moskau Land, aus dem der Fleiß etwas machen kann. Den andern Morgen suchte ich meine alten Freunde auf und fand auch neue, und ihre Hospitalität war so patriarchalisch, daß ich die acht Tage meines Aufenthaltes in meinem Wirtshause nichts als einige Mal mein Frühstück genommen habe, und so hatte es den Anschein fortzugehen, wenn ich auch acht Wochen dort geblieben wäre, denn der Kreis erweiterte sich immer. Ich habe mit Küttner die Gewohnheit, daß ich überall, wo ich kann, die Höhen zur Aussicht suche, und so führten mich denn Buhle und Goldbach sogleich den Nachmittag im Kreml auf den Turm Iwan Weliki, wo man eine Art von Aussicht hat, wie man sie vom Pantheon und Montmartre in Paris nicht haben kann. Moskau ist beträchtlich größer an Umfang als Paris, ob es gleich weit weniger Einwohner hat. Der Kreml liegt auf einer kleinen Anhöhe am Flusse, mitten in der Stadt, und dieser Turm ist außerdem noch der größte von allen, so daß man hier rund umher die ganze sonderbare Herrlichkeit übersehen kann. Er ist beständig und für jedermann offen und hat oben nur eine Schildwache, die von unten abgelöst wird. Es muß allerdings ein höchst seltenes, prächtiges Schauspiel gewesen sein, als voriges Jahr an einem Tage auf der linken Seite der Stadt nach dem kaiserlichen Garten zu ein großes, dunkles Gewitter zog, das auch in jenem Tage dreimal einschlug und zu gleicher Zeit diesseit des Kremls in glänzendem, magischem Sonnenschein unter einem Gewühl von Hunderttausenden Garnerin seine Luftfahrt machte. Gleich unten am Fuße des Turms liegt ziemlich tief in der Erde die bekannte große Glocke, und einige hundert Schritte davon steht unter einem Verdeck zwischen mehreren andern die bekannte große Kanone: ein Kammerstück, das einem Göttinger Arzt, der noch tiefer hinein nach Rußland auf die Güter des Fürsten Kurakin zog, so ungeheuer merkwürdig vorkam, daß er ihren Anblick für den glücklichsten Augenblick seines Lebens hielt, wozu er auch rechnete, daß er soeben seinen Namen an die große Glocke geschrieben hatte. So, so, dachte ich und hatte in diesem Augenblick nicht die beste Hoffnung für die Kranken des Fürsten Kurakin.

Es ist hier ein eigenes Gemisch alter neugriechischer, halborientalischer Erscheinungen und besser neuerer Architektur aus Italien, was man in Moskau sieht. Das Sonderbarste ist wohl die Kathedrale, die an Gold und Steinen vielleicht alle übrigen Kirchen der Christenheit übertrifft. Alle Verzierungen sind darin schweres, solides Gold. Die meisten Bilder sind freilich zur Ehre der Kunst am besten darin versteckt; aber es sind doch auch mehrere da, von denen es mir leid tat, daß man vor Gold kaum die Nase ordentlich sehen konnte. Wenn das Nimbus sein soll, so ist er nirgends so dick als hier. St. Peter in Rom ist ein gar armer Mann gegen diese Heiligen. Die übrigen bessern Schätze des Kremls, nämlich die Altertümer der Nation, waren eben verschlossen, weil man baute, und es gehörte eine außerordentliche Erlaubnis des Generalgouverneurs dazu, sie zu sehen, um welche ich mich nicht bemühen wollte. Etwas davon hätte ich allerdings vorzüglich gern gesehen, nämlich die Glocke von Nowogorod, die mir merkwürdiger gewesen wäre als die andern großen Glocken in Moskau und Erfurt, oder wo sie sonst hängen und liegen mögen. Dies war die Sturmglocke, mit welcher einst die Herren der großen Hanse in Nowogorod zu den Waffen läuteten und deren Ton den Russen eine lange Zeit Schrecken und Tod war. Das war die Zeit des Sprichworts: Wer kann wider Gott und Nowogorod? Nach der endlichen Einnahme der Stadt wurde diese Glocke natürlich als ein Siegeszeichen nach Moskau gebracht, wo sie billig zu den ersten Merkwürdigkeiten der Nation gehört. Man erzählte mir glaubwürdig, zu Anfang der Regierung des jetzigen Kaisers Alexander sei auf Antrag des Generalgouverneurs ein Befehl gekommen, die alten, unbrauchbaren, lästigen Sachen, die nur die Rumpelkammern füllten, zu verkaufen, damit Platz würde. Das Schicksal habe nun auch die Glocke von Nowogorod treffen sollen, da habe sich aber der Kommandant des Kremls mit aller Macht dawider gesetzt und sie mit seinen Grenadieren zu verteidigen gedroht, bis man einen eigenen, bestimmten Befehl darüber vom Monarchen einholte, und der Kaiser habe, wie zu erwarten war, befohlen, daß die Glocke nicht verkauft und eingeschmolzen werden, sondern bleiben solle, wo sie sei. Ein braver, wackerer Mann, der Kommandant, der etwas Gutes auch auf Gefahr der Mißdeutung zu tun wagt. Wenn geläutet werden sollte, brauchte man nicht erst Glocken von Nowogorod: das weiß Alexander, der so handelt, daß niemand den Gedanken haben wird, gegen ihn zu läuten.

Das hiesige Findelhaus ist ein Institut, dem wohl kein anderes dieser Art an die Seite gesetzt werden kann, und, so weitläufig auch die Einrichtung ist, herrscht doch darin die musterhafteste Ordnung, soviel ich von dem kurzen Besuch urteilen konnte. Die Gebäude liegen ziemlich frei und gesund für eine große Stadt. Einer der Vorsteher versicherte mich, daß das Institut jetzt zwanzig Millionen besitze und über sechsunddreißig Millionen in Umlauf habe; und das Ganze ist aus Privateinrichtungen entstanden. Eine vielleicht zu glänzende Einrichtung für den Zweck ist das Spital der Familie Galizin, wo die Kranken wirklich prächtig gehalten werden. Gegen hundert werden darin versorgt, es scheint aber meistens auf Vornehmere gerechnet zu sein. Leute geringeren Standes würden hier wirklich verzärtelt und könnten auf den Einfall kommen, ihr ganzes Leben nicht wieder gesund werden zu wollen. Musterhaft eingerichtet ist die Apotheke, besser als ich irgendwo gesehen habe, und die Kirche zeichnet sich durch Geschmack und Zweckmäßigkeit aus. Es dürfte schwerlich eine Privatanstalt von diesem Umfange sonst irgendwo getroffen werden. Von der Kuppel der Kirche, die eine Rotunde ist, hat man eine der schönsten Aussichten, und das Ganze liegt an einem sehr freien, gesunden Orte. Der Verwalter des Hauses war ein sehr feiner, freundlicher Mann; aber der Gedächtnismangel des Arztes kam mir etwas beträchtlich vor: denn auf unsere Erkundigung, welche Art Kranke in diesem Zimmer wären, fragte er erst den Wärter darüber. Ich hoffe, daß es bloßer Gedächtnismangel war.

Einen anderen Tag fuhren wir hinaus über die Moskwa auf die sogenannten Sperlingsberge, wo die Vegetation sehr reich ist und die Gegend mancher Schweizergegend nichts nachgibt. Von diesen Bergen übersieht man das ganze Amphitheater des Tals, in und an welchem die große Stadt gebaut ist. Es ist einer der auffallendsten Anblicke, den man haben kann. Wer die Lokalität gut inne hat, kann alles unterscheiden bis auf die andere Seite an den kaiserlichen Garten und die deutsche Vorstadt. Hervorstechend ist der ganze Kreml. Für mein eigenes Gefühl hatte ich noch einen andern Moment, wie man ihn nur selten hat. Man zählt, wie ich höre, in Moskau gegen sechshundert Kirchen. Die Kirchen sind dort voll Türme und die Türme voll Glocken. Ich habe auf mancher Kirche sieben Türme gezählt, und unter dreien sieht man in Rußland selten eine, weswegen die Rechtgläubigen Ketzerei rochen, weil die Isaakskirche in Petersburg nur zwei Türme hat. Es war ein schöner, heller, stiller, freundlicher Nachmittag, wo der Wind sanft über die Stadt herüberwehte. Den Morgen darauf war ein Festtag, der mit allen Glocken den Abend vorher eingeweiht wurde. Stelle Dir nun das Gesumme vor, auf manchen Türmen sind über zwanzig Glocken. Ich habe in meinem Leben kein so magisches, gefühlbetäubendes, vernunfttötendes Tongewirre gehört als hier und in Warschau vor elf Jahren den grünen Donnerstag und Karfreitag. Du erinnerst Dich wohl der Periode, wo Glocken und Kanonen konzertierten. Hier begriff ich in einer Minute mehr von der Kirchentaktik, als mich viele Jahre Nachdenken und Studium der Geschichte gelehrt hatten. Bemeistere Dich mit Deiner großen Leidenschaft der kleinen Leidenschaft anderer, und Du bist ihr Herr: das Schiboleth der geistlichen und weltlichen Despotie. Von Vernunft und Moralität behält man sodann nur die Namen, damit die heilige Sophistik daraus modeln und drehen kann, was sie nötig hat.

Die Moskwa hat hier ungefähr die Breite der Tiber bei Rom oder etwas mehr als die Saale bei Bärenburg. Von unserer Gesellschaft war auch der Etatsrat Schubert, der als Astronom mit der Gesandtschaft nach China geht. Seit langer Zeit habe ich keinen jungen Mann gesehen, der mit so vielen guten Kenntnissen so viel feine Sitten und Bescheidenheit verbände, als dessen Sohn, der Offizier vom Generalstabe ist und seinen Vater begleitet und unter dessen Leitung ein sehr wackerer Mann zu werden verspricht. Von der Vehemenz der Bewegung auf unserer Reise von Petersburg hierher darf ich Dir anführen, daß nicht allein die Feder meiner Uhr gesprungen war – das wäre kein Wunder, da ich in einer Posttelege fuhr –, sondern Schubert und einem seiner Offiziere war das nämliche widerfahren, und diese hatten doch in einem englischen Wagen mit Federn gesessen. Man kann dem ganzen Wege, vorzüglich in der Nachbarschaft von Moskau, nicht das beste Zeugnis geben. Der Uhrmacher in Moskau gab ehrlich die Bedenklichkeit, die Feder würde auf der Rückreise gewiß wieder springen, und wies mich mit der Reparatur nach Petersburg, welchem Rat ich denn auch folgte.

Die alten Gebäude des Kremls werden nach und nach niedergerissen und zum Behufe der jetzigen Zeit andere geschmackvollere aufgeführt. Das Gouvernementshaus, wo die Dikasterien sind, zeichnet sich schon in dieser Rücksicht aus. Die einzigen, die sich wahrscheinlich noch viele Jahrhunderte halten werden, sind der Turm Iwan Weliki und die Kathedrale. An eine Festung ist bei dem Kreml gar nicht mehr zu denken, ob er gleich bei einem Auflauf immer noch als guter Posten gebraucht werden kann, da er auf der Anhöhe liegt. Seit der letzten Pest sind keine Unruhen in Moskau gewesen; und auch diese letzten entstanden bekanntlich mehr aus Fanatismus bei dem Unglück der Zeit als aus irgendeiner Unzufriedenheit mit der Regierung.

Das hiesige Publikum ist unstreitig eins der reichsten und liberalsten auf dem Erdballe. Es sind, wie man weiß, mehrere Familien hier, die jährlich gegen fünfmalhunderttausend Rubel Renten haben, einige haben noch mehr. Der Hof hat sehr wenig Einfluß auf die alte Kapitale. Man mag mit ihm zufrieden sein oder nicht, das macht keine große Veränderung von keiner Seite, da alles seinen gewöhnlichen Gang geht und man von keiner Seite zu Extremitäten kommen wird. Man bekümmert sich gewöhnlich in Moskau nicht viel um das, was in Petersburg vorgeht, außer in den Familien, die in irgendeinen Zweig der Regierung verflochten sind.

Die hiesige Universität ist ebensowohl nur erst im Werden als Dorpat, ob sie gleich beträchtlich älter ist. Auswärts übertreibt man alles, das Schlimme wie das Gute. Moskau findet mehr Unterstützung als Dorpat, da der russische Adel weit humaner und liberaler ist, als der livländische sich bis jetzt in der Kollision gezeigt hat. Demidow und Urussow haben dem Museum der Universität ihre schönen Sammlungen geschenkt, mit deren Ordnung jetzt Fischer beschäftigt ist. Sie enthalten Schätze und Seltenheiten aller Art und haben vorzüglich einen großen Reichtum an Schlangen. Die Dubletten wird man mit Vorteil umzutauschen suchen und hat deswegen Verbindung nach allen Seiten eröffnet. Fischer ist schon von Mainz aus als kompetenter Mann in seinem Fache bekannt und wird es an Tätigkeit und Fleiß nicht fehlen lassen. Goldbach muß sich freilich sein Observatorium erst selbst bauen, wozu der Ort sehr bequem und angenehm in dem sogenannten Apothekergarten oder in dem botanischen Garten angewiesen ist. Alte und neue Professoren lebten zusammen, wie ich merkte, in guter Einigkeit, und der Rektor, der sich durch Nepotismus persönlich perpetuiert hatte, mußte nach der neuen Einrichtung seine Stelle niederlegen, die nun konstitutionsmäßig nach der Reihe durch Wahl jährlich besetzt wird. Der alte Herr, der den Kredit eines guten Pädagogen hat und gar drolliges Latein schreibt, machte zwar ein etwas saures Gesicht und verteidigte sein Besitztum nicht übel mit dem Satze, daß kein Gesetz vim retroactivam haben könne; er war aber genötigt, sich der Einigkeit der andern, dem Ansehen des Kurators und dem Buchstaben zu ergeben. Man hat eine russische Literaturzeitung errichtet, wozu die neuen Professoren ihre Beiträge unterdessen in fremden Sprachen liefern, die dann unter der Aufsicht von Sachverständigen übersetzt werden. Da es allen billig zur Pflicht gemacht wird, selbst russisch zu lernen, so geben die meisten schon ihr Urteil über die Übersetzung, ehe sie abgedruckt wird. Es kann zwar nicht fehlen, daß nicht zuweilen kleine Quidproquos mit unterlaufen sollten, wie wir sie auch wohl in dem Französischen und Englischen haben. Das gibt aber zu lachen, und sie werden vergessen. Es geschieht doch etwas, und es entsteht Lust und Tätigkeit. Die Universität hat jetzt ungefähr zweihundertundfünfzig Studenten, worunter viele Stipendiaten sind, freilich eine sehr kleine Anzahl für die Hauptstadt eines so ungeheuern Reichs. Indessen geht es doch besser als vor zwanzig Jahren, wo nicht die Hälfte der Anzahl da war, ob man gleich damals Moskau fast die einzige Universität des Reichs nennen konnte. Die neuen Professoren sind mit den Vorkenntnissen der jungen Leute ziemlich zufrieden, die sich alle leidlich genug im Latein ausdrücken. Buhle sagte mir, daß er doch sechzig Zuhörer gehabt habe. Er mag aber freilich wohl die größte Anzahl gehabt haben, da seine Vorträge zuweilen auch von Privatleuten, die nicht zur Universität gehören, besucht wurden. Philosophie und philosophische Geschichte hört jedermann gern, zumal wenn sie gut vorgetragen werden. Die Professoren, welche aus Deutschland hingekommen sind, loben übrigens durchaus die freundliche Aufnahme und die gute Begegnung, die sie dort erfahren, von Russen sowohl als Deutschen, die schon längst dort sind, und das von allen Ständen. Auch können sie, wie sie selbst rühmen, von ihrem Gehalt von zweitausend Rubeln gemächlich, anständig und liberal leben, da in Moskau die meisten Bedürfnisse des Lebens ziemlich wohlfeil sind, weit mehr als in Dorpat, wo das Publikum klein und zugleich sehr reich oder ganz arm ist und wo die etwas feineren Artikel entweder gar nicht zu haben oder außerordentlich teuer sind.

Karamsin war auf dem Lande; ich konnte ihn also nicht sehen. Wenn er gleich kein Geschichtschreiber ist, so ist er doch ein interessanter, wackerer Mann und ein guter Dichter: Historiograph mag er immer sein. Zwei gute Männer lernte ich dort noch kennen: den Kollegienrat Pause, einen tüchtigen Schulmann und Literator, und Heym, der sich bekanntlich als Kenner der russischen Sprache auszeichnet und hier das Orakel der Fremden und nicht selten der Russen selbst ist. Beide sind zugleich fröhliche, gemütliche Gesellschafter.

Heute ging Klinger nach Dorpat, und morgen ging ich

nach Moskau, heute fuhr Schubert mit seiner Abteilung nach Kasan, und morgen fuhr ich zurück nach Petersburg. Nun ging die Zitterpartie wieder an, und ich hatte bloß den Vorteil, daß mir die Uhrkette nicht mehr springen konnte, weil ich sie nicht hatte machen lassen, um mir einen Anspruch auf Shakespeares Gerberewigkeit mehr zu sammeln. Diesmal fuhr ich insofern allein, daß sich meistens nur irgendein Graubart oder eine alte Frau mit meiner Erlaubnis mit aufsetzte.

In Gorodnaja, wo ich sehr durstig war, brachten mir die Leutchen eine Probe von Bier unter dem Namen von Freibier, das man ihnen selbst zu brauen erlaubt hatte, mit einem Jubel, als ob jeder unter ihnen ein Paradies gewonnen hätte. Ein so gutmütiges, dankbares Geschöpf ist der Mensch, wenn man ihm einmal in einer sonderbaren Anwandlung von Gerechtigkeit eines seiner ursprünglichen, natürlichen Befugnisse zugesteht. Die oberste Staatsverwaltung kann allerdings wichtige, durch den Begriff des Staats selbst gegebene Ursachen haben, einzelne Einschränkungen in gewissen Erwerbszweigen zu machen, deren uneingeschränkte Betreibung dem Ganzen Schaden zufügen könnte, es ist vielleicht sogar anzunehmen, daß die Brauerei ein solcher Artikel sei; daß man aber, wie in Deutschland hier und da wirklich geschieht, ganze Gemeinheiten zwingen will, ihren Trank aus diesem und keinem andern Brauhause zu holen, wo man sodann in dieser Hinsicht das jämmerlichste Gesöff mischt und eigenmächtig den Preis setzt, ist eine Bedrückung, die an Sklaverei grenzt und die schon in diätetischer Rücksicht gewissenlos und unverantwortlich ist. Aber wer denkt in solchen Fällen an Gewissen, Verantwortung und Moralität? Der Kastengeist will, das Bajonett blitzt, und die Vernunft schweigt.

Als ich in Twer einzog, sang ein junger Mann, der mit einer recht artigen Gesellschaft nicht weit von der Wolga saß, mit einer wohlklingenden, hellen Stimme die alte, artige, wohlklingende Melodie: „O Mahomet, ton paradis de femmes est le séjour de la félicité." Ich weiß nicht, ob Du die Musik kennst, sie ist eine der lebendigsten und fröhlichsten, die je ein Franzose gemacht hat. Noch waren mir die Noten davon kaum am Trommelfell verhallt, so kam ich an das Tor, wo die Wache ein ebenso lebhaftes Gegenstück dazu gab und echt russisch und sehr stark und laut und vernehmlich ein Lied abschrie, dessen Refrain drollig genug sehr oft im Chor wiederholt wurde: „J Ja schenilsa kak durak", ich nahm ein Weib und war ein Narr.

Von Twer bis Medno tat ich nun fast nichts, als daß ich auf dem Sandwege die ungleichartigen Stückchen ruminierte, die ich soeben gehört hatte. Das Französische muß in Rußland sehr bekannt und beliebt sein, denn ich habe es ehemals von den jungen Fanten der Galanterie oft gehört. Das Russische bezeichnet sich durch diesen einzigen Gang schon hinlänglich. Es ist schade, daß ich dies nicht ganz geben kann, denn es ist ein gar barockes Stückchen Arbeit. Wir haben in unserer deutschen Literatur etwas, das ihm an Inhalt ziemlich ähnlich kommt, nur daß die Form nicht so gut zum Singen eingerichtet ist. Ich will nicht das Piakel begehen und es hier aus meinem Gedächtnisse von sechs Olympiaden der Länge nach niederschreiben. Es fängt sich an: „Der Teufel kam vor vielen Jahren" – und nun kannst Du das übrige in Lessing oder Schiebler selbst nachsehen, denn einer von beiden ist gewiß der Verfasser. Du wirst darin unstreitig die sublimierteste, genialische Bosheit gegen das Geschlecht finden, deren ich mich durch Wiederholung nicht mitschuldig machen will.

Da ich denn doch eben nicht als Kurier zu fahren nötig hatte, machte ich mir's bequem und blieb in Leipzig zu Torschok. Das Schild der Stadt Leipzig kam mir dort so freundlich vor, daß ich schon auf dem Hinzuge mir vorgenommen hatte, hier auszuschlafen, welches denn jetzt geschah. Die Wirtschaft sollte dem Zeichen nach deutsch sein, ich habe aber keine deutsche Silbe gehört. Dabei verlor ich jedoch nichts, denn ein Russe, der eine Art von Kellner oder Markeur machte, versorgte mich so gut und billig, als ich beides in der ganzen Stadt Leipzig an der Pleiße wohl kaum hätte erwarten können.

In Wydropusk hatte ich einen kleinen Verlust, der mir viel Vergnügen machte. Ich habe ein ganz artiges, gut gearbeitetes Petschaft, von Döll in Karniol gestochen, das mich mit der Fassung dreißig Taler sächsisch kostet. Dieses hatte sich vom Uhrbande losgedreht, und ich hatte es im Troge des Wagens verloren. Es war natürlich, daß mir der Verlust wegen des Metallwerts und der Kunstliebhaberei nicht ganz gleichgültig sein konnte. Ich durchsuchte alles und fand nichts. Eine Menge lustiger, dienstfertiger Russen standen, wie gewöhnlich, um mich herum. „Ich gebe zwei silberne Rubel, wenn mir jemand das Petschaft wiederfindet", sagte ich und ging in das Posthaus. Die Bärte lärmten und suchten und störten und wendeten alles um, erhoben endlich ein Jubelgeschrei und kamen mit dem Petschaft herein und nahmen ihre zwei Silberrubel in Empfang. Ich weiß wohl, daß man psychologisch noch manches gegen ihre vollendete Ehrlichkeit sagen könnte, aber mir gefiel es unendlich, und ich fühle mich bei dergleichen Gelegenheiten unter den Leuten so heimisch, als ob ich sogleich bei ihnen bleiben sollte. Doppelt angenehm war es, daß es eben ganz gemeine Russen waren, deren Ehrlichkeit man sonst nicht den besten Panegyrikus zu halten pflegt.

Von meinem Kupfersack hatte ich aber nichts wieder gefunden, als ich zurück in die Gegend kam.

Die Postmeister nennt man hier nur gewöhnlich Postillone und den fahrenden Mann den Postkerl. Dieser ist ein Bauer und jener ein kaiserlicher Offiziant und oft, wie es scheint, auch ein Bauer. Der Fuhrkerl ist mit zehn Kopeken Trinkgeld sehr zufrieden. Was mir aber höchst sonderbar vorkam, war, daß auch der Postmeister für sich ein Trinkgeld forderte. Dies fing in Nowogorod an und dauerte fast regelmäßig fort bis Moskau. Ich muß ihnen zwar gebührend nachsagen, daß sie mit funfzehn oder zehn Kopeken auch zufrieden waren, aber es wollte mir doch gar nicht in meine Begriffe von Anstand und Ehre passen, daß ich dem Postmeister ein Trinkgeld geben sollte. Zwischen Nowogorod und Petersburg forderten sie nichts, welches mir meinetwegen und ihretwegen sehr lieb war, denn ich weiß durchaus nicht, wie man eine solche ärmliche Kleinigkeit mit dem feinern Gefühl zusammenreimen soll. Wenn es nötig ist, sollte man lieber das Postgeld erhöhen und ihnen gesetzlich einen Vorteil verschaffen, denn über zu hohes Postgeld wird sich auch jetzt noch kein fremder Reisender in Rußland beschweren.

In Tosna traf ich auf der Post zwei junge Leute, die in einem großen, schönen, englischen Wagen den Weg reisen wollten, den ich kam. Der Wagen hatte durch das unhöfliche Werfen einen Kapitalbruch bekommen, die Herren mußten also die Reparatur abwarten, welche die Handwerker natürlicherweise noch wichtiger machten, als sie wirklich war. Unterdessen trösteten sie sich mit Wein und dem Speisekorbe, und einer von ihnen spielte schnakisch genug auf der Geige, und beide sangen abwechselnd allerlei in verschiedenen Sprachen, meistens aber Jenaische Burschenlieder. Sie schienen mich als die gleichgültigste Person der ganzen Umgebung anzusehen und sich also vor mir auf keine Weise nur den geringsten Zwang anzutun. Das war schon gut. Da aber die Herren doch ihres Takts nicht ganz gewiß zu sein schienen, brummte auch ich, so gut ich konnte, einige Gänge italienisch aus dem Axur, guckte so bescheiden als möglich in ihre große Karte und gab, als sie einen Ort lange vergebens suchten, durch einen Finger zu verstehen, daß auch mir die Sache nicht ganz wie böhmische Dörfer wäre. Nun waren sie merklich stiller, verloren weiter keine Silbe mehr von der Polyglotte und sprachen gleichgültige Dinge gleichgültig deutsch.

Das Teuerste auf der ganzen Fahrt von Petersburg bis Moskau ist wohl der Kaffee, den ich einige Mal diätetisch nahm, weil ich in der kalten Nacht fuhr. Die Portion kostete gewöhnlich einen Rubel, und einigemal auch einen Rubel und zehn Kopeken. Zuweilen hatten die Postmeister, wie sie sagten, kein Kupfer, um die Papiere auszuwechseln, und ich mußte zu Krämern gehen; und da mußte ich jedesmal für einen Zettel von fünf Rubeln zehn Kopeken Verlust erleiden. Das ist zwar widerrechtlich, wie ich höre, aber es geschieht, wie vieles Widerrechtliche, und kann nicht leicht verhindert werden.

Bei meiner Zurückkunft hier in Petersburg war ich doch ziemlich in den Mißkredit der Langsamkeit geraten, denn in Rußland macht man ungeheure Strecken in unglaublich kurzer Zeit, und ich hatte trotz meiner Beweglichkeit doch eben keine Ursache gefunden, mit den Herren dort wegen Geschwindigkeit in die Schranken zu treten.

Klinger war auch von Dorpat wieder eingetroffen, und Du wirst leicht glauben, daß ich von seiner Erlaubnis, bei ihm zu sein, so oft, als möglich und schicklich war, Gebrauch machte, daß bei diesen Besuchen philosophische, literarische und politische Reibung genug entstand und daß ich diese Stunden zu den besten meines Lebens zähle. Daß wir nicht immer beide von einerlei Meinung waren, versteht sich von selbst, und daß jeder sodann die seinige so ziemlich hartnäckig verteidigte, gleichfalls. Wenn gute Männer in der Hauptsache einig sind, gehört es zur Würze und vielleicht zum Glück des Lebens, wenn sie über die kleinen Schattierungen verschieden denken. Klinger war mit seiner Reise nach Dorpat außerordentlich zufrieden, welches mir seinetwegen und wegen des Instituts und der Humanität überhaupt sehr lieb ist.

Den russischen Johannistag – wann dies nach unserm Kalender ist, magst Du selbst nachsehen, denn ich bin in diesem Punkte nicht sehr taktfest – war ich mit meinem Wirt und alten Freunde, dem Etatsrat Beck, in Pawlowsk, vorzüglich um Storch zu besuchen. Beck führte mich zur Oberhofmeisterin der kaiserlichen Familie, der Gräfin Lieven, deren Sohn, der General, von Polen aus mein alter

Freund war und es hoffentlich noch ist, ob ich ihn gleich sehr lange nicht gesehen habe. Die Dame hat sich durch die Erziehung der liebenswürdigen Tochter des kaiserlichen Hauses billig die beste Meinung im Reiche und im Auslande erworben, und ich fand in ihr so viel schönen, freundlichen, reinen weiblichen Charakter, daß ich fast den Hof vergaß und nur das Ideal einer guten Matrone sah. Die Erscheinungen des Tages waren natürlich, sobald wir allein waren, der Gegenstand des Gesprächs, und die Gräfin klagte, wie es schien, mit wahrhaft tiefem Gefühl über die traurigen Aussichten in die Zukunft von mehreren Seiten und schrieb sie vorzüglich mit dem Verfall der Sittlichkeit und Vernachlässigung aller Religion zu. „Nichts ist mehr heilig, und überall behandelt man die Religion verächtlich." – „Gnädige Frau", antwortete ich, „der Grund dieser Erscheinung liegt aber auch vorzüglich mit darin, daß man den Nationen überall Dinge als das Wesen der Religion aufdringt, die damit nur in sehr entfernter oder in gar keiner Verbindung stehen. Kalte, sich oft widersprechende und vernunftwidrige Dogmatik, leere Formeln und nichtsbedeutende Zeremonien werden den Völkern überall als etwas Wesentliches vorgehalten, während man die ersten heiligen Grundsätze der Vernunft, die unwidersprechlich die festeste Base der Religion ausmachen, nichts achtet. Die Lehre von Gott und Vorsehung und Tugend und Laster, vorzüglich von Recht und Pflicht und Glückseligkeit und Elend, wird nur insofern berührt, als man es seinen Absichten gemäß findet. Was dem Menschen am nächsten liegt und ewig liegen muß, seine Obliegenheiten und seine Befugnisse, darüber läßt man ihn absichtlich in Unwissenheit und hält ihm Dinge vor, von denen er durchaus nichts verstehen kann und die ihm in die Länge nicht ehrwürdig bleiben können, weil sie von der Vernunft nicht genehmigt werden. So machen es alle christlichen Parteien, an der Tiber und bei uns und bei Ihnen. Was wirklich rein wahr und echt ehrwürdig ist, kann nie verächtlich werden. Ich habe selbst noch nie von einem Bösewichte gehört, der die Tugend offenbar verachtet hätte." In diesen oder ähnlichen Worten sprach ich mit Wärme und Teilnahme, vielleicht länger und heftiger, als wohl schicklich gewesen wäre. Die Gräfin schien indessen mit Aufmerksamkeit und sogar mit einiger Rührung zuzuhören.

Als ich in dem Quartier des Herrn von Block mit der Familie bei Tische saß und zu Johannis die Gesundheit des Herrn Johannes trank, worunter der Wirt und noch ein Gast und, wie Du weißt, auch Dein alter Freund gehörte, kam eine Botschaft, daß die Kaiserin Mutter mich um sieben Uhr auf der Ferme sehen wollte. Das war mir nun unerwartet genug, und meine halbhuronische Personalität geriet doch einige Sekunden ins Betroffene. Es versteht sich aber, daß ich mich bald wieder sammelte, mich so gut als möglich kleidete und zur bestimmten Stunde auf einer kaiserlichen Linie hinfuhr. Man hatte mir eine Menge Dinge vorgepredigt, was Observanz sei, ich hatte aber wenig gemerkt und glaubte, jeder Schritt werde sich schon gehörig nach dem Takt des vorhergehenden messen. Die Kaiserin sprach mit mir ungefähr eine halbe Stunde, zuerst über mich selbst, meine kleinen Wanderungen und literarischen Arbeiten. Besonders fragte sie mich, da sie gehört hatte, ich beschäftige mich auch mit dem Griechischen, warum ich nicht eine Reise nach Griechenland mache. „Nach Italien, Frankreich und Rußland", antwortete ich, „geht man bald und leicht und sicher, aber nach Griechenland zu wandern, wie Griechenland jetzt ist, ist in jeder Rücksicht über meine Kräfte. Auch bin ich eben nicht Antiquar und Literator, sondern nähre mich nur von dem griechischen Geiste zu meiner eigenen Stärkung, und das kann ich bei den alten Schätzen, die wir von der Nation haben, zu Hause jetzt vielleicht besser als in Athen und Sparta."

Die Kaiserin fragte mich viel über Schiller, dessen Tod noch das Gespräch der Stadt war, und sprach von seinen Schriften mit hoher Achtung und von manchen mit einer so feinen Kritik, daß auch Schiller, hätte er sie gehört, sie gewiß benutzt hätte. Da ich mit Schiller immer in freundschaftlichen Verhältnissen gewesen war, konnte ich mit wahrer Wärme von seinem Charakter sprechen. Der bessere Mensch in ihm ließ von den minder guten Momenten keine Flecken einrosten. „Schiller ist mir am liebenswürdigsten gewesen als Hausvater", sagte ich und erzählte der Kaiserin, wie ihn einst die Unruhe wegen seiner kleinen Tochter nicht einige Tage länger in dem Zirkel seiner Freunde in Kursachsen ließ. Er eilte nach Weimar, und als ich einige Wochen nachher ihn besuchte, kam er mir im Vorhause mit dem lieblichen Ideal von Mädchen auf dem Arme entgegen und sagte: „Sehen Sie, das ist das kleine, närrische Geschöpf, das mich nicht ruhig bei Ihnen lassen wollte." Die Kleine klammerte sich freundlich an seinen Nacken und rechtfertigte, was er sagte. Der Kaiserin schien die kleine Erzählung nicht unangenehm zu sein. Sie sprach noch manches über unsere Literatur, und mit vieler Bestimmtheit und Klarheit und einer Kenntnis, die mich vielleicht bald in Verlegenheit gesetzt haben würde, denn es ist natürlich, daß die Kaiserin mehr Zeit und Mittel hat, viel und gut zu lesen und sich zu unterrichten als ich. Sie hatte vielleicht gehört, daß man mir einige nicht verwerflichen Anträge gemacht hatte, dort zu bleiben, und fragte, warum ich das nicht wollte? Ich sagte ihr sogleich mit Wahrheit den Hauptgrund, daß ich in meinem Vaterlande eine alte Mutter habe, der ich für meine Entfernung durch nichts Ersatz geben könne und die in ihren Jahren das Plätzchen, auf dem sie alt geworden, durchaus nicht verlassen werde. „Ihre Majestät werden das Gefühl gehörig würdigen, da Sie selbst Mutter sind." – „Dawider ist nichts zu sagen, dawider ist gar nichts zu sagen", sprach sie mit sichtbarer Zufriedenheit.

Als ich wegging, ließ sie mich noch in den Gärten herumfahren und befahl, daß man mir das Schloß zeigen sollte. Von den Häusern, es mögen Schlösser oder Hütten sein, sind mir immer die Bewohner das Wichtigste, also auch hier. Ich habe nicht außerordentlich viel Sinn für das, was außer dem Menschen ist. Man glaubt wohl mit Recht, daß in keinem Fürstenhause mehr Innigkeit und freundliche Humanität, mehr Güte und wahre Aufklärung herrscht als in der hiesigen kaiserlichen Familie. Selbst der verstorbene Kaiser Paul hatte, wie alle Unparteiischen versichern, bei seiner großen Exzentrizität und seinen vielen Mißgriffen eine entschiedene Stimmung dafür und genoß ungeteilt die Liebe der Seinigen. Storch hat, wie Du weißt, die Gärten von Pawlowsk beschrieben, und es würde sehr anmaßlich sein, mich nach ihm in eine weitläufige Beschreibung einzulassen. Die Anlagen sind ziemlich groß, die Wälder schön, die Partien mit Geschmack verteilt und die Verzierung ohne Überladung. Alles, was das Klima erlaubt, hat Fleiß und Aufwand geleistet. Nur schade, daß man nicht mehr und nicht besseres Wasser hat. Als Seltenheit hat man hier noch einige ziemlich hohen italienischen Pappeln, die man aber gegen die Strenge der Kälte im Winter in große hölzerne Kasten einschließt und noch mit Stroh verwahrt. Sie sind die einzigen, die ich so hoch nordwärts gesehen habe, ich kann also nicht begreifen, wie Acerbi in Kengis, weit über Tornea oben, italienische Pappeln gesehen hat, er muß sich in der Art geirrt haben. Die Gruppe der Grazien, als das Beste dieser Art im Garten, scheint von Canova zu sein, ich habe es nicht erfahren können, auch von Storch nicht. Wenigstens wüßte ich nicht, wer von den Neuern dieser Zeit noch so etwas hätte machen können.

Im Schlosse war mir das Wichtigste ein kleines Kabinett, in welchem nur vier Gemälde hingen: ein Belisar, ein verlorener Sohn, eine Madonna, vermutlich von Neapel, und ein Vernet. Pauls Familie von Kügelgen, in einem andern Zimmer, wird vielleicht einst ein Familienstück von unschätzbarem Wert sein, die Arbeit des Künstlers verdient schon jetzt großen Beifall. Die Ähnlichkeit ist nach dem Zeugnisse aller, welche die ganze kaiserliche Familie näher kennen, außerordentlich.

Storch ist mir durch seine persönliche Bekanntschaft lieber geworden, als er es vorher in seinen Schriften war. Ich hatte ihn in dem Verdacht der geflissentlichen Verschönerungen, aber er glaubt wirklich mit hohem Enthusiasmus alles, was er sagt; und das macht den ehrlichen Mann, wenn man gegen die Äußerung moralisch nichts haben kann. Er ist wirklich überzeugt, daß Alexander um sich her die Paradiese schaffen wird, welche die schöne Schwärmerei sieht. Niemand kann das heißer wünschen als ich, niemand wird sich reiner darüber freuen, aber bis jetzt ist es mir noch unmöglich, alle die schönen Sachen mit meinen Augen zu sehen. Die Schwierigkeiten sind ungeheuer. Wenn es ihm gelingt, die überfeinerte Nation in die festen Schranken des Rechts zu setzen, so hat er mehr getan als Peter der Erste.

Vorzüglich merkwürdig war mir in Pawlowsk noch die Musik in der Kapelle. Es ist die einzige Kirchenmusik, die ich in meinem Leben gehört habe, die ganz den reinen Charakter des Ernstes, der Würde und der hohen Andacht hatte, die der Religion zukommen. Alle Augenblicke kommen mir bei uns in den Kirchen musikalische Gänge vor, die mich glauben lassen, ich sei in der Oper. Wenn auch vielleicht viele die Kirche für die Oper nehmen, so irren sie doch sehr, wenn sie das Gefühl hier auf die nämliche Art behandelt wissen wollen. Mir ist nichts heiliger als hohe, reine, wahre Religion, und desto heiliger, je seltener ich sie finde. Das Verdienst, die Musik hier zu dem Zwecke der Religion so glücklich gestimmt zu haben, hat ein einziger Mann, dessen Name mir wieder entfallen ist, aber er hat meine Verehrung in einem ebenso hohen Grade als Mozart, den ich für den größten Musikus außer der Kirche halte.

Den anderen Tag erhielt ich ein Billett zum Familientheater der Kaiserin, wo zum Geburtstage des Großfürsten Nikolaus eine französische Oper gegeben wurde. Die Schauspieler waren von Petersburg gekommen. Die eklektische Musik war ziemlich mittelmäßig, der Gesang nicht ohne Ausnahme gut. Was mir am meisten wohltat, war die freundliche Mischung des Publikums, wenn man es so nennen kann. Es war nur ein Familienfest, bei dem das ganze kaiserliche Haus zugegen war, mit allen, die Amtswegen bei Hofe sein mußten, und überdies so viel anständige Leute, als Gelegenheit hatten, Eingang zu erhalten. Alles hatte das Ansehen des Öffentlichen, bloß die Enge des Platzes beschränkte die Anzahl der Zuschauer. Der Kaiser kam und blieb und ging ohne Wache, kein Bajonett wurde gesehen. Bloß vor der Tür stand der gewöhnliche Posten der Hauspolizei. Das ist gewinnendes Zutrauen.

Nach Gatschina kam ich nicht, weil mir die Zeit fehlte, ob es gleich, nach der Gegend zu urteilen, nebst Peterhof wohl das interessanteste von allen kaiserlichen Lustschlössern sein mag. In Zarskoe Selo herrscht wohl die größte Pracht, ein Artikel, von dem ich nicht urteilen kann, da ich selten die gehörige Aufmerksamkeit darauf habe. Für den Künstler ist dieses Schloß noch in der Rücksicht merkwürdig, weil es in einer Art von Portikus fast alles enthält, was die russische Kunst an Kopien und Originalien Gutes geliefert hat. Von der ersten Katharina erbaut und von der zweiten erweitert und bewohnt, ist es vielleicht der merkwürdigste Platz des europäischen Nordens seit einigen Jahrhunderten, man mag die Sache anthropologisch oder politisch nehmen.

Peterhof hat für die Naturliebhaber und sogar für die idyllischen Seelen mehr Reiz, wenn man auch vergißt, daß der größte Mann des Nordens aus der neueren Zeit hier seine Schöpfungen dachte und ausführte. In Rücksicht des Örtlichen würde mir Peterhof weit lieber sein als Versailles, wenn nur die Strenge des Himmels nicht so unerbittlich wäre. Überall trifft man auf eine Stelle, wo Peter der Erste irgendeine Lieblingsanlage hatte, wo er seine ernsthaften Geschäfte zu besorgen liebte und seine Erholungen genoß, wo er seine Flotten in Kronstadt von Tage zu Tage unter seinen eigenen Augen entstehen sah. Hier sieht man seine kleinen Zimmer und folgt darinnen seinen großen Plänen, die er nicht allein dachte, sondern auch ausführte, ob auch wirklich immer zum Besten der Menschheit und seines eigenen Volks, wäre eine sehr problematische Frage. Dergleichen Dinge fragt immer nur erst die verwegene Nachwelt; die Götter der Gegenwart wagt man mit solchen Kleinigkeiten nicht zu behelligen.

Der wichtigste Überrest von Peters Händen ist wohl das kleine Häuschen in Petersburg an der Newa dem Sommergarten gegenüber, vor welchem auch noch das Boot liegt, das er selbst gebaut haben soll. Ich habe nie ein schöneres Fahrzeug dieser Art gesehen, so richtig und herrlich sind alle Verhältnisse, und es scheint noch so gut zu sein, daß man es mit geringer Mühe wieder flottmachen könnte.

Mit der Eremitage in Petersburg ging es mir wie mit dem Kreml in Moskau. Es wurde gebaut, und alles war eingepackt und verschlossen, ich konnte also die Schätze der Kunst nicht sehen. Und doch wären mir diese vielleicht das Sehenswürdigste in ganz Petersburg gewesen, denn es sollen herrliche Sachen darunter sein, wenn auch nicht so viele Raphaele dabei sind, als der Nationalstolz behauptet. Köhler war so freundlich, als sich nur von einem Freunde der Musen erwarten läßt, aber das Heiligtum blieb doch ein Adyton für mich. Voltaires Bibliothek, die ich hätte sehen können, war mir so wichtig nicht. Ein anderes wäre es gewesen, wenn ich Zeit gehabt hätte, darin zu studieren: da hätte es wohl die Mühe belohnt, zu sehen, womit der alte Satyr von Ferney sich vorzüglich beschäftigte.

Die Antiken in dem Taurischen Palast scheinen auch eben nicht zahlreich und ausgezeichnet für diejenigen zu sein, die die Pariser Sammlung und die besten in Italien gesehen haben. In dem großen Gartensaale desselben, von dem aber das Gerücht noch mehr Lärm macht, als er verdient, standen einige guten Sachen, es war aber nicht erlaubt, sie gemächlich näher in Augenschein zu nehmen, da man die Vorbereitung zu einem großen Feste darin machte. Ein Fremder kann wohl schwerlich in den schönen Anlagen des Gartens herumwandeln, ohne sich mit dem sonderbaren Manne zu beschäftigen, der hier eine ziemliche Zeit sein Wesen trieb und so ziemlich der Despot des Nordens war. Es geht Potemkin wie allen eigenen hervorstechenden Charakteren: es gibt einige, die ihn für groß und gut zugleich halten, und andere, die durchaus weder das eine noch das andere an ihm finden wollen. Die letzten irren unstreitig mehr als die ersten. Der Kaiser Paul hatte gar keine Ursache, ihn zu lieben, aber seine Empfindlichkeit gegen ihn ging nachher oft so weit, daß er manches Gute bei der Armee wieder vernichtete, wie es schien, bloß weil es unter Potemkin entstanden war. Potemkin war als Militär ein vortrefflicher Eklektiker, und seine Ordonnanz bestand aus dem Besten, das er von verschiedenen Nationen zusammengelesen hatte. Vieles hatte er von den Schotten, die ohne Widerrede vortreffliche Soldaten sind.

Ein großer Genuß war für mich die herrliche Aufnahme, die ich bei Suchtelen fand. Mir deucht, so nimmt sich der Mann von echtem Wert und echter Humanität. Kaum war ich gemeldet, als er mir mit offenen Armen entgegenkam: „Ah, mon cher camarade de malheur, soyez bien venu! A present nous sommes un peu mieux qu'à Varsovie il y a onze ans." – „Beaucoup, beaucoup, V. E., grace au ciel!" sagte ich, und er führte mich selbst an den Händen ein und stellte mich der Gesellschaft vor. Du weißt, daß dieses eben nicht meine Eitelkeit ist, aber es tut wohl, wenn man solche Freundlichkeit findet. Bei dem General Igelström in Riga ging es nicht so gut. Ich ließ mich melden, bloß um dem alten Herrn, als meinem ehemaligen Chef, meine Achtung zu bezeigen, eine andere Absicht konnte ich durchaus nicht haben. Er ließ mich ziemlich lange stehen und mir endlich sagen, er sei krank, wenn er wohl sein werde, wolle er mich sehen. Sein Arzt und sein Neffe hatten mich vorher seines hinlänglichen Wohlseins versichert. Ich ging und kam natürlich nicht wieder, denn ich war nicht hingegangen, um den Hof zu machen. Es war eine Zeit, wo er mir alle Geheimnisse seiner öffentlichen Ämter und seiner Privatverhältnisse anvertraute, ein Vertrauen, das ich nie mißbrauchte, wo ich wochenlang an seinem Bette saß und arbeitete, wo er mich wie einen vertrauten Freund behandelte und sich dann mit meinen Papieren vor der Monarchin rechtfertigte. Ich werde noch immer seinen Charakter gegen jeden verteidigen, denn ich habe nie eine Widerrechtlichkeit an dem Manne gesehen. Jetzt schien er auch zu Hause das Oberkommando nicht mehr zu haben.

Zu meiner wirklich großen Betrübnis erfuhr ich jetzt öffentlich in Petersburg zwei Nachrichten aus meinem Vaterlande, die mich mehr und länger beschäftigten, als ich bei meiner isolierten Lage für möglich gehalten hätte. Die eine war der große Brotmangel; die zweite, daß der Kurfürst auf dem Landtage den Gutsbesitzern für einige Bereitwilligkeiten die Freiheit zugestanden habe, die Justitiarien willkürlich abzusetzen. Beides setzte mich in einen Grad von Unruhe, über den ich mir weiter keine Vorwürfe machen will. Ich habe oft und laut gesagt, daß unsere Landesverwaltung so wenig Rücksicht auf möglich eintretenden Mangel nimmt, daß wir bei den ersten Mißwachsjahren wieder in weit drückenderer Not und in weit größerer Hungersgefahr sind als in den Jahren siebenzig des vorigen Säkulums. Nur Geld sucht man zu gewinnen und aufzuschütten, als ob nur allein Geld der Maßstab der Glückseligkeit eines Volkes wäre. Mit Friedrichs des Zweiten Tode sind mit frommer Zuversicht fast alle Magazine leer geworden. Diese Frömmigkeit halte ich für sehr gottlos. Der Kurfürst von Sachsen, gewiß einer der gerechtesten und liberalsten Männer von Europa, ist Privatbesitzer von fast dem dritten Teil des Landes und könnte und sollte durch gemessene, humane Bewirtschaftung seiner Güter den Marktpreis des Brotes in seiner Gewalt haben. Aber weil man die Pächter hinauftreibt, so hoch man nur treiben kann, kann man ihnen sodann weiter freilich keine Vorschriften über den Verkauf geben, da sie das Quantum erschwingen müssen, so daß unter diesem Vorwande der gröbste Eigennutz ein freies, weites Feld hat. Das Resultat läßt sich ohne große Weisheit berechnen. Den kurfürstlichen Pächtern folgen alle Gutsbesitzer und größeren Landleute. Alles, was verkauft, gewinnt freilich Gold, aber der Verkaufenden sind doch immer wenige, und die größere Menge der Kleinern auf dem Lande und in den Städten muß notwendig leiden. Es entsteht dadurch ein gegenseitiges, verhaßtes Schrauben, das traurige Kollisionen herbeiführen kann. Zum Glück war, wie ich bald erfuhr, nach der allgemeinen Sitte des Gerüchts, auch der Brotmangel in meinem Vaterlande in Petersburg übertrieben.

Den zweiten Artikel der Justiz würdigte man selbst in Petersburg öffentlich mit verdienter Strenge. Man arbeitet jetzt hier, eine festere Gerechtigkeit zu schaffen, und fand, daß man auf diese Weise in Sachsen daran arbeitet, sie wieder zu zerstören. Schon daß ein Privatmann einen Richter, sogar auch in seiner eigenen Sache, einsetzt, ist eben nicht aus den geläutertsten Begriffen über Staat und Gerechtigkeit genommen; daß aber dieser Privatmann diesen Richter auch nach seinem Gutdünken soll absetzen können, führt die Freiheit der deutschen Bauern bald wieder dahin, wo sie jetzt unter den Letten und Esten ist. Wo die Willkür anfängt, hört gewöhnlich das Recht auf. Die Gerichtshalter waren bis jetzt leider schon abhängig genug von den Patronen, nun sind sie so ziemlich ganz ihre Geschöpfe. Es gehört mehr als gewöhnliche Stärke dazu, sich für das Recht eines Dritten der Macht des Reichtums und der Gewalt des Kastenwesens zu widersetzen und dadurch vielleicht sich und seine Familie dem Mangel preiszugeben. Durch diese Äußerung wird an der Rechtlichkeit der höheren Dikasterien nicht gezweifelt, wo sie nicht ausschließlich der Kastengeist in Beschlag genommen hat; aber man müßte die Schikane und Bösartigkeit der Menschen nicht kennen, wenn man sich in ihrer Willkür sicherhalten sollte. Diese Maßregel, wenn sie wahr ist, ist unstreitig ein Schritt zu harten Bedrückungen. So urteilen hier laut unbefangene Männer aller Art, und ich trete mit Bedauern ihrem Urteil bei. Gebe der Himmel, daß es anders und besser sein mag, als man hier sagte.

Ein sehr rührender, feierlicher Gang war mir der Besuch in der Festungskirche, wo von dem Stifter der Stadt an die Leichname aller Regenten Rußlands hier im letzten Pompe beisammenliegen. Die Särge stehen ohne Gruft am Tage, ich wandelte vor ihnen auf und ab, las die Inschriften und überlief die ungeheuren Veränderungen, seitdem Peter den Sitz der Herrschaft von der Moskwa hierher trug. Ich bin kein moralischer Empfindler, aber ich konnte mich doch eines Schauers kaum erwehren bei dem Gedanken, daß ich hier unter den Resten der Fürstengröße einer Nation stand, die mit herkulischer Kraft nicht längst aus dem Chaos der Nacht hervortauchte und jetzt in furchtbarer Gärung liegt, was sie werden soll. Ich war schon mehrere Male mit eigenen Gefühlen in dem Michailowschen Palast gewesen: hier stand ich vor dem Sarge Pauls, des guten, verkannten, unglücklichen Mannes, der gewiß einer der liebenswürdigsten Privatmänner gewesen wäre und mit vielen andern unter der Zentnerlast der Krone strauchelte. Nach allem, was ich über den Charakter Pauls erfahren habe, war er gewiß ein Fürst, der das Gute wollte, und ein solcher Mann ist selbst gut. Er war nach meiner Überzeugung, trotz allem, was man vom Gegenteile sagen will, physisch und moralisch krankhaft: alle seine Bilder, kein einziges ohne Interesse und kein einziges ganz unähnlich, sagen das. Er geriet schon bei dem lebhaften Gedanken an Unordnung und Ungerechtigkeit in krampfhafte Bewegungen. Man war der vollkommensten Gerechtigkeit gewiß, sobald er selbst hören und urteilen konnte. Die geistige und körperliche Spannung, die daraus entstehende Mischung von Zärtlichkeit und Härte, das grenzenlose Hingeben und das ängstliche Mißtrauen und überhaupt viel Widersprüche seiner Natur müssen größtenteils aus den Verhältnissen seiner Jugend erklärt werden. Er hatte die Menschen einmal falsch gegriffen, und nun folgte ein Mißgriff auf den andern, die unglückliche Periode der Zeit wirkte unwiderstehlich mit ein und half den Irrtum letal machen. Hätte er einige Jahre länger gelebt, so hätte die Gefahr bloß eine andere Gestalt gewonnen, und es wäre ein Problem gewesen, welche Partie ein Mann wie er sodann ergriffen hätte. Unparteiische verkennen in vielen Punkten gar nicht die Wohltätigkeit seiner Strenge. Man fürchtete sie und blieb wenigstens aus Furcht vor ihm in den Schranken der Mäßigung. Leider hat es den Anschein, als ob die Milde seines Sohnes der Verwegenheit der kleinen Despoten wieder viel freies Feld ließe. Man spricht wieder laut von neuer eigenmächtiger Bedrückung des Militärs, von dem Einfluß des Nepotismus in die Justiz, von der auffallenden Schlaffheit und Willkür der Polizei. Man kennt Ort und Zeit und Namen und alle Umstände, wo man mit bestimmten Geldsummen Prozesse bei dem Senat durchsetzt, und wenn man dem glauben darf, was man darüber hier und da von rechtlichen Leuten fast ganz apodiktisch hört, so herrscht in dem höchsten Tribunale eine offene, ehrlose Käuflichkeit, bei der man schaudern möchte. Es kann in unsern Staaten so nur wenig Gerechtigkeit in der Welt sein, und wenn dieses wenige noch dazu für Gold feil ist, so möchte man schon aus Philanthropie sich umsehen, wo der Weg zum Tempel hinausgeht.

Es geht aus der schönen Psychologie hervor, daß der Kaiser Alexander jetzt noch mehr das Ansehen der Milde trägt, denn welche Erscheinung wäre beim Antritt eines jungen Mannes die Austerität eines oft getäuschten, vollendeten Weltkenners? Aber es wird nötig sein und, ich hoffe, dann auch geschehen, daß er mit fester, unerschütterlicher Strenge auf der Ausführung ernster Entschlüsse beharrt. Freundlichkeit und Milde liegen in dem Charakter dieser Jahre und der natürlichen Güte; aber der Regent wird wahrscheinlich oft ernster und unerbittlicher werden müssen, als er und die Guten mit ihm wünschen und doch erwarten.

Eine der Geschichten des Tages war noch die Verurteilung des Verbrechers von Dago, der, wie bekannt ist, als Seeräuber auf seiner Insel mehrere Jahre den Kakus gespielt und eine Menge Menschen ins Verderben gebracht hatte. Das Leben dieses Mannes in unsern Tagen ist eine Erscheinung, die selbst in der Barbarei der Zeit des Herkules durch Bosheit merkwürdig gewesen wäre. Der Prozeß, der unter Paul angefangen hatte, wurde nun ziemlich langsam betrieben, und schon glaubte man, daß ihn die große Vetterschaft im Senat glimpflich genug durchbringen würde. Wirklich soll auch ein sehr sanftes Urteil schon abgefaßt und zum Vortrag fertig gewesen sein, da habe man zufälligerweise dem Monarchen einen sehr strengen Spruch gegen einen jungen Menschen zur Unterschrift vorgelegt, der für einige hundert Rubel Banknoten gemacht hatte. „Das ist hart, das ist sehr hart“, soll der Kaiser beim Lesen gesagt haben, „ist das so gesetzlich?“ – „Ja, Ihre Majestät“, sagte der Referent. „Dann kann ich ihm nicht helfen, dem unglücklichen Menschen, aber nun will ich doch sehen, welche Strafe man dem Bösewicht von der Ostsee zusprechen wird?“ Der Referent, der den hohen Ernst des Monarchen gesehen, erzählt man, habe es nun nicht gewagt, das Urteil so vorzulegen, und es sei im Senat aus Gründen der Klugheit so geschärft worden, wie es nachher vollzogen worden ist. Ich gebe die Anekdote, wie ich sie von einigen nicht leichtsinnigen Personen gehört habe. Sie könnte wenigstens psychologisch wahr sein und machte dem Herzen des Monarchen Ehre, denn Gnade gegen Bösewichte ist gewiß Ungerechtigkeit.

Wenn man öffentlich von der kaiserlichen Familie redet, rühmt man freiwillig und freudig durchaus von ihr den Charakter der schönen Humanität und der allgemeinen Güte. Nur von dem Großfürsten Konstantin spricht man hier und da mit lauter Mißbilligung; und es gibt sogar

Leute, die ihn für schlimm halten. Nach allem, was ich von ihm in Erfahrung habe ziehen können, kann ich dies von ihm nicht glauben, aber es ist auch nicht zu leugnen, daß eine beispiellose leidenschaftliche Heftigkeit, die an Unbändigkeit grenzen soll, ihm zuweilen das Ansehen großer Verdorbenheit gibt. Er war wegen der Lebhaftigkeit seines Geistes der Liebling seiner Großmutter, und es läßt sich leicht begreifen, wie auch die mütterliche Zärtlichkeit manche Jugendaufwallung weit gelinder sieht als der strengere Beurteiler in öffentlichen Verhältnissen. Seine Familie liebt ihn ohne Ausnahme, ein Beweis, daß er natürliche Güte besitzen muß. Sonst ist sein Mutwille fast grenzenlos und hat ihn zu Schritten verleitet, von denen ich gern die Hälfte auf die Entstellung des Mißvergnügens schreiben will. Es ist sehr traurig, daß der junge, wirklich liebenswürdige, sehr gebildete Mann Gefahr läuft, dem Jugendleichtsinn seinen besseren Charakter aufzuopfern. Die Wirkung ist schon sichtbar. Man flieht seine Nähe, weil man das Spiel seines Mutwillens fürchtet. Die Männer bürden sich bei sich selbst und der Nation eine schwere Verantwortung auf, die sich zu Gefährten und Ausführern seiner jugendlichen Einfälle hergeben. Sie müssen seine Achtung verlieren, sobald er zu ernsthafter Besinnung kömmt, und das geschieht gewiß, wenn seine bessere Seele eine ruhige Übersicht der Dinge gewinnt und er selbst das Bedürfnis fühlt, statt des rauschenden Beifalls der Schwärmer die Liebe und reine Achtung der Vernünftigen zu besitzen. Ich habe ihn nur ein einziges Mal ganz in der Nähe gesehen, wo er seine Befehle einem Offizier auf eine so ungestüme, für das Publikum so wenig schickliche Weise gab, daß ich an der Stelle des Offiziers den andern Morgen gewiß meinen Abschied gefordert hätte. Öffentliche Achtung ist das heiligste Unterpfand zwischen Männern von Ehre.

Der botanische Garten der Akademie wird jetzt besser gehalten als ehemals, und der Gärtner scheint ein wackerer, tätiger Mann zu sein, der in seinem Garten und seinem

Linné zu Hause ist. Eine eigene Art von Ökonomie, die mir bei der reichen Akademie gar sonderbar vorkommt, ist, daß man die größere Hälfte des Gartenbodens an Gemüsekrämer verpachtet hat und dadurch die Wissenschaft, für die er bestimmt ist, auf ein ziemlich kleines Plätzchen einschließt, und diese Pacht ist sogar noch unter Alexander verlängert worden, wie ich höre.

Ich war, wie Dir bekannt, halb und halb mit der Absicht ausgegangen, hier Zutritt bei dem Kaiser zu suchen und ihn um ein kleines Jahrgehalt zu bitten, das ich verdient zu haben glaube und mit Selbstgefühl erwarten könnte. Schon unterwegs hatte ich den Gedanken ziemlich aufgegeben, und hier fand ich den Monarchen durch die kritische Lage der öffentlichen Angelegenheiten so sehr von wichtigen, auf keine Weise angenehmen Geschäften belagert, daß es mir nicht einfiel, einen Schritt deswegen zu tun. Es würde mir vielleicht so schwer nicht geworden sein, aber bei genauer Prüfung fand ich, daß es doch wohl besser sei, aus eigenen Kräften durch mich so lange als möglich allein zu leben. Es ist für meine Art zu sein und zu denken besser, ob ich meiner gleich so gewiß bin, daß mich kein Gold und kein Glanz der Erde zu irgendeiner Meinung bestechen würde.

Seit einigen Tagen ist der Gegenstand der allgemeinen Unterhaltung die Besetzung und Einverleibung von Genua und die Zurückberufung des Gesandten, der zur Beilegung der Streitigkeiten nach Paris gehen sollte. Das wird nun wohl die Eröffnung zu einem neuen Trauerspiel werden. Konsequent sind die Schritte der Franzosen, da sie ihre Stärke von dieser Seite und die Schwäche ihrer Nachbarn kennen. Von Gerechtigkeit ist die Frage nicht, die kömmt gewöhnlich in Völkerverhältnissen wenig in Betrachtung und hat die Gefälligkeit, ihre wächserne Nase zu drehen, wohin die Bajonette wollen. Etwas gefällt mir doch bei der ganzen Sache, der Korse hat sein Vaterländchen königlich gerächt an den neuen und an den alten Unterdrückern;

und so jämmerlich ist der Geist der Zeit, daß man noch alles für Wohltat halten muß.

Jetzt lief ich die Blätter meines Taschenbuchs durch und kann mich nicht enthalten, Dir ein kleines Krönungsgedicht mitzuteilen, wofür ich wohl schwerlich Ring oder Belobungsschreiben bekommen werde, das ich aber als meine unmaßgebliche Meinung eben weiter nicht ängstlich verbergen will. Die Verse lauten mit ihrer kurzen Übersicht der Sache so:

Der Bourbonide fiel durchs Beil
Und ließ durch seines Namens Rache
Der Nation entweihte Sache
Den Kühnsten im Verbrechen feil;
Schnell rief die Wut mit Hohngelache
Im Sturm entfernten Völkern Heil
Und überzog sie wie ein Drache
Mit neuer Knechtschaft Geißelseil.
Man tönte hoch die hehren Namen
Von Freiheit und Gerechtigkeit;
Und alle, die zu nahe kamen,
Sahn in des Himmels schönem Samen
Der Hölle Unkraut ausgestreut
Und bebten vor der Folgezeit.
Man drohte rund umher den Thronen,
Als bräch ihr Weltgericht herein
Und baute Konstitutionen
Und riß sie trümmernd wieder ein
Und predigte mit Legionen
Des neuen Glückes Litanein
Und dezimierte Nationen
Ins herrliche System hinein.
Man ließ das Volk laternisieren,
Guillotinieren, septembrieren,
Durch teufen es iniziieren,
Zur Freiheit es zu sublimieren,

Und die Verstockten zu kastein,
Mit kurzer Hand zu cayennieren:
Und es erschienen lange Reihn
Verfassungen, auf schlechte schlechte!
Und immer kam noch nicht die rechte.
Nun holte man den Papst mit seiner Zunft,
Den Erzhatschir der Unvernunft,
Den Korsen unbedingt und rein
Zum Autokrator einzuweihn
Und mit des Glaubens Nebelschein
Zum leidenden Gehorsam aller Frommen,
Die scharenweis zur Benedeiung kommen,
Von Licht und Freiheit zu befrein,
Das wird nun wohl die rechte sein.

„Le peuple n'est rien pour qui le sait mener." Er beweist sogleich die Wahrheit seines Satzes durch sein eigenes Beispiel, in der Tat ein großes Beispiel, das dem Menschenverstande wieder ein schweres Urteil schreibt. „Ich werde euch diesem oder jenem Fürsten geben!" soll er den Abgeordneten der Reichsstädte auf ihre demütige Vorstellung geantwortet haben. In einem solchen Grade wäre der Nation und ihren Fürsten noch nie Hohn gesprochen worden. Der Geber, die Gegebenen und die Nehmenden stehen alle in eigenem Lichte. Mir fällt dabei eine Stelle aus dem Plutarch ein, wo Metellus, der Volkstribun, sich vor die Tür des Aerariums stellte, als es Cäsar zu seinem Kriege gegen den Senat brauchen wollte. Der Patriot weigerte sich durchaus, sich zu entfernen, bis ihn der Cäsarianer hinwegriß. „Bedenke doch", sagte Cäsar zu ihm, „daß es mir weit schwerer wird, dir etwas Hartes zu sagen als zu tun." Etwas Hartes gegen jemand tun war damals ein gewöhnlicher Euphemismus für das Beil des Liktors oder einen Sikar. Ich konnte mich nicht enthalten, unwillkürlich die Parallele zu ziehen. Buonaparte scheinen die harten Worte nicht so schwer zu werden. Ich schätze den wirklich großen Mann so hoch als irgendeiner, aber ich kann ihn unmöglich lieben, denn ich halte ihn weder für rein liberal noch gerecht. Er hat mir in sich selbst das schönste Ideal meines Lebens zerstört, und ich bin so stolz zu glauben, meine Ideale sind nicht das Produkt eines spielenden, müßigen Gehirns. Das Schicksal hat ihm zwei Namen gegeben, einen schönen und einen furchtbaren. Den schönen trug er in seiner schönen Zeit, jetzt hat er ihn weggelegt und nur den furchtbaren behalten. Aber die Ewigkeit Buonapartes, des Retters, wird trotz der angestaunten Größe gewiß besser und schöner sein als Napoleons, des Löwen der Bergschlucht. Ich will für mich immer lieber den schönen Namen behalten, Furcht ist quälend und soll nicht in meiner Seele wohnen: den schrecklichen überlasse ich gern den Diplomatikern.

Sippola, 28. Juli

Ich wette hier mein bestes Stück Lachs aus der Woxa und einen ganzen Korb voll Mamurami, Du weißt nicht, in welchem Winkel der Erde Sippola liegt, und weder Büsching, noch Schlözer, noch Gaspari können Dir helfen. Höre also, Sippola ist ein gar schönes Dörfchen in dem nordischen Paradiese der Lappen, Russisch-Finnland, etwas aus dem Wege nordwärts, zwischen Wilmanstrand und Friedrichsham. Die Länge und die Breite habe ich nicht gemessen, ich kann Dir also nur davon sagen, daß herrliche Beeren da wachsen, daß das Korn noch hohe Wellen schlägt und daß man sich ein noch ziemlich idyllisches Haberrohr schneiden kann, welches mehr ist, als Du vielleicht in der Nachbarschaft der Lappen vermutest.

Von den Theatern habe ich in Petersburg nur noch das italienische gesehen, welches auch wohl das beste ist. Es war ein Sänger dabei, wie ich ihn wohl noch nie gehört habe. Indes er soll jährlich vierzehntausend Rubel erhalten, dafür läßt sich auch etwas Klarheit und Stärke und Wendung in der Stimme erwarten. Die Deutschen habe ich nicht gesehen, weil mir meine Freunde einstimmig erklärten, daß sie nicht viel Gescheites nicht sehr gescheit gäben. Miré verlor eben wegen seiner Unordnung das Direktorium, und nun hofft man von dem neuen Unternehmer, als einem Manne von Kenntnissen und Geschmack, etwas Besseres. Die Russen sah ich nicht, weil ich bald hier bald da war und immer die Zeit versah. Es tut mir jetzt ein wenig leid, denn sie sollen treffliche Mimiker sein und einige Nationalstücke mit viel Geist und Leben aufführen.

Herr Pinnow versah mich zum Abschied freundschaftlich mit einigen guten Mitteln gegen schlechtes Wasser, und eine Gesellschaft begleitete mich in einigen Wagen bis Pergola, wo ich mit einer eigenen sehr gemischten Empfindung das letzte Abendmahl mit meinen dortigen Freunden hielt. Ich denke immer mit dem unbekannten Etwas, das man Herz nennt, längst abgeschlossen zu haben, und alle Augenblicke spielt mir der Kobold noch einen Streich. Das kleine, herrliche Feuerwerk, das einige Offiziere zufällig ihrem General dort zum Geburtstage gaben, half mir über die trübe Stimmung der letzten Stunden hinweg. Wer weiß, ob ich je die guten Leute hier wiedersehe, die mich so brüderlich aufgenommen haben. Die Wagen rollten spät nach Petersburg zurück; ich packte die Proviantxenien der nordischen Hospitalität in meinen Reisesack und quartierte mich noch an der Hand der letzten Begleiter bei einem wildfremden Finnen ein. Meine Seele war voll Bewegung, die Stube war im Juli geheizt und voll Rauch, alle Augenblicke glaubte ich ein Dutzend Tarakanen zu hören und schlief – so gut nicht wie gewöhnlich. Es war überdies jetzt noch die Zeit, wo es in dieser nördlichen Höhe ewig nicht Nacht werden will, und es kommt mir vor, als habe ich etwas von der Idiosynkrasie, daß ich nur die Nacht recht gut schlafen kann. Die Nächte sind aber dort in dieser Zeit so tagähnlich, daß wir in Petersburg um zwölf Uhr die Mitternacht im Garten ohne Licht einander ohne Schwierigkeit die Hamburger Zeitung vorgelesen haben. „Trans Suionas“, sagt Tacitus, „aliud mare pigrum ac prope immotum, quo cingi cludique terrarum orbem hinc fidas, quod extremus cadentis jam solis fulgor in ortus edurat, adeo clarus, ut sidera hebetet.“ So sehr verdunkelt er sie, daß ich Myops gar keine Sterne gesehen habe. Die Abendröte fließt mit der Morgenröte zusammen. Die ersten Nächte kam mir das recht angenehm vor, aber mein Auge ward des immerdauernden Lichts bald müde und vermißte die schöne Abwechselung der vaterländischen Sommernächte.

Den andern Morgen wandelte ich nun guten Mutes, links bei der alten Schanze vorbei, immer die Straße fort nach Wiburg zu. Die drei Tage von Petersburg nach Wiburg, zwanzig Meilen, wurden mir sehr schwer, denn es war unerträglich heiß. Der Schweiß troff mir vom Schädel mehr als irgend jemals, als ich mit dem Bataillon mehrere Stunden unter dem Gewehr stand und nach der Trommel mit Händen und Füßen arbeitete. Das Newawasser wollte mir in Petersburg durchaus nicht behagen, ich mochte versuchen, soviel ich wollte. Es ist rein und hell wie Kristall, aber über alle Begriffe weich, und ich bin immer an hartes Wasser gewöhnt gewesen. Die feinern Biere sind zu stark und die übrigen fast alle mit schlechten Kräutern angemacht, vorzüglich mit wildem Rosmarin. Das Physikat sollte billig auf diesen Artikel der medizinischen Polizei mehr Aufmerksamkeit wenden. Meine Zuflucht waren also die verschiedenen Arten von Quas oder Wein zu Wasser, wo ich Quast oder Kißlestschie nicht haben konnte. Nun hatte ich mich auf das finnländische Wasser gefreut, denn ich wußte, Finnland sei gebirgig, und glaubte deswegen von vorn schließen zu können, wo Berge wären, müßte vieles und gutes Wasser sein. Da hatte ich mich nun aber sehr geirrt. Denn obgleich ganz Finnland fast nur eine große, fortlaufende Granitschicht ist, so ist doch das Wasser höchst selten. Ich habe die zwanzig Meilen von Petersburg bis Wiburg nur einen einzigen kleinen, guten Bach und nur einige Werste von der Stadt selbst einige sehr schönen, reichen Quellen gefunden. Die letzten waren für mich eine wahre Nektarschwelgerei. Die übrigen Flüsse kommen alle aus Sümpfen und haben rotes, faules, ekelerregendes Wasser. Der Granit ist vielleicht zu hart, um Regenwasser einzunehmen und es geläutert in Quellen weiterzufördern. Es läuft alles sogleich in die Moorgegend herab, wo es noch mehr verdirbt und fast ganz unbrauchbar wird. Ich habe zuweilen stundenlang geschwitzt und gearbeitet und lechzend gedurstet. Zuweilen mußte ich mich doch entschließen, ein Verbesserungsmittel bei dem blutroten Wasser anzubringen und sodann mit zugehaltener Nase zu trinken, ebenso wie ehemals auf den englischen Transportschiffen. Ich lief einmal wohl eine halbe Stunde in einer Bergschlucht lechzend herum, in der Voraussetzung, der Lokalität nach müsse hier durchaus Wasser sein, denn ein alter Wanderer kann, wie Moses und Alexander, so etwas sogleich aus der Lage sagen, ohne deswegen förmliche Ansprüche auf das Prophetenwesen zu machen. Endlich fand ich auch wirklich ein Quellchen unter einem hohlen Baumstamm und war froher, als ob mir der Vesuv alle seine frommen Tränen und Epernay alle seine Rebhühneraugen gegeben hätte.

In Wiburg zog ich, nachdem ich meine Polizeisachen abgemacht hatte, in dem italienischen Gasthause ein. Niemand war zu Hause als ein kleines Mädchen von ungefähr sechs Jahren, die mich erst furchtsam, dann ängstlich, dann schluchzend ansah und endlich laut zu weinen anfing. „Es ist niemand zu Hause“, sagte sie, „mein Vater ist in Petersburg, meine Mutter ist ausgegangen, Sie sollen nicht hier bleiben, Sie dürfen nicht hierbleiben.“ Weiß der liebe Himmel, was ich für einen verdammten Gesichtswurf haben muß, es ist mir oft so begegnet, und je freundlicher ich hier das Mädchen anzusehen glaubte, desto heftiger weinte sie. Ich legte ruhig meinen Tornister ins Billardzimmer, gab dem Träger sein Trinkgeld und wartete, was kommen würde. Da kam denn auf das Weinen der Kleinen ein großes Mädchen, eine Art von Aufwärterin, die mir auf mein Anbringen ganz freundlich sogleich ein ziemlich gutes Zimmer anwies, welches mir nach einem dreitägigen Fußzug durch die Wüste Berseba, ohne alle Bequemlichkeit, bei schlechtem Wasser und schlechtem Brote, sehr gemütlich war. Von Pergola aus ist Krasnoe Selo, ein anderes als bei Petersburg auf der andern Seite, der einzige Ort, den man noch mit Ehren ein Dorf nennen kann, die andern sind meistens nur einzelne, zerstreute Hütten. In Krasnoe Selo, wo ich gegen Abend eintraf, war alles in Lärm und Aufruhr, nicht etwa wegen Revolution, sondern weil sich eben ein Bär in der Nähe hatte sehen lassen, und alles griff zur Flinte und Spieß und Stange, um den zottigen Gast zu bewillkommnen. Zwei Soldaten sangen mich auf, mit ihnen noch einige Werste bis Nowa Derebna (Neudorf) zu gehen. Hier war denn neben einer Kabacke auch ein Traiteur; das klang gar fein, und ich fand wirklich auch ein Zimmer, das für Finnland hell und freundlich genug war. In Estland auf dem Lande wäre es ein Louvre gewesen. Nachdem ich die Soldaten mit Eierkuchen bewirtet und in die Kabacke abgefertigt hatte, legte ich mich ruhig schlafen, unter einen Schafpelz, der dort auf einer Matratze lag, wie ich glaubte, zu meinem Behuf. Zuschließen konnte ich nicht, denn man ist hier sehr patriarchalisch und hat kein Schloß vor den Türen. Ich mochte schon einige Stunden geschlafen haben, da zupfte mich ein Kerl, für einen Finnen freundlich genug, an dem Arm. „Was willst du, Freund?“ fragte ich russisch. „Ich will hier schlafen“; war die Antwort. „Aber ich schlafe schon.“ – „Aber es ist mein Bett“, sagte der Kerl. Was war zu tun? Wir mußten wohl freundschaftlich teilen. Ich überließ ihm die Matratze, nahm den Schafpelz und quartierte mich in einem anderen Winkel fest auf den Boden, nachdem ich mir gegen die feindlichen Tarakanen gehörig die Ohren verbunden hatte. Die Tarakanen sind nämlich die nordischen Taranteln, eine Art von Insekt, vor dem man sich gewaltig fürchtet, nämlich die feine Welt, der gemeine Mann achtet es nicht sehr. Eine größere Spezies davon nennt man Prussaky, Preußen, und ist der festen Meinung, diese seien erst im siebenjährigen Kriege mit der Armee von dort gekommen. Die Erzählungen davon sind abenteuerlich und unterhaltend genug. Den andern Morgen hatte ich bei der Bezahlung nur Silber, und meine alte Wirtin wollte den Rubel nur zu achtzehn Kopeken Agio annehmen, und da ich so gutwillig war, gab sie mir endlich gar nur zehn, mit der Versicherung, sie habe kein Kupfer mehr, und der Rubel gelte überhaupt hier nur funfzehn Kopeken. Das freute mich, wenn auch die Frau log, wie ich gar nicht zweifle. Der Kaiser Paul wollte es mit Strenge und Ukasen zwingen, und das Papier ward immer schlechter. Der Kaiser Alexander läßt die Sache gehen und führt Wirtschaftlichkeit ein, und das Papier verliert nun schon nicht mehr als 25 Prozent. In Moskau und der dortigen Gegend sieht man fast lauter Silber und wenig Papier, aber das Papier steht dort ebenso wie in Petersburg. Mich wundert die Ausprägung des Kupfers in Rußland; denn es ist so wohlfeil ausgemünzt, daß man überall viel Mühe hat, zu verhindern, daß es die Kupferschmiede nicht wieder verarbeiten. Es könnte mit weit mehr Vorteil verkauft werden, als es geprägt wird. Den Grund dieses Verfahrens kann ich nicht begreifen. Anderwärts ist man mit der Kupfermünze aufmerksamer und weiß den Gewinn besser zu berechnen. Vielleicht ist es in den russischen Münzstädten tiefer im Reiche so wohlfeil, daß man es aus Billigkeit nicht anders schlagen will.

Ich war den andern Morgen in Wiburg noch nicht aufgestanden, als mich schon Herr Tappe, Professor am neuerrichteten Gymnasium, aufsuchte und in seine Behausung führte. Da ich mir vorgenommen hatte, einige Tage in Wiburg zu bleiben und meine Füße, die ich mir in der Hitze wundgelaufen hatte, etwas ruhen zu lassen, nahm ich sein Anerbieten mit Vergnügen an und pilgerte bei einem Bruder in Apollo ein. Wiburg, das ehemals meistens nur von Holz war, ist seit dem letzten Brande fast ohne Ausnahme von Stein wieder aufgebaut worden und hat eine ganz artige Lokalität. Es liegt von allen Seiten ziemlich angenehm, ist klein und nett und empfahl sich bei mir sogleich durch sein gutes Brunnenwasser. Der Eingang zur See durch die Schären bis in die Stadt muß nicht ohne Schwierigkeit sein, aber desto sicherer ist sodann der Hafen. Der Handel hat sehr abgenommen, seitdem die Krone das Holzfällen und Brettschneiden einschränkt. Diese Maßregel scheint aber auch ziemlich nötig zu sein, denn ich habe auf meinem ganzen Wege nur sehr wenig Baumstämme gesehen. Das jetzige Holz ist alles klein und schwach. Worüber man sich aber bei der Einschränkung am meisten, und vielleicht nicht ganz ohne Grund, beklagt, ist, daß man überall noch den vollen Mühlenzins bezahlen muß, ob man gleich an den meisten Orten gar keine Bretter schneiden darf. Ein eigener Handelszweig, den ich überall für gute Finanzerei, aber schlechte Staatsökonomie halte, fast ebenso wie den Tabak, ist der Zichorienkaffee. Der hiesige preußische Konsul, Herr Hartmann, wenn ich nicht irre, hat den Anbau dieser Pflanze seit einiger Zeit mit aller Anstrengung betrieben und das Produkt für sich mit großem Vorteil in Umsatz gebracht. Ich weiß nicht, ob der Boden nicht weit besser Korn und Kartoffeln gäbe, zumal da der Brotmangel hier nicht selten und tragbare Erde eben nicht sehr im Überfluß ist. Was möchten wohl die Koryphäen der schönen griechischen Galanterie aus der goldenen Zeit, Aspasia, Alcibiades und Aristipp, dazu sagen, wenn man sie mit dem schwarzbraunen Tranke bewirtete? Mir deucht schier, wenn sie es nicht für eine verdorbene Suppe vom Eurotas hielten, sie würden glauben, Charon habe eine Probe vom Kokyt heraufgeschickt.

Der reichste Gelehrte von Profession auf dem festen Europa ist jetzt wohl der Dichter und Redner Nikolay, der sich von Petersburg hierher gezogen hat, um die Jahre der Ruhe so philosophisch als möglich zu genießen. Monrepos, ein Gut ganz nahe vor dem Tore der Stadt, das er besitzt und bewohnt, ist vielleicht das lieblichste Plätzchen, das man im ganzen Norden einige Grade auf und ab finden kann. Die Natur scheint es zum Feenaufenthalt irgendeines freundlichen Agathodämons gemacht zu haben, und es hat seit einigen Jahren unter dem jetzigen Besitzer an Verschönerungen aller Art unendlich gewonnen. Der Eigentümer lebt darauf mit nordischer Liberalität und genießt die Achtung der ganzen Gegend, und es ist kein kleines Vergnügen, einen Mann, wie er ist, über die literarischen und politischen Erscheinungen des Nordens sprechen zu hören.

Von hier aus machte ich eine kleine Ausflucht, den Wasserfall bei Imatra zu sehen, wo sich die Woxa über eine halbe Werste lang, hier und da furchtbar steil, durch ein enges Granitbett herabreißt. Die Erscheinung ist einzig in ihrer Art und machte ein betäubendes Geräusch, mehr als ich bei Schaffhausen und Terni gefunden habe, obgleich das Wasser jetzt noch sehr niedrig stand. Die Woxa hat hier an Wasser ungefähr so viel als die Elbe bei Außig, ob sie gleich etwas breiter ist. Die Saima, aus welcher sie und mehrere Abteilungen des Kymen kommen, ist ein Mittelding von See und Fluß, mit vielen Gruppen malerischer Inseln besäet, die besonders bei Wilmanstrand eine Aussicht machen, die einer Schweizergegend gar nichts nachgibt. Ihr Ursprung soll noch nicht gehörig bekannt sein, ganz oben wohnen Lappen, und sie soll aus den ganz nördlichen Gegenden von Norwegen herunterkommen. Ihr Wasser ist außerordentlich klar und rein, aber ganz weich, wie das Newawasser, kein Wunder, da es durch den Ladoga die Newa mit bilden hilft. Unten am Einfluß in den Ladoga sind noch einige Wasserfälle, aber nicht von Bedeutung, wie hier bei Imatra. Ich blieb mit meinem Gefährten, Herrn Purgold bei dem Gymnasium in Wiburg, einem wackern, talentvollen jungen Manne, nicht weit vom Falle am Ufer des Flusses die Nacht und ging den anderen Tag über Wilmanstrand zurück.

Alle Städte hier im russischen Finnland sind Festungen, und das Land gewinnt dadurch überall ein ziemlich kriegerisches Ansehen, wohl mehr als gut ist. Die Finnen sind verhältnismäßig zu ihren Stammbrüdern, den Esten jenseit des Meerbusens, eine offene, feine, wackere Nation, deren Charakter aber freilich nicht ausgezeichnete Energie ist. Das Land hat durchaus seit der russischen Besitznehmung eher verloren als gewonnen, ein Phänomen, das sich leicht erklären läßt. Dessenungeachtet herrscht, in Vergleichung mit den Esten und Letten, hier noch ein Grad von Kultur und persönlichem Wohlstand, den man auf dem Lande an der Düna und der Embach vergebens sucht. Der Landmann wird wahrscheinlich dort durch alle wohltätig scheinenden und wirklich so gemeinten Verordnungen der Regierung wenig gewinnen, so wie er hier in Gefahr ist, täglich immer mehr zu verlieren. Von der Eigenmacht und der Bedrükkung der kaiserlichen Beamten und der größeren Machthaber erzählt man auch hier überall empörende Beispiele, mit allen nötigen Belegen und Beweisen. Katharina die Zweite hatte die finnischen Bauern stets in Verdacht, daß sie heimlich schwedisch gesinnt wären. Da ist nun wohl kein Wunder, daß sie der willkürlichen Bedrückung so sehr preisgegeben werden. In Schweden herrscht Humanität, und es geht gut, hier will man mit der Peitsche treiben, und es geht schlecht. So wurde einem Bauer vor einiger Zeit ohne Schonung durchaus kein Aufschub der Fronarbeit gegeben, ob er gleich – nur seinen Vater begraben wollte. Ärger kann man wohl kaum die Menschlichkeit mit Füßen treten. So wenig vermag selbst ein Fürst, der ein Genius des Wohlwollens ist!

Hier in Sippola stehe ich auf einer Felsenspitze und überschaue unter mir im Tale vier kleine Seen, deren Ufer mit kleinen Dörfern und Wiesen und wogenden Fruchtfeldern umzogen sind.

Finnland ist eine ungeheure Granitschicht, zwischen welcher sich hier und da schöne, fruchtbare, bebaute Niederungen hinziehen. Das soll so fortgehen bis an den bottnischen Meerbusen, nur sind die Schweden aus politischen und psychologischen Gründen ordentlicher und fleißiger. Das Land hier herum ist das Land der Beeren, deren es eine Menge bekannte und unbekannte hat. Unter die letzten gehören die oben erwähnten Mamurami, eine Art kleiner rötlicher Beeren, die wegen ihrer aromatischen Natur berühmt sind, für die nordischen Ananas gelten und von den Schmeckern der Residenz häufig in Anspruch genommen werden. Sie wachsen nur erst wieder in Sibirien, und die Russen nennen sie vorzugsweise Knäschniky, Fürstenbeeren. Du begreifst also wohl, daß sie etwas mehr als gewöhnliche Brombeeren sind, zu denen sie übrigens gehören. Mein Wirt, der Hofrat Dähn, Schulinspektor des Friedrichshamer Kreises, ein freundlicher, sehr unterrichteter Mann, tut alles Mögliche, seinen Gast zufriedenzustellen, und ob ich es bin, das mag Dir meine Genüglichkeit sagen.

Morgen pilgere ich über Friedrichsham nach dem neuen Kymengorod und so weiter über Aberforr nach Abo und Upsala, um doch wenigstens den Saal zu sehen, wo Linné lehrte.

Unserm Werner in Freiberg bringe ich ein Stück roten Quarz aus Finnland mit, der hier für eine Seltenheit gilt, ob er es wirklich ist, mögen Kenner bestimmen. Der Generalgouverneur Mayendorf, dessen Gemahlin man in unserm Vaterlande während ihres dortigen Besuchs nach Verdienst zu schätzen nicht unterlassen hat, schickt es durch mich als ein Zeichen der Achtung und Erkenntlichkeit und ist gesonnen, der hiesigen Seltenheiten noch mehr zu senden.

Jetzt studiere ich zu meiner Durchreise Schwedisch, wie ein Schwede. Zu Ende des Oktobers längstens bin ich wieder im guten Vaterlande, das bei allem, was man wohl anders wünscht, doch noch ein sehr freundliches Stückchen Erde ist. Gruß und Kuß und Freundschaft.

Abo, den 5. August

Die Zeit der Dichtung ist vorbei,
Die Wirklichkeit ist angekommen
Und hat des Lebens schönen Mai
Unwiederbringlich weggenommen.
Dem Geiste Dank, der mit mir war,
Daß mich mein Traum nicht weit entfernte;
So leb ich ruhig nun das Jahr,
Wo Vater Cato Griechisch lernte.

Sonst hatt ich noch den hohen Mut,
Trotz den Hyänen und den Wölfen,
Und wollt in meines Eifers Glut
Die Erde mit verbessern helfen.
Jetzt seh ich die Verworfenheit,
Womit sich alle knechtisch schrauben,
Und lasse sie auf lange Zeit
Der Geißel und dem Aberglauben.

Wohl war es eine schöne Zeit,
Wo mich ein Götterfeuer wärmte,
Daß ich bis zur Vermessenheit
Für Schönes und für Gutes schwärmte,
Jetzt hat der Blick rund um mich her
Die heißen Flammen abgekühlet,
Daß meine Seele sich nunmehr
Nur stiller denkt und leiser fühlet.

Ich habe manche Mitternacht
Mit glühend zehrenden Gedanken
Der großen Rettung nachgedacht;
Nur hat mein Auge seine Schranken.
Man hat die himmlische Vernunft
Blasphemisch in den Kot getreten
Und läßt die alte Gauklerzunft
Neu aufgelegten Unsinn beten.

Die schändlichste Pleonexie,
Mit Kastengeist und Übermute,
Zerstöret alle Harmonie
Und tötet schweigend alles Gute.
Und diese sind, spricht Cäsars Knecht,
Uns unaustilgbar eingegraben;
Da hat die Sklavenseele recht:
Doch nur für sich und ihre Raben.

Die Pergamente streuen Staub
Anathematisch in die Augen;
Des Dolches Spitze trifft den Raub
Und läßt dann die Harpyen saugen;
Die Frömmelei lügt für Gewinn;
Der Geldsack drückt nach allen Seiten;
Der Witzler quält den Menschensinn
Und preist die Schande seiner Zeiten.

Nichts gleicht des einen Gaunerei
Als nur die Dummheit eines andern;
Bei dieser darf er kühn und frei
In seinem Nebelnimbus wandern.
Der Bonze brummt, der Zwingherr braust;
Der arme Sünder kniet und beichtet
Und folgt dem Rauchfaß und der Faust
Und wird begnadigt und erleuchtet.

Man raubet dieses Lebens Lohn
Mit Molochsblick und blankem Eisen
Und will mit Spottreligion
Nur in das andere verweisen;
So spricht man dem Verstande Hohn:
Doch sprächen's tausend Priesterzungen
Mit ihrer Salbung schwerem Ton,
Es blieben Gotteslästerungen.

Verzeih mir, Freund, ich glaube gar,
Daß ich oft wieder jünger werde.
Der Rückfall kommt zuweilen zwar;
Doch heilt ein Blick auf unsre Erde.
Ich bin zufrieden, daß ich mich
Für mich auf meinem Standpunkt halte:
Ein jeder tue das für sich;
Im ganzen bleibt es wohl das Alte.

Wer blickte mit Besonnenheit
Umher in unsrer Weltgeschichte,
Ganz ohne Furcht, daß nicht im Streit
Ein Dämon ihm den Mut vernichte?
Das Urteil drängt sich mächtig ein,
Als wär's vom Schicksal zugeschworen:
Der Mensch vielleicht kann weise sein;
Allein die Menschen bleiben Toren.

Wie kam ich nun zu dieser grämlichen Stimmung in Abo? Recht deutlich weiß ich das wohl selbst nicht. Ich durchlief so ganz einsam die Geschichte meiner Erfahrungen, sah rückwärts und vorwärts, glaubte kalt zu sein und ward warm, und die Verse lagen da, ehe ich recht aufblickte. Ich nehme sie bei fernerer Überlegung nicht zurück, gebe sie Dir hin, und Du magst damit machen, was Du willst. Die Schweden sind eben nicht schuld daran, denn ich bin mit ihnen bis jetzt recht wohl zufrieden. Im Gegenteil, es gefällt mir hier so wohl, daß ich glaube, wenn ich ein reicher Mann wäre, ich würde wenigstens einige Jahre bei ihnen herumreisen.

Ich knüpfe Dir den Faden meiner Wanderungen wieder an. Von Sippola ging ich zurück nach Friedrichsham in die große Straße und zog nach einer guten Mahlzeit zu Fuße weiter. Es kommt mir vor, als ob alle russischen Städte in Finnland mehr sänken als stiegen, ohne daß das flache Land gewinnt: ein sicheres Kennzeichen, daß man es verkehrt angreift. In Schweden ist zur Freude eines jeden rechtlichen Mannes überall das Gegenteil. Sklaverei und Leibeigenschaft sind der politische Mehltau, in welchem alles verdorrt und durch den nur die moralischen Fliegenschwämme wachsen. Die Gegend, die man freilich etwas voreilig mit der Schweiz vergleicht, ist überall freundlich und angenehm, und ich habe keine einzige Stelle gefunden, wo mein Gefühl mit dem Gedanken zurückgefahren wäre: hier ist es traurig, hier möchte ich nicht wohnen, welches doch wohl in Deutschland einige Mal der Fall gewesen ist.

Einige Werste vor der Festungsstadt Kymengorod macht ein starker Arm des Kymen einen schönen Wasserfall, wo der Fluß in einer schönen gruppierten Gegend, nicht weit von einer Kirche, durch drei Felsenengen viele Klaftern herabstürzt. Die Umgebungen sind sehr malerisch, und in der Schweiz würde der Ort berühmt genug sein. In Kymengorod sind die Schanzen und militärischen Arbeiten schon weit gediehen, aber die Stadt selbst hat doch wenig gewonnen, man kann so eben nur sagen, es ist ein Anfang gemacht. Jenseits des Wassers ist etwas mehr geschehen. Mir kommt die Lage der Festung doch etwas bedenklich vor, denn es ist nicht weit davon eine Felsenhöhe, von der man sie ziemlich wird ängstigen können; und diese Anhöhe selbst ist wegen der Umgebungen auch nicht sehr haltbar. Doch wenn die Stadt nur gedeiht, kann man die Festung leicht entbehren, und die besten Verteidigungen sind immer wackere Leute, die mit der Bajonettspitze draußen tapfer das Feld halten.

Ein junger Mann, der spazieren ging, ein Offizier aus der Festung, gesellte sich am Flusse zu mir und fragte freundlich, woher? und wohin? Mein Aufzug und meine Sprache mochten ihm gleich fremd vorkommen, denn ich spreche das Russische schlecht und das Finnische gar nicht. Das Nämliche war sein Fall mit dem Französischen und Deutschen. Ein Wort gab das andere, und ich fragte, ob Suchtelen schon angekommen wäre? Er wußte gar nicht, daß er kommen wollte. Ich sagte ihm aber, daß ich es von Petersburg aus Suchtelens eigenem Munde hätte, wie auch vom Hofrat Zagel in Wiburg, und daß dort schon Quartier für ihn bestellt wäre. Der junge Herr sah mich unter meinem Tornister hoch an, als er mich mit vieler Vertraulichkeit von Suchtelen und Mayendorf sprechen hörte, und examinierte mich so artig als möglich über mein Wesen und Wandeln. Ich gab ihm eine kurze Skizze meines jetzigen Ganges über Stockholm nach Hause, und er schied eilend sehr freundlich, wahrscheinlich um seinen Chef von der Ankunft seines Chefs zu unterrichten, denn vermutlich hatte man nicht weiter als bis Wiburg Bestellung gemacht.

Die Sonne war dem Untergange nahe, als ich vor Kymengorod vorbei schlenderte. Die Kabacke sah dort traurig aus, und ich ging, in der Hoffnung eine bessere zu finden, immer vorwärts, hörte aber zu meiner nicht geringen Verlegenheit, daß das nächste Wirtshaus zwanzig Werste entfernt wäre. Ich war schon ziemlich spät aus Friedrichsham gegangen, war müde und ward natürlich immer müder. Der Wald ward dichter und die Gegend wilder, die Hitze war drückend gewesen, und meine Füße fingen an, mir den Dienst zu versagen. Hungrig war ich und der Proviant in meinem Tornister zu Ende, ich war schon froh, wenn ich von Zeit zu Zeit etwas leidliches Wasser fand. Da ich kein Haus erreichen konnte und mich nur mit Mühe weiter fortzog, ging ich etwas von der Straße rechts ab waldeinwärts und legte mich mit ruhiger Resignation auf einen Granitblock zum Schlafe nieder. Der Himmel war schön über mir, nur war es eben deswegen etwas kalt, denn dort oben kommt, wenigstens bei Nacht, die Kälte bald wieder, wenn die Kälte aufgehört hat. Dort oben im Norden reist man vor Menschen ohne Gefahr, es ist nicht wie in dem heiligen Lande Italien. Zu fürchten hatte ich also nichts als von den Wölfen, die doch auch wohl im Sommer zuweilen aus dem Dickicht herauswandeln und sich nach etwas umsehen. Indessen die Schlaflust war stärker als die Furcht vor den

Wölfen, und ich schlief einige Stunden ganz ruhig, bis mich die Kälte erweckte. Nun setzte ich mich wieder in Bewegung auf der Straße fort, fand bald einen ehrlichen, wackern Finnen, der mich so gut mit Frühstück versorgte, als sein Haus erlaubte, und rückte rüstig nach Aberforr hinüber.

Ich hatte einen Brief von dem Generalgouverneur Mayendorf an den hier kommandierenden russischen Obersten, der mich also sehr gütig aufnahm. Das ersparte mir aber nicht die sehr strenge Untersuchung auf dem Zolle, wo alles bis auf meinen Aristophanes durchlugt wurde. Meine russischen Papiere hatte ich schon in Friedrichsham gegen schwedische umgesetzt, und hier gab man mir auch noch für sechzig Kopeken russisches Silber schwedische papierne Schillinge. Auf dem Zollhause traf ich einen russisch-finnländischen Geistlichen, der herüberfuhr und mich einlud, mich mit auf seine Droschke zu setzen. „Facundus comes in via pro vehiculo", sagt irgendein Alter, und hier war beides: ich setzte mich also auf und fuhr mit ihm bis Lowisa, der ersten schwedischen Stadt. Ich hatte mir vorgenommen, recht genau den letzten Werstpfosten zu beschauen, der als Monument des letzten Krieges da steht und gewaltig viel Kugeln haben soll. Die meisten sollen auf der schwedischen Seite sitzen, zum Beweis, daß die Schweden weit besser geschossen haben, da das Gefecht eben um den Werstpfahl am heißesten war. Im Gespräche hatte ich aber den Krieg und sein gebrechliches Monument vergessen. Der Kymen, oder vielmehr der Arm vom Kymen, hat dort wieder zwei Arme, zwischen welchen wieder eine Insel von einigen hundert Schritten liegt, welche die Markscheide beider Reiche macht. Die Brücke quaestionis ist also eine Doppelbrücke: die über den nördlichen Arm gehört den Russen und die über den südlichen den Schweden. Nun darf keiner seinen Posten über die Brücke hinaussetzen. Das taten denn die Schweden im letzten Zanke, der bald zum Kriege geworden wäre. Die Leute sind hier sehr glücklich in der Einbildung, daß hier in dem Kymen der beste Lachs in der ganzen Welt gefangen werde. Ich nahm mit dankbarem Herzen von Rußland Abschied, aber ich trat mit frohem Geiste nach Schweden. Alles gewinnt sogleich ein mehr heiteres, freundlicheres Ansehen, so wie man herüberkommt. Als Maßstab der Bildung eines Volkes nehme ich immer das Land, und nirgends wird man von dem äußern Anscheine sogleich schöner und wohltätiger angesprochen als in Schweden, zumal wenn man aus diesem Teile von Rußland kommt.

Es entsteht immer ein sonderbares, eigen gemischtes Gefühl in meiner Seele, wenn ich an Rußland denke. Gewiß sind im einzelnen nirgends bessere Menschen als in allen Teilen dieses ungeheuren Reichs, nirgends tut die Regierung verhältnismäßig mehr für das Gedeihen der Provinzen, und nirgends wird doch weniger für Humanität, Gerechtigkeit und Aufklärung gewirkt. Das Radikalübel ist und bleibt, weil der Geist der Verfassung, wenn man so etwas Verfassung nennen kann, und einigermaßen auch die Regierung, auf Sklaverei beruht. In Rußland gibt es keine allgemeine Bildung, sondern nur einzelne Verfeinerung, keine allgemeine Gesetzlichkeit, sondern nur einzelne Güte. Der Sprung geht von dem krassesten, dicksten Aberglauben zu der unbändigsten Zügellosigkeit, die nicht selten an Atheisterei grenzt und alle Moralität nur für den Kappzaum der Narren hält. Es gibt dort keine Wohlhabenheit, sondern nur Reichtum und Armut, Pracht und Elend: man springt von dem einen zum andern; oft trifft man beides zusammen, selten ist Häuslichkeit. Das ist die Folge der Sklaverei. Es ist nirgends Sicherheit, weder im Staate noch in der Regierung, das ist auch ihre Folge. Nur Gerechtigkeit und milde Freiheit gewähren Sicherheit und allgemeinen Wohlstand. In Petersburg und Moskau ist es nichts Neues, zu sehen, daß ein Satrap in seinem Hause zwei- bis dreihundert Bedienten hat, eine wahrhaft römische Familie, und sich dabei eben wegen der Menge desto schlechter befindet. Immer fällt mir dabei die Anekdote von einem altfranzösischen Herzoge ein, der zu einem Dichter kam und ihn höchst ärgerlich fand. „Mein Gott, was fehlt Ihnen denn?", fragte der Herzog. „Ei was", antwortete der Dichter sehr mürrisch, „mein Bedienter ist ein Schlingel. Ich habe nur den einzigen, und denken Sie nur, ich werde fast ebenso schlecht bedient, wie Sie, da Sie doch wohl dreißig haben." – Je mehr Bedienten, desto größer die Unordnung. Solche Leute werden hier für jede ernsthaftere Beschäftigung ganz unbrauchbar, und viele verderben in dieser Kloake der Menschheit. Aus dieser Klasse entspringen sodann die meisten Betrüger und Bösewichte, unter ihnen ist die größte Gewandtheit und Verdorbenheit des Geistes, am meisten Witz und am wenigsten Vernunft. Wenn die Wahrscheinlichkeit einer rechtlichen Freiheit und dann die Hoffnung eines ordentlichen Unterhalts größer wäre, möchte es noch gehen. Aber für solche Leute ist selten Erlösung, darum halten sie sich meistens durch Liederlichkeit schadlos, wozu ihre Herren reichlich das Beispiel zu geben nicht ermangeln. Wie unmenschlich hart zuweilen solche Verhältnisse werden, habe ich selbst zu hören Gelegenheit gehabt. Ein junger Mensch hat Anlage zur Kunst und lernt und arbeitet mit der Erlaubnis seines Herrn mit den besten Fortschritten, so daß er dem größern Publikum und selbst dem Monarchen rühmlichst bekannt wird. Sehr natürlich ist nun das Verlangen, daß dieser Mann nun auch rechtlich über seine Person zu bestimmen wünscht. Dazu aber ist keine Möglichkeit, und sein Herr, mit dem er irgendeine kleine Differenz gehabt haben mag, beordert ihn hinaus auf das Gut zur härtesten Erntearbeit, die der gute Mensch längst vergessen, vielleicht nie gelernt hat. Da hilft kein Dazwischentreten für den Künstler. Der Monarch selbst ist zu gut, die sogenannten Rechte mit Gewalt anzutasten, der junge Mann soll zur Hofarbeit und vielleicht Mist laden, wo er unter der Peitsche des Verwalters, wenigstens dem sogenannten Rechte nach, steht. Ein humaner Mann hatte heimlich den Auftrag, bis 15 000 Rubel für seine Freiheit zu bieten, denn dem Kaiser selbst würde ihn der Herr nicht gegeben haben, dann wollte ihn der Kaiser der Akademie schenken. In der ganzen Erzählung ist weiter kein vernünftiger Begriff als die große Liberalität des Monarchen, die man am Ende doch noch sklavisch genug verdrehte. Der Kaiser wollte ihm eine Stelle bei der Akademie geben, aber nicht ihn der Akademie schenken. Einen Menschen schenken ist kein Begriff. Ich würde den dem Tode geben, der mich schenken wollte, oder ich gäbe mich dem Tode. Das begreift freilich kein Mensch, der es in seinem Leben nicht gewagt hat, eine eigene Persönlichkeit zu haben.

Ich erinnere mich, daß ich einmal in einer philanthropischen Aufwallung dem alten General Igelström in Pleskow einige Stunden lang zu beweisen suchte, daß es mit Rußlands Kultur durchaus auf keinem festen Fuße weiter gedeihen könne, bis die Personalfreiheit unumstößlich gesetzlich eingeführt sei. Der alte Herr gab das wirklich zu und fragte nur nach dem Wie? Das ist freilich eine schwere Frage. Die Sklaverei der Bauern ist in Rußland erst seit einigen Jahrhunderten, ich weiß nicht gleich unter welchem Zar, eingeführt worden, und zwar nicht gesetzlich, sondern nur durch Mißbrauch. Bei einer sehr gefährlichen Pest, mit Hungersnot verbunden, wo jedermann dem Verderben zu entfliehen suchte, wurde die provisorische, temporäre Verfügung gemacht, daß kein Bauer seinen Hof verlassen sollte. Was bloß temporär war, blieb durch Mißbrauch immer fort. Das ist das Ganze. Was ein Raubtier einmal in den Klauen hat, gibt es so leicht nicht wieder heraus. Die Sklaverei der Russen aber, als der Kernnation selbst, ist nie so schwer und drückend geworden als der Nebenprovinzen. Für Livland und Estland und Finnland ist die russische Regierung, wie sie bisher war, ein wahrer Fluch. In Kurland war es unter den Polen nicht besser, und alles ist nun unter einer Verdammnis, wenn nicht einst ein menschlicher Genius die Harpyen vernichtet. Wo Sklaverei gesetzlich ist – von Gerechtigkeit kann gar nicht die Rede sein, denn man ist es schon gewöhnt, daß Gesetz und Gerechtigkeit oft in Widerspruch stehen – wo sie gesetzlich ist, kann nie eine humanere Kultur gedeihen. Man wende ja nicht die Griechen und Römer ein: Gott bewahre mich vor ihrer schändlichen Freiheit, dagegen ist selbst der Unsinn des Lehnsystems noch Vernunft, und Spartakus hat darüber einen furchtbaren Kommentar gegeben. Wenn ich ein deutscher Bauer wäre und sechs Söhne und keine andere Aussicht für sie hätte, als sie, auch unter guten Bedingungen, nach Rußland auf das Land zu schicken, bei der Heiligkeit jeder Tugend, ich würde sie alle sechs niederschießen, ehe ich sie hinschickte und der Stammvater eines Sklavengeschlechts würde. Daß die Regierung ihnen die Freiheit sichert, gibt keine Sicherheit. Der Edelmann hätte sie wenigstens im dritten Gliede schon in den Klauen. Wo das System Sklaverei ist, findet keine Rettung statt. Man geht von der Sklaverei zur Despotie und von dieser zur Sklaverei. Wo die große Klasse in der Leibeigenschaft zieht, ist kein einziger für die Freiheit seiner Nachkommen sicher. Und wer, auch ohne Nachkommen, nichts für Nachkommen fühlt, gehört zur Sentine der Weggeworfenen.

Man beschwert sich in Livland, daß die Bauern so unerträglich faul seien, und ich wunderte mich, daß sie nur noch so viel arbeiten. Denn wozu soll ein Sklave mehr arbeiten, als er muß? Wer gibt ihm die Sicherheit seines Gewinns? Soll er ein Haus bauen, von dem er nicht weiß, ob er und sein Sohn darin wohnen dürfen? Einen Baum pflanzen, von dem es nicht wahrscheinlich ist, daß er und seine Kinder die Früchte davon brechen? Man wendet ein, daß ihm nun das Gesetz Sicherheit gebe. Das Gesetz ist längst da gewesen und immer verachtet worden. Man hat nie einen Menschen verkaufen sollen und verschachert sie noch jetzt auf allen Märkten schändlich für Jagdhunde; und sogar die Zeitungsblätter auch noch unter dem freundlichen Alexander sind voll von dergleichen Menschenfeilbietungen. „Er ist mein Erbkerl", schnarrt ein junger Edelmann, dessen Großvater vielleicht noch Mäkler an der Düna oder der Newa war, mit unsäglicher Impertinenz durch die geschwollenen Nasenlöcher und zieht den Mundwinkel in eine gräßliche Falte, „er ist mein Erbkerl, und ich kann mit ihm machen, was ich will.“ Das tut er denn auch zuweilen mit einem Genie, das Adramelech Ehre machen würde. In Verhältnissen des Völkerrechts und Staatsrechts muß es leider ein Grundsatz der Sicherheit sein: das Böse, das ein Mensch tun kann, wird er wahrscheinlich tun. Die Geschichte hat mehr Bestätigungen als Widerlegungen desselben. Wo noch jemand anders den Personenzwang hat als der Staat, ist es um das Palladium der Menschheit getan. Man erzählt noch heute in Livland hier und da eine Menge Abscheulichkeiten, die alle menschliche Vorstellung übertreffen. Merkel hat im ganzen noch sehr glimpflich gemalt, wenn auch einige seiner Belege vielleicht nicht ganz zu beweisen sein sollten. Man läßt junge Windhunde von Bäuerinnen säugen, noch jetzt geschieht das. Natürlich mit Bewilligung der Ammen. Wozu kann ein livländischer Edelmann mit der ausübenden Gewalt am Gürtel den Bauer nicht bereitwillig machen? Die Branntweinsfuhre und das Bauen in den Städten für die saubern Patrone geht jetzt wie ehemals. Ein Sklave muß freilich schlecht sein, ich begreife gar nicht, wie er gut sein könnte. Herabwürdigung erstickt alles Edlere und Bessere. Daß der Herr für sie sorgen soll, muß wohl ebensowenig gewissenhaft beobachtet werden. Ich habe Blinde genug am Wege gefunden, denen in den Rauchlöchern die Augen ausgebeizt waren und denen der Herr nun die Erlaubnis erteilt hatte, im Gebiete zu betteln, denn freilich darf er sie nicht wohl in fremde Bezirke schicken. Deswegen gehen sie aber doch. Buxhövdens Bauern gehen zahlreich nach Petersburg betteln, Vittinghofs Bauern betteln in Dorpat in der kleinen Entfernung von dreißig Meilen, denn so weit mag es wohl von Marienburg bis Dorpat sein. Buxhövden gilt bei dem größten Anschein von Humanität für einen der härtesten Privilegiaten, und Liberalität soll in den Fällen, die man dort unsinnig genug Gerechtigkeit nennt, seine Sache nicht sein. Das Christentum hat dort, wie in vielen andern Weltgegenden, unsäglich viel Unheil gestiftet und die Kette unauflöslicher gemacht, da die Pfarrer, den Instituten gemäß, meistens mit den Edelleuten Hand in Hand gehen oder vielmehr selbst temporäre Edelleute sind, und, zur Schande ihrer Lehre, nicht selten die schlimmeren. Die Letten, Esten und Finnen haben nicht unrecht, die Deutschen im allgemeinen für eine Art böser Geister anzusehen, für welche der Himmel, da er sie hier so wüten läßt, einst eine ganz eigene Hölle schaffen wird. Du darfst nur die Erscheinungen nehmen. Livland ist gewiß ein schönes, herrliches, gesegnetes Land. Die Russen eroberten es, und um der Provinz wieder aufzuhelfen, die durch Krieg und Pest fast zugrunde gerichtet war, wurden nicht allein die Abgaben sehr mäßig eingerichtet, sondern sie wurde auch von allen Rekrutenlieferungen befreit. Die Folge davon ist, daß die Edelleute ihre Einkünfte zu Hunderttausend zählen, daß die Bauern wie Troglodyten wohnen, hier und da kaum menschlichen Gestalten ähnlich sehen und daß nach hundert Jahren bei vielem Segen und keinen Unglücksfällen die Provinz noch auf dem nämlichen Grade der Bevölkerung steht, nur daß das Elend des platten Landes größer ist.

Finnland wurde etwas später genommen, und dort war die Kultur etwas weiter gediehen. Deswegen befinden sich auch jetzt noch die finnischen Bauern etwas besser, obgleich die Besitzer alles mögliche tun, sie nach und nach einzurussen oder einzulivländern. Möge durch die schweren Regierungssorgen Alexanders Gefühl nicht hart werden und seine Kraft nicht ermüden, daß er rettend sich eine Ehre erwerbe, die nach Jahrtausenden der Nachwelt noch heilig sei, nicht schrecklich, wie es der Ruhm des Philippiden war. –

Von Friedrichsham aus spricht man ziemlich viel Schwedisch; die Geistlichen für Russisch-Finnland sind bis jetzt meistens von Abo genommen worden, so daß die Provinz noch immer in einiger Verbindung mit dem alten Mutterlande geblieben ist. Die Regierungsämter und Justizstellen wurden meistens mit Deutschen besetzt, in den Städten ist nun die Hauptsprache fast überall Deutsch. Durch die neue Einrichtung gewinnt dort die deutsche Sprache noch mehr, da die Erziehung in Finnland förmlich unter der Universität Dorpat steht.

In Lowisa hört man nur Schwedisch und Finnisch. Mein Pastor brachte mich, da meine Zunge sich noch gar nicht recht Schwedisch eingerichtet hatte, in ein ganz gutes Wirtshaus, wo man mich auf alle Weise recht gut und anständig und billig versorgte. Hier saß ich gegen Abend in der Gaststube und studierte Schwedisch in einem alten in das Schwedische übersetzten Pepliers, den mir mein Wirt in Sippola gegeben hatte. Ein ziemlich wild aussehender Mensch nahm das Buch, das ich auf dem Tische hatte liegen lassen, und blätterte darin. „Das ist ja von unserm vorigen Gouverneur Orräus aus Wiburg", sagte er russisch. Der Name war darein geschrieben. „Das ist wohl möglich", antwortete ich und sagte ihm, wie ich dazu gekommen sei. Er blickte mich ganz zweideutig an und ward nur dann wieder freundlich, als ihm die Wirtin freundlich bedeutete, ich sei mit einem Geistlichen im Wirtshause angekommen.

Den folgenden Tag ging ich nach Ulby, wo ich sehr schlecht gespeist und sehr gut gebettet wurde. Wenn man nur immer eins mit dem andern kompensieren kann, hat es weiter nichts zu sagen.

Borgo gilt für eine ansehnliche Stadt in Schwedisch-Finnland, hat ein Gymnasium und treibt einigen Handel auf einem Flusse, der bis dahin für kleinere Schiffe fahrbar ist. Von da bis Helsingfors ward es mir unerträglich heiß, weit heißer, als es mir um den Ätna und in der Lombardei geworden ist. Die Wirtshäuser waren weit voneinander entfernt und eben noch nicht sehr gut. Sie sahen von außen schön und freundlich und einladend aus, aber gewöhnlich war nichts darin zu haben als sehr saures Bier und sehr grobes Brot und sehr schlechte Butter. Nun waren diese Gasthäuser auch zugleich die Posthäuser, und ich merkte, daß man doch nicht außerordentlich billig war und mich in der Rechnung das Postgeld mitbezahlen ließ. Denn die ehrlichen Schweden schienen sich einzubilden, daß ich ein milzsüchtiger Grillenfänger sei, dem man seine Phantasie mit einrechnen müsse. Die schwedischen Meilen sind bekanntlich verdammt groß, und das Postgeld ist nicht stark. Man fährt sehr schnell und nur mit einem einzigen Pferde, wenn man so leicht ist, wie ich bin. Ich setzte mich also auf eine Postkarriole und ließ mich weiter spedieren; erstlich der Hitze zu entgehen, zweitens um schneller fortzukommen und drittens weil es durchaus nicht mehr kostete, sondern vielleicht noch wohlfeiler war als das Fußwandeln. In Italien hätten die Gründe freilich nicht alle gegolten. In Helsingfors spricht der Postmeister Deutsch und hält ein sehr gutes Haus, und in Svensby hatte ich sogar einen Postillon, der Deutsch sprach und oft mit Schiffen in Reval gewesen war. Bei Mialbolsta sind einige sehr schönen Partien an einem See mit einigen Landhäusern.

Bei Sahlo öffnet sich das Tal, durch welches der Weg herunter geht, ziemlich weit und zeigt viele, zwar kleinen, aber niedlich gebauten Dörfer, und zum ersten Male wieder zwei Kirchen. Die Gerste wächst hier so hoch und üppig, daß ich sie nur bei Katanien am Ätna größer und stärker gesehen habe. Auch Weizen wuchs schon in solcher Vollkommenheit hoch über Abo oben, daß ich einige großen Ähren zum Andenken in mein Taschenbuch legte. Das willkommenste waren mir aber Haselsträuche, die ich hier wieder zum ersten Male erblickte. Jeden Augenblick wuchs mein Vergnügen und meine hohe Meinung von der ökonomischen Gesellschaft in Abo. Arm sind die Schweden, sehr arm, man kann viele Meilen reisen, ohne nur ein Stückchen Kupfermünze zu sehen. Man findet nichts als Papier, sogar bis zu Zetteln von acht Schillingen oder ungefähr vier Groschen. Aber der Schwede scheint seine Armut nicht zu fühlen. Sein Haus ist groß und hell und bequem. Wenn man in Estland und Livland nur selten einen Schornstein sieht, so hat hier manches Bauergut vier bis sechs Schornsteine und viele schönen Nebengebäude. Der schwedische Finnländer ist heiter und munter und reinlich gekleidet und zeigt Kraft und Selbständigkeit. Die Weiber sind meistens groß und wohlgebildet und oft sehr schön, vorzüglich auf dem Lande, wo ihnen die leichte Nationaltracht eine fast griechische Erscheinung gibt. Kommt man in die reinlichen, netten, meistens rot angestrichenen Häuser, so findet man freilich des köstlichen Mundvorrats nicht viel, aber alle sind bei dem wenigen so froh und freundlich und teilen so gern und willig mit, daß eine sehr überfeinerte Seele dazu gehört, sich bei ihnen nicht wohl zu befinden.

Den letzten Abend vor Abo blieb ich in Wista, einem angenehmen Kirchdorfe, wo der Postmeister ein alter, abgedankter Leutnant war, der leidlich Deutsch sprach, viel und verständig genug Politik schwatzte und mich mit aller Frugalität sehr geschmackvoll bewirtete. Als ich den folgenden Morgen bezahlte, sollte ich auf mein Papier fünf Schillinge herausbekommen, und der alte Herr hatte in seinem ganzen Hauswesen nicht fünf Kupferschillinge, so genau er auch alle Kasten und Papierschätze durchsuchte. Als ich meinte, das hätte ja nichts zu sagen, er möchte an die Schillinge nicht weiter denken, rührte sich die alte Soldatenehre, und er behauptete, alles müsse durchaus seine Ordnung haben. Ich tat den Vorschlag, er möchte die fünf Schillinge dem Postillon zum Trinkgeld geben. Er sah mich groß an und fragte: „Wie viel geben Sie denn den Kerlen?“ – „Ei nun“, war meine Antwort, „gewöhnlich drei oder vier Schillinge, nachdem die Station ist; hier kann ich ja wohl einmal fünfe geben.“ – „Mit Ihrer Erlaubnis, das ist sehr schlecht“, fuhr er mich etwas an, „da verderben Sie uns die Kerle in den Grund, sie müssen nicht mehr als einen Schilling haben.“ Er ging hierauf selbst zu dem Nachbar und holte mir die Schillinge und bat sich’s aus, daß ich dem Menschen durchaus nicht mehr als zwei Schillinge geben möchte, welches ich auch versprach und insofern hielt, daß ich die andern beiden als ein Surplus von Gratial wegen des guten Fahrens hinzulegte. Das Trinkgeld macht nach diesem Fuße auf drei schwedische Meilen ungefähr sechs gute Groschen und ist das Nonplusultra von Großmut, wofür jeder Postillon otmickest, d. i. demütigst dankt. Eigentlich sollen sie nach den Gesetzen durchaus gar nichts verlangen, welches ich allerdings etwas hart finde, wie denn überhaupt das ganze Schußwesen oder die dortige Postanstalt viel Mißliches haben mag. Welcher Unterschied zu unserm lieben Vaterlande! Die Gesetze haben bei der Bestimmung des halben Guldens Trinkgeld bei uns schon die Liberalität mit eingerechnet und nur den Reisenden nötigen wollen, nicht unbillig zu sein. Mit acht Groschen versucht es nun wohl kein Reisender mehr, wenn er wegen seines Wagens und seines Halses ruhig sein will. Denn es müßte ein schlechter Postillon sein, der in seinem Murrsinn der Equipage nicht ganz geschickt für einige Gulden Schaden zufügen könnte. Ich bin selbst gegenwärtig gewesen, daß man dem Postillon einen halben Taler in die Hand gab. „Was soll das?“ fragte der Kerl mit einem knurrigen, kaum verständlichen Tone. „Das ist Sein Trinkgeld.“ Der Mensch zog sein nicht feines Gesicht phlegmatisch in die Länge und in die Breite und sagte mit der neuen Schule göttlicher Grobheit: „Gibt auch ein ehrlicher Herr einem ehrlichen Postillon so ein lumpiges Trinkgeld? Das ist ja recht niederträchtig.“ Dergleichen Höflichkeiten kann man in Sachsen von Dresden bis Naumburg ein halbes Dutzend hören. Dafür fährt man in Schweden jede Stunde sehr gemächlich eine schwedische Meile, und dort bin ich denn doch einige Mal in sieben Stunden drei sächsische Meilen geschleppt worden.

Jeder Schwede hat hier um sein Haus seine eigene Pflanzung Tabak, und man sieht in der Gegend von Abo schon ganze Flächen mit diesem Giftkraute verdorben. Ich kann mir nicht helfen, ich empfinde jedesmal sehr unangenehm, wenn ich auch in meinem Vaterlande ganze große, schöne Felder damit bepflanzt sehe und mir der betäubende Giftdunst des stinkenden Unkrauts entgegen zieht. Eine seltene Verkehrtheit, der Gebrauch des Tabaks! Wenn wir dann Brotmangel haben und die Kornspeicher aufgetan werden sollen, findet man sie mit beizenden Blättern dieses Afterbetels angefüllt.

Abo soll, wie man mir versichert, zwölftausend Einwohner haben, welches ich auch nicht übertrieben finde. Die Universität ist ungefähr dreihundert stark. Da eben Ferien sind und wenige Professoren sich in der Stadt befinden, habe ich niemand hören können. Das neue akademische Gebäude, gleich hinter der Kathedralkirche, wird der Stadt Ehre machen, wenn es gleich nicht so prächtig wird, als die hiesigen Schweden es behaupten wollen. Denn wenn man sie hört, ist die Akademie in Petersburg eine Kabacke dagegen. Das Merkwürdigste davon ist, die Säulenschäfte aus Granit bestehen aus einem einzigen Stücke, sind von schöner Proportion und werden herrlich geschliffen. Sie kommen aber den Säulen in Petersburg am Sommergarten durchaus nicht bei, auch nicht einmal den Säulen an der neuen Bank, die Kaiser Paul hat bauen lassen. Die Bearbeitung des Granits auf diese Weise ist indessen den Schweden noch etwas Seltenes, in Rußland ist nichts gewöhnlicher, aber doch auch nur in Petersburg.

In Abo zog ich bei unserm Landsmann, Herrn Seipel aus Butzbach, ein, der jedoch nicht ganz der einzige Aubergist in der Stadt ist, wie Acerbi behauptet, denn man hat mir noch ein anderes Gasthaus genannt. Der beste mag er wohl sein, obgleich nicht gar zu gut bestellt. Aber ein Unikum gibt es in Abo, nämlich in der ganzen Stadt nur einen einzigen Barbier, wie mir unser Landsmann, Herr Seipel aus Butzbach, versicherte, und da nun dieser einzige Bartinspektor über Land gereiset war, mußte ich leider mit meiner schlechten Gerätschaft mich selbst peinigen.

Der Fluß Aurajocky hat schlechtes Wasser und ist von

unten nur bis an die Brücke schiffbar, oberwärts der Brücke gehen nur kleine Kähne. Jocky oder Tjocky heißt im Finnischen ein Fluß, so daß der Name Aura ganz romantisch klingt. Ebenso ist Kemijocki oben bei Tornea. Du siehst, daß es der finnischen Sprache nicht an Anmut fehlt. Die finnische Sprache ist die Hauptsprache, und das Estnische und Lappische sind nur ihre Dialekte, wie ich höre. Daher ist es gar kein Wunder, wenn Livländer diese ihre estnische Sprache tief in Asien gefunden haben.

Das alte Schloß unten am Ausfluß der Kura, ungefähr eine halbe Stunde von der Stadt, ist eben nicht wichtig, nicht einmal so wichtig, als es Acerbi macht, ob es gleich fast von drei Seiten mit Wasser umgeben ist. Auch die schwedischen Militärs selbst geben es für nicht viel aus. Das Beste ist, daß dabei ein Teil der Schärenboote unter Dachung liegt, die, wie Du weißt, im letzten Kriege den Russen so viel zu schaffen machten. Diese Schärenboote sind wohl nur deswegen besser als die russischen, weil die Schweden bis jetzt noch die bessern Matrosen sind. Auch die Bildung der Flotte empfindet in Rußland das Nachteilige der Leibeigenschaft. Schwedisch-Finnland soll seit zwanzig Jahren um 60 000 Menschen an Bevölkerung gewonnen haben, und das ist bei dem großen Striche Landes nicht unwahrscheinlich, denn überall ist die Kultur der Gegend so ausgezeichnet schön, als ich sie weder in Deutschland, noch in Italien, noch in Frankreich irgendwo gesehen habe, nämlich in solcher Ausdehnung und eingerechnet die überwundenen Schwierigkeiten. Gerste und Roggen, und Weizen und Erbsen und Flachs, alles stand außerordentlich gut, bloß der Hanf war verhältnismäßig klein und mager. Die Düngung ist musterhaft. Indessen sagt auch jedermann, daß dieses Jahr überall in ganz Schweden eine vorzüglich gesegnete Ernte sei. Nirgends habe ich mehr Achtung vor dem menschlichen Fleiße bekommen als auf dieser Reise. Zuweilen müssen die guten Leute ihren tragbaren Boden erst den Granitbergen abtrotzen, ehe sie mit wahrhaft heldenmütiger Anstrengung es wagen können, ihm irgendwo etwas Samen anzuvertrauen. Und es ist sodann gewiß der schönste Sieg, wenn die Seiten der Berge von Korn wogen und nur hier und da eine unbezwingliche Felsenspitze durch den Segen freundlich hervorragt. Solcher Anblicke hat man in Schweden viele, in einer Provinz mehr als in der andern.

Finnland gilt durch seine kräftige, schöne Betriebsamkeit schon mit für die Kornkammer der umliegenden Provinzen, und in welcher Achtung es billig bei dem ganzen Reiche steht, beweist der Umstand, daß man auf das Papiergeld auch allemal den Wert in finnischer Sprache gedruckt findet.

Vor meinem Fenster, das in den Garten geht, steht hier ein schöner, großer Äpfelbaum; eine Erscheinung, die mich zuerst wieder recht angenehm überraschte! In ganz Petersburg habe ich nur an einer einzigen Stelle, die von allen Seiten gegen den Wind geschützt war, einige Äpfelbäume gesehen, aber keinen einzigen Birnbaum. Hier werden die Obstbäume nun schon wieder gewöhnlicher.

Stockholm, den 18. August

Von Abo aus hat man noch einige Stationen bis an das Wasser des bottnischen Meerbusens, über den man sich setzen lassen muß, wenn man nicht über Wasa und Tornea oben herum reisen will. Acerbi gibt die Seereise im Winter, auf dem Eise von Grißleham bis herüber ans finnländische Ufer, nur auf 9 Meilen an, da kann ich denn seinen Weg nicht begreifen. Ich will Dir hier die Wasserreise hersetzen, wie ich sie gemacht habe und wie sie gewöhnlich alle russischen Kuriere machen, die nicht des Wetters wegen über Tornea gehen müssen.

Von Helsing an dem finnländischen Ufer, zu Wasser über Turwessi nach Wartsala, 2 Meilen Schwedisch. Desgleichen über Wattn Skiftet nach Brando $2\frac{1}{2}$ M. S. Desgleichen über Lappwesi nach Kumlingen 2½ M. S. Desgleichen über Delet nach Wargata 3¼ M. S. Desgleichen nach Bomarsund 1 M. S. Zu Lande nach Skarpans 1 M. S. Zu Lande nach Haroldsby, Emkarby, Frebenby 3 M. S. Halb zu Lande, halb zu Wasser nach Eckeroe 1¼ M. S. Über Alandsholm zu Wasser nach Grißleham 7 M. S. Nun zähle einmal zusammen, wie viele Meilen da herauskommen! Ich könnte Dir wohl die ganze etwas unbekannte Tour von Petersburg nach Stockholm geben, aber es ist entsetzlich langweilig, dergleichen Zeug der Länge nach aus dem Tagebuche zu schreiben. Du hast genug an dem Pröbchen durch die Inseln. Von Stockholm aus ist der Weg in mehreren Reisebüchern angegeben.

Die Fahrt über den Meerbusen ist gar nicht unangenehm, wenn man ein guter Elementer, nämlich an das Element gewöhnt ist. Ich nahm mir Zeit und habe zwei Nächte ganz ruhig bei den Ichthyophagen geschlafen. Mir deucht, ich muß auf der Überfahrt zum wenigsten zweihundert Inseln gesehen haben, größere und kleine, fruchtbare und unfruchtbare, bewohnte und öde. Man windet sich oft durch ein sonderbares Netz von Inseln, die niemand als Möwen zu Besitzern haben. Als ich von Lappwesi ausfuhr, war es schon ziemlich spät, die Sonne ging bald unter und der Mond silbern auf. Meine Gondoliere waren zwei alte, wakkere schwedische Matrosen, die Weltteile gesehen hatten und ihren beiden jungen Kameraden von ihren Fahrten erzählten. Die Wirkung der späten Abendröte und des fast vollen Mondes auf die spiegelglatte, stille Wasserfläche zwischen unzähligen Granitinselchen, die nur hier und da einiges Gestrüppe hatten, war außerordentlich magisch. Es war so hell, daß wir auf einer von den Inseln, wo wir zur Pause anhielten, Erdbeeren suchen konnten, die jetzt hier noch herrlich dufteten. In Kumlingen blieb ich, und es war auf der kleinen Insel so freundlich, als es nur in einem Dörfchen am Zuger See sein kann. Überall hat man ein gutes, reinliches Bett, überall ohne Erinnerung sogleich frisch überzogen; eine Wohltat, die man in unserm Vaterlande nicht einmal in allen Städten findet! Von Kumlingen nach Wargata war eine große Wasserfläche von $3\frac{1}{4}$ M. S. Das Wetter war neblig und kalt, der Sturm blies stark, die See ging hoch. Ich hatte diesmal drei Kerle und einen jungen weiblichen Matrosen, wie das vorher schon oft der Fall gewesen war. Die Fahrt mochte dem Mädchen zu heftig werden, das Wasser schlug reichlich in das Boot, und die Heldin ward seekrank durch alle Instanzen. Mir tat das fast wohl, denn nun konnte ich doch auch sagen, daß meinetwegen auch ein Mädchen krank geworden sei, welches mir nicht leicht zum zweiten Male begegnen wird. Vor mehreren Jahren hat mir zwar eine unserer schönen Landsmänninnen etwas Ähnliches versichern wollen, ich fand aber nachher Ursache, es nicht zu glauben.

Auf einer andern Station der nämlichen Fahrt ward sogar ein Matrose seekrank. Dabei setzte ich mich denn ganz ernsthaft in meine Behaglichkeit und freute mich, daß mir das Element nichts anhaben konnte, es müßte mich denn ganz verschlingen, wie es wirklich einige Male drohte. Die Überfahrt ist nicht ganz ohne Gefahr, in lauter offenen Booten, wo die Windstöße wohl zuweilen Unglück anrichten können. Zwischen Bomarsund und Haroldsby steht das alte bekannte Schloß Kastelholm als eine stattliche Ruine, und rund umher sind die Inseln äußerst fruchtbar an schönem Getreide. Vorzüglich wächst in Eckeroe Gerste und Korn in seltener Güte. Von Eckeroe bis Grißleham ist die größte Station, sieben Meilen. Der Wind war äußerst widrig und sehr stark, und die Leute machten Schwierigkeit auszulaufen. Ich hatte sechs Matrosen und noch zwei Gehülfen, um nur aus dem Hafen zu kommen. Mitten auf der See begegnete mir ein Postschiff, die Leute legten mit vieler Mühe in einer kleinen Bucht auf einer kleinen Insel an und wechselten. Die Post ging nach Eckeroe mit meinem Boote, und das Postschiff nahm mich ein nach Grißleham. Drei Taler waren als das Fährgeld im Posthause zu Eckeroe angesetzt, und ich mußte durchaus achthalb Taler bezahlen. Das müßte sein, meinten alle ohne Ausnahme und bekümmerten sich nicht einen Pfifferling um das Postbuch in Eckeroe. Ich zahlte, denn wie hätte ich anders den Prozeß hier im Sturm auf der kahlen Felseninsel im bottnischen Meerbusen endigen sollen? Die Skandinavier hatten mich ohne Protest in Händen. Ob das rechtlich ist, mögen sie mit dem Postbuche in Eckeroe ausmachen. Ich fand die Bezahlung freilich nicht zu hoch und hätte dafür nicht halb so weit gefahren, aber es soll nur niemand etwas wider Ordonnanz tun.

Als ich nun so einsam auf meinem Tornister da saß und von Hallifax bis Syrakus manche Reise noch einmal reiste und manche Stunde noch einmal lebte, blieb ich, wie wohl schon einige Mal geschehen, bei Schiller und der Katastrophe seines Todes stehen, der mich allerdings in Petersburg ungewöhnlich überrascht hatte. Ich zog mein Taschenbuch, dachte weder an widrige Winde noch an die Skandinavier, und unvermerkt lagen die Zeilen auf dem Pergamentblatt, die ich Dir hier als eine freundliche Nekropompe eines Mannes gebe, der uns beiden oft großen Genuß verschafft hat. Daß die Verse hier unter dem Getöse der Wogen geschrieben wurden, ist vielleicht, nächst ihrer Wahrheit, das einzige, was ihnen einigen Wert geben kann.

Wir erzählten traulich und durchliefen
Noch einmal das Leben Jahr für Jahr.
Da erschien ein Freund, und seine tiefen,
Hohlen, ernsten Trauertöne riefen
Uns die Botschaft, die gekommen war:

Schiller ist gestorben! – Alle schwiegen
Drei Minuten feiernd, bis empor
In des Schmerzes schweren Atemzügen
Unserm Liebling Totenopfer stiegen
Und die Pressung ihr Gewicht verlor.

Schiller ist gestorben! scholl's in allen
Zirkeln an der Newa auf und ab
Von dem Marmor in den Kaiserhallen.
Freund, so schöne Blumenkränze fallen
Selten nur auf eines Dichters Grab.

Aber selten heiligen die Musen
Einen Geist auch so sich zum Altar,
Wohnen himmlisch so in einem Busen,
Wie vom Griechen bis zu dem Tongusen
Unser Liebling stets ihr Liebling war.

Von dem Rheine bis zum Obi haben
Tausende sich oft durch ihn erfreut,
Reicher sich gelebt durch seine Gaben,
Die er, ihren Seelendurst zu laben,
Unerschöpflich um sich ausgestreut.

Mächtig klang dem Delier die Laute,
Wenn er ihre Saiten Schillers Hand,
Ihre Lieder seiner Brust vertraute;
Und die dichte, stille Menge schaute
Dann durch ihn sich in das Geisterland.

Seine Zauber öffneten die Pforte,
Daß der Blick in neue Welten ging;
Blumen schuf er, wo die Flur verdorrte,
Und der Sturm beflügelte die Worte,
Die er flammend von dem Gott empfing.

Groß und mit der Jugend hohem Mute,
Die den Männerwert in Lumpen ehrt,
Sprach er kühn und offen für das Gute,
Unbekümmert, ob der Tor verblute,
Der vom Mark der stillen Einfalt zehrt.

Wem nicht er des Himmels Götterfunken
Aus des Wesens letzter Tiefe schlägt,
Wenn er göttlich singt und feuertrunken,
Bleibet, in des Stumpfsinns Nacht versunken,
Zu den Seelenlosen hingelegt.

Liebenswürdig war der Mann als Dichter
Und der Dichter es noch mehr als Mann.
Glücklich, wer wie er so viel Gesichter,
So viel Herzen auch als strenger Richter
Auf dem guten Weg erheitern kann!

Schiller wird mit seinem Posa leben,
Leben, wenn der Undank ihn vergißt.
Niemand kann ätherischer uns heben,
Niemand besser zu genießen geben,
Was der Silberblick des Lebens ist.

Der Wind hatte sich während meiner Nekropompe etwas gelegt und gewendet, und ich kam noch zeitig genug in Grißleham an.

Wenn man den ganzen Tag recht tüchtig auf den Wogen herum geworfen ist und dann eine gute Suppe, schöne frische Schollen, frisches Knackabroe und zum Dessert ausgesuchte Erdbeeren findet, so kann man wohl mit der Landung zufrieden sein, und ich war es.

Hier sagte mir der Postmeister, ich müßte dem Bauer durchaus nur sechs Schillinge für das Pferd die Meile geben; aber durchaus bestand man auf zwölfen. Wie ich das zusammenreimen soll, weiß ich nicht. Ich finde zwölf Schillinge noch billig genug und habe nachher erfahren, daß es die jetzige Taxe ist, aber wie konnte der Postmeister das andere sagen? Er ließ sich übrigens verhältnismäßig seine Mahlzeit selbst teuer genug bezahlen.

Nun fuhr ich rechts ab, über Ahlby und Broe nach Upsala. Dieses ist zwar nur eine Nebenstraße; aber sie ist auch durchaus gut. Auf den Inseln des bottnischen Meerbusens hatte ich in allem drei Kirchen gesehen, hier standen die Kirchen ziemlich dicht, und die Kultur des Bodens war musterhaft gut, vorzüglich bei Ahlby. In Petersburg hat man einige Eichenpflanzungen, die wohl älter sein müssen als von Peter dem Ersten, wie man vorgibt. Man sagte mir dort, ich würde in Russisch-Finnland wenigstens eine Menge Eichengestrüppe finden, aber trotz aller Aufmerksamkeit hatte ich bis jetzt weiter kein Eichenblatt gesehen. Birken und Erlen waren das gewöhnliche Laubholz, nicht weit über Abo oben sah ich zuerst wieder Haselstauden. Desto erfreulicher war mir die Erscheinung der Eichen, die von Grißleham an sich sogleich in Menge und ziemlicher Vollkommenheit zeigten.

In Edingen, einer Station zwischen Grißleham und Upsala, machte man Anstalt, mich gradezu nach Upsala zu bringen, und forderte dafür nicht weniger als sechs Reichstaler. Die Posttaxe machte noch nicht einen ganzen. Ich berief mich auf das Postbuch, wo ich auch schon meinen Namen eingeschrieben hatte, und wollte durchaus nicht mehr zahlen als die Posttaxe, zwölf Schillinge die Meile. Die Leute stritten hoch und sprachen viel von einem russischen Kurier, der entsetzlich langsam gefahren sei, den Weg sogar über Gothenburg genommen und gewaltig viel bezahlt habe, und schienen ihn halb und halb für einen Spion zu halten. Ich konnte nicht alles so recht fassen, da ich kein sonderlicher Schwede bin und die Bauern vermutlich nicht den besten Dialekt sehr schnell sprachen. Ich nahm meinen Tornister, den ich schon an die Karriole geschnallt hatte, hastig auf den Rücken und erklärte, ich würde nicht mehr bezahlen als die Posttaxe. Endlich wollten sie dafür fahren, ich war aber schon im Gange und sagte, ich würde mich nun gar nicht aufsetzen. Sie kratzten sich am Kopfe, und ich ging fort.

Einige Stunden war ich schon gegangen, als ich erst überrechnete, daß ich zu Fuße nicht nach Upsala kommen würde, wohin ich doch gern wollte. Ich trat also in ein Haus nicht weit von der Straße, das ich für das Posthaus hielt, und bat um Pferde und erzählte meine Geschichte. Das war aber keine Post, sondern ein Familienlandhaus. Das Hauspersonal waren vier Damen, von denen zwei etwas Französisch sprachen, denn ich nahm meine Zuflucht zum Französischen, da es mit dem Schwedischen nicht recht fort wollte. Man versprach mir Pferde zu verschaffen, ob es gleich kein Posthaus war. Die Damen bewirteten mich mit Knackabroe, herrlichem Eingemachten von Beeren und gutem Bier, ein Artikel, der mir seit Friedrichsham nicht vorgekommen war! Aber die Pferde kamen sehr spät, und ich traf erst um Mitternacht bei Mondschein in Upsala ein.

Upsala hat einen großen Namen und ist eine kleine Stadt; wohl nicht größer als unser Lützen, wo der Wohltäter Upsalas starb. Busser von Linköping hat, wie ich höre, ein großes Buch über die kleine Stadt geschrieben. Die Kathedralkirche ist so groß, daß man wohl die Bevölkerung einer halben schwedischen Provinz hineinbringen kann. Linnés Monument ist darin ganz demütig versteckt, es steht so in einem Winkel, daß ich es nicht gesehen habe, ob ich gleich zweimal fast nur deswegen hineingegangen bin. Ich habe dafür eine Menge Grabmäler großer und kleiner Männer dort gefunden, um die ich mich nicht so viel bekümmerte, sie mochten hinter dem Altar oder in den Seitenhallen stehen. Das Merkwürdigste war für mich das Monument des Grafen Stenbock, der das Kriegsrecht etwas zu strenge an Altona ausübte und dafür dann eine beträchtliche Zeit feine Mechanik in Kopenhagen trieb. Es war, als ob ich meinen Freund Stenbock von Warschau vor mir sähe, so auffallend war die Ähnlichkeit. Ich liebe Familiengesichter, sie sind immer besser und bedeutender als die Wappen.

Den andern Morgen ging ich hinaus zu Thunberg, der auf seinem Landhause eine halbe Stunde von der Stadt wohnt, und er hatte die Güte, mir den folgenden Morgen selbst den neuen botanischen Garten zu zeigen. Die Herren von Palermo sagten mir, als ich dort war, sie hätten das Modell zu ihrem botanischen Hörsaal von dem Linnéischen in Upsala genommen. Da haben sie aber große Veränderungen gemacht, wenn das wahr ist. Weder der neue noch der alte Linnéische Hörsaal sieht dem palermitanischen sehr ähnlich. Das neue botanische Gebäude hier besteht aus einer Front mit Säulen nach dem Garten und zwei auswärts greifenden Flügeln. In der Front oder im Fond, nachdem man sich stellt, ist der Hörsaal, und in den Flügeln sind das Museum und die warmen Zimmer für die Pflanzen. Auch der Professor hat eine ganz gute Wohnung darin. Die Säulen sind aus Sandstein von Gothenburg. Granit wäre wohl besser gewesen. Den Grund der Mauern hat man mit Granitquadern sehr schön angefangen, ihn aber nur mit unbehauenen Granitstücken fortgeführt, welches der Solidität und der Schönheit schadet.

In dem Museum sind vorzüglich die Sachen, die Thunberg von seinen Reisen mitgebracht und der Akademie geschenkt hat und die nun nicht, wie Linnés Sammlung, ins Ausland gehen werden. Für einen Privatmann war es ein außerordentlicher Reichtum, und es sind viele Seltenheiten dabei. Besonders merkwürdig waren mir drei große Gazellen aus Afrika, ein Kasuar, ein kleiner Büffel aus Afrika und eine kleine seltene Art von Löffelgans. Der Garten ist ziemlich groß und in guter Ordnung. Als etwas Ungewöhnliches wurde mir noch ein Zuckerahorn gewiesen, der sehr selten so hoch nordwärts fortkommen soll.

Du kannst wohl glauben, daß ich auch die Bibliothek besuchte, wo für mich die sogenannte silberne Handschrift des Ulphilas das einzige war, wonach ich mich umsah. Ich habe sie in den Händen gehabt und, ohne etwas davon zu verstehen, einige Minuten säuberlich drin geblättert. Schon dieser Umstand beweist Dir, daß sie nicht so sehr abgegriffen und zerrissen sein kann, als der verstorbene Küttner erzählt, weil man sie ohne Schwierigkeit und ohne Erinnerung einem gewöhnlichen Fremden in die Hände gab. Es haben nur wenige Blätter so gelitten, daß man sie für unleserlich erklären müßte. Ich verstehe freilich gar nichts von dem Idiom. Daneben liegt die Ausgabe des Eduard Lyn, vielleicht kommt nun auch die schöne Ausgabe unsers Landsmanns hin. Die Geschichte des Buchs und woher der Name silberne Handschrift kommt, ist Dir bekannt; hier wäre es zu weitläufig, mehr davon zu sagen. Die übrigen Merkwürdigkeiten der Bibliothek übergehe ich, bis auf die Toilette, welche die Stadt Augsburg, glaube ich, der jungen Christine geschenkt hat. Die Künstler sollten sie wohl sehen, welche zuweilen die mittelmäßigsten Produkte unserer Zeit ausposaunen. Herr Samuel Torner, der Kustos der Bibliothek, war ein gefälliger, unterrichteter Mann, und nachdem wir ziemlich lange zusammen Französisch und hier und da auch etwas Englisch gesprochen hatten, machte ich erst die Entdeckung, daß er auch Deutsch verstand, da er mir zum Andenken ganz richtig einen Vers aus Haller aufschrieb.

In meinem Zimmer hier in Upsala hingen die Köpfe von Biörnstahl, Stenbock und Linné, von Bernigeroth recht brav gemacht; und die Helden aus dem Siegwart, kläglichen Andenkens, gar jämmerlich anzuschauen: von Bumburg del., Schleich engraved.

Die Merkwürdigkeiten von Upsala sind, wenn man kein Stockgelehrter ist, in einigen Stunden überschaut. Da ich aber zu Ehre der schwedischen Akropolis Minervens einige Tage da bleiben wollte, setzte ich mich ganz gemächlich Siegwarts Mariane unter dem Spiegel gegenüber und las des Aristophanes „Ekklesiazusen“ und seine „Lysistrata“, die ich mir nach den „Wolken“ und nach den „Rittern“ und den „Fröschen“ zum Antinarkotikum erkieset hatte. Auch der Schönsprecher Seneca half mir hier und da ein Stündchen angenehm zubringen, meistens auf seine eigenen Kosten. Alle Augenblicke trat mir Tacitus vor das Gedächtnis, und ich zog unwillkürlich die Parallele zwischen ihm und Burrus, wo denn der ehrliche Schulbeutel wie ein Tertianer vor einem vollendeten Manne zurücktrat. Er scheint aber auch gewissenhaft in seinen Busen gegriffen zu haben, indem er seine Apologie auf eine ganz naive Weise macht. „Non sum sapiens“, sagte er, „et ut malevolentiam tuam pascam, nec ero. Exigo itaque a me, non ut optimis par sim, sed ut malis melior. Hoc mihi satis est, quotidie aliquid ex meis vitiis demere et errores meos objurgare.“ Das ist nun freilich wenig genug für einen Stoiker zur Zeit der Schande und allgemeinen Verdorbenheit, aber es ist doch offenherzig, und wir sind nun selbst schuld daran, daß wir den Schulmeister so apotheosiert und den wackern Burrus so ziemlich über ihn vergessen haben.

Noch einen Spaziergang machte ich hinaus nach Altupsala, das ungefähr eine Stunde von der neuen Stadt liegt. Dort soll bekanntlich die Residenz der alten heidnischen Könige gewesen sein, und man zeigt noch zwei Hügel als Grabmäler. Das ist wahrscheinlich genug, sie sehen ganz den übrigen sogenannten Hünengräbern ähnlich. Die jetzige Kirche daselbst soll nicht allein die älteste in ganz Schweden, sondern auch noch aus dem tiefsten Heidentume sein. Die frommen Faseler lassen sie sogleich nach der Sündflut entstehen und würden sie noch gern auch hinter die Flut hinausrücken, wenn es nur die Bibel einigermaßen erlauben wollte. Strabo soll wenigstens schon davon sprechen. Das weiß ich nicht. Tacitus sagt aber von den alten Deutschen, zu denen man doch wohl die Bewohner der dortigen Ufer zählen muß: „Caeterum nec cohiberi parietibus deos, nec in ullam humani oris speciem assimilari ex magnitudine coelestium putant“, wie die Parsen auch dachten. Das magst Du nun nach Deiner Weisheit untersuchen. Übrigens merkst Du nun wohl, daß ich in Upsala war. Ich glaube, ich habe seit zehn Jahren kaum so viel Latein geschrieben.

In einer Gesellschaft warf ich von ungefähr die Frage auf, woher wohl der Name Upsala käme; denn ich reite gern auf dem Steckenpferde der Etymologie. Solltest Du wohl glauben, daß die anwesenden Herren von Upsala ihre Unwissenheit gestanden? Eine solche Schande ließen deutsche Gelehrte nimmermehr über ihr Athenäum kommen, eher faselten sie eine ganze Atlantis von Aberwitz ab. Ich fragte weiter: „Wie heißt denn der hier vorbeiziehende kleine Fluß?" Antwort: „Die Sale." – „Also ist ja wohl ziemlich natürlich Upsala Upon the Sala." Wir schlugen etwas Gelehrtes nach, und ich hatte das Vergnügen zu sehen, daß schon Nordbeck meine Vermutung als die wahrscheinlichste aufgestellt hatte. Wenn ich nur fleißiger wäre und mehr Applikation zum Dienst hätte, sagten die alten preußischen Hauptleute, könnte ich wohl noch ordentlich die kritische Wurfschaufel führen lernen.

Der Weg von Upsala hierher ist äußerst angenehm und eine wahre Spazierfahrt, zuweilen an dem Mälar herab, zuweilen über kleine Anhöhen durch die schönsten Gruppierungen. Die Dörfer sind in Schweden klein, oft stehen nur einige Häuser zusammen, oft ist nur ein einziges, nachdem es der Boden leidet. Das gibt bei eben keiner starken Bevölkerung der Gegend doch ein freundliches, lachendes Ansehen. Das Nämliche ist einigermaßen der Fall in Livland, nur sind dort die Häuser Troglodytenhöhlen und die Einwohner Bilder des Jammers. Von der Nettigkeit einer schwedischen Bauernwirtschaft hat man selbst in Deutschland keine Begriffe.

Und nun hier Stockholm? Stockholm wird nicht mit Unrecht das Paradies des Nordens genannt, wenn man die schöne Gruppierung der Gegend nimmt. Man kann es vielleicht kaum eine Stadt nennen, denn man merkt fast nirgends, daß man eingeschlossen ist, und überall hat man die Aussicht ins Freie. Stockholm ist einer der lieblichsten Plätze, die ich gesehen habe, und wenn der Mälar die Sonne des Arno hätte, würde hier mehr Elysium sein als in Florenz. In Beschreibungen bin ich nicht stark und nicht glücklich, will also auch keine versuchen. Du magst die ganz gute Abbildung davon in Küttners Reise nachsehen.

Acerbi steht mit Vergnügen auf der Brücke vor dem Schlosse. Dort ist es allerdings schön. Aber ich suche gern die Höhen, und da ist mir kein Punkt reizender vorgekommen als jenseit des Sees oben ein Garten neben der Katharinenkirche, der zugleich ein Gasthaus ist und Moseback oder Mosesberg heißt. Von hier übersieht man am besten die ganze große Szene, aufwärts und abwärts am Mälar, mit dem ganzen wogenden Getümmel zu Wasser und zu Lande. Der Aubergist des Gartens hat das Eigene, daß er mehrere Sorten Bier von Beeren braut, die hier für etwas Köstliches gelten und für gewisse Gaumen es auch sein mögen. Ich ließ mir eine Flasche Himbeerbier geben, konnte es aber kaum trinken, so stark war es, ich erinnere mich nicht, jemals ein so starkes Getränk dieser Art versucht zu haben. Ich trinke nur gegen den Durst und überlasse den Schmeckern die Würdigung dieser Art von Industrie. Das Wörtchen Moseback hat übrigens ein gleiches Schicksal mit dem Namen der ersten Station von hier nach Norköping, nur daß die Zweideutigkeit hier nicht ganz so unartig und catullisch ist als dort auf der Post.

Sergel ist wieder ganz wohl, so gut man es nämlich von einem Manne in seinen Jahren erwarten kann. Ich ging nicht zu ihm, weil ich nicht glauben konnte, daß ihm die Störung von einem wildfremden Menschen Vergnügen machen würde, ob man mir gleich nachher versichert hat, ich würde ihn sehr freundlich gefunden haben. Seine Statue von Gustav dem Dritten ist fertig und wird jetzt von einem Franzosen vergoldet und poliert. Der Franzose selbst war äußerst poliert, wenn Sergel nur dafür sorgt, daß es die Statue nicht zu viel werde. Das Werk macht seinem Meister Ehre und wird unten am Wasser, auf dem großen Platze hinter dem Schlosse, der schönen Pyramide gegenüber, sich sehr gut machen, wo auch schon das Piedestal gesetzt ist. Ich bin sonst gar nicht Liebhaber von Mischung des Antiken und Modernen, sie wirkt in Berlin auf dem Wilhelmsplatze sehr unangenehm; aber hier ist die Abweichung so sanft und noch so sehr im Geist der Antike, daß sie sehr gefällig erscheint und das Werk doch noch ernst bleibt. Das schwedische Kostüm ist dem Künstler schon willkommener als das deutsche.

Die schönsten Häuser in Stockholm, nächst dem Schlosse, sind wohl das Opernhaus und gegenüber das Haus der Prinzessin. Die Statue Gustav Adolfs auf dem Platze dazwischen tut durch die unten eingelegten kolossalischen Medaillons seiner Minister und Generäle keine schöne Wirkung. Der Huf von dem Pferde des Königs scheint fast die Stirne des Ministers einschlagen zu wollen: ein Anblick, der ebenso grell und widerlich ist als die Sklaven unter dem ehemaligen Ludwig in Paris und auf der Spreebrücke in Berlin. Sind denn die Menschen so weggeworfen, daß sie keine Größe denken können ohne Herabwürdigung ihrer Natur? Ich kann mir keine mit ihr denken. In dem Palast der Prinzessin sind an den Treppen vier Säulen von Granit, die eine feine, glänzende Politur haben und vielleicht das Schönste sind, was man nicht allein in Schweden, sondern wohl überhaupt in dieser Art hat. Ich spreche nur von der Politur. Hier und da an den Brücken und an den Toren sieht man denn doch einen Anfang, daß man in Granit arbeiten will und kann. In Petersburg versteht man es besser. Das neue akademische Gebäude in Abo und diese Säulen hier in Stockholm sind das Beste, was ich an Granitarbeit in Schweden gesehen habe, sind aber mit den herkulischen Unternehmungen dieser Art in Petersburg nicht zu vergleichen.

Im Opernhause führte man mich durch die ganze unglückliche Maskerade, von Anfang bis zu Ende, wo der vorige König das Leben verlor. Der Raum ist ziemlich klein, und wenn Ankarström nicht die Unbesonnenheit gehabt hätte, eben die Pistolen zu gebrauchen, wäre er in der Menge der Mitwisser und Mithelfer wohl schwerlich entdeckt worden. Es drängt sich ein eigenes Gefühl auf in diesem Hause, so wie in dem Michailowschen Schlosse an der

Newa, wo zwei Männer, von denen ihr Zeitalter sehr ungleich urteilte, sich selbst die Szene ihrer letzten Katastrophe bauten. Mir war das kleine Zimmer sehr merkwürdig, wo Gustav die letzten Momente seines Lebens mit fester Besonnenheit zur Erhaltung eines politischen Gebäudes anwendete, von dem es noch sehr ungewiß ist, ob es zum Besten des Reichs und seines eigenen Hauses aufgeführt wurde. Ein guter König kann nie zu viel Gewalt haben, und ein schlechter hat bei der größten Einschränkung immer noch zu viel. Wer trifft nun die Mittelstraße? Freilich ist es immer das sicherste, in öffentlichen Verhältnissen mehr auf das Schlimme im Menschen zu rechnen. Denn fast immer lehrt die Geschichte, daß in diesem Falle unter der Maske allgemeiner Philanthropie und in dem Namen der Gesetzlichkeit alles Böse geschieht, wozu die Macht da ist. Pleonexie scheint die einzige Erbsünde der Menschen zu sein. Nur wo der Eigennutz gar keinen Vorteil sieht, nimmt er sich nicht die Mühe, ungerecht zu sein, und macht sich dann kein kleines Verdienst aus dem schönen Kleide der Mäßigung, das er trägt.

Der Weg hinaus in den Park, rechts am Wasser hin in das Bad und links auf der andern Seite wieder herein, ist ein so romantischer Gang, als man ihn sich kaum in Hesperien denken kann. Es sind dort eine große Anzahl Landhäuser, unter denen sich die Sitze des spanischen, des englischen und des russischen Gesandten auszeichnen. Aber was mir mehr zusprach als alle Einrichtungen des Luxus sind die großen, schönen Eichen, die hier einen wirklich heiligen Hain bilden, wenigstens erweckt er dieses Gefühl, wenn man von den Hyperboräern herunterkommt. Zur Dokumentierung seines echten Geschmacks hat der spanische Gesandte einen schönen Teil davon niederschlagen lassen, um etwas eben nicht sehr Schönes auf die Stelle zu bauen. Kannst Du denken, daß ich einen Ball im Parke ausschlug, wo ich die Hoffnung hatte, die ganze schöne schwedische Welt, so viel nämlich der August haben kann, beisammen zu sehen? Dafür lief ich erst draußen in den Felsenstücken herum und setzte mich dann zu Hause zu meinem ungezogenen Attiker Aristophanes. Was gehen mich die Bälle an? Ich tanze und spiele nicht, ich bin schon vorher überzeugt, daß die Schweden artig und brav und ihre Frauen schön und liebenswürdig sind. Wenn ich länger hier bliebe, wollte ich auch ihre Bälle besuchen.

Eine neue, nicht unwichtige Erscheinung ist hier die Bearbeitung des Porphyrs oben vom Elftal an der norwegischen Grenze. Der Stein ist von vorzüglicher Schönheit und die Politur vortrefflich. Eine Gesellschaft hat, wie ich höre, die Unternehmung auf Aktien gemacht, welches insofern wohl nicht sehr gut ist, da man wahrscheinlich auf Gewinn sehen und dem Institut durch teure Preise schaden muß. Man kann aus fremden Gegenden Bestellungen machen und seine eigenen Zeichnungen einschicken, die nach bestimmten Preisen recht gut ausgeführt werden. Soviel ich weiß, ist der Porphyr in Europa höchst selten, und wenn der Schatz gehörig benutzt wird, kann er für Schweden noch eine wahre Wohltat werden. Die Formen haben noch nicht ganz die Zierlichkeit und Leichtigkeit, die man erst durch lange Übung in der Arbeit gewinnt, aber es ist auf alle Fälle ein Artikel, der sich bei dem bekannten Kunstsinn der Schweden zu einer hohen Vollkommenheit bringen läßt und die Aufmerksamkeit des ganzen nördlichen Europa verdient. Der Oberaufseher der Unternehmung ist der Münzdirektor Hjelm, ein Mann, der in dem Kredit gründlicher Kenntnisse und eines feinen Geschmacks steht.

Nun kommt eine kleine, für mich etwas demütigende Geschichte. Ich bin mehreremal in Weimar gewesen, und meine Freunde wollten mich wiederholt zu der schönen Dichterin Imhof führen. Aber wenn ich spazieren wandle, ist mein Aufzug selten so, daß ich mit einigem Anstand in die Schlösser der Fürstin treten kann, wo sie damals wohnte: ich hatte sie also nie gesehen. Hier am Mälarsee war ich billig weniger besorglich wegen der Förmlichkeit des Aufzugs, und da ich hörte, daß sie in Marienburg wohne, nahm ich ein Boot und ließ mich hinausrudern. Man wies mich in ein stattliches Haus, ich gab meine Karte ab und wartete eine Minute. Es erschien eine junge, artige Dame und sagte mir nicht unfreundlich, ganz naiv und unbefangen und ohne alle Vorrede: „Ich habe Ihren Namen in meinem Leben nicht gehört." Das war nun freilich eben nicht sehr angenehm. „Habe ich die Ehre", fragte ich, „mit der Frau von Hellwig zu sprechen?" – „Meine Schwester ist krank", sagte die Dame schnell, „und Sie können sie nicht sehen." – „Das tut mir leid", sagte ich. „Wenn Sie in acht Tagen wiederkommen wollen", sagte sie, „kann es vielleicht geschehen." – „Das kann ich nicht", war die Antwort. Sie zuckte die Schultern und ich unwillkürlich ein klein wenig auch – und ging. Siehst Du, das ist nun so immer mein Schicksal, wenn ich mich einmal zwinge, artig zu sein. Ich dachte ungefähr so: da du nun hier bist, mußt du denn doch die Frau sehen, die uns die lieblichen „Schwestern von Lesbos" gegeben hat, das glaubte ich der deutschen Muse und meinem eigenen Geschmacke schuldig zu sein. Nun, nun, man tut seine Pflicht am Mälar und an der Arethuse, geht dann ruhig weiter und – tröstet sich. Ich habe Ihren Namen in meinem Leben nicht gehört, war der wörtliche Bescheid, der mir noch im Geiste einige Minuten im Boote nachtönte. Wenn aber meine Eitelkeit gar zu sehr dadurch gekränkt worden wäre, würde ich Dir's hier nicht erzählen, da es außer meinem dienstbaren Mephistopheles aus Stockholm niemand hörte, und dieser verstand nicht Deutsch. Eben hatte ich die Sache mit ihrer Nutzanwendung gehörig durchmoralisiert, so hielten meine Bootsweiber – denn diese machen hier meistens die Gondelführer – rechts am Zollhause und meldeten, daß sie nichts Akzisbares hätten, eine Ordonnanz, die mir sehr überflüssig scheint, da man nach Stockholm von hundert Ecken Kontreband bringen kann und ihn gewiß nicht auf dem Mälar einführen wird.

Also hat man denn doch auch hier auf die nämliche Weise die Art christlich israelitischer Beschneidung.

Von ihrem König sprechen die Stockholmer Schweden nicht viel, und über den letzten Reichstag wird hier und da etwas gebrummt. Es mag freilich nicht ganz erbaulich dort hergegangen sein, wie man hört. Sie haben dabei das Solamen miserorum miserum, daß es anderwärts wohl noch kaum so vernünftig hergeht. Man beklagt sich doch noch etwas, daß der König so wenig freundlich und leutselig sei und vorzüglich gegen die Hauptstadt seine sichtbare Abneigung zeige. Wenn das wahr ist, so versteht der König freilich nicht ganz seinen Vorteil, denn ich dächte, die Stockholmer wären ein ganz gutmütiges Völkchen und durch Popularität leicht zu gewinnen. Man muß freilich die Sache auch etwas psychologisch würdigen. Der König war, als die Katastrophe mit seinem Vater eintrat, in den Jahren, wo die Ereignisse mehr auf die Nerven und die Empfindungen als auf den Verstand wirken. Die Fertigkeit der Stimmung in beiden über naheliegende große Begebenheiten bleibt, ohne daß der Verstand eine festere Herrschaft darin gewinnen könnte, zumal wenn ein rastloser Tätigkeitstrieb in engere Grenzen eingeschlossen ist.

Drottningholm hat mir besser gefallen als Haga, nicht weil es größer und prächtiger ist, sondern weil ich die Lage am See schöner und gesunder finde. Die Gärten sind sehr weitläufig, aber ohne schöne, freiere Anordnung. Es sind sogar viel teure Spielereien da, die ins Kleinliche gehen. Jetzt werden sie sehr vernachlässigt. Haga hat zwar eine liebliche, einsiedlerische Lage, muß aber der Gesundheit nicht sehr vorteilhaft sein, denn ich habe in dem Wasser umher eine Menge Sumpfpflanzen gesehen, und der Grund der Gebäude erhebt sich nur sehr wenig über die Wasserfläche. Man zeigt natürlich allen Fremden noch mit vieler Heimlichkeit das Fenster, wo die Verschworenen einige Zeit vor der Redoutenkatastrophe mehrere Tage lauerten, um ihren Vorsatz auszuführen.

Das schwedische Militär hat mir vor allen übrigen wohl gefallen. Die Leute sind gut gekleidet und gut genährt, haben Wendung und Anstand und zeigen große Geschicklichkeit. Es tut mir leid, daß ich etwas zu spät gekommen bin, um noch einige Übungen in Schonen zu sehen. Die Kleidung der Offiziere ist vorzüglich sehr ernsthaft und ästhetisch, nicht wie der neue russische und preußische Schnitt, der mir immer nur aussieht wie die personifizierte Armut und dem Offizier höchstens die Gestalt eines Solotänzers gibt, die diätetischen Einwendungen gar nicht zu erwähnen. Das vernachlässigte heilige Bein ist nach dem Ausspruche der Ärzte nur zu oft die Ursache zu den Erkältungsübeln, Koliken, Fiebern, Gichten, und wie die ganze Kohorte heißen mag. Mir ist es eine sonderbare Erscheinung, einen alten, wackeren Stabsoffizier zu sehen, der seine etwas stattliche Korpulenz, vorzüglich des mittleren Hinterteils, mit der neuen Ordonnanz kaum decken konnte. Die Stutzerei bringt freilich dabei noch ihre Übertreibung an. Dem gemeinen Soldaten hat man zum Glück nicht so viel zugemutet, und er ist verhältnismäßig etwas zweckmäßiger gekleidet. Gegen die jetzigen russischen Beinkleider habe ich einzuwenden, daß sie nicht über den Stiefel gehen und den Fuß nicht vor dem Einfallen des groben Sandes und der kleinen Steine schützen, eine Hauptsache bei dem Marsche! Daran scheint der Kaiser bei Abschaffung der Potemkinschen Ordonnanz nicht gedacht zu haben, dort war der Fuß gehörig gesichert.

Mit Acerbis Reise sind die Schweden sehr übel zufrieden, leugnen aber doch nicht, daß viele Wahrheiten darin stehen und daß das Buch mit Geist und Leben geschrieben ist. Mehrere Irrtümer habe ich sogar auf meinem kurzen Durchzuge zu entdecken Gelegenheit gehabt, die ihm noch nicht gerügt worden sind. Es ist indessen nicht zu leugnen, er hat in so kurzer Zeit viel bemerkt, und man muß sich wundern, daß sein Buch, da es in so kurzer Zeit viel enthält, nicht noch mehr Unrichtigkeiten hat.

Daß die Schweden nichts von deutscher Literatur wissen, ist eine ziemlich laute Klage. Es fragt sich, ob wir die ihrige besser kennen. Von scientifischen Dingen sind sie gewiß unterrichtet, sobald etwas Wichtiges in irgendeinem Fach bei irgendeiner Nation erscheint; in vielen gehen sie voraus. Wer kann ihnen aber zumuten, alle unsere Dichtungen und Romanschreiber näher zu kennen, deren vorzügliches Interesse doch nur für die Nation selbst und oft für diese nur sehr ephemerisch ist? Ich habe aber weit von Finnland oben herunter auch auf dem Lande viele Übersetzungen aus dem Deutschen gesehen, worunter besonders Lafontaines Romane waren. Man hat mir eine Anekdote von dem Regierungssekretär Leopold erzählt, welche auch hierher gehört. Er war im Schauspiel, als eben eine Übersetzung von Kotzebues „Menschenhaß und Reue" gegeben wurde. Der Mann ist seiner Nation selbst als ein guter Dichter und strenger Kritiker bekannt, und er lärmte und fluchte bei der Vorstellung über Kotzebue mit vieler Heftigkeit und weinte abwechselnd bei dieser oder jener Stelle die hellen Tränen. „Aber mein Gott", sagte man ihm, „was Sie für ein Widerspruch sind, so bitter zu schelten und so gerührt zu sein!" – „Aber ich bin kein Widerspruch", sagte er, „der Tadel gilt dem Ganzen und die Rührung ist von dem Einzelnen. Vieles Einzelne ist vortrefflich, und das Ganze ist nicht gut."

Einige aufgefundenen Landsleute hielten mich noch einige Tage länger hier. In Reyer, dem sächsischen Chargé d'affaires, fand ich einen alten Universitätsbekannten, und es war natürlich, daß wir das Andenken der an der Pleiße zusammen verlebten Stunden am Mälar feierten.

Kopenhagen, den 28. August

Den siebenzehnten fuhr ich aus Stockholm, und den fünfundzwanzigsten fuhr ich über den Sund und hierher. Du siehst also, daß ich weder sehr schnell noch sehr langsam gereist bin. Es ist doch wohl durch Schweden die lieblichste Fahrt, die ich in meinem Leben gemacht habe, wenn auf dem Lande nur ein wenig besser für eine leidliche Küche gesorgt wäre. Ich vermisse sie zwar ohne weitere Unbequemlichkeit; das dürfte aber nicht der Fall mit jedermann sein. Man kann sich freilich leicht einrichten und von Stadt zu Stadt speisen, aber dann ist man wieder wegen der Reise verlegen, wenn man das Land genießen will, welches doch fast immer auf dem Lande besser ist als in der Stadt.

Den ersten Tag wollte ich den Abend in Nyköping sein. Das geschah denn auch, aber ziemlich spät. Ich fuhr nicht früh von Stockholm aus, wurde hier und da aufgehalten, fand den Weg schön, eilte nicht, elf schwedische Meilen sind schon eine gute Entfernung; also kam ich erst gegen Mitternacht an. Alles schlief im Hause, ausgenommen die Schußkerle, die mich sogleich weiter spedieren wollten. Aber ich wollte hier schlafen. Es hatte den Abend stark geregnet, ich war ziemlich naß. Gern wäre ich die Nacht zu Fuße weiter gegangen, aber zum Fahren war es mir in den nassen Kleidern bei starkem Winde zu kalt. Zu Fuße konnte ich nun hier nicht gehen, weil ich mir in Stockholm dreißig Pfund Gelehrsamkeit hatte aufpacken lassen, die ich mit meinem Reisesack zugleich unmöglich tragen konnte. Ich klopfte und lärmte mit meinem Postillon an allen Türen des Hauses, niemand erwachte; wir riefen, niemand hörte, oder niemand wollte hören. Ich nahm also die schwedische Gelehrsamkeit des Herrn Ulrich aus Norköping, richtete sie mit meinem Tornister gehörig zum Kopfkissen ein und legte mich kurz und gut auf die steinerne Flur des Hauses hin, um zu schlafen, denn an Essen war nicht mehr zu denken, ob ich gleich ziemlich hungrig war. Das ging nun auch, so gut es ging. Aber in Nyköping ist den siebzehnten August die Nacht doch schon etwas frisch, zumal auf der steinernen Flur, und ich war durchgeregnet, also der kalte Schauer weckte mich. Überdies hatte ich ganz fremde Schlafkameraden in der Nähe, die ein gar sonderbares Tongemisch von sich gaben, so daß ich lange Zeit konjekturierte, was es wohl für Geschöpfe sein könnten. Sowie ich mich rührte, schien es ängstlich zu werden und sich in Verteidigungszustand zu setzen. Ich riet hin und her, auf Papageien, Meerschweine und Eichhörnchen. Als es Tag war und ich die Schlafstelle überschauen konnte, sah ich denn, daß ein Kater und eine Katze ihr Wesen dort trieben und vermutlich ihre Familie dort hatten. Du mußt mir meine Unwissenheit zugute halten, denn in meine isolierte Haushaltung ist nie ein lebendiges Geschöpf gekommen, und zu den Katzen habe ich besonders sehr wenig Anmutung. Nun machte ich endlich ernstlich Lärm und weckte eine Art von Wirtin, die mir aber sagte, daß ich hier im Hause durchaus nichts haben könne, gegenüber sei ein Traiteur. Ich ging dorthin und pochte auf, war willkommen und ließ mir ein Frühstück geben, um das Abendbrot zu ersetzen. Warum hat mich nur der Pinsel von Postillon nicht gleich hierher gebracht? Hier wäre ich auf alle Weise sehr gut gewesen und hätte mir das kalte, schlechte Lager bei den Katzen mit dem gelehrten Kopfkissen erspart, denn ich bin jetzt eben nicht mehr in der romantischen Stimmung.

Nachdem ich mich gewärmt und gelabt hatte, setzte ich mich wieder in die Karriole und fuhr die kleine Tagereise herüber nach Norköping, wo ich zwei Tage blieb, weil – mir's gefiel, das heißt vorzüglich gefiel, denn wenn ich überall hätte bleiben wollen, wo mir's gefiel, wäre ich wohl mit meinem Sommer an Zeit und Börse sehr zu kurz gekommen.

Die Lage von Norköping wird jedermann äußerst schön vorkommen, der nicht von Stockholm kommt. Die Motala, so heißt, glaube ich, der Fluß, der aus dem See herab durch die Stadt fließt, macht durch einige nicht unbeträchtlichen Wasserfälle in der Stadt selbst eine sehr angenehme Partie. Unter der Stadt trägt er sogleich dreimastige, ziemlich schwere Schiffe, und der Schiffsbau scheint dort an den Werften nicht unbeträchtlich zu sein. Hier ist nach Upsala wieder der erste beträchtliche Strich, den ein Bewohner des platten Landes für eine Ebene gelten lassen kann. Wenn man aber in Schweden von einer Ebene spricht, darf man nicht an die Breiten bei Liegnitz, Lützen oder Chalons denken. Auch hier bei Norköping sind kleine, angenehme Erhöhungen, und in einer Entfernung von einigen Stunden gehen sogleich wieder höhere Berge an. Schon die Erscheinung der Wasserfälle zeigt, daß die Partie nicht ganz eben sein kann. Die Stadt hatte ehemals beträchtliche und einträgliche Messingfabriken, die aber seit einiger Zeit sehr gesunken sind. Das Bad oder vielmehr der Lustort Himmelsdalund ist ein freundlicher Spaziergang nicht weit von der Stadt, wo der Genügsame mehr findet, als er hofft, an Natur und Lebensgenuß und wo auch der feinere Schmecker befriedigt wird. Die Gesellschaft ist artig, gebildet und unterrichtet; wie man denn in keinem Lande mehr allgemeine Kultur findet als in Schweden. Herr Ulrich, dem ich seine Gelehrsamkeit von Stockholm ablieferte, nahm mich mit patriarchalischer Herzlichkeit auf und erwies mir alle Freundlichkeit, die ich von einem Landsmanne erwarten konnte. In seiner Gesellschaft machte ich die Bekanntschaft des Herrn Lindahl, eines Mannes, der durch seine Kenntnisse und liberalen Gesinnungen jeder Nation Ehre machen würde. Als Mann von Vermögen und ohne Kinder hat er die ehemaligen Handelsgeschäfte seines Vaters aufgegeben, hat viele Reisen durch mehrere Teile von Europa gemacht und ist auf denselben mit den besten Köpfen in Deutschland und Frankreich persönlich bekannt geworden. Jetzt lebt er nach seiner Neigung dem Vergnügen der Musen, und in seinem Hause, das freundlich und gut eingerichtet ist, findet man literarische Schätze, wie man sie vielleicht nur selten bei einem Privatmanne, am allerwenigsten bei Kaufleuten trifft.

Er hat die besten Bücher über Kunst und Kunstgeschichte und besitzt selbst eine Kupferstichsammlung von Porträts von 20 000 Stück. Auch an Geschichte und Philosophie ist er ziemlich reich. Unter seinen seltenen Büchern sind einige, die man vergebens in manchen größeren Sammlungen sucht. Er zeigte uns zwei schön geschriebene Korane, ein gedrucktes und ein geschriebenes Exemplar von dem verrufenen Buche problematischer Existenz de tribus impostoribus. Ich konnte während der kurzen Durchsicht nichts Besonderes darin finden. Auf alle Fälle war es nicht das alte echte vom Kaiser Friedrich dem Zweiten. Bayle hat ebensoviel Ketzerei, weit gründlicher und scharfsinniger. Sodann hatte er noch einen sehr seltenen, konfiszierten, schwedischen Katechismus von einem gewissen Bischof Emporagrius von Strengnäs, welcher den Weibern die Persönlichkeit absprach und sie zu den Mobilien des Mannes zählte. Du kannst denken, daß er abgesetzt und sein Buch verbrannt wurde. Seine übrigen Seltenheiten habe ich vergessen, aber der liberale Sinn des Mannes machte mir viel Vergnügen. Er kannte unser Vaterland und unsere deutsche Nation besser als mancher deutsche Professor.

Den Store Kellar, oder das große Wirtshaus, bei Herrn Lüdeke kann ich Dir in jeder Rücksicht empfehlen, wenn Du einmal nach Norköping kommst. Quartier und Kost und Preis ist gut, wenn nur alles so bleibt, welches freilich bei Wirtshäusern nur selten der Fall ist. Nirgends ist Veränderung schneller und merklicher als in Wirtshäusern und Regierungen.

Von Norköping bis Jonköping, über Linköping und Grenna, ist die ganze Fahrt schön und zuweilen höchst romantisch. Die Landeskultur ist überall lachend und musterhaft. Bei Bankeberg konnte ich auf einmal sechs Kirchdörfer übersehen, und bei Oestad waren zwei Kirchen in einer so kleinen Entfernung, daß man mit einer Falkonettkugel von einem Turm zum andern hätte schießen können, welches man in Schweden kaum suchen sollte. Eine vorzüglich schöne, fruchtbare Gegend ist bei Miölby an einem Flusse, der rechts aus den Bergen herabkommt. Alle Gesichter zeigten Zufriedenheit und Frohsinn, alles atmete Fleiß und

Tätigkeit. Bei Linköping habe ich einige Mädchengesichter gesehen, ich möchte sie fast Gesichte nennen, die Raphael in seiner schönsten Phantasie nicht schöner erblickt und nachgeschaffen hat. Von Kumla aus hatte ich einen Karren erhalten, der an Leichtigkeit und Gebrechlichkeit wohl kaum seinesgleichen hatte. Die Karriole hat bekanntlich nur zwei Räder, und eins davon war hier, und eben auf meiner Seite, kein Kreis, sondern ein Sphäroid. Nun stelle Dir die Fahrt auf den Felsenwegen vor, die halsbrechend immer vorwärts, aufwärts und abwärts ging. Die Bewegung hatte etwas Ähnliches von dem Stampfen einer Ölmühle, bei dem sich meine Rippen fast so schlecht befanden als in der russischen Telege. Ich muß indessen den Schweden die Gerechtigkeit widerfahren lassen, ich habe nur wenig so schlechte Fahrzeuge bekommen. Dafür aber haben die schwedischen Postillone eine Gewohnheit, die ich mir nicht anders als aus ihrem Patriotismus erklären kann. Die Straßen sind nämlich in Schweden sehr gut und meistens ziemlich glatt. Nun kann es doch nicht fehlen, daß nicht zuweilen hier und da kleinere oder größere Steine auf dem Wege liegen sollten. Über alle diese Steine scheint nun der schwedische Postillon recht absichtlich zu fahren und dieselben nie zu verfehlen. Vermutlich soll jedes Rad die Stelle eines Rammels versehen, den Stein endlich mit zerstoßen und den Weg glätten zu helfen. Das ist zwar nicht sehr gut für die Reisenden und ihr Fuhrwerk, aber übrigens wirklich gemeinsinnig genug. Bei uns im lieben Vaterland ist davon in allem gerade das Gegenteil. Denn sobald da eine Chaussee fertig ist, fährt jeder achtzig Zentner schwere Lastwagen sogleich Spur und immer wieder Spur, so daß man eine halbe Stunde rückwärts den Weg schon wieder bessern muß und, was das Schlimmste ist, nicht bessern kann. Gegen das Spurfahren hält kein Wegebau. Und wir Deutschen sind, wie in vielen anderen Dingen, hier noch so naiv, daß wir kaum daran denken. „Er kann nicht Spur fahren", sagen die Fuhrleute und Bauernknechte von einem erzdummen Kerl. Wollte doch der Himmel, daß niemand Spur fahren könnte, das würde uns gute Wege machen und erhalten helfen. Jede Arbeit des Spurzuwerfens ist fast so gut als verloren, weil der Boden nie die erste Festigkeit gewinnen kann, weil sie sogleich von neuem oder an ihrer Seite eine andere ebenso unsinnig eingeschnitten wird. Ich erinnere mich, daß ich einmal einem Menschen bei Lützen etwas darüber sagte, der mit der Schaufel dort stand und die Spur zuwarf. „Häh wärd's wul bässer wisse als där knähdige Kuhrfärst!“ sagte mir der dicke Kerl recht ärgerlich. Da hat alle Vernunft ein Ende, was ist dagegen zu sagen? Der Glaube soll selig machen. Wer ihn nur hätte, da könnte man freilich die Vernunft entbehren. Ich kann aber das Gegenteil nicht aus meiner Seele rotten. Ich gab mir geduldig Mühe, dem Menschen so deutlich als möglich zu zeigen, daß das Spurfahren höchst verderblich sei; und er fing an, sich die Ohren zu kratzen, und gab nun seine Überzeugung ebenso böotisch zu erkennen, als er mir zuerst den Einwurf machte.

Wenn ich es je dahin bringen könnte, daß niemand Spur führe, daß man die hartnäckigen Spurfahrer endlich ins Zuchthaus steckte, so würde ich glauben, ich hätte eine Ehrensäule verdient.

In Schweden habe ich sehr wenige Spur gefunden; aber in Schweden gehen auch freilich nicht so viele und ungeheure Lastwagen als in der Gegend von Leipzig. Um die Polizeischwere der Wagen bekümmert sich gewöhnlich auch keine Polizei, so wenig als um die gesetzmäßigen Räderbeschläge.

Wenn man in Schweden ein Stündchen durch wilde Granitschichten gefahren ist, kommt man oft wider Erwarten wieder in ein kleines, liebliches Paradies. Von Osjö und Holkaberg und Grenna bis nach Jonköping herunter hat man rechts den Wennersee in unzähligen, oft romantischen Windungen.

Jeder Mensch hat seine eigenen Heiligentage, Buonaparte wie der Papst, also auch ich. Ehemals war einer meiner großen Heiligentage der fünfundzwanzigste April. Die Ursache liegt bei mir ziemlich tief in der Sakristei der Seele, die ich Dir gelegentlich wohl aufschließen kann. Der Aprilheiligentag ist nun etwas obsolet geworden, vermutlich weil er – April war, nicht eben durch meine Schuld. Nun überraschte mich ein solcher Tag in Holkaberg. Du kannst zwischen dem fünfundzwanzigsten und siebzehnten aussuchen, welchen Du willst, und wirst in der Mitte wohl nicht sehr irren. Schon der Name Holkaberg hatte mich zur Andacht gestimmt, er klingt so voll und feierlich, vielleicht heißt er gar Heiligenberg. Das Wetter war das freundlichste des nordischen Sommers. Die etwas einsame, schön gruppierte Gegend am See hinauf und herab ist dazu gemacht, eine romantische Stimmung zu schaffen und zu vermehren. Als ich nun durch einen Blick in den Kalender um ein Jahr jünger ward, ward ich vielleicht dadurch nicht um ein Jahr weiser, aber doch einige Grade froher und lebendiger. Es war mir alles wieder Gegenwart, als mich der Bursche am Strande des Landsees dahin fuhr, wie ich ehemals an diesem Tage Ananas suchte und nicht fand und halb grämlich, halb froh, doch ganz enthusiastisch, späte Hesperidenfrüchte zu einem kleinen Opfer wählte. Man mag doch wohl nur dann menschlich glücklich sein, wenn man sich etwas närrisch vergißt, doch so, daß man von der ernsten Mutter Weisheit nicht zu niederschlagend strenge bestraft wird. Der ist doch ein armer Mann, der nichts in seinem Leben hat, das er noch einmal mit Genuß wieder leben kann. Gelbes Fürstenmetall will da nicht helfen.

Ich war aus dem Innersten meiner Seele, ganz allein in Skandinavien, ebenso froh und vielleicht weit höher und reiner froh, als ob mir zehntausend vergoldete eiserne Söldlinge ein Lebehoch zugejauchzt und zugeklirrt hätten. Ich sang eine Menge Verse, eigene und fremde, und verlor mich mit den Worten: „Heureux celui pour qui ce jour sera la fête la plus chère“, auf einmal in eine stillere Träumerei einer andern Welt, aus der ich mich nur erst durch viele dunklen, unbekannten Übergänge wieder erholte. Ich wandelte unter den Manen der Männer, die mir im Leben viel galten und denen auch ich nicht ganz unwert zu sein schien, bei Gleim und Herder und Schiller und Weiße. „Auch die Toten sollen leben, und die Hölle soll nicht sein!“ brach ich plötzlich laut und stark aus, als ob ein Sturm von innen mich schüttelte, und der Knabe, mein Führer, blickte mich ängstlich an und hielt die Zügel sorgsamer, als ob er sagen wollte: „Ihr seid wohl ein sonderbarer, etwas unreimischer Mann.“ Da aber bei mir die Ekstase der höhern Andacht vorbei war und er mich wieder in Ruhe gesetzt sah, lächelte er ganz zutraulich und trieb seinen Gaul etwas lebendiger nach Grenna.

Das sind meine Schäferstunden, wie Du wohl merkst, und ich würde sie wohl schwerlich für Rosts Schäferstunde hingeben, doch will ich die sechste Bitte weislich als Klausel angehängt haben. Wenigstens sind die meinigen um viele Prozente besser als die Schäferstunden des Herrn Amtmann Riem, dicken und groben Andenkens, der in Halle die Kollegia vergaß und die Nachtigallen totschießen ließ.

In Grenna fand ich zuerst wieder recht schöne Kirschen, in denen mein Appetit ziemlichen Aufwand machte. Sie waren freilich nicht ganz so gut als in Lodi; aber wenn man über den bottnischen Meerbusen herunterkommt, ist man auch nicht ganz so schwierig, als wenn man den Monat vorher sich an die ganze Naturvergeudung am Ätna gewöhnt hat.

Von Grenna über Raby nach Jonköping ist die Fahrt am Wasser herunter noch sehr schön, besonders sind die Bergpartien rechts zuweilen äußerst malerisch. Bei Jonköping, einer ganz artigen Stadt am Anfang des Wennersees von dieser Seite, schließt sich die angenehme Partie, und nun kommen mehrere Stationen ziemlich wilder, undankbarer Wald. Aber auch hier hat der Fleiß aller Art mehr getan, als die Natur bei dem ersten Anblick zu erlauben scheint. Bei Stockholm hatte man angefangen zu ernten, und ich hatte von Zeit zu Zeit bis Jonköping herab Erntegruppen gesehen, aber von hier an hörten sie auf. In einigen Gegenden zwischen Norköping und Linköping habe ich Kornhalme in einer Höhe und Stärke gesehen, wovon ich vorher gar keine Vorstellung hatte. Nicht weit von Jonköping zog ich in einem Kornfelde, das noch nicht das beste war, ohne weiteres Suchen einen Stock aus, der zehn gesunde Ähren hatte. Eine elfte, die krank war, warf ich weg, weil sie kaum einige gesunden Körner zu enthalten schien. Die geringste von den Ähren hatte sechsundvierzig und die beste achtundfunfzig Körner, und in dem ganzen Stocke zählte ich fünfhundertundvier. Auch habe ich viele einzelnen Kornähren von sechsundsechzig Körnern gefunden. Mir deucht, daß dieses alles schon in Thüringen für gut gerechnet werden kann. Doch bin ich zu Hause nicht praktischer Landwirt genug, um gehörig bestimmt darüber zu urteilen.

Banarp, Byarum, Skillingaryd, Kläfshult sind von Jonköping aus lauter ziemlich waldige, unfruchtbare Stationen. Bis Skillingaryd machte ich den Fourierschützen des Doktor Gothilander aus Jonköping, der mich dort einholte. Värnamo und Tano sind wieder schön, das letzte an einem ziemlich großen Landsee, aber im ganzen sind doch nun die schöneren Partien zu Ende, bis man über die Berge herüberkommt nach Schonen. Indessen haben selbst die wilden Höhen der kahlen, unfruchtbaren Steinberge zuweilen sehr angenehme kleine Striche, wo Lage und Boden dem hartnäckigen Fleiße nur etwas gönnen wollte. Auf meinem ganzen Zuge durch Schweden habe ich keine solche Wildnis gesehen als von Planina nach Adlersberg, hinter Laibach in Krain.

Solltest Du glauben, es kommt mir fast vor, als ob ich in meinen alten Tagen etwas Anlage zur Empfindsamkeit bekäme. Ich habe in einigen Aktionen gestanden, und es sind vor mir und neben mir mehrere ehrlichen Kameraden zur ewigen Ruhe niedergeschossen worden, und es hat sich unter dem linken Knopfloche doch nicht außerordentlich bewegt. Hier sah ich zwischen Markaryd und Fagerhult in der Abendsonne wieder das erste Buchenblatt, und unwillkürlich fiel der alte Kerl daneben auf den Rasen und küßte das Blatt und verhüllte das Gesicht in den Strauch. Ich glaube gar, die Augenwimper fing mir an zu glühen. Das muß wohl so etwas von dem dulcis patriae fumus sein, weswegen es der Lappe in Hamburg nicht aushalten konnte und der Schweizer beim ausländischen Kuhreigen sogleich läuft, um ihn besser auf den Alpen zu hören. Wenn im Paradiese keine Eichen und Buchen wachsen, so bleibe ich bestimmt in der Länge nicht darin. Fagerhult scheint dem Tone nach schon Buchenholz zu bedeuten, und ich sah sie hier in der Gegend auf einmal in solcher Vollkommenheit und Schönheit, wie man sie kaum am Thüringer Walde oder am Albaner See sehen kann. Der Strich von Schonen, den ich hier auf meiner Fahrt durchzog, ist bei weitem nicht so schön, als man die Provinz im allgemeinen angibt. Sie muß unten an der See hin nach Malmoe und Lund hinüber besser und fruchtbarer sein. Von den Bergen herab gibt es allerdings an einem Flusse, dessen Name mir entfallen ist, mehrere reichen malerischen Partien, aber sowie man Helsingborg auf einige Meilen nahekommt, ist die Kultur bei weitem nicht so schön als weiter oben. Die Nässe scheint zwar etwas hinderlich zu sein; aber es kommt mir doch vor, als ob mehr getan werden könnte und sollte.

Der König kam eben mit seinem Gefolge aus dem nahen Bade, als ich in Helsingborg einfuhr, und ein Ordonnanzoffizier befahl in einer großen Entfernung auf der Straße meinem Postillon mit einer solchen Donnerstimme Platz, als ob er wenigstens zwei Bataillone zum Angriff kommandierte. Von allen schwedischen Städten, die ich gesehen habe, hat wohl Helsingborg die wenigste Annehmlichkeit des Örtlichen, ob es gleich von der Natur noch nicht ganz vernachlässigt ist. Von Festungswerken ist, nach den Verträgen beider Nationen, nicht das Geringste auf der schwedischen Seite. Das alte Schloß hat einen Telegraphen, von dem ich nicht weiß, wohin er schreibt, es muß von der Gegend von Malmoe hinauf und so weiter an der Küste sein. Acerbi hat, wie er sagt, nur einen einzigen Telegraphen, und zwar in Grißleham, gesehen, es sind deren aber an verschiedenen Orten, und schon mehrere auf den Inseln des bottnischen Meerbusens, um nach Finnland und aus Finnland zu schreiben. Es wäre kein Sinn darin, nur in Grißleham eine solche Maschine zu haben, mit welcher man unmöglich Nachricht an das finnländische Ufer geben kann. Auf der finnischen Seite habe ich freilich keinen gesehen; sie werden aber wahrscheinlich weiter unten am Seeufer stehen.

Für ein Boot über den Sund mußte ich 4½ Taler Schwedisch bezahlen und hatte wieder das Vergnügen, bei ziemlichem Sturm fünf Stunden über einer Fahrt zuzubringen, die man sonst wohl in einer halben Stunde macht. Neptun scheint mir durchaus nicht hold zu sein. Gleich meine erste Fahrt aus der Nordsee nach Amerika dauerte zweiundzwanzig Wochen. Mir kommt es ziemlich sonderbar vor, daß man noch immer die feste Meinung hat, man könne eine tüchtige Flotte abhalten, die durch den Sund segeln will. Mehrere Beispiele haben schon den Irrtum gezeigt. Mit gehörigem Winde segelt nicht allein Nelson, sondern jeder andere Brite und Bataver mit einem nicht ganz schwachen Geschwader hindurch. Die Breite ist groß genug, und die Kugeln von den dänischen Batterien müssen schon ziemlich schwach wirken, es müßte denn die seichte Tiefe auf der andern Seite die Schiffe nötigen, sehr nahe an Seeland zu halten, welches ich kaum glaube. Einzelne Kauffahrteifahrer können freilich gezwungen werden zu halten, aber auch mehr durch die Wachtschiffe von der Flotte als durch die Batterien vom Lande. Mir deucht, man segelt ebenso leicht durch den Sund, in Rücksicht des Widerstandes vom Lande, als durch den Kanal bei Messina. Doch mögen darüber Seeleute bestimmter urteilen, die den Boden des Wassers besser kennen.

Der Sund auf und ab zwischen den beiden schönen Ufern gewährt mit der großen Menge Schiffe aller Nationen und aller Kaliber, die fast beständig dort liegen, dem Auge einen überraschenden, höchst angenehmen Anblick. Helsingoer mit seinem alten, festen Schlosse macht sich allerdings besser als das schwedische Helsingborg, aber dafür hat das schwedische Ufer, rechts hinauf nach Gothenburg zu, unendlich mehr malerische Schönheit.

Vom Ufer hierher bis in die Residenz sollen fünf Meilen sein, aber bekanntlich sind die dänischen Meilen ziemlich klein, vorzüglich wenn man aus Schweden kommt; und diese scheinen die kleinsten von den dänischen Meilen zu sein. Der Weg ist gut, nach deutschem Fuße, aber nach dem schwedischen nur eben leidlich. Man hat vielleicht in Europa keinen Strich, der so viel angenehme Verschiedenheit an Kultur gebe, als von dem Sund hierher. Dörfer und Städtchen sind von einer Nettigkeit, die mit der englischen wetteifern kann. Alles beklagte sich schon von Schonen aus über ungewöhnliche Nässe und Kälte, und es war wirklich auffallend. Bis Jonköping war man in voller Ernte begriffen, und in Schonen und hier hatte man noch nicht daran gedacht. Alles war noch grün, und überall war man deswegen besorgt.

Es war Sonntag, und alle öffentlichen Häuser waren voll fröhlicher Gäste, die nach ihren verschiedenen Stimmungen den Feiertag genossen. Überall scholl Musik, und man hörte die Tritte des einstimmenden Tanzes. Auf dem Wege von Helsingoer hierher sind einige ausgezeichnet schönen Buchenwälder, und Du weißt, welchen Genuß mir der vaterländische Baum schafft, ob ich gleich weder Ökonom noch Waidmann bin. Was mich zuerst an die Kapitale erinnerte, war der große dreieckige Platz, von allen Seiten mit Lindenalleen besetzt, auf welchem Struensee seine Unbesonnenheit bezahlte. Denn wer kann bestimmen, wo diese in das Verbrechen übergeht?

Wenn ich auch in meinem Leben nicht wieder nach Schweden komme, so wird mir doch immer eine sehr angenehme, wohltätige Erinnerung daran bleiben. Schweden ist wohl im Norden das humanste und freundlichste Land. Bei aller Armut, die nicht zu leugnen und nicht zu verbergen ist, herrscht doch überall eine Ordnung und ein Anschein von Wohlhabenheit, bei der sich alles patriarchalisch wohl befindet. Man trifft in Schweden sehr wenig Menschen, denen man sogleich an der dicken Übersättigung ansieht, daß sie es zum höchsten Zweck ihres Lebens machten, das beste Verdauungssystem praktisch zu studieren. Alles arbeitet verhältnismäßig mehr als anderwärts, vorzüglich in Deutschland und Rußland. Es tut mir leid, daß ich nicht mehr von den nördlichen Provinzen und vorzüglich, daß ich nicht Dalekarlien sehen konnte, eine Gegend, auf welche die Schweden in jeder Rücksicht so stolz sind. Ich habe nichts als die gerade Straße von Aberforr nach Helsingborg, mit dem kleinen Abstecher nach Upsala gesehen, aber doch wohl einen Strich von hundertundachtzig deutschen Meilen gemacht und kein einziges Fleckchen gefunden, von dem ich hätte sagen müssen: Hier ist es traurig, hier ist es verlassen, hier möchte ich nicht leben. Auf dem ganzen ziemlich langen Zuge habe ich nur einen einzigen Bettler getroffen, und diesen in Stockholm auf der Brücke vor dem Schlosse. Von welchem reichen Lande kann man das nämliche sagen? Bei den Briten, die die Welt kaufen und verkaufen, machen die Bettler fast eine förmliche Gilde.

Die zwei größten Merkwürdigkeiten der Nationalanstrengung in Schweden, Trolhätta und Karlskrona, habe ich leider nicht gesehen. Sie sind aus Küttner und anderen Reisenden schon so bekannt, daß Du nichts verlierst, zumal da Beschreibung nicht eben meine Stärke ist. Mir tat es freilich etwas weh, daß ich mir nicht so viel abmüßigen konnte, die beiden Umwege zu machen. Karlskrona hätte ich vielleicht noch besuchen können und hätte noch mehreres gewonnen. Der Weg wäre sodann füglich über Lund gegangen, und ich hätte dabei eine größere Strecke von dem schönen Schonen gesehen.

Eine ökonomische Bemerkung muß ich mir noch erlauben, die vielleicht für unser Vaterland nicht ganz ohne Nutzen sein kann. Schon Küttner hat bemerkt, daß man in Schweden Maschinen im Felde und auf den Wiesen hat, einer großen aufgestellten Leiter oder Raufe gleich, auf denen man das Getreide oder das Heu trocknet, wenn es nötig ist. Küttner bemerkt es als etwas Eigenes von Schweden, man hat aber ähnliche Vorkehrungen auch in Litauen, Kurland und Livland und überhaupt in allen nördlichen Gegenden, wo man dem nassen Wetter nicht traut. Ich habe sie auch in Nordamerika bemerkt, und es sollte mich sehr wundern, wenn man sie nicht auch in Schottland haben sollte. Auch in den Marschgegenden von Niederdeutschland erinnere ich mich, sie gesehen zu haben. Überall, wo man die Nässe fürchtet, sind dergleichen Vorkehrungen ganz natürlich. Könnte und sollte man nun für die Haushaltung nicht einen Schritt weiter gehen und die Sache so einzurichten suchen, daß jeder Landmann vor seinem Hause einen solchen Trockenplatz mit solchen Vorkehrungen hätte, wo man dann jeden Augenblick Sonne zum Trocknen und auch zum Bergen benutzen könnte? Desto besser, wenn es nicht nötig ist, aber es gibt doch viele Ernten, die es nötig machen, wie zum Beispiel eben die jetzige ist. Ehe man weit hinaus in das Feld geht, das Umsetzen besorgt und zum Einfahren Anstalt macht, ändert sich vielleicht das Wetter einigemal, und es kann nichts geschehen. Vor dem Hause kann die ganze Familie in der Nähe arbeiten und, wenn es nötig ist, die Bergung so schnell als möglich besorgen. Daß dabei viel Arbeit eintritt, ist augenscheinlich; aber was tut man nicht, Frucht und Fütterung zu retten? Ich erinnere mich auch schon, daß gute Wirte in Deutschland es nötigenfalls wirklich so machten.

Das Urbarmachen des Landes durch Rödenschlagen oder Schwadjeland, wie man es wohl auch nennt, nämlich durch Niederbrennen des Holzes durch Düngung, ist in Schweden doch nicht mehr so gewöhnlich als in Livland und Russisch-Finnland. Indessen wird es auch hier noch zuweilen gefunden. Man schlägt das Holz nieder, schafft die Stämme zu besserem ökonomischen Gebrauch fort und verbrennt das übrige zur Düngung. In Russisch-Finnland gibt die Prozedur zuweilen einen furchtbaren Anblick. Ich habe sechs bis acht Menschen, Männer und Weiber, gesehen, die mit großen Stangen durch die kohlschwarze, noch rauchende Gegend, selbst geschwärzt und halb verbrannt, umhergingen und das Feuer unterhielten, daß es die letzte Materie verzehrte. Gräßlicher kann kaum die Erscheinung eines großen Vulkans oder eines zerstörenden Waldbrandes sein als hier das absichtliche Wirken der Menschen.

Auch in Schweden fängt man an vielen Orten schon an, über Holzmangel zu klagen und nach Steinkohlen zu suchen, aber ohne großen Erfolg. Man kann schon jetzt in manchen Gegenden die Bergwerke aus Mangel an Holz nicht gehörig bearbeiten.

Lübeck, den 8. September

Ich hatte dem Postillon gesagt, er sollte mich in Kopenhagen in ein gutes Wirtshaus führen, wo man etwas mehr als Dänisch spräche, denn meine Zunge wollte sich noch gar nicht geben. Je weiter ich in Schweden herunterkam, desto weniger wollte es mit meiner Buchgelehrsamkeit gehen, ich warf also den schwedischen Pepliers von Orräus beiseite und fing an, die Sache bloß praktisch zu treiben, wo es denn mit Hülfe des Englischen noch leidlich genug ging. Eben als ich nun anfing, kauderwelsch rüstig Schwedisch zu radbrechen und das Knackabroe vortrefflich zu finden, mußte ich über den Sund. So geht's mit dem ganzen Leben. Wenn man erst recht eingerichtet ist, segelt man ab. Mein

Postillon brachte mich also in Kopenhagen dem alten Schlosse gegenüber in das Hotel Royal, besser konnte ich nach seiner Meinung freilich nicht wohnen, und ich war auch zufrieden. Es ist, wie Du denken kannst, ein Haus nach großem Stil, der schön geputzte Merkur sah mich und meinen Tornister ziemlich zweideutig an, als ob er intimieren wollte, wir gehörten wohl beide nicht hierher. Denn wer in der Welt nicht auch sogleich Gold von außen hat oder durch den Anschein verspricht, ist in Ewigkeit ein Lump, wie sich unsere feinen Leute ausdrücken, auch wenn er in der Tasche in Dukaten wühlte. Es kommt überall nur auf den Schein an. Man braucht weder gelehrt, noch weise, noch brav, noch gut, noch gerecht zu sein, wenn man nur aussieht, als ob man es alles wäre. Das wissen die Käuze in der großen und kleinen Welt sehr wohl, die für alle Bedürfnisse ein Dutzend Hauptgesichter haben, ohne die Menge kleinerer Schattierungen. „Ein Zimmer, lieber Freund, ein Zimmer!" sagte ich zu dem mich betrachtenden Mephistopheles. Mein Ton mußte doch besser sein als meine Figur, er nahm ganz höflich meinen Sack und führte mich hinauf in meine Klause, mit der ich sehr wohl zufrieden war. Es ist hier unstreitig einer der schönsten Plätze der Stadt, an denen Kopenhagen nicht arm ist. Vor mir auf dem Kanal war ein sehr lebhaftes Gewimmel merkantilischer Geschäftigkeit, nichts als Ausladen und Einladen; und gegenüber arbeiteten oben eine Menge Soldaten an dem Abtragen der alten Schloßruine, um sie zum neuen Baue in den Stand zu setzen. Die Ruine ist eine der größten und schönsten, die ich gesehen habe, und würde dem Geschmacke jeder Zeit und jeder Nation Ehre machen. Mir deucht, es ist weiter nordwärts durchaus kein solches Gebäude mehr, wenigstens soviel ich von Rußland und Schweden gesehen habe.

Seeland überhaupt und Kopenhagen insbesondere liegt sehr tief, es ist also kein Wunder, daß vorzüglich die Fremden über nasse, ungesunde und rheumatische Luft klagen. Marezoll ist vorzüglich mit seinen Beschwerden darüber laut geworden, und wenn ich nur nach der kurzen Zeit meines dasigen Aufenthalts, noch dazu am Ende des August, urteilen darf, so bin ich sehr geneigt, ihm beizustimmen, denn der trüben, ganz finstern Regentage waren selbst in der schönen Jahreszeit wenigstens die größere Hälfte.

In Kopenhagen glaubt man schon, halb im Vaterlande zu sein. Fleißiges Aufmerken auf literarische und kleinstatistische Dinge, die man in allen Büchern findet, ist nicht mein Talent, Du wirst also schon Nachsicht mit mir haben, wenn meine Nachrichten in beiderlei Rücksicht nun noch etwas magerer werden. Ich weiß nicht, woher es kommt, aber es kommt mir vor, als ob ich allen warmen Anteil an den menschlichen Dingen verloren hätte. Jeder denkt nur sich und sich und wieder sich, von Buonaparte bis zum letzten Torschreiber. Das mag freilich tief genug in der menschlichen Natur liegen, nur sollten die Erscheinungen etwas liberaler und billiger sein. Der Sache kann nun wohl nicht abgeholfen werden, wenn nur dem Übermaße gesteuert werden könnte. Die Unmöglichkeit, etwas rein Gutes zu wirken, wie ich es mir denke, macht mich zuweilen etwas traurig, bis ich mich wieder fasse und mich mit dem Waidspruch tröste: sei ein Mann und tue das deinige und überlaß das übrige dem Schicksal!

Die dänische Regierung hat mich eben nicht in dieses Klagelied gesetzt, denn so viel ich urteilen kann, ist hier alles sehr freundlich und so liberal, als man es irgendwo nur erwarten darf. Auch herrscht hier ohne viel Geld ein Grad von Wohlstand, der dem Zuschauer wohltut.

Von dem gelehrten Wesen habe ich hier nicht viel vernommen. Nur ein einziges Mal war ich auf der königlichen Bibliothek. Sie ist nicht sehr reich, wenn man sie mit der Pariser, Wiener oder Dresdner vergleicht, aber denn doch ansehnlich genug. Es waren eine große Menge Doubletten beiseite gelegt, die zu den neuen Instituten nach Rußland gehen sollen. Moldenhawer war nicht gegenwärtig, und ich hörte an einigen Orten etwas über seinen literarischen

Egoismus klagen. Bekanntlich hatte Suhm Reiskens Nachlaß gekauft und ihn auf die Bibliothek gegeben. Darunter sind Sachen von Wert gewesen, zum Beispiel Golius mit Reiskens Noten, Reiskens Dissertationen über die arabischen Ärzte mit vielen späteren Anmerkungen, desgleichen Stobäus, durchschossen, mit Reiskens Beiträgen. Das Ganze habe ohne Würdigung in Waschkörben in einem Winkel gestanden. Endlich sei es zwar geborgen und geordnet worden, aber der Golius werde auf Verlangen nicht gegeben, und man wisse gar nicht, wo Stobäus hingekommen sei. Es läßt sich denken, daß ein durchschossenes Buch von Reiske schon etwas Bemerkenswertes enthält. Das alles tut mir Moldenhawers wegen leid, ich habe dafür meine Gewährsleute.

Eine ungerechte Klage aber von einigen gegen die Bibliothek ist, daß man sagt, alles, was die Fremden und vorzüglich die Engländer gegen Dänemark geschrieben haben, werde sehr absichtlich versteckt. Die Ursache ist, weil, wie ich höre, die ganze dänische Geschichte in den Fächern der oberen Galerie steht. Ob es eine gute Methode sei, die Vaterlandsgeschichte auf diese Weise ein wenig zu beseitigen, ist eine andere Frage. Von neueren wichtigen Werken ist kein so großer Vorrat da, weder in der Kunst, noch in der Philologie, noch in der Geschichte.

Die Kunstkammer enthält, außer einer Menge artiger Spielereien, auch sehr viele Stücke, die nicht allein für die dänische, sondern für die ganze nordisch-deutsche Geschichte überhaupt von großer Wichtigkeit sind. Schade, daß die bekannten goldenen Hörner so schändlich verlorengegangen sind. Ein Beweis der Gelindigkeit der hiesigen Regierung ist, daß der Bube, der sie gestohlen und zerstört hat, nicht mit dem Tode, sondern nur mit dem Zuchthause bestraft wird. Von allen Kunstkammern ist vielleicht die hiesige für das anschauliche Geschichtsstudium die reichste und belehrendste, soviel auch übrigens noch Quinquaillerien darin sind. Wichtiger, als man glaubt, ist der Vorsaal derselben. Man findet hier eine Gemäldesammlung, auf die gewöhnlich sehr wenig gerechnet wird, die aber mehr enthält, als man vielleicht überhaupt in Kopenhagen sucht. Die Gemälde in der Kunstkammer selbst haben nicht viel mehr als Geschichtswert, von Margarete herab bis auf die jetzt lebende Familie. Aber hier im Vorsaale sind viele Stücke von großem Kunstwert, entschieden von den besten Meistern der guten strengeren italienischen Schulen. Der Inspektor behauptete von drei Stücken, die ich vorzüglich betrachtete, eins sei ein Angelo, eins ein Leonardo da Vinci und eins ein Raphael. Ich bin nicht Kunstkenner genug, um den Ausspruch gehörig zu würdigen, aber er ist nicht ohne Grund. Nur um Leonardo da Vinci möchte ich zweifeln, weil ich dazu in dem Stücke nicht die Vollendung, weder in der Zeichnung noch in der Färbung, finde. Aber es gibt bestimmt mehreres in der Sammlung, das klassisch italienisch ist, schon genug für einen Ort, von dem man gewöhnlich nur wenig hört, wenn man von den Kunstsammlungen redet! In den andern Schlössern in Seeland sollen hier und da noch gute alte Stücke stehen, und man würde vielleicht wohl tun, sie hier oder an irgendeinem andern Orte zusammenzubringen.

Die Klassensche Bibliothek und die Universitätsbibliothek habe ich nicht gesehen. Der Stifter der ersten war, wie Du wahrscheinlich schon weißt, in jeder Rücksicht ein Mann, der das Lob und den Dank seines Vaterlandes und die Achtung aller Rechtschaffenen in ganz Europa verdient. Als unbekannter Privatmann stieg er durch eigene Kraft und einen umfassenden Geist in vielen Kenntnissen, und vorzüglich in Mechanik und Physik, zu Unternehmungen auf, die ihn endlich in den Stand setzten, der Wohltäter einer großen Stadt zu werden. Es ist fast keine öffentliche Stiftung hier, die nicht etwas von seiner Güte genösse, und überall wird sein Name mit herzlicher Verehrung genannt.

Einige der schönsten Partien für mich waren im Boote auf der Reede mit Scheel, der als Stadtphysikus die Besorgung der Quarantäne hat, die hier musterhaft eingerichtet ist und auf die sich sodann alle übrigen nordischen Häfen ruhig verlassen. Was hier untersucht und gesund gefunden ist, geht überall sicher, wo das nicht ist, ahmt man die hiesigen Sicherheitsmaßregeln nach. Scheel ist von dieser Seite ein sehr glückliches Menschenkind, wo er nur erscheint, erscheint er immer als Erlöser und Freiheitsbringer, weil vor der Untersuchung niemand an das Land gehen darf. Die Dänen sind jetzt nach den Engländern wohl die größten Seereisenden, und fast alle Tage kommen Schiffe aus allen Weltgegenden an, und meistens dänische. Daher sie denn den Reichtum des Luxus aller Länder an den Sund bringen, wo man auch nicht ermangelt, ihn mit Geschmack gehörig zu genießen, ehe man ihn weiterbefördert. Ein Schildkrötenschmaus mit dem gehörigen Gefolge fremder Weine ist bei den hiesigen Kaufleuten ein gewöhnliches Fest, mit dem Cato wohl schwerlich zufrieden gewesen sein würde. Wer wird aber auch bei den Erstlingssöhnen und Lieblingskindern Merkurs Frugalität suchen? Sind sie mit Merkur dem Reichtumbringer fertig, so gehen sie freudig mit Merkur dem Nekropompen. Alle Augenblicke bringt hier ein Schiffer ein Sortiment fremder Tiere mit, aus bloßer Ökonomie oder Phantasie, und ohne daran zu denken, daß er dem Naturhistoriker damit eine große Freude macht. Kopenhagen ist durchaus der beste und freundlichste Hafen. Nur Syrakus würde besser sein, wenn die Leute dort nicht zu faul wären. Nirgends findet man wohl eine so große Menge Schiffe aller Nationen, da es überdies der beste Intermediärhafen des Nordens und des Südens ist.

Eins der westindischen Schiffe, das ich mit Scheel besuchte, war ursprünglich ein amerikanisches, dessen ganze Mannschaft von den Schwarzen auf Guinea niedergemacht worden war. Von den Schwarzen war es an die Portugiesen und von diesen an die Dänen gekommen. Man zeigte im Schiffe noch die Merkmale von der Wut der Schwarzen. Es wäre gar nicht übel, wenn es allen Bristolern und Liverpoolern so ginge, die mit echt britischer Humanität zu ihrer und des Christentums Schande den Sklavenhandel verewigen. Es wäre ein ganz kleines Vergeltungsrecht für die Greuel, die sie teils verüben, teils veranlassen.

Mit einem der Schiffe aus Westindien erhielt die hiesige Sanitätsinspektion vor kurzem den Stoff des gelben Fiebers in einer Flasche, hermetisch versiegelt, zur Untersuchung, denn die dortigen Ärzte waren durchaus der Meinung, daß die Krankheit zwar epidemisch, aber nicht kontagiös sei. Ein eigener Einfall, das gelbe Fieber versiegelt über den Ozean zu schicken! Der Stoff bestand aus der ausgebrochenen bösartigen Materie, in der heftigsten Krise der Krankheit. Du kannst Dir denken, daß die Erscheinung der Flasche mit der Meldung im Briefe eine sonderbare, nicht ganz freudige Wirkung gemacht haben muß, und der Physikus erhielt den Befehl, mit aller Sorgfalt das herrliche Geschenk zu nehmen und es vorsichtig zu versenken ins Meer, wo es am tiefsten ist. So sind denn weiter keine Untersuchungen damit gemacht worden, ob es gleich auch hier Ärzte gab, die für sich überzeugt waren, daß es wohl ohne Gefahr hätte geschehen können.

Jedermann ist hier noch voll Enthusiasmus von dem Gefechte des dritten Aprils und weiß irgendeinen Zug der Tapferkeit und Großmut zur Ehre der Nation zu erzählen, und der britische Dreizack erfuhr in der Tat an diesem Tage, daß er doch noch nicht so allmächtig ist, als er in seinem Wahn wohl träumt. Wenn die russische und schwedische Flotte zu gleicher Zeit hätte eintreffen können, so möchte das Wagstück dem Triton Nelson doch übel bekommen sein. Aber freilich hatte er das Klima weislich eingerechnet. Es ist wohl selten eine so schöne, tätige Übereinstimmung zum allgemeinen Widerstand gewesen als hier in dieser Krise. Alles gab damals willig seine ganze Kraft dem Staate, und der Tag ist sicher einer der schönsten in den Annalen der Nation. Junge Leute ohne Namen bewiesen sich als Helden und gemeine, unerfahrene Leute als geübte

Krieger, dieses ist jederzeit die Folge, wenn man eine Nation als Nation antastet und sie für Haus und Herd vor Haus und Herd zu schlagen zwingt. Der Tag hat aber auch gezeigt, woran es der Stadt noch zur Verteidigung fehlt. Von der Landseite ist Kopenhagen eine der beträchtlichsten Festungen, die ich gesehen habe, der größte Fehler ist ihre Größe, der manchen andern unvermeidlich machte. Von der Wasserseite hat sich die Gefahr gezeigt, und wenn auch eine Landung mit Gefahr verbunden und nicht so wahrscheinlich ist, so konnte es doch bisher in ziemlich enger Blockade gehalten werden. Diesem wird jetzt durch Erbauung von zwei Batterien ziemlich tief im Wasser abgeholfen. Die eine, die sogenannte große Batterie nach dem Sund hinauf, ist nun ziemlich fertig und ist wirklich ein riesenhaftes Werk. Sie liegt ungefähr einen Kernschuß der Kanone vom Lande, gerade dem Zollhause und Hafen gegenüber, und kann alle Bedürfnisse zu einer langen Belagerung halten, wenn sie auch nicht immer aus der Stadt versehen werden könnte. Wenn sie recht gebraucht wird, kann sie eher eine Flotte zerstören, als sie durch die Flotte zugrunde gerichtet wird, der Feind müßte denn die Ufer besetzt haben. Ihre Solidität muß nur noch gegen das Element selbst gewinnen. Auf der Stelle der andern Batterie, rechts herauf an der Spitze von Amager, liegen jetzt nur noch drei alte zusammengestoßene Linienschiffe, die mit ihrem Wracke auf dem Grunde stehen. Ihr Bau soll erst unternommen werden und ihr Name Provesteen heißen, wenn ich nicht irre, nach dem Namen des wackern Kapitäns, der in dieser Gegend mit seinem Schiffe den Feind nachdrücklich aufhielt und zuerst in der Schlacht fiel. Das heißt schön handeln, schön sterben und schön belohnt werden. Wenn diese beiden Batterien fertig sind, möchte es wohl ziemlich schwer werden, Kopenhagen durch eine Blockade zu schaden, wenn es nur einigermaßen durch seine Flotte unterstützt wird. Aber der Bau und die Vollendung und Unterhaltung dieser beiden Werke ist auch billig die erste Unternehmung, woran der Staat denken muß, wenn die Hauptstadt sicher so fort gedeihen soll. Kopenhagen liegt zwar nicht so schön und romantisch wie Stockholm, aber es hat eine Menge sehr angenehmer, freundlicher Partien; und wenn man an einem schönen Abend in einem Boote auf der Reede über die große Batterie hinausfährt, hat man rund umher einen Anblick, den man wahrscheinlich in der ganzen Ostsee nicht mehr hat. Auf einiger Höhe sieht man das schöne Ufer von Seeland bis an den Sund und die schwedische Küste bis fast hinauf nach Malmoe. Selbst Neapel hat nur den Vorzug der üppigern Natur und der klassischen Umgebungen, Kultur des Landes und Humanität stehen hier im allgemeinen unstreitig höher.

Friedrichsberg ist wohl die beste Partie und auch zu Fuße ein schöner Spaziergang, und wenn man sich die Mühe nehmen will, unten links durch die Dörfchen und am Meere wieder hereinzulaufen, hat man vollen Genuß für verdorbene Augen und holt sich Würze zur Mahlzeit. Der Kaiser von Rußland würde wohl noch einige Millionen darum geben, wenn er nur die Vegetation von Kopenhagen in Peterhof haben könnte. Welsche Nüsse wachsen in dem Garten von Friedrichsberg schon mit großer Üppigkeit, und das Obst hat schon einen ziemlichen Grad von Güte.

Münter habe ich zweimal gesucht und nicht gefunden. Hätte ich gewußt, was ich erst nachher auf der See erfuhr, wäre ich wohl noch zweimal zu ihm gegangen. Er hatte nämlich kurz vorher Briefe von Landolina bekommen, der von ungefähr zur Zeit des letzten Erdbebens in Neapel gewesen war und die ganze furchtbare Katastrophe seinem nordischen Freunde sehr genau beschreibt. Schon etwas von dem Syrakuser zu hören und zu sehen, würde mir höchst angenehm gewesen sein. Vielleicht sehe ich ihn selbst noch einmal wieder an der Arethuse und dem Anapus zum Traubenfeste, und er teilt mir dabei alle seine Belehrungen über die Gärten des Alcinous mit. Bei Scheel oder Schumacher, ich weiß nicht gewiß mehr, bei welchem von beiden, sah ich von einem Engländer, Herrn Hunter, vermutlich Anverwandtem des alten berühmten Arztes, ein Buch über die Fieber unter den Laskarn, das in Kalkutta gedruckt war. Der Druck war so schön, wie man ihn in Deutschland nur selten findet, und gab selbst den englischen schönen Typographien wenig nach.

Die Insel Amager, welche mit der Stadt durch eine Brücke der Festungswerke zusammenhängt, ist der Kohlgarten der Hauptstadt, und die holländische reiche Kultur derselben gibt dem Auge eine sehr angenehme Abwechselung. Es war nachmittags einigemal meine Erholung, die Artillerie dort Bomben werfen zu sehen, ich kann ihren Übungen aber nicht durchaus das beste Zeugnis geben, denn so oft ich dort war, trafen sie nur selten nahe an das Ziel; das Ziel selbst sah ich nie treffen.

Ich bin nur ein schlechter Proviantmeister, es war mir also eine wahre Wohltat, daß unser Landsmann, Herr Fiedler, mir zur Überfahrt den Speisekorb reichlich mit versorgen ließ. Neptun und Äolus sind selten meine günstigen Patrone. Auch jetzt bliesen die Winde ziemlich stark aus der Gegend von Kiel, wohin wir wollten, so daß wir fünf ganze Tage über einer Reise brauchten, die man sonst zuweilen in vierundzwanzig Stunden macht. Das Beste war, daß ich nicht große Eile hatte, daß gute Gesellschaft war und daß wir alle reichlich mit gutem Proviant versehen waren. Einer meiner Freunde in Kopenhagen hatte mir befohlen, ruhig zu sein, er wolle mit dem Schiffer wegen der Überfahrt schon alles in Richtigkeit bringen, daß ich Kajüte und Bett bekäme. Ich war also ruhig gewesen und hatte mich um nichts bekümmert. Aber es ging nicht so gut wie mit dem Proviant, ich mußte für mein Zutrauen in seine Vorsicht ohne Bett auf dem ersten besten Kasten schlafen, welches auf alle Weise ebenso schlimm war als ehemals die Pökelei auf den englischen Transportschiffen nach Amerika in dem Kolonienkrieg. Ich zog mich die zweite Nacht von dem Kasten unter den Tisch, wo ich mich dann wiegen ließ, soviel der Sturm wollte. So quartierte ich mich denn von dem Kasten unter den Tisch und von da auf den Kasten. Den letzten Abend gab mir ein Hamburger Arzt, halb aus Ärger, wie er sagte, weil seine Korpulenz in seinem Bettkasten wie eingestopft war, seinen Bettplatz; die Gutmütigkeit des wackern Mannes mochte wohl den größten Anteil an der Abtretung haben. Die Fahrt ist bekannt und ging schlecht genug, was das Schiffen anbelangt, und lustig genug, was die Gesellschaft betrifft. Wir hatten eine gute Ladung Damen mit in der Kajüte, die alle bis zur letzten Instanz gehörig seekrank wurden, und zwar wiederholt, nachdem der Sturm brauste und schwieg. Da bin ich denn doch in meiner Grämlichkeit einigemal ganz artig gewesen und habe hinauf- und heruntergeführt und führen helfen, wo es fehlte, sonst war meine Galanterie billig nur negativ, daß ich schnell wegging, wo ich zu viel war.

Der männliche Schiffsklub bestand aus einem dänischen Offizier, einem dänischen Zivilisten, dem erwähnten Hamburger Äskulap, einem Herrn Pontoppidan, Vetter des berühmten Mannes dieses Namens, dem Naturhistoriker Lenz, einem stummen Engländer, meinem Landsmanne Schmidt aus Grimma und meiner eigenen Wenigkeit. An Schnack fehlte es nicht, denn wenn er in der Kajüte ausging, wurden wir von dem Verdeck damit versehen. Es wurde viel gesungen, und sogar ich mußte mein eigenes letztes altes Soldatenstückchen: „Ich ging, Egidi sind's drei Jahr" zu Weißens und Hillers Ehre ableiern, welches ich denn auch noch mit ziemlich leidlicher Miene tat. Der dänischen Schiffspolizei kann ich wegen der Anordnung des Paketboots kein großes Lob geben. Die Kajüte war nur so eben leidlich und hätte weit besser sein können und sollen. Auch finde ich es nicht gut, daß man nicht mit Essen versehen wird. Wenn die Reederei unter Festsetzung der Regierung mit liberalem Vorteil eine gewisse Summe bestimmte, die man für Überfahrt und Kost zugleich zahlte, würde das für die Reisenden große Wohltat sein und die gute Ordnung würde gewinnen. Wer mit der gewöhnlichen guten Kost der Kajüte nicht zufrieden wäre, könnte sich extra etwas mitnehmen, wenn er Geld und Platz hat. Den Vorrat könnte sodann der Kapitän in seinem Raume in Beschluß haben. Jetzt machen die Proviantkörbe aller Passagiere eine sehr unangenehme Rummelei, und es kann doch zu keiner festen Ordnung in der Diät kommen. Jetzt gibt man vier Taler für die Überfahrt ohne alle Kost, wenn man nun mit der Kost zehen gäbe, wäre alles in gehöriger guter Ordnung, wenn man nämlich Ordnung hielte. Auch sollen nicht alle Kapitäne höfliche und freundliche Leute sein, wir hatten einen sehr humanen Mann. Vor einiger Zeit setzte ein Werbeoffizier mit vielen Rekruten von Kiel über, die Fahrt ging langsam und schlecht, der Proviant fehlte, und der Schiffskapitän wollte den Soldaten durchaus nichts zu essen zukommen lassen. Das ist Schlaffheit und Unordnung, und bei einem solchen Vorfall wird eine gute Einrichtung am empfindlichsten vermißt. Sehr inhuman werden die Leute auf dem Verdecke behandelt, gewissenlos hart. Es war September, die Luft ist um diese Zeit schon rauh und kalt, zumal in dieser Gegend, zumal auf der See. Es waren ungefähr achtzehn gemeiner Leute auf dem Verdecke. Diese waren die ganze Zeit über dem kalten Regen und dem einschlagenden Seewasser ausgesetzt. Eine solche Überfahrt ist so viel als ein Feldzug, kein Dach, keine Decke, kein Stückchen Segeltuch! Unten im Raum waren Kaufmannswaren. Wir hörten Heulen und Zähneklappern unter den Leuten, und überall war Fieberschauer. Wenn der Kronprinz, von dessen Güte und Freundlichkeit alle mit Enthusiasmus sprechen, so etwas sähe, würde er gewiß Sorge tragen, daß es abgestellt würde. Auch diese Leute könnten gehalten werden, etwas mehr zu bezahlen, und würden es gern tun, wenn sie gegen Sturm und Wetter einen gedeckten Schlafplatz bekämen. Die Menschlichkeit fordert es, es sind vierzig Meilen, und auf einem solchen Wege ist man zur See schon vielen Zufällen ausgesetzt. Ein

Obdach gesteht man doch sonst dem letzten Bettler zu. Die beste Einrichtung von Überfahrt findet man vielleicht auf den königlichen Paketbooten von Neapel nach Palermo. Wir konnten die Inseln gar nicht loswerden, Moen und Langeland und Falster, und wie die Nester alle heißen, waren uns ewig im Gesichte, und wir glaubten alle Stunden links hinüber nach dem Mecklenburgischen geworfen zu werden. Endlich leierten wir uns doch bis auf einige Entfernung von der Kieler Festung Friedrichsort herein, aber es ging unerträglich langsam. Da kam ein Fischerboot, das einige von der Gesellschaft aufnehmen und einbringen wollte; aber man konnte, weiß der Himmel warum, lange nicht einig werden. Ich hatte zum ganzen Handel noch keine Silbe gesagt, weil ich Resignation spielte und niemand den Platz im Boote nehmen wollte. „Wie viel kann denn das Boot halten?" fragte ich endlich. „Wohl sechzehn", war die Antwort. Kaum war die Antwort gefallen, so hatte ich auch schon Hut und Stock, war hinaus über Bord und saß im Boote. „Wer mit will, mache eilig", rief ich, „sonst zahle und fahre ich allein." Denn Du mußt wissen, wenn meine Kasse in der tiefsten Ebbe ist, hat mein Mut immer die höchste Flut. Sogleich hatte man sich gesammelt, es blieb niemand zurück als der einsilbige Brite, und wir fuhren, was die Arme der Fischer vermochten, herein in die Stadt. Die keilförmige Bucht von Kiel, von welcher wahrscheinlich die Stadt den Namen hat, macht bei der Einfahrt einen schönen Anblick. Rechts die Festung und der Kanal und der Wald und links einige schönen Dörfer mit schön gruppierten Bergschluchten. Ich hatte nicht geglaubt, daß hier ein so starker Schiffbau wäre, als ich fand. Der Hafen hält bis an die Stadt sehr große Fahrzeuge.

In Kiel traf ich einige alten Bekanntschaften und machte einige neuen. Unter den letzten waren auch die Herren Weber, Vater und Sohn, die Dir als Gelehrte hinlänglich bekannt sind. Der Sohn war vor kurzem auch in Schweden gewesen, und es freute mich, daß es ihm dort auch gefallen hatte. Für ihn als Botaniker mag Schweden allerdings sehr reiche Ausbeute geben. Heinrich von Breslau, der, wie Du weißt, hier Professor ist, scheint sich hier unten an der Ostsee weit besser zu befinden als oben an der Oder. Wenn den guten Mann hier nur nicht auch die Polypragmosyne verfolgt, die ihm dort nicht eben viel Ruhe ließ. In Kiel gefällt mir's nicht sonderlich, aber bei Kiel desto besser. Die Gegend ist äußerst freundlich und lieblich und man könnte wohl sagen malerisch, wenn man darunter das versteht, was die Seele durch das Auge in angenehme Bewegung setzt. Ich weiß nicht, welcher Kritiker, ich glaube, es ist Ramdohr, soll die hiesigen Umgebungen etwas bitter mitgenommen haben, und die guten Kilonier sind billig darüber etwas unzufrieden. Einige gegründeten Kunstbemerkungen mögen wohl darunter gewesen sein, und diese hat man benutzt. Es ist hier allerdings keineswegs die hohe Schönheit der Alpen und die furchtbare Größe ihrer Gipfel und Schluchten, sondern es ist die gefällige Wellenlinie, die die Seele in Ruhe und Betrachtung zieht. Es wird hier kein Tell den Bund zum großen patriotischen Trauerspiel schwören, aber Voß kann seine Idyllen singen. Ramdohr hat der Gegend wohl zu viel getan, wenn er sie nicht für schön gelten läßt. Doch Meinungen stimmen selten überein, seine Venus Urania wäre auch nicht ganz meine Urania. Für den Landschaftsmaler ist freilich nichts Ausgezeichnetes hier, aber sehr viel reiner Genuß für den unverdorbenen Sohn der Natur. Wenn man die Partien mit dem Gaurus und dem Ciminus und dem Rigi mißt, verlieren sie freilich, aber das bekanntere Deutschland hat vielleicht nicht noch zwanzig so freundliche Gegenden aufzuweisen als die Kieler ist, und dann kann man in der gewöhnlichen Bedeutung des Wortes schon sagen, sie sei schön.

Ein Morgenspaziergang durch Düsterbrook nach der Mündung des Kanals und von diesem hinauf bis Knop ist ein Genuß, den zehn Seestädte nicht gewähren. Ich möchte wohl an dem ganzen Kanal hinauf bis an die Nordsee gehen, die Schönheiten müssen zahlreich und mannigfaltig sein. Von der Mündung bis nach Knop, kaum eine Stunde Weges, begegneten uns eine Menge Schiffe, und ihre Durchfahrt durch die Schleusen gibt Unterhaltung, wenn man es auch schon sehr oft gesehen hat. Das Gut und der Garten des Grafen Baudissen sind zwar auch nicht in dem Stil der hohen Schönheit – das würde die Gegend kaum erlauben –, aber es ist in beiden viel Mannigfaltigkeit und das Nützliche und Angenehme in freundlicher Verbindung. Selten habe ich eine fröhlichere Mahlzeit gehalten als das Frühstück dort am Kanal im Wirtshause. Fast ward, welches nur sehr selten geschieht, die Stimmung meiner Seele idyllisch, und wenn ich zufällig länger in Holstein geblieben wäre, so hättest Du Gefahr gelaufen, wieder etwas Theokritisches von mir zu bekommen, die Hexe oder die Ernte, wie Dich meine abgelaufenen Stiefelsohlen in Palermo mit dem Zyklops beglückseligten.

Zwei meiner Bekannten brachten mich mit vieler Artigkeit bis Prez, wo der Wirt von unserm ganzen lieben Vaterlande vorzüglich die Schätze von Pillnitz pries. Ich Laie mußte mich erst besinnen, daß Botaniker sprachen, und es muß Dir lieb sein zu hören, in welchem guten Kredit die mannigfaltige Gelehrsamkeit unseres Kurfürsten steht. Das ist billig, aber ich sähe ihn doch noch lieber auch dann und wann die Landstraßen besehen und die Leute besuchen. Die Pflanzen werden wohl wachsen und die Sterne wohl gehen; aber auf den Straßen und unter den Leuten steht es nicht immer, wie er wohl selbst wollte. Der Fürst ist gut und gerecht und wird gewiß geschätzt und geliebt, ich würde meinen Kopf zum Pfande setzen, er könnte an der Hand jedes einzelnen Bürgers sicher und willkommen durch sein ganzes Land gehen, wehe also den Menschen, die ihm Argwohn gegen sein Volk beibringen! Ich fürchte und erwarte nichts von Fürsten, kann also mit Anstand und ganz freimütig sprechen.

In Ploen besuchte ich auf dem Schlosse ein Stündchen

den Herrn von Hennings und bedauerte, daß ich nicht länger konnte. Das Städtchen ist nett genug, aber der See ist eine etwas wilde Schönheit. Die Halbinsel hinter dem Garten ist romantisch, aber die Ufer umher sind zu wenig bebaut und zu tot. Nur das Leben spricht zum Menschen. Das Auge sucht Gegenstände, wo es sich Menschen denkt, die mannigfaltig ihr Wesen treiben; und wo es diese nicht findet, klagt es seine Youngischen Nachtgedanken ab und eilt, der Stimmung loszuwerden. So ging es mir mit dem Wasser hier und mit dem Wasser bei Eutin. Die Partien sind recht schön auf einige Minuten, und wenn Menschengewimmel dort wäre, würden sie es sein auf viele Tage.

In Eutin war ich von ungefähr in einem Wirtshause, wo der öffentliche Klub war, das heißt, man spielte, sprach vom Kriege und aß. Die Gesellschaft war ziemlich zahlreich, ich war allerdings nicht sehr zierlich gekleidet, war draußen am Wasser einige Stunden herumgelaufen, und meine Taciturnität hielt sich den ganzen Abend, ohne weiter ein Wort zu sprechen, als daß ich von dem Marqueur Wein und Selterwasser forderte. Man ging auf und ab, belugte mich von allen Richtungen, schien mich anreden zu wollen, aber zu zweifeln, ob es der Mühe lohne, und bei dem Zweifel blieb es, wobei ich mich denn ziemlich wohl befand. Meine Seele war bei dem Eutiner, der nicht mehr hier war, und ich suchte ihn im Geist an der Saale und am Rhein auf. Zu verraten gab es hier nichts, und ich habe den ganzen Abend keine einzige politische und philosophische Ketzerei gehört; von kirchlichen Dingen wurde billig gar nicht gesprochen. Übrigens ging es dabei her wie in jeder andern guten Gesellschaft. Heute kam ich zeitig nach Lübeck, habe einige Gänge durch die Stadt und um die Stadt gemacht und Dir geschrieben und gehe morgen nach Hamburg.

Leipzig, den 1. Oktober

Da bin in nun wieder zu Hause in meiner Klause zu Sankt Thomas. Von Lübeck hierher hätte ich Dir nur sehr wenig zu erzählen, da der Weg und die Merkwürdigkeiten jedem ehrlichen Deutschen bekannt sind, der eine Geographie und ein Zeitungsblatt gelesen hat. Aber ich melde Dir ja meistens nur, was mich angeht, in der Voraussetzung, daß Du Anteil daran nimmst. Also will ich nur ohne Bedenklichkeit fortfahren und vollenden.

Zwischen Hamburg und Lübeck, ungefähr auf der Mitte des Weges, ist ein Gasthaus, wo die meisten Gesellschaften zu speisen pflegen. Das taten wir denn auch, mein Landsmann Schmidt und ich. Es war in der Gaststube schon Gesellschaft von Herren und Damen aus Hamburg, die in mehreren Punkten eine Parallele zwischen Lübeck und Hamburg, natürlich zum Vorteil des letztern, zogen. Ich glaubte, wir würden die Ehre haben zusammen zu sein, das geschah aber nicht. Sie dekampierten in ein besonderes Zimmer, nachdem sie eine Menge gemeine, nichtssagende Dinge in leidlich gutem Englisch und leidlich schlechtem Französisch verhandelt hatten. Dawider war nichts zu sagen: jeder tut nach seinem Willen oder seinen Grillen, und Hamburger Kaufleute sind gar stattliche Gäste, die ihrer Ehre nicht so leicht etwas vergeben. Wir gerieten dadurch freilich in einen sehr subalternen Stand, und der Wirt bewirtete uns, ob wir gleich ebenso stattlich fuhren wie jene, mit einem sehr alten, fleckigen Tischtuche und sehr fleckigen, zerrissenen Servietten und schlecht geputzten Messern und Gabeln, unstreitig dem schlechtesten Apparat, den ich, Polen und Estland bei den Aboriginern ausgenommen, auf der ganzen Reise gehabt hatte. Das Essen war nicht ganz so schlecht als der Apparat, und eine geforderte Flasche Wein lockte dem Aubergisten sogar eine freundliche Miene ins Gesicht. Die Hamburger hatten für sich eine abgesonderte Tafelmusik, schickten uns aber dann die Musikanten zur Mitbezahlung zu, und ich gab ganz brummend einen dänischen Taler. Das war nun wohl ziemlich närrisch, und ich hätte es füglich können bleibenlassen. Es kann wenigstens nicht auf meine Galanterie geschrieben werden, das Gesicht der sammelnden Virtuosin war kein westfälisches Fettmännchen wert. Das war kein guter Vorgeschmack. Wenn es in Hamburg so fort geht, so hätte Noahs Mittelster sein Tabernakel lieber bei den Kamtschadalen aufschlagen können. Auch lief ich, nicht sehr zufrieden, eine ganze Stunde voraus und ließ die großen Holsteiner mich einholen. In Wandsbeck war ich willens, Herrn Claudius meine Deferenz zu bezeigen, ich hörte aber, daß er sich jetzt ausschließlich mit sehr hohem Mystizismus beschäftigte, so daß er und ich gestört worden wären. Ich ließ ihn also in seiner Frömmigkeit und wandelte in der meinigen weiter.

In Hamburg brachte man mich, allen Kaisern am Rathause gegenüber, in das große Gasthaus, das, glaube ich, Kaisers Hof heißt. Die Einteilung des Hauses kommt mir gerade vor wie das deutsche Reich. Man studiert lange, die eigentliche Einrichtung in den Winkeleien zu finden und bringt am Ende heraus, daß gar kein Plan darin ist. Dessenungeachtet befindet man sich bequem genug darin, wenn man es so fortflickt, und möchte es nicht gern ganz eingerissen sehen. Hier wäre ich für Geschäfte im Mittelpunkte gewesen, aber alle meine Geschäfte waren jetzt das selige Farniente, mit den dazugehörigen Perquisiten. Ich muß den Hamburgern samt und sonders gewissenhaft ein recht gutes Zeugnis geben, aber leben möchte ich doch nicht in ihrer Herrlichkeit. Die Stadt ist mir zu groß und enge und zu finster, nur wenige Quartiere ausgenommen. Mit einiger Erweiterung kommt sie mir fast vor wie ein deutsches Venedig, wo man, zumal an den Kanälen, jeden Kubikzoll Raum merkantilisch für schweres Gold ausmißt. Das mag recht gut für die Herren vom Kontor sein, aber unsereiner muß fürchten, alle Augenblicke mit dem Ellenbogen auf beiden Seiten anzustoßen. Doch wird jetzt hier und da etwas niedergerissen und gelichtet, wenn man den Platz nur nicht wieder zur Dunkelheit verkauft. Die einzige Promenade der Stadt mit dem artigen Namen ist, wie man mir zeigte, etwas erweitert worden, aber doch immer noch enge genug und kaum so breit als eine Hauptstraße in Petersburg. Die angepflanzten Bäume scheinen nicht sehr aufmerksam besorgt zu werden. Viele davon waren verdorrt, und es sollten sogleich wieder gut sortierte neue an ihre Stelle kommen, damit die anderen gesunden nicht zu viel vorwachsen. Der Pavillon in der Mitte mit Erfrischungen gehört einem Fremden und ist eine recht hübsche Anlage.

Die Mahlzeiten der Hamburger sind bekanntlich gut, das habe ich auch gefunden. Indessen tritt der Luxus doch nicht an den gewöhnlichen Grenzen der Zeit, und man tut es ihnen hier und da noch zuvor. Die Sperrung der Elbe müßte denn etwas von der Wirkung eines catonischen Aufwandsgesetzes gehabt haben – welches nicht unwahrscheinlich ist. Daß die Leute satt aussehen, daran haben sie ganz recht, weit besser, als wenn sie hungrig blickten, was auch mein Freund Merkel darüber sagen mag. Die Gesichter der Einwohner sind immer ein guter Barometer der Regierung. Übersatt fällt freilich ins Böotische.

Hier traf ich Iffland und sah ihn nicht allein auf der Bühne, sondern konnte auch einige Stündchen mit ihm und bei ihm und bei mir verbringen. Du kennst den Mann als Gesellschafter vielleicht noch nicht. Ein Viertelstündchen im Gespräch mit ihm ist zuweilen, wenn sein Genius im leichten Spiel ist, noch mehr wert als eine seiner schönen Rollen auf der Bühne, und sein Genius ist das sehr oft. Hier sah ich ihn öffentlich nur einen einzigen Abend, in seinem eigenen Amtmann Riem in der Aussteuer. Er trug, wie mir vorkam, gewaltig auf und konnte doch nicht mit den Leuten ins Spiel kommen. Die Leute konnten nicht zu ihm hinauf und er ebensowenig zu ihnen herab. Die hiesige Theatergesellschaft habe ich unter aller meiner Erwartung gefunden, und wenn ich nicht ganz gewiß wüßte, daß noch vor kurzem Schröder hier war, so würde ich durchaus nicht glauben, daß noch mehrere darunter seien, die seine Leitung genossen haben. Gefolgt sind sie ihr gewiß nicht. Woher es kommt, weiß ich nicht, aber das Theater ist schlecht, äußerst schlecht für Hamburg. Ich glaube, die Hälfte der Subjekte muß nicht lesen können, was man nämlich vernünftig lesen nennt. Da Iffland eigentlich nicht mit ihnen spielen konnte, dürfte man fast sagen, daß er ihnen mitspielte. Nur ein einziger war darunter, den ich für gut hielt, dieser machte, wenn ich nicht irre, den Präsidenten. Der den Fremden spielte, fing ziemlich gut an, ward aber bald ein Jammerprediger, und der Hofrat wütete seine Rolle sehr dick ab. Es mögen jedoch wohl noch taugliche Subjekte darunter sein, vorzüglich glaube ich einige unter den Subalternen bemerkt zu haben, und ich will aus einer einzigen Vorstellung nicht geradezu ganz aburteilen. Man erzählt, wenn sich bei Ekhof jemand um Anstellung meldete, so gab er ihm ein gewähltes Buch mit der Bitte zu lesen, sodann ließ er ihn einigemal in einem geräumigen Zimmer auf und ab wandeln. Daran hatte der Kenner genug, und er gab seinen Bescheid. Wieviele würde er auf diese Weise von unsern Bühnen weisen? Die Frauen waren besser als die Männer, ein ziemlich seltener Fall, denn auf den meisten Theatern ist aus sehr erklärlichen Ursachen fast immer die größte Armut an Frauen. Eine traurige Erscheinung für Hamburg ist der Eingang und der Ausgang am Theater. Das Schauspielhaus selbst ist bekanntlich schlecht genug, aber man findet in dem letzten polnischen Städtchen kaum solche Winkel als hier die beiden Schluchten, durch die man eingeht und ausgeht.

Noch eine Vorkehrung muß ich bemerken, die mir sehr aufgefallen ist. Man hatte, um mehr Platz zu gewinnen, das Orchester den Zuschauern mit eingegeben, also eine Art von Parkett gemacht. Dawider ist nicht viel zu sagen, obgleich die Musik übel dabei fuhr; aber man hatte den Ort meistens mit so jämmerlichen, zerbrochenen Bänken besetzt, wie sie nur ein Holzhacker braucht oder ein Kabackenhalter gibt.

Meiner Person ist das ganz gleichgültig, denn ich biwakiere so gut als irgendeiner, aber es ist wider allen Anstand, denn es befanden sich daselbst Männer und Frauen von dem besten Ton, wie schon der Ort anzeigt.

Wenn ich Dir etwas Geordnetes von den Partien und Anlagen über Altona hinaus bis Blankenese sagen sollte, müßte ich ein Buch schreiben. Die Blankeneser standen ehemals bei mir in gar schlechtem Kredit, denn man hatte mir gesagt, daß sie und die Helgoländer gelegentlich die kleinen Algierer der hiesigen Küste der Nordsee seien. Ganz rein mögen sie sich wohl nicht gehalten haben. Du hast doch wohl von irgendeinem Strandrecht gehört. Hier machte es einen großen Zweig der Unrechtsgelehrsamkeit aus, und man soll sogar noch hier und da in den Tempeln der Humanität um Segen in diesem christlichen Nahrungszweige beten. Ob dies wahr ist, weiß ich nicht; aber Schande genug, daß die Sache existiert! Mir deucht, unter den Römern, Griechen und Phöniziern habe ich nichts davon gehört, und wo je dort Leute solche Dinge trieben, hießen sie geradezu bei ihrem wahren Namen „Piraten". Wenn dieses Recht auch eine Sanktion des Christentums ist, wie die niederträchtige Unmenschlichkeit gegen das schwarze Antlitz der Afrikaner, so mag es sein Erröten darüber in den Minen von Potosi verbergen. Hat man je von einer größeren Barbarei gehört, als die Unglücklichen zu dezimieren? Nein, das Wort ist noch viel zu gelinde, sie werden abgedrittelt, denn den dritten Teil verlangen und erhalten die christlichen Brüder rechtlich, wenn sie eine Hand zur Rettung ausstrecken sollen. Wenn doch einmal das Strandrecht ohne Rettung strandete! Das Albinagium ist zur Ehre des Menschensinnes doch endlich vernichtet, und es lebt nur noch ein Bestand davon in dem Abzugsgelde der deutschen Edelleute. Blankenese heißt weiter nichts als die blanke Nase, und der Fleck muß ehemals ziemlich kahl und wild gewesen sein. Jetzt baut man überall, und die Hamburger Landhäuser machen schon eine lange Reihe schöner

Anpflanzungen bis hierher. Die Aussicht von dem Berge am Flusse hinauf bis zur Stadt macht ein herrliches Bild der reichen Kultur und des Wohlstandes. Aber weit herrlicher muß der Anblick von der andern Seite des Flusses im Hannöverischen sein, wo man die Stadt und das mit Villen besäete Ufer auf und ab auf einmal überschaut.

Täglich fing man hier mehr an, von Krieg und Kriegsgeschrei zu reden, und ich wurde überall befragt, was ich darüber aus dem Norden mitbrächte. Ich wußte weiter nichts zu sagen, als daß die Regimenter aus Finnland nach der entgegengesetzten Seite mit mir zugleich abmarschiert waren, wohin? und wozu? das war mir unbekannt, denn ich hatte nicht mit im Rate gesessen. Und wäre dieses gewesen, so hätte das Fragen doch wohl auch nichts geholfen.

Unser guter Hoffmann, der Patriarch Reimarus, Wächter und Körner und einige anderen wackeren Leute machten mir die Tage in Hamburg viel kürzer, als sie im Kalender standen, und es ärgerte mich fast, daß ich schon davonreisen sollte, da ich nur soeben mich ein wenig besser mit allem orientiert hatte.

Meine Fischreise wäre also hier geschlossen, denn Du kannst nachrechnen, daß ich in dieser Rücksicht diesen Sommer einen herrlichen Zug gemacht habe. Mit der Elbe angefangen, mit der Elbe geendet. Die Oder, die Memel, die Düna, die Embach, die Newa, die Wolga – bedenke, welche fischreichen Ströme, die großen und kleinen Landseen nicht mit eingerechnet. In Moskau hatten wir Fische aus dem Schwarzen Meere und dem Weißen Meere und der Kaspischen See, und mein Schicksal führte mich zu Schmeckern, wo sie gegeben wurden. Und nun der Strich am Finnischen und Bottnischen Meerbusen und der Ostsee herunter bis zur Nordsee, das gab Reichtum an Floßfedergeschöpfen, vom Lachs bis zum Strömlinge. Und an keinem habe ich mir den Magen verdorben.

Nachdem ich meinen dänischen Paß bei dem französischen Gesandten gehörig hatte visieren lassen – denn leider kann man im Vaterlande fast keinen Schritt mehr tun ohne Erlaubnis des Allmächtigen an der Seine –, fuhr ich ruhig an der Elbe hinauf nach Lüneburg zu. Gall war angekommen, als ich wegging. Es tut mir leid, daß ich ihn überall verfehlen muß, denn ich hätte doch gern einen Kurs über sein System gehört. Es durch Fremde zu studieren, wird mir zu weitläufig. Das Neue dürfte vielleicht nicht sehr viel sein, außer in der Anatomie. Die Franzosen in Lüneburg fragten uns gar nicht, und weiter fanden wir keine mehr, weil sie sich eben schon zu irgendeiner Unternehmung zusammengezogen hatten.

Von Lüneburg nach Braunschweig könnte und sollte die Kultur wohl etwas besser sein. Ich kann mir nicht einreden lassen, daß der Boden so gar undankbar sein sollte, wenn man ihn nur recht anhaltend behandelte. Es müßte lehrreich sein, wenn unbefangene, freimütige Sachkenner dieses gehörig untersuchten.

In Braunschweig wäre ich am Eingange bald in der Atmosphäre des Zichorienkaffees des Herrn Schmidt erstickt. Der Kaffee mit seinen Surrogaten und der Tabak sind doch sonderbare, unbegreifliche Thelkterien der Seele bei unsern Zeitgenossen. Man hat kaum Brot, aber Tabak muß man eher haben, und das schwarze bittere Branntwasser ist durchaus nicht zu entbehren. Hier in der Gegend waren große, große Strecken mit Zichorien bepflanzt. Wenn nur alles, was einzeln merkantilisch richtig ist, auch für das Ganze staatsökonomisch wahr wäre! Ich kann mich nicht überreden.

Hier besuchte ich nur den Agathodämon der Kinderwelt. Campens Ruheplätzchen hat vielleicht mehr von Sanssouci als das große bei Potsdam. Einem Könige ist es selten gegeben, ohne Sorgen zu sein, wenn er wirklich König ist, und es wäre wohl zu beweisen, daß Friedrich seine größten Sorgen in Sanssouci gehabt hat. Was Campe wenigstens in ebenso großen Kredit bei mir setzte als sein Robinson und andere seiner guten Bücher, war, daß er mir auserlesen schöne, herrliche Kartoffeln gab. Kartoffeln werden höchst wahrscheinlich bei mir immer den Vorzug vor Wildpasteten behalten, Du magst nun über meinen Geschmack aburteln, wie Du willst, und Du wirst mir nachrechnen, daß ich Wildpasteten und Schnepfendr... geschmeckt habe so gut als einer. Nun denke Dir frische Kartoffeln im September mit einigen anderen guten, erfreulichen Zugaben bei Campe, der das Essen besser zu würzen versteht, so beschließt man die Reise noch besser, als man sie anfängt.

Mit etwas Sehnsucht sah ich in dem schönen Wetter hinüber hinauf zu dem Vater Brocken. Hätte ich nur noch einige Tage spenden können, so wäre ich gestiegen, in dem neuen Hause auf dem Scheitel bin ich noch nicht gewesen. Als ich das letzte Mal oben war, wurde eben der Grundstein dazu gelegt, und ich schlief unter den Bauleuten. Jetzt zeigte es sich dem Auge ziemlich deutlich durch die dichtere Atmosphäre um den Berg. Du weißt, ich bin kein sonderlicher Freund von Romanen, aber ich habe bei Gelegenheit des Brocken doch einmal in Gedanken einen Roman gemacht, von dem ich Dir hier das Wesentlichste sagen will. Wenn es kein Roman gewesen wäre, ich glaube fast, ich hätte ihn nach meiner Weise aufgeschrieben und drukken lassen. Aber wer wird Wahrheiten für Männer erst in Flitterstaat putzen? Der Roman hieß in meinen Gedanken: „Tagebuch des Mannes im Monde". Die Veranlassung dazu war: Ich stand eines Abends auf der Stirn des Vater Brukterus und sah hinab nach dem Ilsenstein, um das Brockengespenst zu belauschen. Am Firmamente glänzte der Vollmond. Da sah ich denn ein Meteor in blendendem Lichte herabschießen und unter mir auf eine Steingrube fallen. Noch eine Minute leuchtete es und verlosch dann. Ich arbeitete mich mit Mühe und Gefahr hinunter an die Felsenkluft und suchte und fand. Es war ein Buch in Rollen, ungefähr wie eine Handschrift aus dem Herkulanum, nur nicht ganz so übel zugerichtet. Ich wickelte auf und las und las, da war es denn das Tagebuch des Mannes oben. Daß dergleichen Dinge aus dem Monde herabkommen, ist seit Plutarch unter den Physikern und Historikern eine bekannte Sache, die sich auch neuerdings in Frankreich, dem Lande der neu auferstandenen Wunder, wieder bewährt hat. Nun weißt Du aus dem Ariost, daß unser Verstand im Monde wohnt, daher ein Mensch, der nach Verstand schnappt, auch mondsüchtig genannt wird. Wie viel entflogener Verstand muß nun nicht im Monde sein, wovon hier auf Erden das Gegenteil ist? Nun registriert der Mann im Monde alle bunten und krausen Nachrichten von Erdenpilgern in seine Blätter und macht darüber nach seiner Weise und Weisheit seine Anmerkungen über die Vorkehrungen im Hauptplaneten. Du siehst leicht, daß der Inhalt eines solchen Tagebuchs für manche Wissenschaften unserer Erde eine einträgliche Ausbeute geben muß. Das ist der einzige Roman, den ich in meinem Leben, aber auch nur in Gedanken geschrieben habe. In Halberstadt wallfahrtete ich noch mit Sonnenuntergange hinaus in den Garten zu dem Grabe meines väterlichen Freundes und Wohltäters, des alten Gleim. Unten hatte ich an der Elbe an Klopstocks Grabe gestanden und hatte dem Genius gehuldigt, hier tat ich mehr, ich opferte der reinen Herzlichkeit in heiliger Weihe. Hier in diesem Hause, hier auf der Stelle seines Denksteins hatte ich mit ihm selbst gesessen und mich mit ihm warm gesprochen über das Große und Gute. Stichle der Kritiker seine kleinen Fehler auf, Gleim war ein edler Mann, wie es nur wenige sind. Hätte ich mit Klopstock in so naher Berührung gestanden, vielleicht hätte ich die nämliche Anhänglichkeit bekommen wie gegen diesen, aber so war ich mit ihm nur in sehr ferner literarischer Beziehung. Ich muß Dir bei dieser Gelegenheit doch eine Kleinigkeit erzählen, die ich mir zu einigem Verdienst anrechne. Du weißt, daß ich bei dem Drucke von Klopstocks Oden und seiner Messiade die Handlangerarbeit eines Korrektors verrichtete. Der alte Herr muß wirklich ein autos-epha-ähnliches Ansehen behauptet haben. Er wies diktatorisch auf sein Manuskript, das doch nicht ohne kleine Fehler war. Daraus entstanden Differenzen, oft über Adiaphora. Er berief sich auf sein Papier, das aber wider ihn zeugte, und ich schrieb ihm im heiligen Eifer einmal einen sehr freimütigen Brief, voll von Anerkennung seines wahren, großen Werts, aber mit Aufstellung sehr vieler kleinen Unrichtigkeiten. Er ließ mir mündlich etwas grämlich sein Concedo antworten, hatte sich aber gegen Herder, wie mir Herder selbst sagte, bitter über mich beklagt, daß ich unbarmherzig mit ihm umgegangen sei. Meine Rechtfertigung ist sein eigenes Papier. Sein einziger Fehler ist, daß er in Minutien unfehlbar sein will. Nur ein einziges Beispiel! In einer Ode, ich glaube *Die Gestirne,* steht in allen vorhergehenden Ausgaben in einem Verse: „Vater, so rufen wir an." Das Metrum lag in meinem Ohre und wollte durchaus, daß das Wörtchen *an* wegfalle, und die Ästhetik ist sehr damit zufrieden. Es wurde ihm geschrieben und ihm zugleich ein Korrekturbogen geschickt. Er hatte darauf das unterstrichene Wort wieder unterpunktiert, es wieder ausgestrichen, es wieder oben hingeschrieben und es wieder ausgestrichen. So schickte er den Bogen ohne eine Silbe zurück. Man sieht, mit welcher väterlichen Ängstlichkeit er den alten Verstoß retten wollte. Es war jedoch unmöglich, und die Göschensche Ausgabe ist die einzige, wo dieser Vers durch meine Strenge richtig steht.

So wie ich den einen Tag von Braunschweig nicht weiter als nach Halberstadt gefahren war, fuhr ich den andern nicht weiter als von Halberstadt nach Könnern. – Könnern will ich schreiben, und Köthen und Köln und Kölleda nach den Gesetzen der Aussprache. Es war Späternte, und nirgends waren Pferde zu haben, und gern hätte ich meinen Sack auf den Rücken genommen und wäre zu Fuße etwas schneller gegangen, wenn ich nicht versprochen hätte, die Partie mit auszuhalten.

Es tut mir leid, daß ich die Bemerkung machen muß, aber die Wahrheit fordert sie: ich habe auf meinem ganzen Sommerzuge keine Örter gesehen, die ein so ärmliches, verfallenes Ansehen hätten als die preußischen Städte von Braunschweig hierher. Halberstadt und Aschersleben und Könnern sehen dürftig aus, an Dächern und Fenstern und im ganzen. Dafür sehen aber wieder die Dörfer ordentlich und wohlhabend aus, eine Erscheinung, die ebenso erfreut, als jener Anblick traurig macht! In Halberstadt beschwerte man sich ziemlich laut, daß der König bei Einziehung des reichen Klosters Huisenburg der Armenkasse von Halberstadt nicht etwas zur Unterstützung habe zufließen lassen wollen, warum man ihn doch, wie man sagte, inständig gebeten habe. Der Anschein ist freilich hart, aber die mißlichen Konjunkturen der Zeit fordern auch von dem Monarchen eine Vorsicht, die der einzelne nicht immer beurteilen kann.

Überall hatten die Regimenter Befehl, marschfertig zu sein, und niemand wußte, wohin. Alles brannte vor Begierde zu fechten, und niemand wußte, mit wem; gleichviel, wenn nur geschlagen wird. Das ist so der echte Charakter der gedankenlosen Menschennatur. Doch muß man nicht zu rasch sein und einen psychologischen Grund aufsuchen, ehe man es zugleich einer primitiven Wildheit und Mordlust zuschreibt. In der Einrichtung unserer Staaten ist nun leider sehr wenig gereinigter Sinn. Das Soldatenwesen ist nicht die schönste Seite davon, und solange Soldat noch ein vorzüglicher Ehrentitel ist, darf man durchaus nicht sagen, daß in unsern Einrichtungen Vernunft herrsche. Soldat heißt seinem ersten Ursprunge nach wohl eigentlich weiter nichts als Söldner, Dukatenkerl, und ist selten etwas anderes als der Handlanger der Despotie gewesen. Dem Krieger für Recht und Vaterland seine Ehre! der Soldat, als solcher, kann nur wenig Anspruch darauf machen. Nun sind aber die Soldaten doch Menschen, und keine bösen Menschen. Ihr Leben ist Zwang und Untätigkeit, zwei Dinge, die der Menschennatur wehe tun. Der Soldat freut sich also, auf irgendeine Bedingung, unter irgendeiner Rubrik in freiere Arbeit gesetzt zu werden. Er fühlt Kraft, Anstrengung vermehrt sie, Gefahr hebt sie, dadurch gewinnt er Wichtigkeit und auf alle Fälle mehr Selbständigkeit, als er in seinem jetzigen Leben gehabt haben kann. Es ist also nichts als Tätigkeitstrieb, auch mit Gefahr, seine Existenz zu zerstören. Der Mensch lebt lieber eine kürzere Zeit in dem Gefühle seiner Kraft als Jahrhunderte in hinlungerndem Nichtstun. Etwas Göttliches ist in uns, wenn es vernünftig benutzt würde.

In Halle wurde mein armer Tornister unbarmherzig versiegelt, dem man von Palermo bis Moskau mit seinem Inhalt liberalen Durchzug gestattet hatte. Doch nein, in Wien und Aberforr war er ja förmlich ausgeweidet worden. Das arme Seehundsfell hat viel ausstehen müssen. Man sprach hier noch von der Brotnot des vorigen Sommers. Aus allem, was ich davon erfuhr, gingen Fehler von allen Seiten hervor, wie überall, wo ähnliche Kollisionen eintreten. Vernachlässigung rächt sich oft schrecklich. Die Bestrafung der Unruhigen war zwar eben nicht hart, aber wenn alles wahr ist, was man davon sprach, doch ziemlich unregelmäßig, welches dann auch an Ungerechtigkeit grenzt. Als ich in der Abenddämmerung die Türme von Leipzig wiedersah, das ich nun für mein Tabernakel zu halten gewohnt bin, ward es mir doch unter der linken Seite etwas angenehm unruhig, so sehr ich auch meinen Stoizismus vorschob.

Lieblicher lispelt der Buchenhain,
Und freundlicher kräuselt der Hütte Rauch
In des Tales Silbergewölk still empor,
Weht uns nun heimischer an Vaterlandsluft.

Stürmenden Söhnen des Nordens ist
Die rötliche Beere der Felsenwand
Palmenwein; jubelnder hallt längs dem Berg
Ihr Gesang über des Bergs Erntegeschenk.

Köstlicher nickt mir der Apfelbaum,
Und herrlicher als Atalantens Frucht:

Schöner ist Weizengebind auf der Flur
Als am Glutgürtelgestad Ananashauch.

Rauschet, ihr Eichen des Blumentals,
Vertraute des Knaben der schönen Zeit!
Wenn der Lenz wieder erscheint, grüß ich euch
Froher noch laut in des Hains Nachtigallchor.

Kröne, Irene, das Vaterland
Im Schnittergesange mit Ährengold!
Aber geuß Kraft in den Arm, wenn es gilt,
Daß der Mann schwinge den Speer hoch für den Pflug!

Himmelgeborenes Wahrheitslicht!
Nur Freiheit regier und Gerechtigkeit!
Wo Vernunft spendet das Recht gleich und gleich,
Wächst empor dauerndes Glück über den Gau.

Unter diesem herzlichen Willkommen war es Abend geworden, und ich war vor dem Tore der Stadt. Schnorr war soeben aus der Schweiz gekommen, eine Reise, von der ich seit meiner Abwesenheit gar nichts wußte, und schnitt freundschaftlich wieder seine besten Gesichter, als ich in das Zimmer trat, ebenso als vor einigen Jahren, da ich von der Arethuse kam. Das ist nun mein Sommer, lieber Freund. Ich glaube wohl, daß Du manches daran auszusetzen haben magst; es geht mir sogar selber so.

Nun will ich während der Meßfeiertage noch einen kleinen Spaziergang nach Dresden und Weimar machen, weil ich mein Wort gegeben habe; und das muß fest stehen wie die Berge Gottes! Wenn auch andern eben nicht viel daran gelegen sein sollte, so ist mir doch selbst meines Charakters wegen daran gelegen. Dann setze ich mich wieder zu meinem Griechischen und verschulmeistere mein Amphibienleben, so gut es geht.

APOKRYPHEN

Geschrieben 1806 und 1807

Es ist doch wohl möglich, daß ich zuweilen auch einen guten Gedanken habe; also will ich es immer meiner Faulheit abgewinnen und manchmal einiges niederschreiben. Wenn vielleicht das nämliche wiederholt und variiert vorkommen sollte, so ist das wohl ein Beweis, daß es oft und vielgestaltig in meiner Seele war. Daher könnte man vielleicht schließen, daß mir der Gegenstand etwas wichtig oder lieb müsse gewesen sein.

Apokryphen nenne ich Dinge, aus denen man so eigentlich nicht recht weiß, was man zu machen hat. Es ist also alles in uns und um uns sehr apokryphisch, und man dürfte vielleicht sagen: die ganze Welt ist eine große Apokryphe. Mir ist es sehr lieb, wenn sie andern verständlicher ist als mir.

Die Vernunft ist immer republikanisch, aber die Menschen scheinen, wenn man die Synopse ihrer Geschichte nimmt, doch durchaus zum Despotismus geboren zu sein.

Solange man die Geduld zur ersten Tugend macht, werden wir nie viel tätige Tugend haben. An tätigen Tugenden scheint auch den Volksführern wenig zu liegen, sie brauchen nur leidende. Daher geht es denen leider kaum leidlich.

Wer aus sich herauslebt, tut immer besser, als wer in sich hineinlebt.

Wer ohne Tadel ist, ist immer ohne Furcht, aber wer ohne Furcht ist, ist nicht immer ohne Tadel. Es wäre also genug gewesen zu sagen: „Der Ritter ohne Tadel"; denn mit Furcht wäre er es nicht. Der Ausdruck wollte aber gleich den ersten Vorwurf gegen einen Ritter ausdrücklich heben, den Vorwurf der Furcht, und faßte sodann alles übrige in *ein* Wort zusammen.

Es ist nicht unangenehm oder vielmehr, es ist oft unangenehm, aus der Sprache eines Volks seinen Charakter zu sehen. „He is possessed of great riches", sagt der Engländer gewöhnlich, ohne etwas Schlimmes zu denken, und drückt dadurch deutlich das Verhältnis des Mannes zum Gelde aus. Das letzte ist Herr. Desgleichen sagen die Briten: „He is worth ten thousand pounds", und es heißt bei ihnen, er hat so und so viel. Subtrahiere die Summe, so bleibt nichts; also ist der Kerl nichts wert. „He is not worth a groat" heißt nicht, wie ungefähr bei uns moralisch: Der Kerl ist keinen Heller wert, sondern: Der Lump hat keinen Heller in der Tasche. Unsere deutschen Büttel aller Art sagen gewöhnlich sogleich: „Will der Kerl räsonieren? Nur nicht räsonieren!" Man kann nicht besser bezeichnen. Der Gedanke ist verbannt. Das hat sich seit langer Zeit auch deutlich in den Nationalsachen gezeigt. Rex, roi, imperator, *βασιλεύς, ἄρχων,* Sophi etc., alles sind noch Benennungen, die humanen philosophischen Sinn haben: bei uns ist König, wer kann, die Knochenkraft, bruta vis. Und wo sie oben versiegt, geht sie in die Unterköniglinge, die Satelliten über. Das Wort *vornehm* ist eine eigene Unvernunft der Deutschen: „was voraus nimmt". Keine andere Sprache hat, soviel ich weiß, ein ähnliches in diesem Sinne. Es zerstört sogleich alle erste Begriffe von Gerechtigkeit. Zum Glück hat die Dummheit den Menschensinn noch nie so herabwürdigen können, daß ein *vornehmer Mann* für ein reines Lob gälte. Darum bekümmert sich aber der vornehme Mann nichts, eben weil er vornehm ist.

Wo die meiste sogenannte positive Religion war, war immer die wenigste Moralität. M. s. die Geschichte.

Gleichheit ist immer der Probestein der Gerechtigkeit, und beide machen das Wesen der Freiheit.

Die freundliche Humanität der Griechen zeigt sich schon in der Bedeutung ihrer eigenen Namen. Es sind sehr wenige, die etwas ganz Schlechtes bezeichneten, und selten einer, der gar nichts sagte, und dessen Bedeutung ging gewiß verloren. Xenophon, der Fremdsprechende; Agesilaus, der Volksführer; Perikles, der Vielberühmte; Aspasia, die Freundliche; Philippus, der Pferdefreund; Sokrates, der Festherrschende; Diogenes, der Gottgeborne; Hippokrates, der Pferdebändiger; Terpander, der Menschenerquicker; Aristides, des Besten Sohn; Themistokles, der durchs Recht Berühmte; Demosthenes, die Volkskraft; Pausanias, der Schmerzenstiller; Alcibiades, der Gewaltherrscher; Alexander, der Menschenretter und so die meisten übrigen. Keine andere Sprache hat hierin so viel Bedeutsamkeit.

„Τὸ ἶσον μόνον τὸ δίκαιον.“ Nur das Gleiche ist das Gerechte, sagt schon Euripides; und *τὸ ἶσον ἔχειν, ἰσηγορία* (im guten Sinne) und *ἰσονομία* sind überall der Charakter der griechischen Liberalität.

Demut und die mit ihr verwandte Geduld sind Eselstugenden, die die Spitzköpfe den Plattköpfen gar zu gern einprägen. Demut: Mut zu dienen. Ich habe nie gehört oder gelesen, daß humilitas oder *ταπείνωσις* bei den Alten unter die Tugenden gerechnet worden wären. Demut ist der erste Schritt zur Niederträchtigkeit.

Ehrenvolle, tätige Gefahr ist besser als der ruhige Schlaf eines Sklaven. „Malo libertatem periculosam quam quietam servitutem“, sagte jener Pole. Jetzt wird von Freiheit und Vernunft bald nicht mehr die Rede sein. Auch in Frankreich gibt's keine freie Bürger mehr, sondern nur Bürger, die vor dem Autos epha des Autokrators und den Dolchen seiner Trabanten zittern.

Der Gouverneur von Gäta ist seit langer Zeit wieder der erste, der dem deutschen Namen Ehre macht. Alle unsere Fürsten sind Bonapartes Leibwache. Ceciderunt in profundum nostra antiqua praemia laudis atque gloriae, ceciderunt. Bonaparte kann sich nur halten durch kluge Einführung neuer Privilegien; wir könnten ihm nur widerstehen durch kluge Vernichtung der alten. Er wird sich also wohl halten; denn ihm hat das Schicksal in die Hände gearbeitet. Daß von unserer Seite nichts Verständiges geschehen wird, dafür bürgt mir die schmutzige Pleonexie unserer Privilegiaten.

Die erste Immunität war der erste Schritt zur allgemeinen Ungerechtigkeit und Sklaverei, die erste Infamie. Über die Atelie bin ich mehr der Meinung des Leptines als des Demosthenes, obgleich die griechische Atelie noch lange nicht das Ungeheuer unserer Steuerfreiheit war. So etwas konnten nur Barbaren erfinden und Dummköpfe verewigen.

Bei Roßbach hat man das letzte Mal mit den Ausländern Deutsch gesprochen, seitdem haben sie uns ihre Sprache gelehrt. Das ist sehr begreiflich: sie sind klüger geworden und wir beträchtlich dümmer.

Es ist jetzt allerdings keine Ehre, ein Deutscher zu sein, aber es kommt mir fast vor, als ob es eine Schande wäre, Franzose zu sein. Nach einer solchen Morgenröte eine so kimmerische Nacht! Wenn kein Gewitter die Atmosphäre reinigt, so wird es – doch nein, es wird immer etwas Menschliches bleiben. Der Troß scheint ja zu Unvernunft und Geißel geboren zu sein; und es wird sich beständig ein Mann finden, der Israel sündigen macht, positiv oder negativ, durch Kraft oder Schwachheit.

„Der neue Herkules stand am Scheidewege“, sagt ein neuer Prodikus; „da erschienen vor ihm zwei Gestalten, ihm zu Führerinnen: die Vernunft mit ihrem Gefolge der Freiheit und Gerechtigkeit, der Freundlichkeit usw., und die Despotie mit ihrem Zug, der Unterdrückung, der Habsucht, der Furcht usw. Jede hielt ihre Rede aus der Seele der Sache, und der junge Heros war im voraus entschlossen, als kleinerer Mann das letzte zu wählen: die blinde Macht mit dem Ungrund, der Stahlherrschaft, dem Neffengeist, dem Todesschlafe der Liberalität.

Niemand ist vor den andern ausgezeichnet groß, wo die andern nicht sehr klein sind.

Wo ein einziger Mann den Staat erhalten kann, ist der Staat in seiner Fäulnis kaum der Erhaltung wert.

Die Geschichte scheint mir fast zu bürgen, daß die Menschen keine Vernunft haben.

Ein ehrlicher Deutscher hat gar nicht Ursache, sich über B. – zu beschweren, aber wohl ein ehrlicher Franzose.

Je mehr ich mich in der Welt umsehe, desto mehr werde ich der Meinung des Addisonischen Cato: „The post of honour is a private station.“

Le grand enthousiasme, l'esprit enchanteur, la générosité et la bassesse sans bornes, de grands et beaux sentiments sans raison, tour à tour rampans et fiers et toujours aimables même dans leurs égarements de la dernière folie; voilà les Français. Tout ce qu'ils sont, ils le sont par étourderie. Par étourderie ils ont été culbutés à Rosbac, par étourderie ils ont vaincu à Austerlitz; ils se sont défaits d'un roi pour se donner à un despote aux mains de fer. Tout ce qu'il y a à craindre et à espérer c'est de leur étourderie.

Der Anfang der französischen Revolution rächte das Volk an der Regierung und das Ende die Regierung an dem Volke: und beide scheinen weder besser noch klüger geworden zu sein. Der Ertrag ist wenig mehr als origineller Stoff zu dem großen zyklischen Gedicht unserer Geschichte.

Hamburg und Bremen und Lübeck sollen ihre Unmittelbarkeit *unter französischem Schutz* und *gegen* eine *Abgabe* an *Frankreich* behalten. Dann verdient doch wohl kein deutscher Fürst mehr, daß er Hosen trägt. Aber die alten Tyrannen verdienen die Geißel des neuen.

Die ganze Synopse unserer Politik liegt in den zwei Versen von Bürger:

„Du hast uns lange genug geknufft;
Man wird dich wieder knuffen, Schuft."

Weiter hat Vernunft und Gerechtigkeit nichts damit zu tun.

Wer keine Ungerechtigkeiten vertragen kann, gelangt selten zu Ansehn in der Gegenwart, und wer es kann, verliert den Charakter für die Zukunft.

Die geheime Geschichte der sogenannten Großen ist leider meistens ein Gewebe von Niederträchtigkeiten und Schandtaten.

Ob die Menschen Vernunft haben, ist mir entsetzlich problematisch; ich habe wenigstens in ihren politischen, philosophischen und öffentlich moralischen Vorkehrungen sehr wenig davon wahrgenommen. Am meisten Vernunftähnliches findet man noch im Häuslichen.

Wer das erste Privilegium erfunden hat, verdient vorzugsweise, so lange im Fegefeuer in Öl gesotten oder mit

Nesseln gepeitscht zu werden, bis das letzte Privilegium vertilgt ist.

Warum ist Rousseaus „Bürgervertrag“ so gut und seine „Politische Ökonomie“ so schlecht? Den ersten schrieb er, so gut er konnte, die zweite, so gut er durfte: und sehr gut darf man freilich selten öffentlich schreiben. Die letzte wurde zuerst in Paris gedruckt und wahrscheinlich für Frankreich geschrieben. Das erklärt schon alles.

Rousseau spricht in seinem „Bürgervertrag“ von Privilegien; das klingt sonderbar. Aber R. irrte sich. Er versteht unter Privilegien nur notwendige, persönliche Prädikate der Magistraturen. Diese Vorzüge sind keine Privilegien. Ein Vorzug ist notwendig im Gesetze und zum Gesetze, ein Privilegium ist außergesetzlich. Soviel ich weiß, hat die alte echte Latinität und Gräzität kein Wort für diese ehrlose Sache; denn jedes Privilegium ist ehrlos.

Das erste Privilegium ist der erste Ansatz zum Krebs des Staatskörpers.

Wenn man die Geschichte liest, gerät man oft in Gefahr zu fragen: „Ist es ehrenvoller, ein Volk zu regieren oder gehenkt zu werden?“

Ob Brutus gut war, ist problematisch, aber es ist nicht problematisch, daß Cäsar schlecht war.

So verstümmelt ist oft die menschliche Natur, daß Tyrannen ihre Wohltäter werden müssen.

Wer den ersten Gedanken der Gerechtigkeit hatte, war ein göttlicher Mensch; aber noch göttlicher wird der sein, der ihn wirklich ausführt.

Bonaparte konnte ein Fixstern werden und ist eine Sternschnuppe geworden.

Gehe nur einer nach Cleve und Mailand und spreche noch von dem Neffengeist der Erzpfaffen in Rom. Rom verhält sich hier zu dem heutigen Paris wie die Eidechse zum Krokodil.

Groß ist das, wovor ich mit dem ganzen Gefühl meiner physischen und moralischen Kraft staunend stehe und sage: „Das vermag ich nicht!“ Meistens macht die Kleinheit die Größe.

Es gibt Geschichtsmänner, die das Schicksal bis zur Ohnmacht groß gemacht hat. Dann geht es ihnen wie den überwachsenen Körpern. „Ich werde mir kleine Kerle anschaffen müssen“, sagte mein alter Oberster, „um euch großen maroden Bengel mit fortzuhucken.“

Man will bemerkt haben, daß die Leute in dem Verhältnisse gescheit waren, als sie nicht gelehrt waren: wenigstens findet man, daß die Gelehrtesten nicht sehr gescheit sind.

Der Witz ist die Krätze des Geistes. Er juckt sich heraus. Wo ein fester Körper ist, kann eine gute Krätze wohl eine Letalkrankheit kurieren – wenn sie ordentlich behandelt wird, kann aber auch ein Körperchen aufzehren und zerstören, wenn man sie vernachlässigt. So kann es der Seele mit dem Witze gehen. Ein Witzbold setzt die Tafel ins Pferdelachen, aber hält selten die ernstere Sonde.

„Ihr vertraget gern die Narren, dieweil ihr klug seid!“ ist wohl einer der weisesten Sprüche des guten Paulus.

Überall findet man die schönsten, reizendsten Mädchengesichter in der dienenden Mittelklasse, weil man da die

Natur am wenigsten verderbt und überfeinert; denn verfeinert hält man für etwas Gutes, welches ich freilich nicht begreife. Ich habe zuweilen eine solche Grazie mit dem Körbchen oder dem Wasserkruge bemerkt, bei der ich mich wunderte, daß sie ein reicher Schmecker nicht für sich ausputzte. Nach einiger Zeit hatte sie wirklich ein reicher Schmecker zur Dame geputzt. Ob mit Geschmack und Vorteil und für sich, das gehört in die Problematik.

Faulheit und Dummheit und die aus beiden gemischte Furcht sind die Quellen des meisten Unfugs, den Bosheit und Übermut anrichtet. Wo keine Sklaven sind, kann kein Tyrann entstehen.

Faulheit ist Dummheit des Körpers, und Dummheit Faulheit des Geistes.

Die meisten Menschen haben überhaupt gar keine Meinung, viel weniger eine eigene, viel weniger eine geprüfte, viel weniger vernünftige Grundsätze.

Man glaube ja nicht, daß es je einer Regierung eingefallen ist, der Menschenvernunft vernünftig nachzuhelfen; das ist gar nicht ihre Sache. Was wir noch davon sehen, ist durch die Umstände emporgegoren; und man tut überall alles mögliche, neue Hefen hineinzubringen, damit sich ja nichts abläutere. Wenn wir nicht wieder einige Zeit in der Barbarei schlafen, wird das Ganze bald eine kecke, geckenhafte, despotische Unvernunft werden.

Es ist schade, daß man keinen Prophetenglauben mehr hat, sonst könnte Rousseau der Begründer eines sehr schönen Systems werden. Wenn er nur nicht zu viel geschrieben hätte! Seine Schwärmerei geht doch zuweilen mit seiner Vernunft durch. Der „Contrat social" und Voltaires kleines Gedicht „La loi naturelle" sind vielleicht das größte, was die französische oder irgendeine andere Literatur hervorgebracht hat.

Hobbes, der eiserne Apostel des blinden Despotism, hat gewonnen, sobald man ihm einige seiner Gaunerpostulate unbedacht zugibt. He is the hobbyhorse of tyrants, much more than any other. Aber selbst nach der Norm dieses Koryphäen würden wenig Fürsten die Sonde halten. Zum Glück haben sie nach seiner Lehre nicht nötig, sich um die Sonde zu bekümmern.

Einem Menschen, der seinen Bruder unbesonnen um Hilfe zum Himmel weist, sollte man die Erde zur Hölle machen, und zwar ohne Aussicht auf den Himmel.

Arihman, der Vielwütende, der Teufel der Morgenländer, klingt schrecklich genug; aber unser christlicher Teufel versteht sein Handwerk nicht minder höllisch. Sein Name heißt eigentlich der Durcheinanderwerfer, der beste Kniff vollendeter Bosheit und noch etwas sublimierter als Arihman. Arihmanskinder gibt es so viele nicht mehr, aber desto mehr Teufelsgelichter, ganz etymologisch.

Die meisten Bücherschreiber verschwenden eine ungeheure Gelehrsamkeit, um nichts zu sagen; und die meisten Diplomatiker machen unendliche Zirkumherumschweife, um nichts zu tun. Die neueren Franzosen haben wenigstens das Gute, daß sie nichts tun, was nicht zur Sache gehört, und den geraden Weg nehmen. Daß die anderen blind sind, ist nicht ihre Schuld; sie selbst tragen keine Maske, schon seit langer Zeit nicht mehr.

Wer jetzt Politik des Tages schreiben wollte, müßte Doktor Fausts Mantel zur Verbreitung haben; denn was heute neu ist, ist übermorgen schon sehr alt, und eine Katastrophe jagt die andere. Es wird mich gar nicht wundern, wenn ich heute höre, die Franzosen sind in Berlin und übermorgen die Russen und die Schweden. Preußen und Brandenburger scheinen seit geraumer Zeit nicht mehr dort zu sein.

Die nordischen Mächte ausgenommen, ist Sachsen der einzige Staat, der in der Zeitkrise keine Veränderung erlitten hat; das gereicht dem Regenten zur großen Ehre.

Die Staaten stehen zusammen in Naturverhältnissen. Preußen gewinnt viere durch Tergiversation, Frankreich vierzig durch Energie. Wer hat nun gewonnen? Und wie steht die Sicherheit?

Wer sich beständig ausschlußweise mit den Büchern beschäftigt, ist für das praktische Leben schon halb verloren. Der weise Salomo hat viel Narrheit und Plato viel Unsinn. Die beste Philosophie ist der geläuterte Menschenverstand, das beste Mittel dazu, die Welt sehen, die Geschichte lesen und selbst denken in gleichen Verhältnissen. Werden die Verhältnisse nicht beobachtet, so kommt das Resultat unkosmisch.

Der vernünftige Bürger muß sich erst als reinen Menschen denken. Es ist das Kriterion der Vollendung des Staats, daß der Civism durchaus kein Recht der Humanität beleidige.

Als Friedrich II. sagte: „Wenn ich eine Provinz recht empfindlich strafen will, lasse ich sie durch einen Philosophen regieren!“ hatte er vielleicht eben Platos „Republik“ gelesen.

Wer den Rechtsunbegriff *Knechtschaft* zuerst gedacht hat, verdient tausend Olympiaden im Tartarus bei den Eumeniden die Dike zu lernen.

Das Wort *Faustrecht* kommt mir vor, als ob man sagte: ein rundes Quadrat oder ein viereckiger Zirkel. Das ist leider auch ein deutscher Unsinn wie das Lehnrecht mit seinen Auswüchsen: dafür leidet denn unsere Nation jetzt eine blutige, fast letale Talion. Wenn im großen das Faustrecht, das heißt der Unsinn, zu sehr herrscht, dann kommt er auch ins kleine, und dann ist der jüngste Tag der Staaten nahe. Es scheint aber wohltätig in der Natur der Sache zu liegen, daß im kleinen nie ganz so viel Unsinn herrschen kann als im großen.

Wo das Volk keine Stimme hat, steht's auch um die Könige schlecht, und wo die Könige kein Ansehen haben, steht's schlecht um das Volk.

Wir nennen Frieden, was doch nur Lethargie vor dem Tode ist, und ich fürchte, wir erwachen nur zu unserm Ende.

Es ist oft ein Glück für die Menschheit, daß die größeren Verbrecher die kleineren in Furcht halten. Wie dabei Vernunft und moralische Weltregierung bestehen, weiß ich freilich nicht recht zu entziffern.

Plato ist ein Schwärmer und Aristoteles ein Schiefblicker, Hobbes ein Sophist und Grotius ein christlich skribelnder Römling; nur Rousseau hat haltbare Grundsätze. Nach vielen Jahrhunderten wird sein „Bürgervertrag" doch noch Katechismus werden, und fast verdient er, symbolisches Buch zu sein.

Hobbes sagt: „Das Volk hört auf, Volk zu sein mit der Unterwerfungsakte." Wäre dieses wahr, so wäre eben dadurch die Akte null. Es bliebe bloß der Fürst, der dann nichts wäre als ein einzelner, gegen den sodann jeder einzelne wieder das Recht der Gleichheit hätte; der außergesetzliche Zustand träte wieder ein, wenn wir nicht sagen wollen, der Naturzustand. Das Urpaktum muß durchaus aus dem Zwecke der Gesellschaft und der menschlichen Natur genommen werden, auch da, wo es nicht ausgedrückt ist, und vorzüglich da. Denn wo die Freiheit etwas bestimmte, hat sie das Recht, minder weise zu sein. Aber wo nichts bestimmt ist, wird billig das Höchste angenommen. Wo nichts bestimmt ist, darf der Mensch mit seinen Forderungen in der ganzen Würde seines Wesens hintreten. Das nämliche gilt in großen Kollisionen, wo das Schlechtgesetzte vernichtet ist.

Solange ich bloß empfindend lebe, ist meine mitteilende Neigung höchst uneigennützig; aber sobald ich anfange zu denken, löst sich alles in Selbstheit auf, wenn sie auch noch so fein wäre. Selbst die moralische Größe und die Überzeugung, daß es göttlich sein würde, wenn alle so gerecht und gut wären, hat ihre sublimierte Selbstheit. Die allgemeine Harmonie fängt immer mit der Stimmung der Saite an, die wir darin ausmachen. Die Empfindung führt den Gedanken herbei, und der Gedanke löst sich in Empfindung auf.

Die griechische Kalokagathie erschöpft das höchste Ideal der Menschenwürde in allen Verhältnissen. Aber als man das Wort erfand, hörte bald der Sinn auf. So geht es leider oft mit vielen Dingen, vorzüglich mit Freiheit und Gerechtigkeit. Niemand spricht *mehr* von Gesundheit als die Kranken.

Meine Seele ist ein Tummelplatz vieler Leidenschaften gewesen. Mit Hilfe des Stolzes hat immer die Vernunft gesiegt, vielleicht zuweilen auch nur mit Hilfe des Zufalls. Nur Haß und Verachtung sind nie in meine Seele gekommen; daher bin ich geneigt zu glauben, daß diese beiden Gefühle unphilosophisch seien.

Stolz ist Gefühl seines bestimmten Werts und durchaus lobenswürdig. Wo man ihn tadelt, liegt der Fehler in dem Irrtum des Gefühls. Wenn alle nur vernünftig stolz wären, es würde in der Welt nicht so niederträchtig hergehen. Der Stolz eines Fürsten ist seine Gerechtigkeit und seine allgemeine Humanität; leider sind also die wenigsten Fürsten stolz. Stolz mit der strengen Moral kann an Härte grenzen; nur Weggeworfene und Niederträchtige können sich über den Stolz anderer beschweren. Er wird nur zu oft und zu sehr mit ähnlich scheinenden Fehlern, Eitelkeit und Ehrgeiz, verwechselt. Pompejus war eitel, Cäsar war ehrgeizig, und Cato war stolz. Wer wird diese drei Charakter vermengen? Bonaparte ist Pompejus und Cäsar vereint; vom Cato hat er – wohl sehr wenig.

Wer die Krankheit hat, keine Ungerechtigkeiten ertragen zu können, darf nicht zum Fenster hinaussehen und muß die Stubentür zuschließen. Vielleicht tut er auch wohl, wenn er den Spiegel wegnimmt.

Nobilitas a nomine dicitur; wer fragt darnach, ob der Name rein gut war? Il n'y a guère de différence entre la noblesse d'Hérostrate et celle de nos privilégiés e titrés. Le premier brûla le temple d'une grande déesse, les seconds détruisent et saccagent les cabanes des pauvres misérables, qu'ils traitent avec grandeur comme canaille. Les nobles sont toujours de petits tyrans et les tyrans de grands nobles; ils se soutiennent toujours les uns les autres; et ce sont les privilèges qui font leurs liens infernaux.

Service vient de *servitium* et signifie originairement esclavage. Voilà le droit public expliqué.

Wo die Möglichkeit des Lehnrechts stattfindet, ist der erste Schritt zur Sklaverei getan.

Intermediärlasten sind die Schwindsucht der Staatsökonomen.

Wenn der Deutsche von Freiheit spricht, ist es wohl entsetzlich abusive.

Chez les Français il n'y a pas de civilité mais seulement de la politesse, parce qu'il n'y a pas de cité, pas de citoyen, pas de civisme. Citoyen! on disoit autrefois; bourgeois! on dit à présent. Il n'y a pas même plus le mot de liberté, à ce qu'on dit. Violà la soldatesque avec leur chef, le tombeau de tout ce qu'il y a de la libéralité.

Unser deutsches Wort *Höflichkeit* ist ebenso zweideutig als das französische politesse. Ob uns von den Höfen viel Gutes kommt, weiß ich nicht, aber das weiß ich, daß uns von ihnen viel Schlechtes kommt.

Nur der Bürgersinn kann über Ehre bestimmen. Nun ist dieses Geistes überall sehr wenig; also ist nur sehr wenig wahrhaft gewürdigte Ehre.

Wer reine Wahrheit zu reden wagt, sollte sogleich seinen Stockknopf mit Gift füttern.

Man gibt in unsern Staaten meistens der Gerechtigkeit eine Form, die schrecklicher ist als die Ungerechtigkeit selbst.

Das bißchen Gerechtigkeit in unsern Staaten wird so entsetzlich teuer gekauft, daß wir uns oft weit besser aller ursprünglichen Ungerechtigkeit aussetzen würden.

Ich machte mich anheischig, zu beweisen, daß man nach vernünftiger Gerechtigkeitspflege in Sachsen niemand mit Fug strafen könne. Es sind ja keine Gesetze ordentlich promulgiert. Ein verständiges Gesetzbuch wäre wohl nötiger als ein unverständlicher Katechism.

Wer auf Charakter hält, lebe in sich! Wer mit den Zeichen, mit Ansehen, Macht und Ruhm zufrieden ist, gehe aus sich heraus und in andere hinein, gleichviel auf welche Weise, nur klug!

Aus Italien ist uns doch viel gekommen, August und Caligula, Antonin und Hildebrand, die Medicis und Bonaparte; dort wurde der Ablaß, der Kompaß und die Aqua Toffana erfunden.

Que les Allemands sont la nation lourde, je le crois bien; mais que les Français soient la grande nation – credat Judaeus Apella!

„Die Vernunft gehört gar nicht in die positive Religion", sagen selbst ihre Verehrer, nämlich die Verehrer der Vernunft und der positiven Religion. Haben sie nun die Philosophen? die Rechtslehrer? Wo ist sie denn, die schöne Fata Morgana?

Der Satan hat die Sprachen erfunden. Sie sind das beste Handwerkszeug der despotischen und geistlichen Gaunerei.

Ende eines Gesprächs

„Sie sind sehr dreist, verdammt dreist! Wenn ich bitten darf, mein Herr, wer sind Sie?"

„Weder Ihr Herr noch Ihr Diener."

„Wissen Sie, mit wem Sie sprechen?"

„Nein."

„Mein Vater ist sehr angesehen und Ritter mehrerer Orden, und der Ihrige?"

„Ein Mann."

(Verächtlich) „Vermutlich, denn Zwitter haben keine Zeugungskraft, aber von welchem Orden?"

„Von dem Orden der Männer. Er ist nicht so zahlreich, als Sie glauben. Die Regel ist Mut, Vernunft, Gerechtigkeit, Menschenliebe; nicht die Regel jedes Ordens!"

„Herr, Sie sind ein Jakobiner."

„Wahrheit und Ehre haben keine Sekten. Nur Schwachköpfe lassen sich gängeln und von Bassen und Bonzen kastrieren."

„Man muß sich vor Ihnen hüten."

„So sprechen die Brillenträger. Ehrliche, selbstsehende Leute fürchten nichts."

„Der Kerl ist auf alle Fälle ein Sonderling" (geht stolz davon).

Zuweilen habe ich wohl auch gewünscht, meiner Mutter ein Leuktra und Mantinea bringen zu können; wenn ich aber alle Verflechtungen und Folgen überlege, bin ich schon zufrieden, daß es ist, wie es ist, und beneide Epaminondas nicht weiter.

Das Los des Menschen scheint zu sein, nicht Wahrheit, sondern Ringen nach Wahrheit, nicht Freiheit und Gerechtigkeit und Glückseligkeit, sondern Ringen darnach.

Der Himmel hat uns die Erde verdorben.

Ich habe gemerkt, daß der Mystizismus bei Gebildetern meistens Nervenschwäche und Magenkrampf ist. Mein Freund Novalis steht an der Spitze. Schiller konnte sich mit mehr Kraft durchtragen, sonst wäre er auch förmlich dem Mystizismus unterlegen. In seiner „Braut von Messina" stand er im Vorhofe.

Das Leben der biblischen Personen, vernünftig, ohne Bibelglauben, mit philosophischer Strenge geschrieben, müßte eine Unternehmung sein, die uns in der bessern Kultur einen großen Schritt weiter bringen würde.

Treibet die Furcht aus! Dann ist Hoffnung, daß der gute Geist einziehen werde.

Bei der allgemeinen Schande und Verwirrung des deutschen Vaterlandes tröstet mich, daß es nicht leicht schlechter und unvernünftiger werden kann, als es bisher war.

Wem sein eigener Beifall nicht genügt, macht an dem Beifall der Welt einen schlechten Gewinn.

Die Geschichte ist meistens die Schande des Menschengeschlechts.

Der Schauspieler muß viel Welt sehen, um sicher zu sein, was er und was er nicht auf die Bühne bringen darf. Was nicht in der Natur ist, darf er nicht bringen, aber auch nicht, was darin schlecht ist, nämlich ästhetisch schlecht, denn moralische Schlechtheit darf er geben. Ebenso geht's uns mit der Philosophie und Politik. Es ist nicht übel, wenn wir viel wissen, aber wir können nur wenig brauchen, ohne schlecht zu werden.

Das Schlechteste, was Schiller gemacht hat, ist die erste Hälfte des Charakters der Mutter in der „Braut von Messina" und sein Chor daselbst. Das mag ihm der Geist der Humanität vergeben! Mir ist unbegreiflich, wie so etwas aus seiner Seele kommen konnte.

Die Arbeit der philosophischen, theologischen, politisch-pathologischen Volksführer ist fast durchaus, Rauch zu machen und darin Gespenster und Schreckgestalten zu zeigen, damit man sich an ihre Heilande halten soll, von denen immer einer schlechter ist als der andere.

Keine Gesetze sind unabänderlich als die Gesetze der ewigen Natur; und dieser sind wenige, und sie sind deutlich.

Man verkauft uns meistens Gesetze für Gerechtigkeit, und oft sind sie gerade das Gegenteil.

Wodurch die größte Nationalkraft zu dem wohltätigsten Nationalzweck gewonnen wird, das ist die einzig gute Konstitution. Dieses ist nur möglich durch Gleichheit, Freiheit und Gerechtigkeit; diese drei sind eins.

Man bringt erst schlau genug die Erbsünde in den Menschen hinein, um sich ihrer nachher zur Schurkerei zu bedienen.

Ich möchte wohl Bonaparte und den Papst in Avignon zusammen sehen und hören, was ein *ehrlicher Franzose* zu ihrer Konferenz sagte.

Alle saueren Moralisten hielten ihr Zeitalter für das schändlichste, und sie haben alle recht, denn die gegenwärtige Schande ist immer die größte.

Die ewige Grundlage alles Rechts ist die Gleichheit; sobald sie verletzt wird, entsteht Verwirrung, und das Ende ist sinnlose Sklaverei. Isegorie und Isonomie sind das Palladium der Freiheit. Die Griechen waren auf einem schönen Wege, aber die Pleonexie war ihnen, was bei uns die Privilegien sind. Verba mutantur, res manet. Die Ehrenlegion wird schon wieder die Reichsritterschaft werden.

Die Vergebung der Sünden ist der Vernunft ein Widerspruch, aber unser ganzes Leben ist doch fast weiter nichts als eine fortgesetzte praktische Vergebung der Sünden. Wir können unmöglich ohne sie sein. Wenn man sie nur ordentlich menschlich nähme und nicht den Himmel darein mischte!

Aus der Geschichte geht hervor, daß Bündnisse und Garantien meistens der erste Schritt zur Unterwerfung eines Teils, natürlich des schwächern sind, wenn er nicht auf seiner Hut ist. Wenn ja Bündnisse sein müssen, würde ich sie gegen Nachbarn und nicht mit Nachbarn machen. Das hat schon der alte Hesiod eingesehen: *Ζηλοῖ δὲ γείτονα γείτνν.* Das gilt von Staaten weit mehr als von Häuslern.

Sobald wir Deutschen eine Nation sind, sind wir die erste. Aber unsere kleinen und großen Despoten verstehen das Geheimnis, uns nie zur Nation werden zu lassen. Vielleicht blieben wir es auch nicht länger als die Franzosen, die mit Bonapartes Erscheinung wieder aufhörten, es zu sein. Jetzt nennt man nur noch aus Politesse ihre Manen.

Daß wir die erste Nation in Europa wären, wäre freilich auch nicht viel. Denn es ist in Europa keine Nation als die englische, die mehr durch ihre Isolierung gesichert ist.

Nur wo Nationen sind, gibt es Taten, sonst ist nichts als despotische Maschinerie.

Ich wollte lieber der letzte Mann von Marathon sein als der erste vom Granicus, von Actium oder Austerlitz, auch wenn mein Name nicht im Register stände.

Das Regiment der Unvernunft bricht wieder stark hervor: car tel est notre bon plaisir.

Und wenn Freiheit und Gerechtigkeit in Ewigkeit nichts als eine schöne Morgenröte wäre, so will ich lieber mit der Morgenröte sterben, als den glühenden, ehernen Himmel der blinden Despotie über meinem Schädel brennen lassen.

Ich dürfte nur wie viele andere den Edelmann aus der Tasche nehmen und mich einrangieren, wenn ich meinen eigenen Sinn aufgeben wollte.

Bürger im bessern Sinne haben wir nirgends mehr; es sind überall nur Burger und Städter. Point de citoyen, malheur à vous, bourgeois, vilian, esclave.

Mit dem ersten Privilegium geht der strengere Bürgersinn ab.

Die Einigkeit der Geistlichkeit und des Adels ist, wenn es die Despotie versteht, das schönste Eingebinde für den Erben der Despotie am Wiegenfeste; und sie versteht es. Bonzen und Lama, Schwertritter und Patrizier sind einerlei.

Es wird mir schwer, die Ehre der Christen zu finden, aber ihre Schande sehe ich.

Ein Volk, das zu Hause keine Ungerechtigkeiten duldet, wird keine öffentlichen begehen. Es ist immer ein Beweis schon vorhandener oder einbrechender Sklaverei, wo Völkerpleonexie der Beweggrund öffentlicher Verhandlungen wird. Durch Tötung der Privilegien würde ein vernünftiges bürgerliches Recht entstehen, und dieses würde die beste Grundlage zu einem bessern allgemeinen Staatsrechte werden.

Grotius und die Bibel sind die besten Stützen der Despotie, weil beide so viel Nebel machen, daß man sich nur durch leidendes Hingeben an blinde Autorität einen Faden schafft.

Leben heißt wirken und vernünftig wirken. Nach unserer Weise heißt es aber leiden und unvernünftig leiden.

Fürst könnte etwas Göttliches sein, wenn es nicht etwas Teuflisches geworden wäre.

Nach der Vernunft gehören die Fürsten den Ländern, nach der Unvernunft gehören die Länder den Fürsten.

Man sehe nur das Gros der Soldaten an, vorzüglich den kleinen Stab; ihr Ganzes sagt sogleich: „Wir sind die Repräsentanten der Willkür, bei uns hört das Denken auf.“ Daher ist auch ihr Lieblingswort: „Will der Kerl noch räsonieren?“ Im Soldatenwesen, welches ganz etwas anderes ist als Militär, ist freilich wenig Vernunft mehr.

Es kann in seinem Ursprung nicht leicht ein schlimmeres Wort sein als *Soldat,* Söldner, Käufling, feile Seele; solidarius, glimpflich: Dukatenkerl. Die Sache macht die Ehre des Kriegers, aber ein Soldat kann als Soldat durchaus auf keine Ehre Anspruch machen. Es ist ein unbegreiflicher Wahnsinn des menschlichen Geistes, wie der Name *Soldat* ein Ehrentitel werden konnte.

Glaubst du denn, die Fürsten werden je die besten Mittel einschlagen, die Völker vernünftig aufzuklären? Dazu sind sie selbst zu klug oder zu wenig weise.

Alles würde in der Welt am besten mit Negativen gehen. Die Wegschaffung des Schlimmen wird schon das Gute bringen.

Das Recht ist für alle, die an Gott glauben und die nicht an ihn glauben; folglich kann kein übersinnliches Prinzip desselben angenommen werden.

Gleichheit und Gerechtigkeit ist eins; das zeigt das Nachdenken und der Gebrauch aller Sprachen. Die sukzessive

Entfernung von der Urgleichheit bringt die Mißgeburt unserer Gerechtigkeiten hervor.

Wo man von Gerechtigkeiten und Freiheiten redet, soll man durchaus nicht von Gerechtigkeit und Freiheit sprechen.

Wo der Staat nicht Vorkehrung gegen Einführung von Intermediärlasten getroffen hat, ist der Sklaverei schon wieder das Tor geöffnet.

Wer das Wort *Denkfreiheit* erfunden hat, war gewiß ein Dummkopf, der weiter keine Erfindung machen wird.

Der Enthusiasmus der Ehrenlegionen aller Art kommt mir vor wie der Rausch vom Merseburger Bier, der den Geist mit Sumpfluft umgießt.

Daß die Menschen von Natur gleich sind, kann so deutlich erwiesen werden, als nur irgend etwas, und wenn es nicht wäre, so müssen sie zur endlichen Schlichtung ihrer Händel und Ansprüche als gleich angenommen werden. Selbst die Satelliten der Despotie mit der Feder (denn die mit der Spitze denken nicht oder hüten sich wohl, das Gedachte auszusprechen) nehmen die ursprüngliche natürliche Gleichheit an. Der Beweis der Gleichheit kann am besten negativ geführt werden, so daß selbst der eisernste Despot sich davon überzeugen wird. Es kann nämlich kein Mensch den andern unbedingt willkürlich zwingen, ihm zu gehorchen, sein Knecht zu werden. Sobald man mir die sichere, unfehlbare Möglichkeit des Despotenzwangs erwiesen hätte, wollte ich sogar das Recht einräumen, obgleich nicht mit Recht, sondern aus Notwendigkeit des unvernünftigen Schicksals. Aber wie will sich ein Mensch unbedingt gegen den andern sicherstellen in seiner Willkür? Gegen physische Stärke braucht der Feind List mit Recht. Alles ist erlaubt, den unbefugten Beeinträchtiger zu zerstören. Ein Knüttel, ein Stein, ein Gifthauch kann den Anmaßer in einem Augenblick töten. Wer sich nun dem andern nicht rein unbedingt auf immer unterwerfen kann, ist mit ihm von einerlei, von gleicher, wenigstens nicht von größerer Natur. Selbst die Mittel der Despoten gestehen diese Gleichheit ein. Sie mieten Trabanten, aber dieses Mieten zeigt die Gleichheit mit diesen Trabanten, von denen sie sich oft abhängig genug machen müssen. Ein Despot scheint an dem Experiment zu arbeiten, wieviel die Menschen in ihrer Wegwerfung Narrheit und Unsinn vertragen können; wodurch er freilich nicht seine Weisheit zeigt.

Der Unsinn hat die natürliche Gleichheit nie so ganz verbannen können, daß sie nicht überall hervorleuchten sollte. Jeder Rechtsgang beruht darauf, jeder Vertrag hat sie zum Grunde. Mit einem Wesen, das nicht mit mir durchaus gleicher Natur ist, findet kein Vertrag statt. Auch die Mystiker haben die Gleichheit in ihrem heiligen Dunkel. „In seinem ganzen Königreich ist alles recht und alles gleich" ist vielleicht einer der göttlichsten Sprüche der Begeisterten.

Wenn man nur erst die Gnade vertilgt hat, wird schon die Gerechtigkeit kommen; und mit der Gerechtigkeit haben wir alles. Der Zweck der Staaten sollte sein: Steuerung der Pleonexie, und faktisch ist er ihre Beförderung.

Tragt Mathematik ins Staatsrecht, und alle Schäden werden geheilt.

Sobald dem Unfug des großen und kleinen sogenannten Lehnrechts gesteuert ist, haben wir Hoffnung zur vernünftigen Freiheit.

Man möchte die Hirngicht bekommen, wenn man ein öffentliches Blatt in die Hand nimmt und da von Leibeigenen, Fronen, Dienstzwang und andern Gerechtigkeiten der Unvernunft liest. Ist das Christentum, so ist das christendumm.

Die Gerechtigkeit bringt reine Ordnung, aber man möchte uns gar zu gern jede dumme Ordnung für Gerechtigkeit verkaufen.

Der große Geist hat immer mehr als der kleine, auch wo keine Pleonexie ist. Aber wer mit seinen Ansprüchen auf *mehr* hervortritt, zeigt sich zugleich als kleiner und als schlechter Geist.

Reiner Verkauf und reiner Besitz im Staate ist das ganze Geheimnis der besten Konstitution. Gleiche Besteuerung ist die Folge. Sobald man sich eine Linie davon entfernt, schließt man der politischen Gaunerei die Tore auf.

Das Wort *Strafe* ist nur ein Begriff, insofern es *Genugtuung* heißt; das zeigen auch die griechischen Wörter *ποινή* und *τιμωϱία;* und das Wort *Rache* ist nur vernünftig, insofern man *Rechtsetzung* darunter versteht.

Die Lehre von der religiösen Genugtuung, auf welcher die christliche Mystik beruht, ist der gräßlichste Anthropomorphismus gegen die Gottheit; und es hat wohl selten eine Meinung der Tugend und der Vernunft mehr geschadet. Wenn sie nicht ein Überrest des alten jüdischen und griechischen Sauerteigs wäre, könnte man ihre Entstehung kaum begreifen. Fremde Zurechnung kann im Moralischen ohne Zerstörung der Moralität gar nicht gedacht werden.

In der Philosophie kann ich's bis zum Skeptizismus bringen; weiter geht es nicht: also will ich lieber bei dem gesunden Menschenverstande bleiben, den so wenige Philosophen haben und der doch heutzutage so nötig wird.

Philosophisch bringt man die Menschen in die erbärmlichste Mystik und politisch in eiserne Despotie oder anarchischen Fanatism, wenn man sich über den gesunden Menschenverstand hinauswagt.

Wer mehr als die allergewöhnlichsten Bedürfnisse des Lebens hat, hüte sich vor dem vertrauteren Umgange mit der Wahrheit! Überall muß man zufrieden sein, wenn sie nur geduldet wird.

Wer nicht mit schlechten Menschen in Gesellschaft sein kann, ist noch zu wenig in der Welt gewesen. Wem aber ihre Gesellschaft völlig reine Unbefangenheit läßt oder gar Vergnügen gewährt, war zu viel in der Welt.

Man lärmt so viel über die Französische Revolution und ihre Greuel. Sulla hat bei seinem Einzuge in Rom in *einem* Tage mehr gewütet, als in der ganzen Revolution geschehen ist.

Von allen, die in der Französischen Revolution umgekommen sind, zähle ich achtzig Teile Narren, neunzehn Teile Schurken und ungefähr den hundertsten Teil ehrliche verständige Leute. Die Proportion ist sehr liberal. Die Narren haben oft ein sehr heroisches und weises Ansehen.

Der Hagiograph sagt: „Wehe dem Lande, dessen König ein Kind ist!" Aber wenn die Kindheit des Königes dem Volke schadet, ist das Volk gewiß nicht erwachsen; und daß das Volk ewig Kind bleibe, ist doch gewiß Blasphemie.

Die Französische Revolution wird in der Weltgeschichte das Verdienst haben, zuerst Grundsätze der Vernunft in das öffentliche Staatsrecht getragen zu haben. Läßt man diese Grundsätze wieder sterben, so verdient jeder Weltteil seinen sublimierten Bonaparte.

Bonapartes bisherige Laufbahn ist eine herrliche Lektion über das Fürstenwesen.

So wie alle unsere Gesetze sehr kränklicher Vernunft sind, sind es vorzüglich die Strafgesetze. Die Strafe soll psychologisch zur Besserung berechnet sein und den Beleidiger am empfindlichsten Teile treffen. Aber hier sind die Gesetze fast überall und durchaus zum Vorteil der schlechten Reichen. Eine tätliche Beleidigung kostet zum Beispiel 5 Taler für jedermann. Darin liegt aber die ungerechteste Ungleichheit in dem Anschein der Gleichheit. Warum soll sie nicht einen bestimmten Teil, z. B. den fünfzigsten Teil des Vermögens kosten? Der geringste Beleidiger könnte dann nach einer niedrigsten Norm taxiert werden. Ein Millionär zahlt für eine Ohrfeige 5 Taler und ein Handwerksbursche 5 Taler. Da hat denn gleich das Gesetz dem Geringeren eine Ohrfeige gegeben. Der Reiche hat dadurch in eben dem Maße die Freiheit, Ohrfeigen zu geben, als er steuerfrei ist. Quae, qualis, quanta – insania! Die anscheinende Gleichheit ist hier die drückendste Iniquität. Ich habe 200 000 Taler: mich muß also nach der Kriminalrechnung eine Beleidigung 50 000 Taler kosten, die einen armen Handwerker von 400 Taler 100 kostet. Das wäre Gerechtigkeit; das andere ist Malversation. Der Arme leidet seine Strafe am Körper, der Reiche bezahlt sie; eine Inkonsequenz, die an Dummheit grenzt, als ob man die Verbrechen absichtlich vermehren wollte! Den Armen lasse man bezahlen, wenn er kann und will; den Reichen und Vornehmen strafe man am Körper! das ist psychologisch und gut und gerecht. Qui non habet in aere, luat in corpore, schnarren die Kriminalisten in einer Stunde funfzigmal unsinnig vom Katheder. Qui habet in aere, luat in corpore, sollte es vernünftigerweise heißen, und alle Geldstrafen sollten nach den Vermögensumständen der Beleidiger eingerichtet werden. Keine bestimmte Summe, sondern eine bestimmte Proportion; für die capite censos könnte ein Minimum gesetzt werden. Eine anscheinend gleiche Strafe für alle ist eine solche Ungleichheit, daß die Gesetze nur in praevaricationem et contumeliam justitiae et sanae rationis gemacht zu sein scheinen. In diesem Artikel ist auch Grotius konsequent und gesteht die Prosopolepsie der römischen und unserer Gesetze.

Wenn ich die Menschen betrachte, möchte ich der Despotie verzeihen; und wenn ich die Despotie sehe, muß ich die Menschen beklagen. Es wäre eine schwere Frage, ob die Schlechtheit der Menschen die Despotie notwendig oder die Despotie die Menschen so schlecht macht.

Ich kann nicht leugnen, ich habe zuweilen Furcht gehabt; aber die Furcht hat mich nie gehindert, auch mit Gefahr meines Lebens etwas zu tun, was ich mit Gründen wollte. Und dieses errungene Gefühl der bewußten gesammelten Stärke wird endlich zur größern Festigkeit als die natürliche Furchtlosigkeit.

Was Grotius in seinem Buche vom Strafkriege sagt, hält keine Sonde. Es ist bloß Kautionszwang, die Malevolenz des Feindes außer Stand zu setzen, weiter zu schaden. Was er in seinem Strafkriege vom Stärkern und Schwächern fabelt, hält ebenso wenig Stich. Schon das Wort *Krieg* zeigt, daß die Parteien einander gleich sind. Wer sich ausgemacht für den Schwächern erkennt, führt keinen Krieg. Solange man Waffen hat und sie brauchen will, denkt man sich dem andern gleich an Kraft, zumal wenn man sich überlegen fühlt an Recht. Strafe heißt überhaupt weiter nichts als Ersatz für das Vergangene und Sicherstellung für das Künftige, auch im bürgerlichen Rechte. Die Todesstrafen im Staate sind das nämliche; die Moralität ist hier nicht die Hauptsache. Es läßt sich denken, daß einer moralisch eine Bürgerkrone verdient und gesetzlich gehenkt wird. Wir schaffen einen Menschen fort, weil er uns nach unsern Einrichtungen gefährlich ist und wir nicht verpflichtet sind, ihn nach seiner Weise auf unsere Kosten zu ernähren. Was Philanthropie und Liberalität rät, ist ganz verschieden von dem, was das strenge Recht mit Fug kann.

Die Theokratie des Moses wäre allerdings eine schöne Erfindung, wenn immer ein gerechter, weiser Mann an der Spitze stände; sie gibt aber der Gaunerei zu viel Handhabe.

Trotz meiner kalten Besinnung, mit der ich neulich in meiner Septuaginta die Bücher Moses durchlas, konnte ich mich eines warmen ehrfurchtsvollen Schauers nicht erwehren, als der Mann am Ende starb. Trotz aller Verirrung und Unheilbarkeit seines Systems bleibt er ein großer Geist für sein Volk und für den Menschenforscher.

Moses, Christus und Mahomed waren wirklich große Heilande der Völker, jeder in seinem Kreise. Bonaparte hätte ein größerer werden können, aber er hat nicht gewollt. Er hatte zu viel Eitelkeit und Ehrgeiz und nicht Stolz genug. Doch wo die Sache nicht war, konnte das Gefühl nicht sein. Heilande der Welt müssen und werden noch kommen, die uns von der geistlichen und weltlichen Mystik befreien und uns unter die Ägide des gesunden Menschenverstandes retten. Ein jeder wirke dazu, weil sein Tag ist!

Ich habe mir nie die Mühe genommen, das Glück zu suchen; dafür hat es sich oft, sehr oft die Mühe genommen, mich mutwillig zu necken, und dadurch bin ich endlich vollends gleichgiltig dagegen geworden. Seit langer Zeit ist es mir ziemlich einerlei, ob ich Minister oder Bettelvogt bin, ob ich einen Demantstern am Sammetrocke oder einen Flecken an der Teerjacke trage. Ich bin zuweilen ausgegangen, einen Bekannten zu besuchen, und habe fünfe nach der Reihe nicht angetroffen; dafür nahm mir's der sechste übel, daß ich nicht gekommen war, ohne sich je um meine Klause bekümmert zu haben. Einst wollte ich einige Worte mit dem alten Weiße sprechen und erfahre in seiner Wohnung, er sei aufs Land gefahren. Ich gehe aufs Land und höre, er sei eben zurückgefahren, weil er etwas vergessen habe. Ich gehe in die Stadt und vernehme, er hat das Buch eingesteckt und sich wieder in den Wagen gesetzt. Meine Botschaft war mir wichtig, ich gehe also wieder hinaus auf sein Gut. Weiße war spazierengegangen, und nach langem Suchen fand ich ihn endlich hinter dem Garten unter seiner alten Linde schlummern. Nun waren alle Neckereien des Glücks vergessen; ich setzte mich neben ihn, zog meinen Tacitus aus der Tasche und las, bis er erwachte.

Freundliche Leute habe ich viele gefunden, aber Freunde sehr wenige. Einer will mir seinen Witz, der andere seine Gelehrsamkeit, der dritte seinen feinen Geschmack auftischen; einer will mich mit seinem Wein, der andere mit seinem schönen Zimmer, der dritte mit seinem großen Ansehen bewirten: keiner ist deswegen mein Freund, wenngleich jeder gern mein Patron sein wollte. Je mehr er mir Dukaten zufließen lassen will, desto weniger glaube ich an Freundschaft. Wenn er aber zuweilen freiwillig und uneingeladen mich bei meinem Heringssalat aufsucht, ist die Präsumtion schon besser. Gut ist es, wenn er meine Wahrheit ohne Empfindlichkeit aufnimmt und mir die seinige ohne Schonung, aber mit reiner Unparteilichkeit sagt. Der beste Beweis ist, wenn seine Lieblingsleidenschaft angestoßen wird und er nicht scheu und empfindlich zurücktritt.

Die Privilegien heben sogleich auch die Philanthropie auf. Denn wenn die Freundschaft auch ein Vorrecht zugestehen wollte, so kann die Freundschaft keins annehmen.

Gewisse Despoten nennen strengere rechtliche, moralische Leute nur spöttisch *Philanthropen*. Die Bezeichnung ist für beide sehr passend.

Wo die Menschen mit ihrer eigenen unbefangenen Vernunft sprechen, urteilen sie meistens ohne Tadel; wo sie aber unter einer Leidenschaft liegen oder an einer fremden Form ziehen, kommt selten etwas Gutes zum Vorschein.

Wer als politischer Schriftsteller sein Glück machen will – vom Ruf ist nicht die Rede –, muß seiner Natur nach ein Chamäleon oder in seinem Betragen ein Ächsler sein, immer auf der Linie der kalten Rücksicht schreiten und in seiner Tiefe – nichts rein Gutes Wurzel fassen lassen.

Gelegenheit machen und sie benutzen mit Rodomontade von Rechtlichkeit, das führt zur Römerei, wenn man Arme zu Bajonetten hat. Die meisten Politiker sind also Kuppler des Völkerrechts, Hurenwirte, die die unbefangene Unschuld in die Arme der Machthaber liefern. Die Belege kann ein Blinder auf zehen Schritte sehen, wenn man ihm die Geschichte vorhält.

Ich höre, Bonaparte kann Cherubini nicht leiden; das ist sehr begreiflich: Cherubinis Musik ist für Marathon und nicht für Austerlitz.

Wer aus der Geschichte Völkerrecht und Staatsrecht studieren will, wird allerdings wohl ein guter Minister werden können, aber mit der Vernunft wird er wohl nicht beträchtlich weiter kommen.

Das griechische *οἰκέτης* ist häuslich mild, und *δοῦλος* ist bürgerlich schrecklich, und abscheulich ist *ἀνδράποδον*; aber mehr als alle drei ist unser deutsches *leibeigen.* Ihm entspricht so ungefähr das römische servitia in dem verächtlichsten Plural. So lange dieses alles noch Rechtsbegriffe sind, ist das Recht bei mir kein Begriff.

Plato macht in seiner Republik viel sonderbare Einrichtungen, von denen manche nicht sehr menschlich berechnet sein dürften. Unter andern läßt er alle Arbeiten in der Republik von Sklaven besorgen. Wo ein einziger Sklave ist, suche ich keine Vernunft mehr. Zu der Arbeit müssen nun entsetzlich viel Hände gehören, die alle keine Köpfe haben dürfen. Denn servus non habet caput oder non est persona, war ein Rechtssatz bei den Griechen und Römern, den ihre Verehrer durchtragen mögen, soviel sie wollen, er bleibt der Schandfleck des Kapitols und des Areopag. Wenn sich nun die Sklaven einfallen lassen, cur et quo jure sie nur für andere arbeiten sollen? Was wird aus dem Staate? Und ich sehe gar nicht ein, warum ihnen der Gedanke nicht sehr natürlich beikommen soll. Jeder Vertrag, der die Würde der Menschennatur antastet, ist unhaltbar, wenn er auch nicht widerrechtlich wäre.

Heiliger Spartakus, bitte für uns! Wenn doch mehr solche Schulmeister des Menschenverstandes aufträten!

Ich habe wider Bonaparte weiter nichts, als daß er auf alle Weise in der Vernunft rückwärts statt vorwärts geht.

Privatdiebe fesselt man auf Lebenszeit im Kerker, und öffentliche gehen in Gold und Purpur, sagt schon Cato, und ich zweifle nicht, man wird es zu Cyrus' des Alten Zeiten auch schon gesagt haben. Schlechte Kerle stehlen, aber die Könige rauben. Bei allen Unternehmungen in der Welt kommt es bloß auf die Kleinigkeit an, daß man sie ausführt und durchführt.

Wenn Grotius etwas beweisen will, bringt er gewöhnlich sogleich einige Beispiele aus der Geschichte, die für ihn sprechen. Das sind oft seine einzigen Gründe. Die Geschichte kann nichts geben als die Tatsache, nicht einmal die Präsumtion der Gerechtigkeit, denn sie liefert ebenso viel Schurkereien als lobenswürdige Dinge. Im Recht müssen wir ganz von vorn anfangen und aus uns herausgehen, denn darin ist die Geschichte eine traurige Lehrerin, zumal wenn man die Gesetzbücher selbst nimmt. Daß der Überwundene Sklave werde, geht durchaus aus keinem Rechtsbegriffe hervor. Er kann getötet werden, aber er wird kein Sklave. Der Völkergebrauch ist kein Völkerrecht. Das scheint man auch nach und nach wenigstens zu *fühlen.* Wer ein Schurke sein will, hat hundert Autoritäten, die alle unter die glänzenden in der Geschichte gehören.

Wenn etwas hart bestraft wird, so beweist das gar nicht, daß es unrecht ist; es beweist bloß, daß es dem Vorteil der Machthaber nachteilig ist. Oft ist gerade die Strafe der Stempel der schönen Tat.

Predigt nur immer brav Geduld, so ist die Sklaverei fertig! Denn von der Geduld zum Beweise, daß ihr alles dulden müßt, hat die Gaunerei einen leichten Übergang.

Wenn ich die Welt ansehe, freue ich mich, daß ich keine Kinder habe. Denn was würden sie anders werden als Sklaven oder Handlanger der Despoten? Freiheit und Vernunft gehören noch nicht in unsere Zeit.

Wenn alle Knechtschaft und alle Vorrechte aller Art verbannt sind, dann will ich auch an die heilige Vernunft glauben. Jetzt bin ich mit dem Glauben an ihre Möglichkeit zufrieden.

Wenn ich von jemand höre, er sei sehr fromm, so nehme ich mich sogleich sehr vor seiner Gottlosigkeit in acht.

Aristoteles schreibt: „*Ἔστι δὲ ἀρχὴ ἡ μὲν τοῦ ἄρχοντος χάριν, ἡ δὲ τοῦ ἀρχομένου. Τούτων δὲ τὴν μὲν δεσποτικὴν εναίφαμεν, τὴν δὲ τῶν ἐλευθέρων.*“ Das hat er nun wohl als Alexanders Schulmeister gesagt. Kein Staat ist des Regenten wegen da, und wenn es auch in der ganzen Geschichte eine res facti wäre. Noch kein Regent hat die Unverschämtheit gehabt, es diplomatisch zu sagen, wenngleich viele alle ihre Schritte darnach einrichten, als ob ihrentwegen alles da wäre. Das ist eine allgemeine Krankheit. Glauben doch auch die Menschen, die Welt sei für sie gemacht!

Die jämmerlichste Seelenkrankheit ist die Hedypathie, das Wollustleiden, das in seiner Grobheit zu einem Grade steigen kann, den die alten Militäre das Bullenfieber nennen. Die Verwahrung des Sokrates dagegen ist eben nicht sehr asketisch; ob sie philosophisch ist, mag der alte Glatzkopf verantworten. „Hüten Sie ja um Gotteswillen meinen Sohn vor honnêten Liebschaften!" schrieb der alte General Puttkammer an seinen Freund bei der Armee. „Die sind der Tod aller ernsthaften Beschäftigungen. Wenn der Junge sich nicht halten kann, so zahle er seinen Gulden und nehme eventuelle Rücksprache mit dem Regimentsfeldscher, der sein Freund sein muß!" Das ist nicht viel mehr als ein grob praktischer Kommentar zum Rate des Sohns des Sophroniskus und der Phänarete.

Seid vertraut mit der reinen Natur, und ihr werdet bald vertraut mit der Tugend. Durch ihren Umgang gewinnt ihr Licht, soviel euch frommt, und Mut und Kraft, soviel ihr braucht.

Wer die andern neben sich kleinmacht, ist nie groß. Gewöhnlich sind die sogenannten Großen am kleinsten, wo der goldene und bleierne Pöbel sie anstaunt.

Wo Eitelkeit und Prunksucht anfängt, hört der innere Wert auf.

Wer das Wort *Gnade* zuerst gesprochen hat, hat gewiß die Verdammnis im Herzen gefühlt. Solange dieser Begriff im öffentlichen Recht waltet, ist weder an Vernunft noch Freiheit noch Gerechtigkeit zu denken.

Wo ein Privilegium gilt, kann selbst der Allmächtige keinen Himmel schaffen; und die Menschen wollen damit einen vernünftigen Staat bilden!

Gleichheit ist im Recht, was der Satz des Widerspruchs in der Philosophie ist.

De tyrannicidio valde inutilis est quaestio in jure publico et periculosa; res facti est in historia: occiduntur tyranni. Multa multo melius et pulcrius fiunt quam exquiruntur.

Quid tyrannus sit in civitate, civium est perquirere, non exterorum. Ad exteros nil attinet, quid in sua re statuat civitas.

Mit Nichtsglauben muß man jede Untersuchung anfangen, und leider hören auch viele Untersuchungen damit auf. Die Sokratische Bescheidenheit des *δοκεῖ μοι* hat nur selten noch ein neuerer Philosoph; dafür habe ich auch schon nach der Reihe sechs Philosophien erlebt, von denen jede die Vernunft aufs reine gebracht hat.

Wo Geheimnisse sind, fürchte ich Gaunerei. Die Wahrheit kann und darf vor Männern das Licht nicht scheuen. Es gibt keine Wahrheit, die man vor Vernünftigen verbergen müßte. Einweihung ist Entweihung des Menschensinnes. Der Staat hat also großes Recht, keine geheimen Gesellschaften dulden zu wollen, so wie er großes Unrecht hat, die helle Untersuchung der wichtigen Punkte des Gesellschaftsrechts zu untersagen.

Von einem Kaufmanne, wie die Sachen gewöhnlich stehen, kann man nie sagen: so viel hat er im Vermögen, sondern nur: so und so viel macht er Geschäfte.

Wenn mich die Philosophie zu Jakob Böhme führt, wie es den Anschein bekommt, so tue ich auf ihre Leitung Verzicht.

„Verstehen Sie mich?“

„Ich verstehe wohl, was Sie wollen; aber ich sehe nicht den Zusammenhang und begreife nicht die notwendige Schlußfolge.“

Der Mann wiederholte geflissentlich die ganze Sache.

„Verstehen Sie nun?“

„Nein.“

Er wiederholte mit Eifer und Hitze seine Demonstrationen.

„Haben Sie nun begriffen?“

„So viel als das erste Mal, und nicht mehr.“

„Aber lieber Himmel!“ erboste sich der Philosoph. „Man muß ja ein Dummkopf sein, um das nicht zu begreifen.“

„Davon weiß ich nichts. Dafür begreife ich manches, was Sie nicht einsehen.“

„Zum Beispiel?“

„Daß die ganze Frage der Welt verdammt wenig wert ist.“

„Aber die Wahrheit?“

„Sie werden bei Ihren Sprüngen mir keine Wahrheit zeigen.“

Ich habe mich oft angestrengt, den Gedanken der Knechtschaft zu begreifen; bis jetzt ist es mir, Gott sei Dank, nicht gelungen. Ohne Vertrag ist nichts, und ein Vertrag, der die Personalität und die ganze bessere Menschennatur zerstört, ist aus vielen Rechtsgründen ewig null. Es ist also ein heiliger Beschluß der ehemaligen französischen Nation: „Die Rechte des Menschen sind unveräußerlich und unverjährbar.“

Die Gesellschaft gesteht uns oft zu viel zu, das tut sie aber für das Zuviel, das sie uns genommen hat.

Wer auf ein Vorrecht Anspruch macht, ist sogleich von der Vernunft geächtet und aus der Gesellschaft exiliert; und was der einzelne nicht kann, kann noch weniger ein ganzes Korps.

Ich kenne in der Geschichte noch keine Republik im bessern Sinne. Die Franzosen hatten einige Zeit den Anschein, eine zu werden. Es ist ein göttlicher Versuch vielleicht auf Jahrtausende verunglückt.

Die Gespenster der alten Formen glotzen wieder furchtbar.

Viele Menschen haben doch wohl in sich viel Vernunft, aber nicht den Mut, sie auszusprechen; die Unvernunft sprechen sie weit leichter aus, weil dabei weit weniger Gefahr ist.

Wenn die Menschen ohne Leidenschaft wären, würde freilich viel Böses verschwinden, aber auch sehr viel von dem, was jetzt sehr gut aussieht.

Hier beherrscht man mit Eisen das Gold, dort mit Gold das Eisen; aber das Eisen ist doch noch das Bessere.

Oft spricht die Pleonexie die Sprache des schönen hohen Enthusiasmus. Tastet ihre Salbung an, und sie zuckt wie ein Frosch, dem man Vitriolgeist auf die Haut tropft.

Was vor keiner Leidenschaft zurückzittert, nicht vor der verborgensten, das verspricht die Sonde zu halten.

Die Freundlichkeit eines Freundes besticht mehr als das Gold des Despoten, und sicher mehr als sein Dolch.

Aus Gefälligkeit werden weit mehr Schurken als aus schlechten Grundsätzen.

Die beste Verwahrung gegen Leidenschaft aller Art ist nahe, gründliche Bekanntschaft mit dem Gegenstand.

Unbedingter Gehorsam ist kein Gedanke unter vernünftigen Wesen. Wo mich jemand nach seiner Willkür brauchen kann, bin ich ihm keinen Gehorsam schuldig, das geht aus der moralischen Natur des Menschen hervor.

Wenn wir nicht von vorne anfangen, dürfen wir nicht hoffen, weiterzukommen.

Die schändlichste Erfindung der Halbbarbarei ist der Adel mit seinen Privilegien. Cyrus der Ältere ist eine von den großen Pesten unter dem Scheine der Heilkraft. Xenophon hat darüber keine Stimme; denn Phänaretens Sohn hatte vom Recht der Natur nur noch wenig Begriffe.

Τὸ δίκαιον ἐπ' ἀμφοῖν ἴσον. Maxim. Tyr.

Von den messenischen Kriegen sagt Gillies: „Die ersteren waren edelmütige Kämpfe eines kriegerischen Volks zur Erhaltung seiner angebornen Freiheit und seines ererbten Ruhms, der letztere, obgleich mit ebenderselben Benennung beehrt, nichts als ein unglücklicher Abfall von Sklaven von ihren Herren." Für den Schluß dieser Periode verdiente der Brite, zwar kein Messenier, das wäre zu ehrenvoll, sondern ein Neger des schwärzesten Weißen in den englischen Kolonien zu sein.

Wenn Bonaparte Vernunft und Freiheit und Gerechtigkeit gewollt hätte, so wäre er ein Weltheiland geworden, so daß sein Reich von mehr als dieser Welt gewesen wäre; aber so ist sein Reich ohne Heil nur von dieser Welt.

Das Böse der Revolution haben die Franzosen nunmehr so ziemlich getilgt; nun fangen sie an, auch das Gute zu tilgen, damit alles in den alten Gang komme.

Was Bonaparte tut, tut er als Edelmann, cum grano salis, wo es nötig ist.

Wenn es einmal in der Welt recht unvernünftig und schlecht ist, kann man das rein Vernünftige und rein Gute nicht so leicht ertragen; und das minder Unvernünftige und minder Schlechte ist ohne weitere Untersuchung als das Bessere, ja sogar als das Beste willkommen. Deswegen ist es aber immer noch unvernünftig und schlecht genug und droht bald den vorigen Grad wieder anzunehmen. Das Schicksal der meisten sogenannten Verbesserungen!

Wenn ich den Leuten auf die Nasen sehe, vergeht mir die Hoffnung, da ich darunter verdammt viele vornehme finde; und nicht wenige davon stehen auf eigentlichen Pöbelgesichtern. Mir ist's immer, als ob eine solche Nase sagen wollte: „Seht her, ihr Halunken, ich habe ein Privilegium!"

Wenn die Fürsten nur keine Edelleute wären, so möchten sie der Vernunft wegen immer Fürsten sein.

Die Edeln und der Adel stehen gewöhnlich im Gegensatz.

Die schlimmsten Edelleute sind gewöhnlich die Ritterkaufleute, die neuerdings die Ungerechtigkeiten gekauft haben und ihre Besitzung kontormäßig berechnen.

Was ist bei uns Gerechtigkeit? Antw. Daß der Bauer alle Steuern bezahle, alle Fuhren tue, alle Einquartierung habe, alle Fröne verrichte, allen Zwangdienst leiste, mitunter

Garn spinne und Boten laufe – Und weiter? Antw. Ist das nicht genug? Mitunter bekommt er Prügel; und das jus primae noctis soll wieder eingeführt werden, wie ich höre.

Nach der Schlacht bei Marathon wurde ein Krieger – Soldaten kannten die Griechen nur, als sie nicht mehr Griechen waren – nach Athen geschickt, die frohe Botschaft des Sieges zu überbringen. *Χαίρετε, χαίρομεν*! rief der Bürger den Bürgern zu und gab den Geist auf mit der Botschaft. Einen solchen Lohn konnte bei Actium und Austerlitz niemand ernten. Ich weiß nicht, woher es kommt, aber ich möchte lieber dieser Bürger ohne Namen als Miltiades sein: an Octavian und Kompagnie wird weiter nicht gedacht. Dem Vaterlande zurufen zu können: *Χαίρετε, χαίρομεν*! und mit dem letzten Hauche zu sterben, das ist ein schöner beneidenswerter Tod, wenn man den Gruß auf dem Schlachtfelde hat verdienen helfen. Aber von hundert Schlachten haben kaum in einer einzigen die Streiter ein Vaterland; die Soldaten können als Soldaten keines haben. Das Koryphäenlied des Despotismus war nach Austerlitz die Belobung: „Soldats, je suis content de vous.“ Der stille Nachhall war gewiß: „Citoyens, la liberté est morte.“

Die Dankbarkeit hat viele Staaten zugrunde gerichtet. Der erste Enthusiasmus ging bis zur Unbesonnenheit; und als man sich besann, war die Freiheit schon der Pleonexie verkauft.

Die gefährlichsten Feinde des Staats sind fast immer im Staate selbst: die Pleonexie der einzelnen und der Kasten.

Die französische Freiheit hatte sich männlich durch das Unglück getragen und starb am Glücke.

Wenn man sagt, eine Nation kann die Freiheit nicht vertragen, so heißt das: der weit größere Teil derselben besteht aus Schurken, Narren und Dummköpfen, oder ein einziger versteht es, sie dazu zu machen.

In der Schlacht bei Zama ging Roms Freiheit zugrunde.

Gleichrechtliche Einbürgerung ist das beste Mittel zur Vergrößerung und zugleich zur Sicherung der Staaten; ohne diese gibt Unterjochung und alberne Einbürgerung nur Krebsschaden.

Äschylus focht bei Marathon, Sophokles tanzte als Knabe in Salamis am Freiheitsfeste im Chor um die persische Beute, und Euripides wurde in Salamis am Tage der Schlacht geboren. Die Weltgeschichte hat keine Tage mehr wie diese. Die Dichter machten nicht die Zeit, sondern die Zeit machte die Dichter.

Der Peloponnesische Krieg ist ein Inbegriff der Schande des Menschengeschlechts. Es gibt wenig Geschichtsperioden, wo die Verwilderung der Natur so gräßlich gewesen wäre.

Wer in sich nicht Licht und Kraft genug hat, kommt bei dem Studium der Geschichte in Gefahr, sich unbedingt dem Unsinn zu ergeben.

Das erste Requisit des Lebens ist Gleichgiltigkeit gegen Lob und Tadel von den Heiligen und Profanen und kaltblütige Bekanntschaft mit dem Tode.

Wer den Tod fürchtet, hat das Leben verloren.

Ich pflege zu sagen: „Das Leben ist mir nicht so viel wert, um mich deswegen übel zu befinden.“

Nichts ist mir mehr zuwider, als wenn mir jemand mit einem Murrkatergesicht Geld auszahlt. Ein solcher Mann kann sicher sein, daß ich mich vor Geschäften aller Art mit ihm hüte. Muß ich durchaus mit ihm zu tun haben, so berechne ich den Kurs und gehe. Ebenso unangenehm ist die feizende Überfreundlichkeit der gesellschaftlichen Fischler, die nichts sagen können, ohne ein Festtagsgesicht anzulegen und wie ein Maikätzchen zu lächeln.

Wieland hat Aristophanes in seinem „Aristipp“ vortrefflich geschildert und dadurch zugleich hinlänglich verteidigt. Es ist gar nicht wahrscheinlich, daß der große komische Satyr der Feind des philosophischen war. Hätte Athen nur noch hundert Männer gehabt, wie sie beide waren, ich bin gewiß, die Philippiade wäre nicht eingetreten. Aristophanes muß seine Mitbürger schon sehr verachtet haben, daß er seine Komödien schrieb.

Daß ein Narr zehen andere macht, ist freilich schlimm genug; aber weit schlimmer ist es noch, daß auch ein Schurke zehen andere macht. Nur die Vernunft macht wenig Proselyten.

Wenn der Amphiktyonenrat sich zum gesetzgebenden Nationalkorps der Griechen mit vernünftiger Repräsentation hätte erheben können, so wäre es wahrscheinlich nicht dahin gekommen, daß man endlich den Mazedonier Philipp aufnehmen mußte.

Die Verkehrtheit der Machthaber allein ist schuld, daß jetzt zwei Abenteurer die Hauptleute von Europa sind (Bonaparte und Murat).

Als Bonaparte Murat aus Italien nach Paris rief, sagte ich sogleich: „Es werden große Dinge geschehen.“ Es ist geschehen, was wir gesehen. Ein Meisterstreich wäre es,

Zwist zwischen die Triumvirn Bonaparte, Murat und Massena zu bringen. Das ist aber schwer, da sie durch ihre verschiedenen Leidenschaften zusammengehalten werden.

Wenn ich die kleinen, feinen, zierlichen Menschengestalten unserer Zeit und vorzüglich meines Vaterlandes ansehe, kommt mir die ganze Erscheinung recht drollig vor. Die ganzen Geschöpfe haben nicht viel über vier Fuß und sind doch durchaus fertig, so daß nichts mehr von ihnen zu erwarten ist. Da habe ich denn in meinen Gedanken auf den Spaziergängen oft einen Traktat über die Verniedlichung des Menschengeschlechts geschrieben.

Demosthenes der Alte verheerte im Peloponnesischen Kriege bei Syrakus die Ufer des Anapus, und jetzt ist die ganze Gegend am Anapus fast lauter Wüste. Einige gute Viehweiden sind die einzige Nutzung, und nach dem Syraka herüber ist undurchdringlicher Sumpf.

In jedem guten Staate muß jeder die Freiheit haben, ein Narr zu sein; nur darf der Narr mit seiner Narrheit niemand auf den Fuß treten, weil das zu viele Störungen und Zänkereien geben würde. Wo die Narrheit an Schurkerei und Ausdruck von Malevolenz grenzt, hat der Staat das Recht, ihr Grenzen zu setzen, und eher nicht: nicht weil es Narrheit ist, sondern weil es allgemein schädlich wird.

Aus der freien Narrheit der Individuen kann für den Staat große Weisheit gedeihen.

Daß der Staat das Recht hat, närrisch zu sein, wenn er will, wird niemand leicht leugnen, und die Geschichte zeigt, daß sich die Staaten dieses Rechts sehr oft und sehr reichlich bedient haben. Nur entsteht daraus weiter nichts als das Prädikat der Narrheit, das zuweilen an Dummheit grenzt.

Überall, wo ich hinkomme, lese ich an Schildern: Privilegierte Apotheke, privilegierte Fabrik, privilegierte Buchdruckerei usw. In kurzem werden wir hören: Privilegierter Holzhacker, privilegierter Besenbinder. Der Grund wäre der nämliche.

Grundgesetze

Ulcisci lex prima, secunda est vivere rapto,
Tertia mentiri, quarta negare deos.

Galli cuiusdam anonymi in popularium suorum magnum ectomea, qui Gallos fortiter fecit capones. Halle

Das Distichon ist gut; ich möchte es wohl gemacht haben.

Man irrt sich oft jämmerlich, wenn man den Ministern in ihren öffentlichen Verhandlungen vernünftige Konsequenz unterlegt. Die Folge zeigt bald, daß es Schwachheit war, was wir für ordentlichen Plan zu halten geneigt waren. Die Schwachheit wird dann Feigheit, die Feigheit Schurkerei, die Schurkerei Elend, das Elend Verderben.

Es ist gleich schwach und gefährlich, die öffentliche Stimme zu viel und zu wenig achten.

Wenn nur jeder sicher hätte, was er verdiente, so würde alles allgemein gut genug gehen.

Die Schurken gehören an den Galgen, die Tollen nach Bedlam, die Narren läßt man laufen; und die Vernünftigen? – sind schon zufrieden, wenn man sie läßt, wie sie sind.

Das Schild der Humanität ist die beste, sicherste Decke der niederträchtigsten öffentlichen Gaunerei.

Wer einen Mann nicht oft in großen Kollisionen mit Lieblingsleidenschaften gesehen hat, muß es nicht wagen, über dessen Charakter zu urteilen. Ohne Kollision schlecht handeln, wäre offenbare Tollheit oder reine Bosheit. Die letzte ist hoffentlich nicht in der Natur.

Mit der Furcht fängt die Sklaverei an, aber auch mit Zutrauen und Sorglosigkeit.

Ein Braver heißt bei den Italienern ein Räuber; ein herrlicher Zug zu der Geschichte der Entstehung der Staaten.

Wer nichts fürchtet, kann leicht ein Bösewicht werden, aber wer zu viel fürchtet, wird sicher ein Sklave.

Innere Furchtsamkeit führt zur Sklaverei, äußere Besorgnis hält die Freiheit.

Ich höre, Caprara bewirtet in Frankreich wieder mit Gnade und Ablaß; nun, da wird's an Sklaverei, Sünde und Dummheit nicht fehlen. Glück zu zur Despotie! die Ronde geht von vorne an.

Vor meinem vierzigsten Jahre ist mir das Geschlecht im allgemeinen sehr gleichgiltig gewesen; aber einige große konvulsivische Leidenschaften droheten mein ganzes Wesen zu zerstören. Seit dem vierzigsten Jahre kommt es mir vor, als ob die Mädchen immer schöner würden, und ich muß mich vor Sottisen hüten. Doch scheint die Leidenschaft sehr wenig Gewalt mehr zu haben, und vor verliebten Geckereien sichert mich jetzt der Stolz.

Zweimal war ich nahe an dem Entschlusse, mich dem Tode zu geben, beide Male für ein Weib oder aus Wahnsinn für sie. Das erste Mal hing die Ausführung von einem kleinen bedingten Umstande ab, der nicht eintrat; das zweite Mal überwog der Gedanke an meine Mutter, also nicht ganz reine Vernunft. Hätte ich den Entschluß gefaßt gehabt, so hätte ich ihn ausgeführt; denn ich führe jeden Entschluß aus, den ich fasse, und niemand kann sagen: „Das hast du gesagt und nicht getan."

Die Schlechtheit der Menschen hat mich von dem Schritte gerettet, mich für sie zu opfern. Etwas Großes wäre es freilich nicht gewesen, da ich es fast auch für eine Leidenschaft getan hätte.

Der ehrlichste, liebenswürdigste Mensch, den ich bis jetzt in meinem Leben gekannt habe, war der französische Schneider Tombal, und diesen habe ich sehr unfreundlich behandelt. Der beste Mensch ist der einzige, der sich über mich zu beklagen bestimmte, gegründete Ursache hat.

Über einen Regenten muß man kein Urteil haben, als bis er zwanzig Jahre regiert hat.

Was als Böses erscheint, ist meistens böse; aber was als Gutes erscheint, ist nicht immer gut.

Kein Mann ist so groß als sein Name, weder im guten noch im schlimmen.

Wenn man menschlich fühlte und dachte, fand man das Wort Sklave zu hart; man sagte Leibeigener, dann Erbmann, dann Fröner, dann Bauer; von der Sache selbst suchte man immer so viel als möglich zu behalten.

Man mache mathematisch das Steuerkataster und suche es rein mathematisch zu erhalten, so haben wir Freiheit, so viel als der Mensch zu verlangen befugt ist.

Alle große Taten sind bis jetzt in der Geschichte nur blitzende Meteore gewesen, weil man sich nicht zur Idee der ursprünglichen, allgemeinen Gerechtigkeit erheben konnte.

Bonaparte hätte der Fixstern der politischen Vernunft werden können; er begnügt sich aber, ein Komet zu sein, der Zerstörung droht. Wo ist die Dynastie des Cyrus und Alexander und August? So baut auch Napoleon.

Wenn die Menschen endlich vernünftig sein werden, wird die Erde vielleicht am Marasmus senilis sterben.

Du sollst, weil ich will, ist Unsinn; fast ebenso sehr Unsinn ist die Vollmacht von Gottes Gnaden. Aber du sollst, weil *ich* soll, ist ein richtiger Schluß und die Base des Rechts.

Recht, rectum, linea recta, gleich; auch der Sprachgebrauch hält noch den ursprünglichen Begriff. Mit Aufhebung der Gleichheit ist das Recht zerstört.

Jedes Recht setzt zuletzt Gleichheit voraus, so wie jeder Krieg Recht. Das tiefste Gefühl von Recht hatten die Griechen, aber die wenigsten Begriffe. Die eigentliche schöne Periode der Griechen setze ich von der ersten Eroberung von Sardes bis auf die Schlacht bei Platäa. Vorher waren sie im besseren Sinne noch nicht, sodann waren sie nicht mehr.

Bürgerlich war in der griechischen Natur etwas Göttliches; auch die Römer hatten viel davon, und hier und da noch eine Nation. Bei uns ist es fast ganz ausgerottet, und man fürchtet sich schon vor dem Worte.

Unsere Religion tut auf Vernunft Verzicht, unsere Rechtslehre, unsere Politik; bald wird es auch unsere Philosophie.

Alles beruht auf blindem Glauben und despotischer Willkür.

Für Vernunft und Freiheit und Gerechtigkeit ist jetzt bei unsern Zeitgenossen nichts zu tun; wir brüten zu sehr in lethargischer Indolenz. Jede Kraftäußerung ist weggeworfen, und die Perlen sind noch vor die Säue geschüttet. Das einzige Ersprießliche ist Denken für die Zukunft, der es vielleicht gelingt, glücklicher von dem Todesschlaf aufzustehen.

Cato schloß bekanntlich alle seine Reden im Senat mit der Formel: „Praeterea censeo, Carthaginem esse delendam." Mit weit mehr Sinn könnte jeder gute Mann jetzt alle seine Vorträge damit endigen: „Praeterea censeo, deleantur privilegia, privilegia deleantur – radicitus."

Wo man viel spricht und schreibt, sind gewöhnlich die großen, schönen Taten zu Ende. Als Plato und Aristoteles schrieben, waren keine Miltiades und Aristides mehr. Als Cicero redete, hatte die sterbende Republik keine Scipionen, Fabier und Fabrice. Aber *wir* leben jetzt in einer Zeit, die weder Taten noch Worte hat.

Die Periode schöner Taten ist immer die Zeit der aufwallenden Vernunft und Freiheit. Das Blendende ist nur ein Abglanz des Großen und Guten. Mit dem Rest der persischen Freiheit unterjochte Cyrus Asien; Alexander tat das nämliche mit dem Rest der griechischen; und durch den Rest der gallischen ist Bonaparte Autokrator. Wer es versteht, eine Nation frei zu machen, macht sie groß und demütigt sicher ihre Feinde, die nicht frei sind.

Die Nation, welche nur durch einen einzigen Mann gerettet werden kann und soll, verdient Peitschenschläge.

Der Kardinal Fesch wird von dem Kurfürsten Erzkanzler zum Koadjutor vorgeschlagen; da gibt der Kurfürst Erzkanzler seinem Stempel die letzte Folie.

Wir Deutschen sind doch wahre Sansculotten, das heißt: wir verdienen, keine Hosen zu tragen. Auch in den altrömischen Sinne sind wir es; denn behoste Völker, gentes braccatae, hießen bei den Römern Barbaren, die noch ein Schwert für ihre Freiheit führen könnten; das sind wir nun augenscheinlich nicht.

Wo von innen Sklaverei ist, wird sie von außen bald kommen.

Vor zehn Jahren hatten die Franzosen Kriegsgeist, jetzt haben sie Soldatengeist.

Weist nur die Menschen in den Himmel, wenn ihr sie um alles Irdische königlich betrügen wollt!

Es wird selten eine Handlung begangen, die nicht irgend jemand für ein Bubenstück und zur nämlichen Zeit ein anderer nicht für eine schöne Tat hielte. Ein sicherer Beweis, daß sie schlecht war, ist, wenn der Täter den andern das Urteil darüber wehren will.

Das Zwielicht ist der Raum des Dichters und der Kunst überhaupt. Wo die Vernunft an die Sinnlichkeit und die Sinnlichkeit an die Vernunft grenzt, ist der Mensch in seinem schönsten Spiele. Vernunft ohne Sinnlichkeit scheint nicht mehr menschlich zu sein, und Sinnlichkeit ohne Vernunft ist es gewiß nicht. Stimmung für die Kunst und Genuß in derselben ist also der Stempel der Humanität. Die Sinnlichkeit mag darin herrschen, aber die Vernunft hat ihr die Herrschaft übertragen: und sie herrsche so, daß ihre Kommittentin die Vollmacht nicht zurücknimmt!

Wo die Sinnlichkeit an die Vernunft grenzt, ist sie gewiß immer schön.

Gott ist allerdings das letzte, höchste, vollkommenste Urideal; aber wir haben von ihm nicht mehr, als er uns von sich in der Sinnenwelt gegeben hat. Alles ist also einigermaßen Anthropomorphismus. Der Gott des Phidias ist göttlicher, weil er menschlicher ist. Zu dem Gotte des Plato erhebt sich kaum der Gedanke mit seiner größten Anstrengung und begreift am Ende von ihm fast nur die postulierte Notwendigkeit. Gott ist a priori das Prototyp alles Guten in der Natur, aber das Gute in der Natur ist a posteriori wieder für uns das Prototyp des Göttlichen. Jeder macht allerdings seine Welt und seinen Gott und einigermaßen sich selbst; aber wer wollte eine so scholastische Sprache unter den Menschen reden, da sie kaum von den Isolierten der Mystik verstanden wird?

Solange noch irgend jemand Einweihung und Geheimnisse hat, liegt der Menschenverstand in der Wiege und ist in Gefahr, darin erstickt zu werden.

Wer Ansprüche macht, beweist eben dadurch, daß er keine zu machen hat.

Das meiste Häßliche hatte im Sprachgebrauche ursprünglich seine Euphemismen, und eben diese Euphemismen brachten durch zu häufigen Gebrauch wieder das Unanständige hervor. C'est une belle fille, ist eine konventionelle Unhöflichkeit und ein rein ästhetisches Lob, und c'est une belle personne eine philosophische Beleidigung. Der Sprachgebrauch hat die Unphilosophie zur Schmeichelei gemacht; und ich wollte keinem Manne von feinerem Tone raten, ein ehrsames, hübsches Mädchen unter die belles filles zu setzen. *Jungfer* und *Dirne* darf bei uns niemand mehr sein; bald wird das Wort *Mädchen* ebenso zweideutig werden, und wir werden auch nur *Personen* behalten. Das Prädikat *Fräulein* haben die Privilegierten in Beschlag genommen, und eine junge Person der Ehrenkaste darf wohl eine Jungfer haben, aber keine sein, bei Verlust ihrer Ehre.

Hore, Huri, H–e scheint ursprünglich eins zu sein, *ὡραῖον,* id quod in suo genere tempestivum, venustum est. Das letzte ist bei uns so schlecht geworden, daß man es nicht gern ausspricht und ausschreibt. Mahomet setzt seine Huris noch zu ihrer und der Seligen Belohnung in sein Paradies.

Religion heißt etymologisch vernünftige Überlegung, Paradies ein Park, Glaube eine vernünftige Überzeugung, Seligkeit das Wohlbefinden, Verdammnis die Entschädigung usw. Was die heilige Mystik nicht für Popanze aus den Begriffen geschaffen hat! Soll man sich nun davon einschrekken lassen? Mihi religio est.

Die Etymologie ist eine gefährliche Feindin der Theosophen.

Zeitvertreibe sind die Erfindung der Spitzköpfe für die Plattköpfe. „Womit sollen wir uns die Zeit vertreiben?“ fragen Blax und Stax. „Wo sollen wir aber zu allem diesem Zeit hernehmen?“ fragt Sophron.

Jede Periode des Lebens hat ihre Leidenschaften. Das Alter, das man für die weiseste halten sollte, hat gewöhnlich die schmutzigsten.

Einige leben vor ihrem Tode, andere nach ihrem Tode. Die meisten Menschen leben aber weder vor noch nach demselben; sie lassen sich gemächlich in die Welt herein und aus der Welt hinaus vegetieren.

Wer in der Welt nicht 200 000 Bajonette mit den gehörigen Appertinenzen zu seinem Befehl hat, sollte sich's nicht einfallen lassen, öffentlich einen vernünftigen Gedanken zu haben. Und die Herren, die sie haben, lassen sich's beliebter Gemächlichkeit wegen selten einfallen.

Es geht mir mit meinen Versen wie Lessings Maler mit seinen Bildern. Ehe sie aus Herz und Kopf durch die Fingerspitzen aufs Papier kommen, ist das Beste verlorengegangen; und ich wundere mich oft, daß es nun so kalt da liegt, da es von innen so glühend war.

Die Schlechten sind tätig und verwegen, die Besseren – denn Gute kann man sie nicht nennen – sind träge und furchtsam. Das erklärt den meisten Unsinn, den wir in der Welt sehen.

„Dem Narren muß man aus dem Wege gehen", ist ein altes, weises Sprichwort. Da geht man denn am sichersten, wenn man jedermann aus dem Wege geht; einigen, weil man sie kennt, andern, weil man sie nicht kennt. Das Sprichwort verlangt aber nicht mit, daß man den Grund des Platzmachens merken lasse. Es ist nicht nötig und sogar unbefugt, daß ein anderer wisse, ob man die *Deferenz* der *Exzellenz* oder dem *Peter Squenz* erzeigt. Meistens gibt das mittelste dem letzten nur ein bürgerliches Recht auf das erste.

Die Despotie, die sich der öffentlichen Zensur bemächtigt hat, bringt dadurch den Charaktern ihrer Gegner gefährlichere Streiche bei als durch die Kapitalmachtschläge selbst und findet leicht Mittel, durch ihre Handlanger, die zu jeder Lüge, zu jeder Schändlichkeit fähig sind, die Seelenreinheit mit ihrem Gifte zu beschmutzen. Wem also an der Meinung der Welt, vor und nach seinem Tode, viel gelegen ist, wage es nicht, die Hyder zu berühren!

Fürchte dich, und du bist verloren! Deswegen bist du aber nicht gesichert, wenn du nichts fürchtest: nur dein Charakter ist es; doch ist dir dieser genug, so bist du es auch.

Wer außer sich notwendig noch jemandes zu seinem Wohlbefinden bedarf, ist schwerlich ganz unbefangen.

Ich habe in Rußland einen Kameraden unter den Kosakenoffizieren gehabt, der nach dem Zeugnis der Geschlechtskundigen in gerader Linie von Genghiskan abstammte; und es war mir, als ob es eine freundlichere Berührung gäbe, wenn ich von seinem Großgroßgroßvater fast so viel wußte als sein Urururenkel.

Die moralischen Wahrheiten sind das einzige, was wir mit Sicherheit in uns tragen. Denn sobald man unsere Ansicht der faktischen Dinge merkt, trägt man Sorge, daß wir ihre wahre Beschaffenheit und ihren wahren Zusammenhang nur selten erfahren.

Wer den ersten Sklaven machte, war der erste Hochverräter an der Menschheit. Die Griechen und Römer brauchten für den Unsinn doch freundliche, schmeichelnde Namen; aber wir haben die Tollheit gehabt, das Ungeheuer recht grell als einen Begriff in das öffentliche Recht zu flechten.

Ein Despot ist vielleicht besser als viele; der Haifisch reinigt die See von Hechten, diese Hechte seien nun Bonzen, Bassen, Mandarinen, Edelleute, Mönche oder Demagogen.

Seitdem wir alle Herren sind, gibt es immer weniger und weniger Männer. Wenn die Franzosen den Ursprung des Wortes Allemands bedächten, würden sie noch bitterer spotten, daß wir mit unserm Namen so sehr im Gegensatz stehen.

Dieser Böotier hat vier Wochen über Strongbeer, Pudding und Schinken gesessen und die Wollschur berechnet; nun hat er den Stockschnupfen schon vierzehn Tage und will morgen Hochzeit halten. Muß da seine Erstgeburt nicht die dickste Quintessenz der böotischen Atmosphäre werden?

Bonaparte ist die Geißel der Länder und der Fürsten, weil die Fürsten bloß das erste sind. Wäre bei uns mehr Gerechtigkeit und Freiheit, so würde er seine Wagstücke nicht wagen. Er ist ein vortrefflicher Rechner, hütet sich aber wohl, die Grundsätze seiner Politik laut werden zu lassen. Sollte sie jemand von Belang auffinden, so unterdrückt er ihn, ehe er aufkommt. Einzelne mögen darüber denken, was sie wollen, das hat für ihn nichts zu sagen. Ganze Nationen werden sich wahrscheinlich nicht ermannen, dafür sorgt der Parteigeist.

Wer Gerechtigkeit, Liberalität und Geschichte sehen will, darf nur die Zeitungen und die Verordnungen der Fürsten nehmen; da findet er von allen das Gegenteil.

Ich bin fest überzeugt, wo zehentausend rein aufgeklärte, fest ehrliche, nichts fürchtende, entschlossene Männer wären, würde die Wiege des Universalreichs der Vernunft sein. Aber wo sind zehen? Und welche Stufe zu zehentausend!

Ἦμεν δ' ἕτοιμοι καὶ μύδρους αἴρειν χεροῖν
Καὶ πῦρ διέρπειν καὶ θεοὺς ὁρκωμοτεῖν,
Τὸ μήτε δρᾶσαι μήτε τῳ ξυνειδέναι
Τὸ πρᾶγμα βουλεύσαντι μηδ' εἰργασμένῳ,

sagt der Bote dem Kreon beim Sophokles, „Antigone“, zur

Beteuerung, daß die Wache im ganzen nicht wisse, wer die Erde über den Leichnam des Polynices geworfen. Dieses ist für mich die älteste Stelle der Feuerprobe. Ich weiß nicht, ob man eine ältere hat.

Wenn wir in unsern öffentlichen Verhältnissen sagen, man müsse das Beste wählen, so heißt das bloß: man muß tun, was weniger schlecht ist; denn das Gute wird man uns schon zu verwehren wissen.

Vom Sophokles zum Euripides geht man wie vom Thucydides zum Xenophon. Man findet bei dem letztern alles viel feiner und zierlicher, aber auch alles viel leichter. Euripides scheint seinen Sentenzen und Xenophon seiner attischen Grazie mehr zu opfern, als ihrer Muse gut ist. Sophokles trägt aus der Seele heraus; Euripides trägt oft nur in die Seele hinein, was nicht hinein gehört.

Nur ein Ignorant hält sogleich seine Gedanken für Entdeckungen. Unterdessen können sie es doch für ihn sein, und er entdeckt vielleicht besser als sein Vorgänger. Ein Ignorant ist kein Dummkopf, aber ein Dummkopf bleibt immer ein Ignorant, und wenn er ein noch so großer Polyhistor wäre. Die Literärgeschichte könnte dazu viel Belege liefern.

Ein gewöhnlich großer Mann hat sein Vergnügen, alle rund um sich her mit der Allmacht seiner Kraft niederzudrücken und eine Welt vor sich auf den Knien zu sehen; ein rein großer Geist sucht so viel als möglich mit sich auf gleichen Fuß zu setzen, und fühlt sich dann in seiner größten Würde, wenn alle in dem Gefühl der ihrigen neben ihm stehen. Wer einen Baum aufrichtet und hält, ist ausgemacht stärker, als wer ihn niederschlägt. Wer nur auf Kosten der Vernunft und des Menschenwerts herrschen kann, hat das System der Ohnmacht ergriffen. Wo sich die Kleinen vor den Großen bücken, sind gewiß die Großen vor den Kleinen nie gehörig sicher. Der Mensch gibt seine Würde auf, aber er wird nie der Freund dessen, der sie ihm abnimmt.

Τὸ ἶσον μόνον τὸ δίκαιον, und wieder tausendmal *τὸ ἶσον μόνον τὸ δίκαιον,* und wenn Millionen Köpfe abgeschlagen würden, *τὸ ἶσον μόνον τὸ δίκαιον!* Im Gegenteil ist jedes Kopfabschlagen ein neuer Beweis des Satzes. Und hätte Euripides nichts weiter als diese drei Worte gesagt, er verdiente eine Ewigkeit!

Der Merops, Herr dieser Erde, hat drei große Charakter: er ist Mensch, er ist Hausvater, er ist Staatsbürger. Wo eins das andere stört, sind alle drei verkehrt genommen. Der Mensch, der nicht Bürger und Hausvater sein kann, ist das jämmerlichste Produkt der Asketik despotischer und mönchischer Unvernunft. Der Hausvater, der nicht Bürger und Mensch ist, bleibt ewig eine nichtswürdige Verkrüppelung des kleinlichen Eigennutzes; und ein Bürger, der nicht Mensch und Hausvater ist, ist ein kalter Rechenpfennig in dem großen Spiele des herrschenden Schicksals. Es ist unmöglich, einen Charakter wegzunehmen, ohne die andern zu zerstören. Die feinste Gaunerei ist also der erzwungene Zölibat, um eine große, Einfluß habende Klasse von dem schöneren Interesse der Menschlichkeit loszuketten. Von der Ehelosigkeit zur Ehrlosigkeit ist moralischen Schwächlingen nur ein kleiner Schritt. Der Korse hat das sehr wohl und klug berechnet, auf Weisheit hat er selbst freiwillig Verzicht getan.

Wenn ich spazierengehe, stößt mir alle fünf Minuten ein Gesicht auf, das ein Patent für ein Privilegium aushängt; und jedesmal verliere ich dabei etwas Mut für die Menschheit.

Ob die Weiber so viel Vernunft haben als die Männer, mag ich nicht entscheiden; aber sie haben ganz gewiß nicht so viel Unvernunft.

Wenn die Staaten ursprünglich mit mehr Vernunft und Gerechtigkeit eingerichtet würden, würden wenig gewaltsame Empörungen zu fürchten sein.

Die Etymologie ist das beste Studium, die Schreckgespenster der heiligen und profanen Gaunerei loszuwerden.

Die Kunst lebt im Zwielicht der Vernunft und ist immer eine Jugendtochter des Geistes. Solange der Geist in der Kunst lebt, ist er jung.

Vor einigen Tagen schrieb Tilesius, wie er und seine Russen in Japan waren aufgenommen worden. Der große Kubo hatte es sehr vermessen gefunden, daß der Kaiser von Rußland es gewagt, ihm, dem großen, unvergleichlichen Beherrscher der Erde, zu schreiben; und er nahm die Geschenke nicht an, die ihm der Petersburger schickte, sondern drang seinen Gesandten vielmehr die seinigen auf. Die Russen hatten vor dem japanischen Fürsten, dem Abgeordneten des großen Kubo, nicht lange genug auf dem platten Antlitz der Erde gelegen, und ein japanischer Offizier, der den Zeremonienmeister machte, drückte nachdrücklich höflich sie zum Nachschuß wieder auf den Boden, ehe sie Erlaubnis erhielten, ihre Augen zu erheben. Großer Kubo, in Europa hast du jetzt nur *einen* Kollegen, aber jeder deutsche Edelmann lebt in dem Abglanze deiner Machtvollkommenheit als kleiner Kubo, mit der unbestimmten Hoffnung, vielleicht auch einmal ein großer zu werden.

Ὅστις γὰρ ἐπὶ τὸ πλέον ἔχειν πέφυκ' ἀνήρ,
Οὐδὲν φρονεῖ δίκαιον οὐδὲ βούλεται,
Φίλοις τ' ἄμικτός ἐστι καὶ πάσῃ πόλει.

Da haben wir die Privilegien. Bei genauer philosophischer Untersuchung wird sich die strengste Wahrheit des Satzes finden, so ketzerisch er auch unsern schlechten Eupatriden klingen mag.

Die Tyrannei hält immer gleichen Schritt mit der Niederträchtigkeit und das Privilegium mit der Dummheit. Es wird der Welt nie an Tyrannen fehlen, da sie voll Weggeworfenheit und Sklavengeist ist.

Die ganze griechische Geschichte hat wenig Republikaner, die römische keinen einzigen, es müßten denn die Gracchen sein. Die Französische Revolution hat den Vorteil, die ersten Republikaner gestellt zu haben. Ihre Pflanzung wird wachsen, wenn sie auch jetzt vom Unkraut erstickt wird.

Mich schlägt bei meinem Blicke in die Welt nichts mehr nieder, als daß ich so viel Gesichter sehe, die ihre Ansprüche auf irgendein Privilegium auf die Nase gepflanzt haben.

Die besten Apostel der Despotie und Sklaverei sind die Mystiker, meistens gescheiterte, grobe Sinnlinge. Über dem Göttlichdummen in sich löschen sie viel Schönmenschliches aus, welches allein unser Anteil der Göttlichkeit in der Welt ist.

Laßt euch nur einmal eine Offenbarung aufbürden, und man wird euch bald so viel Unsinn offenbaren, daß ihr vor Angst in der Nacht den Großen Bär und am Tage die Sonne nicht finden könnt.

Solange kein Privilegium ist, findet kein Despotismus statt: mit dem ersten Privilegium hält er seinen Einzug.

Wenn nur erst der zehnte Teil der Menschen leidlich gescheit wäre, so hätte die Vernunft Hoffnung zur Herrschaft.

Wenn man sich über die schurkische Narrheit oder die närrische Schurkerei der Zeitgenossen ärgert, darf man nur in die Geschichte blicken, um sich zu beruhigen und leidlich zu trösten.

Aus dem heiligen Dunkel der religiösen und despotischen Mystik sieht man ebensowenig richtig in die Welt heraus, als man aus der Welt mit offener Geradheit in das Heiligtum hineinsieht.

Borgia, nicht Cäsar Borgia, sondern der gute Alte unserer Zeit, mußte als Siebzigjähriger wider seinen Willen mit zur Fronfarce nach Paris ziehen. Ihm ward wohl; er kam nicht hin. Der Papst in Notredame zu Paris! Da hat eine Unvernunft sich an der andern gerächt.

Wenn man so echt deutsch apathisch faul ist, darf man nur hinaus in die freie Luft unter die Menschen gehen, und wenn man dann durch den Ärger nicht etwas wieder zum Leben geweckt wird, so ist man ohne Rettung zum moralischen Tode verdammt.

Als ich hinter jedem preußischen Bataillon fünf oder sechs Hühnerwagen herziehen und den unbärtigen Fähnrich einen Graubart mit Stockprügeln behandeln sahe, ward mir für das deutsche Wesen nicht wohl zumute.

Von dem Tage der Schlacht bei Jena habe ich mir so ziemlich fest vorgenommen, nicht mehr Deutsch zu schreiben; das heißt, nichts mehr in dieser Sprache der Faulheit und Dummheit und Despotie und Sklaverei drucken zu lassen. Die Sachen müßten sich sonderbar ändern, wenn ich meinen Vorsatz ändern sollte.

Die Franzosen haben bei Jena konzentrisch gehandelt und die Preußen exzentrisch; das ist das ganze Geheimnis.

Um unter der preußischen Armee einen Ehrenposten zu haben, mußte man Edelmann sein. Es ist echt adelig gegangen.

Wenn unser Adel nur seine Steuerfreiheit, seine Frone und seinen Dienstzwang rettet, ist er jedermanns Sklave, der ihm seinen Unsinn behaupten hilft.

Bonaparte wird sich nun mit den deutschen Fürsten und dem deutschen Adel zusammen amalgamieren: das wird eine herrliche Art neuer Unvernunft werden, die man wieder Gerechtigkeit und gute Ordnung nennt. Tröstlich ist es noch, daß es schwerlich schlimmer werden kann.

Wo wäre denn Vernunft und Recht?
Ich sehe nichts als Büttel und als Knecht.
Man stürmt und braust und peitscht nach
Noten
Den Sklaven hier, dort den Heloten.
Das alt-meropische Geschlecht
Hat jederzeit, wo ihm Gefahren drohten,
Sich in die Wette feilgeboten.
Kaum ruft es: „Dieser ist Tyrann!"
So straft's mit Wut und eilt und wählet dann
Den zehnfach schlimmeren Despoten.

Bei Ulm und Austerlitz und Jena hat sich unser Stocksystem in seinem ganzen Glanze gezeigt.

Wenn Östreich jetzt nichts tut, so wird es das kommende Jahr wahrscheinlich leiden. Vestigia terreant!

Ich nehme jetzt konsequent alle als natürliche Verbündete gegen Frankreich. Wenn sie siegen, so haben sie eben keine große Ehre, aber große Schande, wenn sie nicht siegen.

Wenn Bonaparte unbezweifelter Herr von ganz Europa wird, ist er als Krieger nicht so groß als Friedrich der Zweite und kann es nie werden.

Leider scheint jetzt für Deutschland die einzige Hoffnung in der Zerstörung zu sein. Unsere Leiden kommen nicht von außen, sondern von innen.

Ἡ μὲν ἰσότης ἐν ἅπαντι καὶ τὸ μηδὲν πλέον δικαιοσύνης ἔργα, τὸ δὲ ἄνισον καὶ πλεονεκτικὸν ἀδικίας.

Lucian

Wer die Privilegien tötete, wäre der Weltheiland.

Man vernichtete die Griechen durch Griechen. Nun zerstört man die Deutschen durch Deutsche. Es finden sich Niederträchtige genug, vorzüglich unter den Fürsten und sogenannten Edeln. Doch vielleicht ist nur in der Zerstörung Hoffnung.

Ich sehe die schöne Palingenesie meiner Nation, wenn nur erst ihre Harpyen tot sind.

Jetzt führen die Franzosen eine schlechte Sache gut und die Deutschen eine gute Sache schlecht.

Attila mit seinen Hunnen ist schwerlich schrecklicher gewesen als Bonapartes Braven, und alle Greuel Tillys hört man wieder hier und da auf dem platten Lande: Raub und Mord und Frauenschändung. Der Despotismus ist ein gräßliches Ungeheuer, und sein Gefolge ist scheußlich. Nur die blinde Volkswutdespotie brütender Rädler ist vielleicht noch ungeheuerer.

Die Hälfte der Armee und überhaupt die Hälfte der Menschen ist immer leidlich, ehrlich und gut; aber die Bosheit ist meistens energischer im ganzen als im einzelnen.

Der Staat sollte die Wohlhabenheit aller zu befördern suchen, befördert aber nur den Reichtum der einzelnen.

Ehrhardt und Mahlmann sollen, wie ich höre, sehr französieren und bonapartisieren. Das ist aus ihrem Wesen begreiflich, und unsere deutschen Landsleute helfen ihnen durch ihre Weggeworfenheit treulich.

Wir sind jetzt wirklich auf dem Punkte, wo wir wie Cicero nicht wissen, ob wir unsern Freunden oder unsern Feinden Sieg wünschen sollen. Hier sind Ruten, und dort sind Skorpionen.

Τὸ ἶσον πόλεμον οὐ ποιεῖ, sagte Plutarchs Solon; und man könnte hinzusetzen: *τὸ ἶσον μόνον.* Wo man der Pleonexie oder den Privilegien, meistens in den Händen der Eupatriden, nachzusehen anfängt, sinkt der Staat von Krankheit zu Krankheit, und es bedarf nur eines energischen Stoßes von innen oder von außen zu seiner Zertrümmerung.

Ein Staat von reiner Isonomie, Isotimie und Isogonie mit einiger Energie von zwanzig Millionen Bürgern würde einer Tyrannenwelt rund umher Trotz bieten.

Es ist zu hoffen, daß die jetzige große Gärung den Abschaum auswirft und abwirft und die Selbständigen zutage fördert.

Macon kam nach der Schlacht bei Jena oder vor derselben nach Gera ins Quartier. Das Haus, in welches er einzog, war von den Helden der großen Nation rein ausgeplündert worden. Der Wirt hatte für sich und seine Familie nur noch ein Stückchen Brot, von welchem er dem General eine Suppe kochen wollte. Der General sah die Gesichter der Familie und ging traurig, hungrig zu Bette und ritt den andern Morgen früh nüchtern weg. Voilà un ennemi respectable!

Tout autour de Weimar jusqu'à Leipsic et plus loin le pays fut pillé, saccagé, ruiné, abimé; on cassa, tua, viola, égorgea sans honte et sans la moindre étincelle d'honneur. C'étoient des braves bien méprisables, mais des hommes, des héros comme il faut pour le but. Parmi les tigres et les hyènes il se trouve quelquefois un lion généreux.

Die besten Menschen finden sich oft, wo die schlechtesten sind: der Satz des moralischen Widerspruchs weckt und hebt sie. Um dieses zu sehen, darf man nur in den Krieg schauen. Die Sache der Franzosen ist jetzt gewiß schlecht, aber viele der einzelnen sind in jeder Rücksicht sehr liebenswürdig.

Wo man anfängt, den Krieger von dem Bürger zu trennen, ist die Sache der Freiheit und Gerechtigkeit schon halb verloren.

Es sind jetzt in Europa nur zwei Männer, Bonaparte und Alexander von Rußland, und nur eine Nation, die Engländer. Eine Nation nenne ich eine große Volksmasse, die durch ihre freien Abgeordneten gesetzlichen Anteil an ihren öffentlichen Verhandlungen hat. Die Franzosen fingen an und haben aufgehört, eine Nation zu sein; Bonaparte schlägt nur mit seinem Geiste und den Manen der seligen französischen Nation.

Wer die Deutschen zur Nation machen könnte, machte sich zum Diktator von Europa.

Meine Zeit fiel in die Schande meines Volks. Alles, was ich Empörendes und Erniedrigendes sehe, halte ich für die Folge der Privilegien.

Gewisse sogenannte Verbrechen sind das Heiligste, was die Natur des Menschen aufzuweisen hat, z. B. Ketzerei,

Empörung, Selbstmord. Was die Vernunft und das Göttliche in uns als groß bezeichnet, hat der Despotismus und die Dummheit zu Schande und Tod verurteilt. Die Menschheit hat sich das wenige Licht, dessen sie genießt, durch Unglauben und Forschergeist errungen. Die Gerechtigkeit wird nur durch kühnen Widerstand gegen die Selbstsüchtler festgesetzt. Wo ich in der Würde meiner Natur, ohne Beeinträchtigung des Heiligsten nicht mehr leben darf, verlasse ich das Gewühl der Verworfenheit, der Sklaverei und Tyrannei.

Wenn nur die deutschen Privilegien zerstört sind, wird schon Deutschland wieder erstehen. Nur in der Zerstörung keimt unsere Palingenesie.

Der Ruhm ist gewöhnlich das Grab der Ehre und die Ehre selten der Weg zum Ruhm. Aber wer den Ruhm und die Macht in Beschlag nimmt, stempelt die Ehre nach Gutdünken und macht Goldmünze aus Glockenspeise.

Die Wörter *Herr* und *herrschen* geben keinen vernünftigen Begriff unter vernünftigen Wesen. Man ist nur Herr und herrscht über Sachen und nie über Personen. Nur wer nicht gesetzlich gerecht regieren kann, maßt sich der Herrschaft an und begeht den Hochverrat an der Vernunft.

Bis jetzt ist zur Erziehung des Menschengeschlechts nichts getan. Die Franzosen fingen an, hörten aber sogleich auf.

Wenn wir unser öffentliches Recht aus den Griechen und Römern schöpfen wollen, sind wir zur ewigen Barbarei verdammt.

Aus Mangel an Ehre haben sich die Franzosen in Ruhm bis zum Taumel berauscht. Ehre entsteht aus philosophischer Würdigung reines Verdiensts; Ruhm ist der Widerhall der Stimme der Menge. Ehre hatte Aristides und vielleicht Miltiades; Ruhm haben Cäsar und Napoleon. Wo nicht Vernunft, Gerechtigkeit und Freiheit ist, kann zwar großer Ruhm sein, aber von Ehre ist nicht die Rede.

Ein Privilegiat kann sich keine Ehre erwerben, denn jedes Privilegium ist Ungerechtigkeit und hebt die Ehre auf.

Wenn Äschines der bessere Mann gewesen wäre, wäre er wahrscheinlich der größere Redner gewesen. An Heftigkeit und Schadensucht sind sie einander gleich. Philipp hat für Demosthenes entschieden, und die Nachwelt stimmt ihm bei.

Nie ist die Strafe so bald auf die Sünde gefolgt als jetzt bei den Hessen. Es gehört Blindheit dazu, nicht zu sehen, was geschehen würde. Eine Schnecke hätte es mit dem halbtoten Fühlhorne vorher lernen können.

Wir Deutschen sind vorzugsweise das Volk der Privilegien, ein Dokument unserer Unweisheit! Darum ist es denn auch gegangen – wie wir gesehen haben und sehen.

Solange wir die Privilegien nicht vernichten, können wir die Franzosen vielleicht schlagen, werden sie aber nie besiegen.

Bonaparte wird sich wohl hüten, uns unsere Privilegien zu nehmen, sie machen unsere Schwäche. Er setzt seine Satelliten unter unsere Privilegierten, um die Ohnmacht zu erhalten. Unsere Fürsten und Edelleute sind seine treuesten Untertänlinge. Unsere Privilegien antasten, hieße uns vernünftig machen, uns auf Hirn und Knochen setzen; eine sehr gefährliche Sache.

Wenn sich die jetzige Krise mit Zerstörung löst, ist für die Nation Hoffnung. Aber die Franzosen sind zu feine Kauze, das Volk zum Gefühl seiner Kraft zu bringen. Die Vizekönige mit ihren Satelliten, den Privilegierten, werden uns wohl in unserer Ohnmacht zu erhalten wissen.

Dem Beobachter ist das kommende Jahr immer der Kommentar des vergangenen. Wer etwas heller sieht, hat ihn oft nicht nötig.

Alles kehrt jetzt den Rock, und täglich hat eine deutsche Nase mehr eine französische Kokarde aufgepflanzt. Es ist das bloße Bedürfnis, etwas zu sein. Erhardt spricht und schreibt französisch, und Mahlmann und der europäische Aufseher will, höre ich, auch anfangen.

Wir haben Frieden, und unser Fürst wird König bespöttelt und muß tun, was ihm die Fremdlinge vorschreiben. Unsere Kirchen sind der Fremden Strohmagazine und H–enhäuser, und kein Bürger darf eine Kanne Erbsen durch das Tor tragen, ohne von einem Handlanger der fremden Spießgesellen sich den Sack durchsuchen zu lassen.

Wenn ich die ausgezeichnet schlechten bürgerlichen öffentlichen Einrichtungen sehe, muß ich mich wundern, daß die Menschen nicht noch weggeworfener und ehrloser sind.

Das beständige Leben im Zimmer wird bald zur kränkelnden Vegetation. Wer Kraft und Mut und Licht mehren will, gehe hinaus in die Elemente.

In Dresden soll jemand illuminiert haben:

„Vivat Friedrich August Rex;
Wer noch Geld hat, der versteck's!"

Recht gut! Se non è vero, al men – – Wenn nur nicht der König den Fürsten aufzehrt.

Ich will auch illuminieren. Ich habe drei Fenster:

1.	2.	3.
Libertas. Sana ratio. Justitia omnibus aequa. Patria.	Rex, Basileus, Consul, Quodcunque vis Excepto tyranno.	Patria. Sana ratio. Justitia omnibus aequa. Libertas.

Wenn's nur nicht schlimmer wird etc. etc.

Solange ich noch so viele Menschen ein Privilegium auf der Nase tragen sehe, ist zu einer vernünftigen Regierung keine Hoffnung.

Unser Statistiker Leonhardi ist, wie ich höre, ein Verfechter der Leibeigenschaft. Er verdient also, Leibeigener der Unvernunft zu sein. Quod tibi non vis – –.

Es ist kein Gedanke bei der Vernunft unverantwortlicher als die Unverantwortlichkeit; dieses ist das gräßlichste aller Privilegien und führt geradezu zur Unvernunft und Sklaverei.

Die athenischen Gesetze forderten billig sogar Rechenschaft, si quis de suo aliquid in bonum publicum contulerit. *'Ανεύθυνον καὶ ἀζήτητον καὶ ἀνεξέταστον οὐδέν ἐστιν τῶν ἐν τῇ πόλει.*

Was von der Nation für die Nation zu hoffen wäre, zerstören gewiß die Fürsten und Edelleute, um ihre unsinnigen Privilegien zu retten. Bonapartes beste Trabanten sind von nun an die deutschen Fürsten und Edelleute.

Haltet nur ein Privilegium hin, wenn ihr sehen wollt, ob jemand rein vernünftig ist. Wenn er zugreift, hat sich die Unvernunft ausgesprochen.

Ich kann mir nicht helfen, es ist meine tiefste Überzeugung: der allgemeine Charakter der Deutschen seit langer Zeit ist Dummheit und Niederträchtigkeit. Das ist die Schöpfung unserer Fürsten und Edelleute, der Ertrag des Privilegienwesens.

„Was ist der Mann?“ fragen andere. „Wer ist sein Herr Vater?“ fragt der Deutsche.

„Er hat große Dinge im Kopfe“, so sagt man jetzt, um jemand lächerlich zu machen. Man kann ein kleines, sklavisches, weggeworfenes Geschlecht nicht besser bezeichnen.

Wir sind jetzt die Nation der Titel, des Adels, des Dienstzwangs, der Fröne, des Unsinns, der Dummheit, kurz, die privilegierte Nation oder die Nation der Privilegien.

Οἱ ἄϱιστοι· κάκιστοι ῾ηϱώων τέκνα πήματα, ἀτέλειαι καὶ πϱοτεϱήματα τῶν πόλεων καϱκινώματα.

Es ist Schande für die Deutschen, daß ein Fremder sie beeinträchtigen kann, und es ist noch größere Schande für sie, daß ein Fremder ihr Retter sein soll.

Unsere Fürsten und Edelleute sind die Untertänigstgehorsamsten des fremden Despoten, um ihre ärmliche schändliche Existenz mit dem Unsinn der Privilegien zu retten: so ist das Schicksal des Volks erklärt.

Das goldene Jahrhundert, das silberne, das eherne, das eiserne, das bleierne, das papierne, das dreckige: in dem letzten sind wir jetzt. Wenn wir uns doch wenigstens wieder bis zum eisernen erhöben!

Die Edelleute liefern nichts, wie ich höre, sondern verkaufen ihre Produkte denen, welche liefern müssen: ein herrlicher königlicher Unsinn! Sie sind die Filzläuse des Staats.

Erhardt singt und pfeift und quiekt Lobgesänge in die Wette, heute Alexandern, morgen Bonaparten. Er ist ein wahrer Deutscher des jetzigen Augenblicks.

Alles, was man in dieser Zeit für seinen Charakter tun kann, ist, zu dokumentieren, daß man nicht zur Zeit gehört.

Wenn meine Mutter nicht wäre, lebte ich wahrscheinlich nicht mehr; denn es gehört eine große Pflicht dazu, um diese allgemeine Weggeworfenheit zu dulden.

Ein Buchhändler wollte mir vor einiger Zeit tausend Taler geben, ich sollte ihm psychologisch meine Lebensbildung schreiben. Das Buch hätte einige alte Wahrheiten enthalten, die man vergessen hat, und vielleicht einige neue, die man nicht will. Ich fand es also meinem Charakter gemäßer, die tausend Taler nicht zu nehmen. Wenn ich 88 Jahre alt sein werde, will ich's für die Hälfte etwas besser machen. Sterbe ich unterdessen, so hat die Welt wenig verloren und ich noch weniger.

Wer nur das Mittel ausfindig machen könnte, die Schurken auf Pränumeration zu henken, würde der erste Heiland der Welt werden.

Ich höre, Bonaparte will den Tempel zu Jerusalem wieder aufbauen, um das dritte Hauptschnippchen zu schlagen. Das erste, *im Namen des einzigen Gottes, der keinen Sohn hat,* in Ägypten; das zweite, *die heilige Osterfarce in Paris;* das dritte, *der Tempel zu Jerusalem.*

Octavian verzieh demjenigen, der den Dolch gegen ihn geschliffen hatte; Bonaparte ließ den niederschießen, der einige Satiren gegen ihn in Zirkulation gesetzt hatte; Octavian in seiner eigenen despotisch wohlerworbenen Gerichtsbarkeit, Bonaparte in einem fremden, freundlich gesinnten Lande. Voilà la différence! Und Octavian war eben nicht der beste.

Bonaparte wird gerechtfertigt durch die übrigen, wenn man nur erst den Gedanken von Vernunft, Freiheit und Gerechtigkeit gehörig kassiert hat!

Die Hessen wollen, wie ich höre, nicht recht folgen, weil sie die Göttlichkeit und Wohltätigkeit der Sendung und des Wegtreibens nicht mehr so recht begreifen. Da schickt man die Hessen hin und läßt die Hessen totschießen, nimmt etwas Bayern, Badener, Württemberger und Sachsen mit, und die Östreicher sehen zu und lassen's halter gehen, wie's geht. Die Westfalen liefern den Franzmännern ihre Schinken, und das Restchen Brandenburger ersäuft in der Weichsel. Eia! über unsere Weisheit! Wir behalten ja unsere Privilegia!

Wer die Privilegia erfunden hat, soll zehntausend Jahre nach dem Aussterben der Hölle von dem letzten raffiniertesten Teufel privilegiert in den Stock gesetzt und mit sublimiertem Höllenstein vom Tode zum Leben und vom Leben zum Tode gebeizt werden.

Die Frau hatte einen schweren Korb dürres Holz, sah sehr kotig aus und gab zähneknirschend einen Ton von sich, der eine Mischung von Weinen, Beten und Fluchen war. „Was fehlt Euch, Mutter?“ fragte ich. „Ach, der unbarmherzige Zeterhalunke hat mich mit dem Pferde in den Graben geworfen. Er ritt auf dem Fußsteige, und ich wich ihm links aus, so weit ich konnte. Er rührte sich keine Spanne, und das Pferd stieß mich hinunter, und er ritt fort, ohne sich umzusehen. Sein Pferd ist menschlicher als er.

Hätte ich ihn nur mit dem großen Stocke auf den Kopf geschlagen!" – „Das wäre freilich nicht übel gewesen, wenn Ihr nur den Hirnschädel tüchtig getroffen hättet." – Dergleichen Dinge geschehen alle Tage zu Dutzenden; weder Gerechtigkeit noch Polizei nimmt Notiz davon. Die Gerechtigkeit hat mehr zu tun, sie muß ihre Schokolade trinken, und die Polizei muß ihren Torgroschen gehörig einnehmen und das Chausseegeld heben. Keiner der Ordnungsherren kommt heraus, oder kommt er heraus, so reitet er mit einer Hyperbel von Impertinenz selbst auf dem Fußsteige und stößt mit dem Gaule den armen Wanderer in den Graben. Kommt's einmal zur Sprache, so heißt's ganz sanft und glimpflich: „Aber, gnädiger Herr, Sie sollten doch etwas vorsichtiger sein!"

Nun reite nur, verdammte Gnade,
Und stoß und wirf herab vom Pfade!
Daß dich mit stinkendem Geleite
Einst Moloch in die Hölle reite,
Wenn dich entmenschten feilen Büttel
Ein Bettlertrupp erst mit dem Knüttel
Schwer abgebläut und dann im Graben
Im tiefsten Kot erdrosselt haben!

Wer bei gewissen Anblicken nicht die Vernunft verliert, muß wenig zu verlieren haben.

Die Quintessenz der Impertinenz sind die deutschen Kaufmannsjungen, die mit etwas Pepliers französische Kommissäre geworden sind. Sie machen außerdem die Verbindung der Schlechtheit beider Nationen, bleiben aber auch der Auswurf beider.

Beleidigungen, welche *mir* widerfahren, vergebe und vergesse ich immer eher als Beleidigungen, welche *andern* und besonders solchen geschehen, die leiden müssen. Eben deswegen glaube ich, daß mein Charakter einigen moralischen Wert habe.

Unsere Gazettiers und Pamphletiers sind alle Ächsler und Windfähnler. Mahlmann läßt den 1. Januar 1807 bei der Illumination in Leipzig durch alle Straßen „Es lebe der König“ rufen. Ich bin von dreiviertel auf sieben bis acht Uhr in der Stadt herumgewandelt und habe es, bei meiner Wahrhaftigkeit, kein einziges Mal gehört. Daran ist gewiß nicht der Mangel an Liebe und Verehrung gegen den guten Mann, der jetzt unser König ist, schuld. Aber die Umstände der Zeit und alle Umgebungen wirkten wie Dämpfer, und alle guten Wünsche für ihn und uns alle reduzierten sich auf die alte Formel: „Wenn's nur nicht schlimmer wird!“ Es ist aber zu fürchten, seine schöne Zeit hat der Mann als Kurfürst und das Land unter ihm gelebt.

Ἀπόλωλε τὰ κοινά, τὸ ἶσον, τὸ δίκαιον, ἡ ἐλευθερία, ἡ εὐδαιμονία· πανταχοῖ κρατοῦσιν οἱ πλεονεκτοῦντες, πάντα μεστὰ δορυφορούντων τοῖς τυράννοις, πάντα φόβος καὶ βία καὶ δειλία καὶ ἀγνωμοσύνη.

Wenn man die Menschen um das Erdenleben betrügen will, assigniert man sie gewöhnlich an den Himmel und benebelt sie mit der Dummheit des Afterglaubens, wenn man ihre Vernunft mißhandelt.

Wenn ich die Lage und Kräfte der Feinde Bonapartes berechne, so finde ich, sie haben doch keinen sonderlich großen Ruhm, wenn sie endlich siegen, aber sehr große Schande, wenn sie besiegt werden. Von Ehre ist nicht die Rede, diese ist nur, wo Vernunft, Freiheit und Gerechtigkeit sind, und diese sind jetzt nirgends.

Man tut alles Mögliche, um Klugheit mit Weisheit, Selbstsucht mit Tugend, Satzung mit Gerechtigkeit, Ruhm mit Ehre zu vermengen, weil die eine Hälfte fühlt, es wäre besser, wenn mehr von den letzteren wäre, und die andere Hälfte eben aus grober Selbstsucht gern Glaukomen macht.

Bonaparte unterdrückt, wie ich höre, den Tacitus, natürlich wohl auch den Sueton: von ihm haben wir also den Livius nicht zu erwarten, wenn er auch gefunden würde. Ich finde das sehr begreiflich, ebenso wie Palms Prozeß oder vielmehr Unprozeß.

Der jetzige Zustand Deutschlands ist das Produkt der Privilegien, des Kastenwesens und des Stocksystems, das Werk unserer Fürsten und Edelleute. Die Ursachen werden nicht gehoben, also werden die Wirkungen bleiben.

„Dem Gott Europens Zepter gab“ etc. höfelte Mahlmann dem großen Korsen den 1. Januar 1807 zum Königsfeste. Warum nicht lieber gleich: „Dem Gott der Erde Zepter gab“? Nach Mahlmanns Lehre sind also der Kaiser Alexander, der König von Preußen und alle übrigen Verwegenen, die etwas gegen seinen Götzen vornehmen, Empörer, die von Gott selbst gezüchtigt werden müssen.

Ist er nicht der verächtlichste der Schmeichler,
So ist er der verworfenste der Heuchler.

Τοῦτο τῆς ταπεινότητος καὶ τῆς κολακίας τὸ αἶσχος ἔσχατον καὶ καταπτυστότατον.
Er sollte billig Bonapartes Oberkammerherr werden!

Wenn Bonaparte die Stimme der Vernunft und Freiheit und Gerechtigkeit gehört hätte, er wäre die Sonne der Humanität. Er hat in sich selbst das schönste, reinste, höchste Ideal verdorben, das das Schicksal zum Heil der Menschheit aufstellen zu wollen schien.

Die Franzosen schanzen, um den Satelliten ihres Kaisers große Etablissements zu verschaffen: sehr billig, denn jeder hat Hoffnung, darunterzukommen.

Wenn man sich einmal über Vernunft, echte Freiheit und Liberalität weggesetzt hat, kann man mit Klugheit und Kühnheit einen weiten Weg machen.

Wenn ich die Gesichter und vorzüglich die Nasen der Herumwandelnden besehe, so steht fast auf allen: „Ich habe ein Privilegium!“ und alles ist Pleonexie. Sollte mein Ärger darüber auch Pleonexie sein, so wollte ich doch für meinen letzten Groschen Rattenpulver kaufen, um es eiligst zu verschlucken.

Τῶν κολάκων τὰ ὑποκορίσματα τῶν τε πανούργων καὶ εὐπατρίδων τὰ πλεονεκτήματα παντελῶς τὰ κοινὰ κακῶς διέφθαρκε.

Privilegien und Immunitäten sind der Tod der öffentlichen Vernunft: wo Freiheiten sind, ist keine Freiheit, und wo Gerechtigkeiten sind, ist keine Gerechtigkeit.

Die Pleonexie der einzelnen ist das Palladium der Tyrannen.

Die Franzosen sind von jeher die witzigste und lebendigste und geistreichste Nation gewesen; durch Verstand und Vernunft waren sie nie berühmt. In der Revolution schien die Vernunft emportauchen zu wollen, aber es blieb beim Witz. Ihr ganzer Gewinn aus der kaustischen Umgestaltung ist Regung und Richtung der physischen Kraft. Capraras Katechismus zum Gegensatz der Vernunft und ein neuer blinder Despotismus, eiserner als jeder alte. Möchte wohl irgendeine Nation die momentane Energie als einzige Ausbeute der blutigen Experimente kaufen? Doch haben sie immer noch das Gute, daß im allgemeinen bei den übrigen fast alles noch unvernünftiger ist.

„Iß deinen Pudding, Sklav, und halt das Maul!" war die Ordonnanz der alten Tyrannei. Die neue rückt etwas weiter und sagt: „Gib deinen Pudding, Sklav, und halt – –"

Solon hatte bekanntlich seinen Atheniensern ein Gesetz gegeben, daß bei Bürgerzwisten jeder Bürger eine Partei ergreifen mußte: das liegt in der Menschennatur, und dadurch wird Vernunft und Freiheitssinn lebendig erhalten. Bei uns ist überall das Gegenteil verordnet, und dadurch wird Indolenz und sklavische Verdumpfung geschaffen. Sehr klug, fast hätte ich gesagt: sehr weise!

Die Gesetze der zwölf Tafeln waren das Werk der Dezemvirn, das stempelt schon hinlänglich ihren Charakter. Trotz der Verehrung, die der Schönredner Cicero noch dafür hat, sind sie eines der ersten Monumente barbarischer, eiserner Aristokratie. Was wir noch davon haben, bewährt meinen Ausspruch. Ein einziges, sehr unpsychologisches Gesetz führe ich an, das noch bis heute fortdauert. Dieses ist die tutela legitima, welche die Römer von den Atheniensern nahmen.

Die Erbsünde der menschlichen Natur ist Pleonexie. Die Geschichte beweist, wie viele Vormünder ihre Mündel klüglich zu beseitigen wußten, wenn sie Hoffnung hatten, zu erben oder nur der Erbschaft näherzurücken; vorzüglich in großen Häusern, wo die Verbrechen heimischer sind, eben wegen größerer Pleonexie. Es ist selbst bei den Römern ein Grundsatz: tutor datur personae praecipue, non bonis. Und gerade gegen diesen Grundsatz ist das Gesetz. Die Güter zu sichern, setzt man die Person in Gefahr. Solon ist hier nicht ganz psychologisch richtig gegangen. Auch sind die athenischen Redner, vorzüglich Lysias und Isäus, voll von Erbschaftsprozessen, die meistens aus dieser Tutel entsprangen. Die Römer hätten hier den Spartanern folgen sollen, bei denen sie unbekannt war, soviel ich weiß. Ob man gleich heutzutage das Vormundschaftswesen besser geordnet hat, so ist es doch noch keiner Nation eingefallen, über diese Tutel etwas tiefer nachzudenken.

Es ist für Deutschland durchaus keine Rettung zu Sicherheit und Ehre als durch Zerstörung. Daß diese nicht eintrete und das Volk nicht seinen Vorteil und seine Kraft fühle, dafür werden schon die fremden Despoten und die einheimischen Pleonekten sorgen.

Wenn Polen wieder hergestellt werden sollte, gibt es einen erbärmlichen König, elende Bauern und unvernünftige Magnaten und Edelleute. Das liegt notwendig in dem dortigen Stocksklavensystem. Man bindet einer Halbnation einen politischen Weichselzopf ein.

Der König von Württemberg ließ sich huldigen, wie man mir aus den Zeitungen erzählt. Es heißt: *„Alle bückten sich tief, und der König rückte etwas an dem Hute."* Das ist ausgesprochen! Ein herrliches Surrogat für die persische Proskynese, welche ich etymologisch und psychologisch richtig durch „Zuhundung" übersetze. „Quales sunt rivi, tales capiuntur pisces!" sagte mein alter Hauptmann Maas.

Als Cäsar und Pompejus sich in Thessalien schlugen, wußte der gute ehrliche Cicero in Rom nicht, welcher Partei er Glück wünschen sollte, den Freunden oder den Feinden, so viel Unglück sah er von allen Seiten. So geht's uns jetzt mit den Franzosen und Russen, denn von der Dummheit und Niederträchtigkeit der Deutschen ist fast nicht mehr die Rede. Siegen die Franzosen, so haben wir das Caprara-Bonapartische Despoten-Pfaffen-Unwesen mit etwas Vernunftglimmer; siegen die Russen, so haben wir das russisch-deutsch-polnische Adelsgezücht mit den Privilegien und allem alten Unsinn. Ein herrliches Alternativ zum Hohn der Vernunft: Tertium mihi non fit verisimile!

Erster Bauer. Michel, du bist heute nicht in der Kirche gewesen. Über acht Tage, den achten, sollen wir das Friedensfest feiern.

Zweiter Bauer. Ach Gott, wenn wir nur Frieden hätten!

Erst. B. Warum sollen wir aber das Friedensfest feiern, da wir doch keinen Frieden haben?

Zw. B. Hm hm! das ist freilich unbegreiflich, wie vieles: da muß man seine Vernunft gefangennehmen wie in der Bibel.

Erst. B. Es soll auch eine Kollekte gesammelt werden für die Bedrängten und die Travalgen gehabt haben.

Zw. B. Travalgen haben wir genug, Lieferungen und Fuhren und neue Quatember. Die **** hatten doch Brot und Geld: den **** müssen wir Brot und Geld geben und etwas mehr fahren. Unsere Leute marschieren in den Krieg, und wir haben Travalgen und sammeln Kollekten und feiern das Friedensfest; daß Gott erbarme!

Das Privilegium

Die Fürstenknechte peitschen blutig
Und zogen kühn und drückten mutig,
Bis zu dem tiefsten Unsinn dumm,
Und sammeln sich noch jetzt in Heeren,
Das Mark des Landes zu verzehren –
Das ist das Privilegium.

Sie müssen frei das Land besitzen;
Das Hundepack mag ziehn und schwitzen,
Sie kümmern wenig sich darum –

Sie sind geboren, flott zu leben,
Die andern büffeln nur und geben –
Das ist das Privilegium.

Der Dolch beschützt, was er sich raubet,
Und wehe dem, der anders glaubet,
Zieht er den Mund nur etwas krumm!
Der Dummkopf wird ein Mann im Staate;
Denn sein Herr Vater saß im Rate –
Das ist das Privilegium.

Der Städter und der Landmann fahren
Dem Feind den Fleiß von vielen Jahren;
Die fetten Hechte liegen stumm,
Steht im Ruin des Vaterlandes
Nur fest das Vorrecht ihres Standes: –
Das ist ihr Privilegium.

Der Aberglaube hilft mit Lügen
Das Volk mit Fug und Recht betrügen
Und räuchert dem Palladium;
Und Skriblerbuben stehn an Ecken,
Despotenspeichel aufzulecken,
Und grölen: Privilegium!

Nun herrscht denn auch bei uns der Fremde
Und fordert blitzend Rock und Hemde
Und herrscht gebietrisch rund herum.
Daß man den Atem uns erlaube,
Flehn wir mit *Demut* in dem Staube –
Das macht das Privilegium.

Wo Freiheit ist, kann man seine Meinung über einen öffentlichen Mann nie zu früh äußern, man läuft leicht Gefahr, zu spät zu kommen. Tut man ihm durch falschen Argwohn unrecht, desto besser für ihn und das Vaterland!

Wenn er sich für beleidigt hält, hat man ihm nicht ganz unrecht getan.

Eine Nation hat immer mehr nötig, gegen ihre inneren Feinde, die Pleonekten, zu wachen als gegen ihre äußeren. Selten ist eine Nation durch ihre äußeren Feinde zerstört worden.

Selten ist ein Mann so gut als sein Name, aber auch selten so schlecht.

Se promener, sich vorführen, sagt der Franzose; spazieren, den Raum messen, der Deutsche; to walk, wandeln, der Engländer. Drei ganz kleine, aber nicht unbedeutende Züge in den verschiedenen Nationalcharaktern.

„Quodlibet verbum bonum in suo loco", sagt irgendein Alter sehr richtig. Unsere übelverstandene Euphemie tut unserm moralischen und bürgerlichen Charakter Eintrag, sie wischt das Gepräge ab, wenn sie auch nicht das Metall verderbt. Wenn wir sagen „des Königs Mätresse", so drückt das zwar ziemlich gut das richtige Verhältnis aus: das Geschöpf wird des Königs Herrscherin; wer vermag zu sagen, ob zum Wohl oder zum Weh des Landes? Auf alle Weise zu seiner und seiner Räte Schande. Aber der Ausdruck bezeichnet bei weitem nicht den notwendigen tiefen moralischen Unwillen darüber. Ich würde gar kein Bedenken tragen, in einer Rede, wo Männerwert sich rein und laut und kräftig aussprechen sollte, zu sagen: „Des Königs Hure will das Land beherrschen." Scapham scapham, gehört zum Charakter eines echt ehrlichen Mannes. Die Grazien gehören zu dem Sokratischen Mahl und dürfen im Volksrat höchstens nur Dienerinnen der hehren Dike und Parrhesie sein.

Der Vernünftige hat wenige Freunde, aber der Unvernünftige kann keine haben. Der letzte hat indessen das Glück, sich besser über den Mangel derselben zu täuschen.

Sich amüsieren heißt etymologisch: die Muße loswerden. Amüsement wäre also das Vergnügen der Plattköpfe.

„Mais vous vous ennuyez", sagte ein Geck zu dem alten kaustischen Kaunitz, der über ein Geschwätz verdrießlich aussah. „Je ne m'ennuye jamais, mais l'on m'ennuye", antwortete der Alte.

Wer die Rechtsgültigkeit der Privilegien nicht erkennt, ist in der Gesellschaft sehr in Verlegenheit, denn er stößt alle Augenblicke auf ein Gesicht, das mit irgendeinem Privilegium auftritt, um sich davon zu nähren, oder auch nur, um andere damit zu hudeln.

Viele eifern nur deswegen so heftig gegen die Vorrechte, um die ganze Summe derselben für sich in Beschlag zu nehmen. Das sind die gräßlichsten aller Privilegierten und immer Tyrannen, sie mögen stehen, in welcher Kaste sie wollen.

Plutarch, Sueton, Tacitus und Prokop, mitunter auch Thucydides, sind gute Rezepte gegen die Gallsucht. Um gegenwärtige Schurkereien abzuleiten, ist ein Blick auf entferntere nicht übel. Wenn sich die Menschen dann mit ihrer sogenannten Vernunft in Verlegenheit befinden, so schicke man sie in die Kirchengeschichte!

Ich kenne mehrere öffentliche Männer unsers Vaterlandes, und ihr Stempel oder Unstempel und die Meinung, die sie vom Ganzen und voneinander haben, macht den jämmerlichen Gang der Geschäfte sehr begreiflich.

Wer will zwischen Marius und Sulla richten? Diese verweise man an den Richter Molochs und Adramelechs.

Wer keinen Freund hat, verdient keinen; ein halbwahrer Satz. Aber wer keinen Feind hat, verdient keinen Freund; möchte eher zu beweisen sein.

Ich teile die Menschen ein in Narren, Schurken und Vernünftige. Sechs Zehntel sind Narren, drei Schurken und eins vernünftige Leute. Die Einteilung ist sehr liberal, wenn man allemal den zehnten Mann die Probe halten läßt. Die Narren flattern von dem Vernunftschimmer zur Schurkerei, und wieder hin und wieder her. Die meisten sind die Instrumente der Bosheit.

De mortuis et absentibus nil nisi bene, ist zwar sehr human, aber nur halb wahr. Die Moral sagt wohl weiter nichts, als: man soll das Schlimme von einem Manne am liebsten geradezu dem Manne selbst sagen, da kann es moralisch am besten wirken.

Ehrgeiz und *ehrgeizig* sind Ausdrücke, die keinen reinen philosophischen Sinn geben. Der Geiz hebt die Ehre auf. Wo Ehre ist, ist kein Geiz, und umgekehrt. Es sollte nur heißen *ruhmgeizig;* denn hier ist Ehre weiter nichts als Ruhm, sehr oft gerade der Gegensatz von Ehre! Ruhm enthalten die Zeitungsblätter und die ora populi. Ehre ist die reine Würdigung des Wahren und Guten, und ihre feste Beharrlichkeit darin das Große. „Er hat sich Ehre erworben" ist bloß ein politischer Ausdruck, der oft sehr unmoralisch ist. Man möchte freilich gern den Ruhm zur Ehre stempeln, und bei dem Volke gelingt's auch wohl.

Es ist oft nichts unphilosophischer als die Philosophen und nichts dümmer als die Gelehrten. Daß man sich dumm lernt und närrisch philosophiert, sind ziemlich gewöhnliche Erscheinungen.

Ob die Menschen im allgemeinen nur Vernunftfähigkeit haben, ist ein Problem, an dem man noch arbeitet. Einzelne scheinen einen Schein von Vernunft zu besitzen. Die Surrogate der Vernunft sind alle schlecht genug.

Ἐλευθερία μετ' ἰσονομίας καὶ σωφροσύνης καὶ εὐφροσύνης καὶ ἀνδρείας εὐσταθῆ καὶ πανόλβιον τὴν πόλιν τοιεῖ.

Ein Beweis der schnellen Sittenverderbnis bei den Spartanern. Lysander brachte bekanntlich zuerst Reichtümer nach Sparta; denn vorher lebte nach Lykurgs Gesetzen bei Eisengelde alles in ehrenvoller Mäßigkeit. Dieses persische und athenische Gold rächte sich sogleich an dem Einführer selbst. Lysander war einer der ehrlosesten Tyrannen gegen fremde Staaten und sein eigenes Vaterland, aber er starb arm. Als dieses nach seinem Tode die bestimmten Schwiegersöhne erfuhren, wollten sie dessen Töchter nun nicht nehmen. Die Spartaner hatten doch noch so viel alten Sinn, daß sie diese Ehrlosigkeit mit einer Geldsumme straften. Wo Üppigkeit einzieht, zieht gewöhnlich die Tugend aus.

Lichtenberg hat, glaube ich, unter den lächerlichen Schnurrpfeifereien eines Engländers auch eine Sonnenuhr, welche repetiert. Ein Messer ohne Klinge, dem der Stiel fehlt, ist zwar nicht leicht zu produzieren, aber eine Sonnenuhr, die schlüge und also auch repetierte, müßte zu machen sein. Und wenn daran gelegen wäre, so machte ich mich anheischig, sie selbst zu machen. Die Physik muß der Mechanik nachhelfen.

Der wissenschaftliche und moralische Charakter meines Freundes Carus ist erkannt und gewürdiget. Er hatte zwei unerzogene Knaben, die er väterlich liebte und deren Erziehung seine zärtlichste Sorge war. Mit der ganzen Wehmut heiliger Naturgefühle sprach er mit halb erloschenem Auge: „Es ist doch traurig, traurig, wenn ein Vater sterben muß, ehe er seine Kinder ins Leben führen kann!“ und so starb er.

Ich besuchte meinen alten Freund, den Hauptmann Blankenburg, noch mehrere Male in seiner letzten Krankheit. Den Tag vor seinem Tode kam ich früh zu ihm und fand ihn ohne Hoffnung. „Wie geht's, Lieber?“ fragte ich. „Sehr gut“, antwortete er schwach und kaum hörbar. Ich sah ihn forschend und zweifelnd an. „Sehr gut“, wiederholte er mit Anstrengung und einem ruhigen Lächeln, „der Betteltanz geht zu Ende.“ Zwei ziemlich gleiche Charakter im Leben, aber den Unterschied machte der Hausvater und der isolierte Mensch.

Jetzt sind in Europa nur zwei Mächte, Frankreich und Rußland, die übrigen sind subaltern. Daran ist die Albernheit der Deutschen schuld. Wären sie gescheit, so wäre nur eine, und die übrigen wären subaltern. Fragt sich aber: ist es wahrscheinlich oder nur möglich, daß die Deutschen in Masse gescheit werden? Mihi non fit verisimile, obstant privilegia, sanae rationi sacrilegia.

Die Furcht und die Faulheit bringen den Menschen um alles Vernünftige.

Jetzt habe ich 44 Jahre, gut gezählt, und die Geschlechtsanmutung ist gewaltig stark, stärker als jemals. Je älter ich werde, desto schöner sind die Mädchen. Soll ich meine Narrheiten in der Periode der Weisheit machen? Ich muß mich auf magere Diät setzen und Anatomie studieren.

Eben werfe ich meinen alten Puderapparat zum Fenster hinaus, denn ich will mich nun durchaus nicht mehr pudern und pudern lassen. Wann werde ich so glücklich sein, den Scherkasten nachwerfen zu können? Die Schererei bin ich auch bis an die Ohren überdrüssig. Vielleicht geht es bald. Wenn andere geschorene Leute sein wollen, habeant sibi! Ich finde kein Vergnügen im Bartputzen und weder Ästhetik noch Verdienst in einem glatten, gebohnten Gesicht.

Wenn sich jemand über den gesunden Menschenverstand versteigt, so ist er immer in Gefahr, darunterzusinken.

Wo werden wohl Bonapartes Campi Catalaunii sein? Die Franzosen haben nach der Trommel geplündert, Dörfer auf Kommando abgebrannt, gemordet, geschändet. Was fehlt noch zu den Hunnen? Werden die Russen es besser machen?

Die Kriegskunst ist hoch gestiegen: man führt den Krieg ohne Bürger, mit Soldaten ohne Sold – und es geht nicht schlimmer. Das ist doch noch ein Beweis der Milde der Menschennatur!

Es gibt eine doppelte Energie: die Energie der Kultur und des Enthusiasmus der Freiheit und die Energie der Barbarei. Die erste findet man bei Marathon, bei Thermopylä, am Vesuv bei Spartakus und sonst hier und da, seltener bei den Neuern. Die Energie der Barbarei hatte Kyrus, Sesostris, Attila, Peter der Erste und einige andere. Eine Mischung von beiden hat Bonaparte. Wo keine Vernunft und doch auch keine Barbarei ist, kann schwerlich Energie entstehen, daher die Schwerfälligkeit der Deutschen, die in öffentlichen Verhältnissen zuweilen bis an Dummheit grenzt.

Wir sind mit Privilegien und Unsinn so beglückseligt, daß ich fürchte, wir werden nur durch die Barbarei den Weg zur Vernunft machen können.

Wenn ich nur noch zwei Sekunden zu leben habe, will ich noch mit meinem letzten Atemzuge rufen: „Wollt ihr euch retten, so rottet die Privilegien aus!"

Das erste Privilegium wurde von der Schurkerei geboren, von der Dummheit gesäugt, von der Habsucht großgezogen und von der Gaunerei in die Gesellschaft eingeführt.

Der General, welcher seinen Leuten die Plünderung verspricht, stempelt sich dadurch faktisch zum Räuberhauptmann.

Es gibt selten eine Schurkerei, die nicht irgendein sogenannter großer Mann in der Geschichte mit seinem Beispiele so gestempelt hätte, daß sie in einem andern mit Euphemism genannt wird.

Im allgemeinen sind die Menschen so sehr an Ungerechtigkeiten gewöhnt, daß sie im ganzen selten auffallen. Nur im einzelnen empören sie noch, aber auch nur einzelne.

Rede an die Deutschen

Die Rede war fertig im Geiste, und du siehst an den vier Bogen Papier dazu, daß die Philippika nicht klein ist. Nicht der Lohn des Griechen und Römers hält mich zurück, sondern der Gedanke der gänzlichen Vergeblichkeit. Also mag es genug sein mit dem Apostel: „Ich hätte euch wohl viel zu sagen, aber ihr könnt es jetzt nicht tragen."

„Die Sache ist oft da gewesen, ist eine alte Wahrheit!" schreit man, wenn man etwas nicht hören will. Freilich! Aber hat sie schon gewirkt? Ist sie befolgt? Die Wahrheiten müssen laut alle Tage wiederholt werden, bis ihre allgemeine Befolgung die Wiederholung überflüssig macht.

Ich hatte die Fußgicht und hinkte traurig, und jeder Tritt kostete Überlegung. Festen Schrittes klirrte mir auf dem breiten Steine ein Enakssohn in einer Halbuniform entgegen. Sonst weiche ich jedem aus, jetzt blieb ich stehen: der Fuß machte das Seitwärtstreten schmerzlich. „Nun?“ glotzte und schnurrte mich der Held an, „was wird's?“ – „Verzeihen Sie, ich muß wohl weichen, denn es scheint, ich bin noch nicht so lahm als Sie.“ Der Mann dachte doch nach, schwieg und ging, und ich hinkte fort.

Ein Journalist in unsern Tagen muß Indifferentist sein oder mit jedem Blatt wenigstens eine Phimose fürchten.

Die Sittenlosigkeit der Völker ist so groß und ihre Euphemismen darüber so zahlreich, daß ein ehrlicher, in der Verderbtheit uneingeweihter Mann fast kein Wort sagen kann, ohne eine Zweideutigkeit zu sprechen.

Wenn sich nur niemand fürchtete zu sagen, was die Sache ist, so würden alle Sachen besser gehen.

Ehrfurcht und falsche Scham tun mehr Böses als Bosheit und Furcht vor Kriminalrichtern, und die bessern Seelen machen sich zuletzt von dieser Schwachheit los.

Auf glattem ebenen Boden merkt man nicht leicht, daß jemand lahm ist. Ebenso sieht man die Schwachheit der öffentlichen Männer wenig in dem gewöhnlichen Gange der Geschäfte. Aber wenn die Form ausgehoben wird und Geist und Selbsttätigkeit wirken sollen, dann tritt der eigene Wert und die hinkende Jämmerlichkeit hervor.

Muß Bonaparte nicht seine Freude haben, daß die Deutschen die Deutschen so taktmäßig dumm totschlagen? Das Resultat von dem stolz isolierten Schokoladeleben unserer Fürsten und Edelleute! Sie erhalten ja ihre Vorrechte und

Privilegien, schaudern vor dem Gedanken an eine Nation zurück und sind für ihre Erbärmlichkeit gern Satelliten der fremden Abenteurer.

„Ihr seid Souveräne", sagt Bonaparte zu den deutschen Fürsten, „und sollt meinen Kriegstroß füttern und meinen Adlern folgen."

„Wo ein Aas ist, da sammeln sich die Adler", sagt der Hagiograph. Jetzt heißt es: Wo Adler sind, da sammeln sich die Leichen.

Wer sich vor dem Tode fürchtet, tut wohl am besten, sich gleich totzuschießen, denn diese Furcht quält ihn sonst bei jeder Veranlassung täglich und setzt ihn in Gefahr, Niederträchtigkeiten und Schurkereien zu begehen.

Bonaparte soll sich vorzüglich durch Plutarch gebildet haben. Credat Judaeus Apella! Ist es, so hat er wahrscheinlich vorzugsweise nur den Lysander studiert und sein Wesen in sich amalgamiert und sublimiert.

Wenn uns die meisten Machthaber fragten, wie uns ihr Machwerk gefiele – es brauchten eben nicht Verse zu sein –, so dürften wir mit dem Syrakuser Dichter nur kurz gewissenhaft antworten: „In die Steingruben!" – Aber unsere Machthaber sind gescheiter oder blödsinniger als Dionys: sie fragen nicht.

Wann wird man wohl einmal wieder mit Ehren deutsch denken, reden und schreiben können? Wer laut vernünftig ist, wird entweder von den Fremden erschlagen oder von den einheimischen Bütteln ins Tollhaus gebracht.

Es fehlt uns ein politischer Luther, der das Untier Privilegium und das Kastentum erlegt; aber das wäre die größere

Unternehmung, da es die tiefere Erbsünde Pleonexie betrifft.

Glaube und Gnade ist das Schiboleth der Dummköpfe, Vernunft und Menschenwert die Krücke der Philanthropen. Die Spitzköpfe und Gauner wissen daraus ein herrliches Amalgama zu machen, um das Ganze pleonektisch zu gängeln.

Der Glaube ist freilich am Ende alles, nur nicht der Glaube der Dekretalen. Ob der Nichtsglaubende stark ist, mag ich nicht entscheiden; aber der Vielglaubende ist gewiß schwach.

Des Glaubens Sonde ist der Zweifel.

Ich saß einmal eine Viertelstunde mit Fernow und Uhden in dem Knopf der Kuppel der Peterskirche in Rom. Wenn es nicht zu heiß ist, wollte ich wohl jedem hellen Kopfe raten, dort zuweilen etwas durch die kleinen Öffnungen hinauszuphilosophieren. Es ist materia larga largissima. Dorther kam Brennus, dorther Marius, dorther Sulla, und dort lag Hannibal. Wer von den vieren war der größte Feind von Rom? Dort stehen die Reste der Palatien, das Produkt der aristokratischen Pleonexie. Dort unten am Sublicius focht Cocles, und links herüber unter dem Kapitol hielt Appius sein Schandgericht. Mich deucht, der heilige Berg am Flusse wimmelt von Flüchtigen, und der Senator erzählt ihnen seine Fabel. Tiefer hinab und höher hinauf blickt die Ruine der Villa Mäcens am stürzenden Anio, und ich steige im Geiste an ihm weiter bis an Blandusiens Quelle. Wenn dich nicht der Schlächter Sulla und der Mordbrenner Nero stören, so wandle friedlich fort durch Traubenkränze und Ölbäume und Feigenhaine von Tibur nach Tusculum und Albanum! Was die ehrlichen Heiden baueten, hat des christlichen Dalai Lama Bonzentum in eine Wüste verwandelt.

In der Angst ihrer Verwirrung nehmen die Menschen gewöhnlich ihre Zuflucht zur Dummheit, nämlich zur Despotie und albernen Deisidämonie.

Man muß immer annehmen, was ein Mann in öffentlichen Verhältnissen Böses tun kann, das wird er tun, und die Geschichte hat immer zehn Beispiele gegen eins, daß er es tut. Eine Staatsverfassung, die dieser Furcht nicht abhilft, ist also schlecht. Ehe wir Bürger sind, müssen wir die Menschen als schlimm annehmen, denn eben deswegen werden wir Bürger, um uns gegen fremde Bosheit zu sichern. Die Erfahrung zeigt oft nur zu deutlich, daß der Gewinn das Opfer nicht wert ist. Denn wo die Ungerechtigkeit aufhören sollte, fängt sie durch Pleonexie und Privilegien und Bedrückung aller Art erst recht an. Man schlägt die Menschen nicht tot, um sie gesetzlich, fast hätte ich gesagt *rechtlich,* zu peinigen. Zuweilen peinigt man sie erst und schlägt sie dann tot.

Mit dem Degen kann man wohl zuweilen beweisen, daß man Mut hat, aber nie, daß man Ehre besitzt, oft geht daraus das Gegenteil hervor. Ehre und Recht werden nur durch Vernunft dokumentiert, nie durch Waffen. Es ist, als ob man eine Schurkerei mit einer andern umstempeln wollte. Ehre kann man mit den Waffen *behaupten,* aber nie *erwerben,* dadurch erwirbt man nur Ruhm – oft das Gegenteil von Ehre.

Sobald sich nur jemand verlauten läßt, daß er etwas Vernünftiges und Gutes zu tun gesonnen ist, wird sogleich die ganze Legion der Pleonekten wach (apud quos semper est omnis autoritas et potestas publica) und schlägt ihn von allen Seiten auf die Finger, um ihn in seine Schranken zurückzutreiben.

Ehe der Körper eines großen Mannes Asche ist, kann man selten mit einiger Richtigkeit über seinen Charakter urteilen.

Wenn die Leute jemand sehr geflissen aus dem Wege gehen, denkt er wohl: „Die haben gewaltigen Respekt vor mir“; und es geschieht doch nur aus Vorsicht, weil sie ihn für einen Menschen halten, dem man nicht zu nahe kommen muß. Und das ist nichts Gutes, denn nur vor Narren oder Schurken fürchtet sich der ehrliche Mann.

Als ich die Preußen bei Meißen mit ihren großen Hühnerwagen in den Krieg ziehen sahe, ward mir gleich nicht wohl zumute, und etwas von dem, was gefolgt ist, schwebte mir vor, obgleich nicht in dem ganzen schrecklichen Umfange.

In Dresden im „Engel“ waren ein Dutzend preußische Offiziere, die eines Abends, wie uns der Marqueur erzählte, ihre Bacchanalien feierten. Sie vergeudeten den Champagner und Burgunder bei dutzenden, als ob sie das Land, wo er wächst, schon erobert hätten oder doch gewiß übermorgen erobern würden, und blieben dann tapfer unter dem Tische liegen. Nur einige machten noch einen späten martialischen Ausfall auf ein Haus, wo sie Nymphen witterten, und setzten die Nachbarschaft in Lärm und prügelten die Nachtwächter. Da ward mir wieder nicht wohl zumute, und etwas mehr von der Folge schwebte mir vor.

Ein preußischer Offizier, der sich etwas Übersicht wohl nicht ohne Grund zutrauete, übergab kurz vor dem schönen Tage bei Jena seinem Chef einen Aufsatz, worin er die Lage der Sachen vorstellte und seine Meinung darüber sagte. „Mann“, sagte die alte Exzellenz, „wozu das viele Räsonieren alle? Wir lassen den Dessauermarsch schlagen, und die Franzosen sind geschlagen.“ Nun, sie ließen den Marsch schlagen, und *sie* waren geschlagen, und wie? Von Hessenhausen bis Königsberg.

Der König von Preußen soll nur jetzt *für diesen Krieg* den Unteroffizieren und Gemeinen das Avancement zugestanden haben. Da muß freilich Holland sehr in Nöten sein. Aber doch nur für diesen Krieg. Ist diese Krise vorbei, so wird das Adelswesen in seinem krassesten Glanz schon wieder von seinen Privilegien Besitz nehmen und den Glimmer Vernunft vertilgen. Das ist deutsch, nicht altdeutsch und gibt und erklärt den Zustand der Nation.

Wenn ein Deutscher zu sogenannter Würde oder auch nur zu Geld kommt, bläht er sich dick, blickt breit, spricht grob, setzt sich aufs große Pferd, reitet den Fußsteg und peitscht die Gehenden. Nun ist das ganze Hundspack nur für ihn da, und mit jedem Umschauen nimmt er ein Privilegium in Besitz. Nun müssen Polizei und Gerechtigkeit Respekt vor ihm haben, denn er ist mehr als ihr Repräsentant, er ist ihr Inhaber. Nur gegen einen Größeren ist er ebenso weggeworfen kriechend, als dummgrob er gegen diejenigen ist, die er für Schofel hält. Das ist deutsch und Privilegium: und nun soll es mit der Nation nicht so sein, wie es ist.

In Frankreich sind durch die Revolution die Hefen der Nation abgegoren, und es ist durch die Rührung wenigstens viel Totes und Faules fortgeschafft worden. Der Himmel behüte uns vor solchen Experimenten! Wir würden, fürchte ich, noch kaum zu so leidlichen Resultaten kommen.

Nach dem Kalabresen halte ich den Deutschen in seiner Vornehmheit für den größten Barbaren in Europa, die Finnen und Lappen nicht ausgenommen.

Archenholz' Gedanken am Grabe der preußischen Monarchie enthalten manche traurige Wahrheit, sie sind im ganzen aber doch nur die Übereilung eines alten heißen Patrioten. Der König muß nach allen Berechnungen wenigstens noch 50 000 Mann haben, hat noch Festungen in Schlesien, an der Weichsel und an der Ostsee und noch Land von wenigstens vierzig Meilen im Durchschnitt und stützt den Rücken auf 400 000 Mann wackerer Bundesgenossen, deren eigenes Interesse es ist, ihn zu halten. In solchen Umständen ist man politisch nicht tot, wenn man Mut und Sinn hat, und nur die Toten begräbt man. Diese Gedanken sind also weder deutsch noch preußisch, oder vielmehr, sie sind es nur zu sehr in dem jetzigen leidigen Sinne. Sie sind nur halb wahr und nicht männlich.

Gestern, den letzten Februar 1807, kamen auf der Chaussee nach Connewitz auf dem Fußstege nach deutscher Unsitte drei Isenburger Offiziere auf mich losgesprengt. Ich mußte wohl an die Pappel treten, um nicht niedergetreten zu werden, konnte aber meinen Unwillen nicht bergen, den ein Kopfschütteln und ein sehr merkliches „Hm, hm" verriet. „Was ist? Was ist?" kehrte sich einer der Herren mit dem großen Pferde um. „Nichts Gutes, wie ich sehe", antwortete ich. „Was, was will der Kerl räsonieren?" und jagte so gut der Gaul laufen wollte, auf mich zu. „Ich räsoniere, daß es wider die Polizei ist, daß Sie hier reiten." – „Was geht mich die Polizei an?" – „Leider nichts, wie ich merke." – „Zetersakermenter, will Er's Maul halten!" – „Das hätte ich wohl anfangs tun sollen, aber nun nicht." Der junge Mann ward brennend, glühend, fluchte, lärmte, wütete, schäumte, zog den Säbel, sprach von Kopfspalten und Zusammenhauen, ritt auf mich ein und riß den Säbel immer eine Spanne weiter aus der Scheide. Ich machte ihm begreiflich, daß ich sehr wohl wüßte, was Recht und Ordnung wäre, daß ich, ehe er geboren, unter Kugeln gestanden, daß ich hier keine Waffen habe und daß weder für mich noch für ihn Ehre zu erwerben sei, und forderte seinen Namen. So viel Besonnenheit hatte er doch noch, ihn nicht sagen zu wollen, aber seine Wut und der Schaum am Munde nahm zu. Ich will ihm die traurige Ehre antun, um ihn selbst so viel als möglich zu entschuldigen, zu glauben, daß es das Produkt des Champagners war. Ich glaube, er hätte mir wirklich heroisch den Hirnschädel gespalten – ich hatte nichts als einen kleinen Knotenstock –, wenn nicht seine etwas vernünftigern Kameraden ihn zurückermahnt hätten. Was war zu tun? Er war wahrscheinlich einer der Herren, die die Machtvollkommenheit der deutschen Privilegien bei Jena, Halle und Prenzlau oder in Magdeburg der Nation dokumentiert hatten. Seine französische Kokarde, die vor einigen Monaten preußisch gewesen war, bezeichnete auch. Ich war willens, mit seinem Chef zu sprechen. Aber ein Ratsherr, einer meiner Freunde, hatte mir vor einigen Tagen einige Worte von dessen Anforderungen gesagt, die weder auf Humanität noch Billigkeit schließen ließen, und nur den Tag vorher sollte er mit Bajonetten in die Justiz gegriffen haben, um einen bankerotten Kaufmann vom Rathause mit Gewalt zu nehmen, der sich angeblich unter sein Korps hatte anwerben lassen. Ich wollte zum General René gehen, um ihm mit Wärme den Unfug vorzustellen, den die Leute und Herren in und um die Stadt trieben, wo alle junge Pappelbäume in den Pflanzungen von den Säbelhieben der neuen Helden fallen. Es fiel mir aber bei, daß René Palm an Ort und Stelle befördert haben soll. Ich habe wohl ebenso viel Todesverdienst als Palm. Es gehört nur eine Kleinigkeit dazu, um ein paar Hähne zu spannen, und mein Tod würde wahrscheinlich weder die ehrlichen Franzosen erbauen noch die Deutschen klüger machen. Ich lasse es also lieber liegen, da es zu vermeiden ist, mit dem ziemlich festen Entschlusse, wo es nicht Pflicht ist, zu stehen, künftig hübsch stille jedermann aus dem Wege zu gehen. Denn es ist ja sehr leicht möglich, daß er ein Narr ist: wenn er auf dem Fußstege reitet, ist er's gewiß, oder noch etwas mehr.

Und überdies läuft man in dergleichen Händeln Gefahr, selbst einer zu werden.

Die Privilegien sind mir einer der stärksten Beweise der Unsterblichkeit der Seele und der ewigen Seligkeit. Denn es ist doch nicht wahrscheinlich, da doch nun einmal so viel Gedanke in der Welt ist, daß unser Herrgott die Kapitaldummheit so ewig fortdulden wird.

Es ist freilich traurig, Satiren zu schreiben, aber was soll man anders tun, wenn man kein Kabeljau ist? Alles, was man sieht und hört, ist ja Satire. Wenn man Satire fühlt, muß man Satire schreien. Jeder Blick in die Welt gällt Satire. Vielleicht mache ich nur meine eigene. „Difficile est" – sagt der Alte.

Man darf die meisten Dinge nur sagen, wie sie sind, um eine treffliche Satire zu machen.

Der Deutsche ist meistens alles nur halb: nur Pedant und Privilegiat ist er ganz, auch Grobian zuweilen.

Da sich wenige Menschen bis zur philosophischen Geduld erheben können, müssen sie wohl bei der christlichen stehenbleiben.

Die Monaden des Leibniz und die Atome des Epikur sind einerlei Ding. Man weiß von beiden nichts und sagt von beiden das nämliche, also – –

Sobald ich das Wort *Gnade* höre, fahre ich sogleich zurück, denn da hat die Vernunft ein Ende, und es hat nur unter Verbrechern und Dummköpfen Sinn.

„Phryx emendatur plagis", sagt der Römer. Das trifft aber bei den Deutschen nicht ein, denn wir werden immer blödsinniger geschlagen.

„On ne fait jamais de bons soldats à coups de bâtons", sagte mir der französische Oberste C. Ein sehr wahrer Satz, der auf dem innern Wert der menschlichen Natur beruhet und der von der ganzen bessern Geschichte bestätigt wird, den wir aber bei der Unvernunft des allgemeinen Stocksystems, das unsere Privilegien schützt, nicht brauchen können.

Die preußischen Generale haben alles mögliche getan, um zu zeigen, daß der exzentrische Bülow recht hatte. Er hatte recht ex post facto, hätte es aber nicht gehabt, wenn es die Generale anders und besser gemacht hätten. Er mußte also seine Leute leider sehr gut kennen, und darum hatte er recht.

Je mehr ich die Menschengesichter beantlitze, desto weniger habe ich Hoffnung für Vernunft und Freiheit und Gerechtigkeit, denn auf den meisten sitzt irgendeine häßliche, schmutzige Leidenschaft, und die übrigen sagen doch so gar nichts. Trifft man unter Fünfhunderten einmal auf etwas echten Stempel, was soll das unter so viele?

Die Isenburgischen Offiziere machen sich sehr breit, das heißt, sie gehen sechs bis sieben Mann breit in den öffentlichen Spaziergängen, so daß sie sie ganz besetzen und es schwer wird, ihnen auszuweichen. Eine Unschicklichkeit und Unanständigkeit, die ich nie bei den Franzosen oder andern Fremden gesehen habe und die nur ein Privilegium der Deutschen zu sein scheint. Berührt man von ungefähr einen der Herren, so blickt und spricht er mit einer unsäglichen, altpreußischen Impertinenz, als ob er den Blocksberg zusammentreten wollte, und doch ist's ein Mann von Halle, Magdeburg oder Prenzlau, der eine andere Kokarde aufgepflanzt hat. Die Gemeinen zerhauen die Pflanzungen um die Stadt herum mit einer echt dummen bestialischen Zerstörungswut, und wehe der Polizei, wenn sie es wagt, ihre Lindenalleen zu schützen! Das ist nun so deutsch und gehört unter die Privilegia.

Der Lieblingsausdruck der preußischen Offiziere war: *„Das Grobzeug"*, und ihr Charakter souveräne Volksverachtung. Was sind sie nun dadurch und damit geworden? Viele sind geworden – Isenburger, wo sie hübsch von vorn anfangen.

Wenn die Russen und Preußen an der Weichsel klug sind und die Östreicher nur etwas Verstand haben, so wird Bonaparte zu einem politisch-militärischen Meteor. Aber ob – das ist die große Frage. Die Privilegia und das Stocksystem tun es nicht.

Wo Privilegien gelten, muß man nicht von Gerechtigkeit sprechen. Es ist die Natur derselben, die Gerechtigkeit zu zerstören.

Wer auf dem Fußstege reitet, wird die Barriere brechen, die junge Pflanzung niederhauen, die Saat zerstampfen, die Zäune durchhauen, den Garten berauben, den Hof plündern, den Eigentümer mißhandeln, die Jungfrauen schänden, den Vater morden, das Land verraten. Die Steigerung ist ganz natürlich. Wer nur anfängt, Gesetz und Ehre zu verspotten, hat schon den größten Schritt zur letzten Niederträchtigkeit getan. Der erste Keim ist der dumme Rausch: *„Wir haben das Privilegium."*

Das erste Privilegium ist die Tür zur letzten Schandtat.

Die meisten deutschen Gesichter sehen mir aus wie ein Privilegium, also werden wir wohl noch lange bleiben, was wir sind.

Man sollte durchaus nicht sagen „Deutschland“, sondern nur „die deutschen Lande“. Wer Deutschland schaffen könnte, würde es auch halten und wäre mehr als Bonaparte.

„Ihr müßt euch mit den Bürgern hier nicht gemein machen“, sagte ein preußisch-isenburgischer Offizier zu seinen Leuten beim Verlesen, „müßt euch nicht mit ihnen du nennen; denn ihr seid doch wohl mehr als sie!“ – – Das nenne ich deutsch und altpreußisch räsoniert! Dieser Geist hat gemacht, was wir gesehen haben, bei Jena und Halle und Magdeburg und Prenzlau.

Die unübersetzlichen griechischen Wörter *ὕβρις* und *ὑβρίζειν* liegen mit ihrer ganzen Insolenz in den deutschen privilegierten Kasten, nur ist ihr Geist bei uns nicht attisch, sondern böotisch.

Die gefährlichsten Feinde des Staats sind immer nur die Inhaber der Privilegien.

Sobald ich von Frone und Dienstzwang und Immunitäten und Freiheiten und Gerechtigkeiten und Intermediärlasten, überhaupt von Privilegien höre, mag ich mich weiter nicht um das Staatsrecht eines solchen Staates bekümmern. Der Wurm sitzt im Marke.

Der Geist eines Griechen strebte zum Himmel empor bei dem Gedanken von Recht und Freiheit und Vaterland, wir zucken zurück wie die Austern. Unsere Xerxesse messen unsere erbärmliche Existenz mit Quadratellen und peitschen uns mit Molochsglotzen zur hündischen Proskynese, zur Verzichtleistung der Menschenvernunft.

Man wird zum Gotteslästerer und Vernunftleugner beim Blick auf die Welt, und doch ist dieser Gedanke an Gott und Vernunft das einzige Heilige und Große, was wir haben. Der Rest ist Schlamm und Sumpfluft.

Junge Huren, alte Betschwestern; junge Wüstlinge, alte Mystiker. Der Mystizismus liegt meistens in Nervenschwäche und Magenkrampf.

Es ist nur *ein* Despotismus erträglich: der Despotismus der Vernunft – wenn wir nur erst über die Vernunft einig wären.

Jungen Leuten mit großen Hüten muß man aus dem Wege gehen, zumal wenn sie auf dem Fußstege *reiten,* denn ihr Existenztaumel ist meistens sehr konvulsivisch unartig.

Wo sich der ehrliche Mann zu fürchten anfängt, hört meistens der Schurke zu fürchten auf, und umgekehrt.

Nur wer mit wenigem viel tut, ist in seiner Art groß. Mit einigen Strichen eine vortreffliche Zeichnung, mit einigen Tönen eine rührende Musik, mit einigen Worten ein seelenleitendes Gedicht zu geben, das macht den großen Künstler. Also ist Miltiades bei Marathon der größte Feldherr. Die Franzosen haben also Roßbach nicht ausgewetzt, denn sie haben nirgends mit so ungleicher Kraft gesiegt als dort Friedrich. Sie waren überall überlegen oder gleich oder nicht beträchtlich schwächer.

Die Despotie stempelt gewöhnlich die Begriffe wie die Münze, und der gefährlichste Streich, den sie der Vernunft, der Freiheit und Gerechtigkeit schlägt, ist, sie durch Verleumdung zu entstellen. Man läßt den ehrlichen Mann nicht einmal mit Ehren sterben, sondern sucht ihn erst in das Kataster der Schurken zu setzen. Wer also seiner Ehre nicht von innen gewiß ist, mag ja von außen auf nichts rechnen, wenn er nicht den Machthabern frönt.

Der alte Inspektor Stoppe sahe aus seinem Fenster vor dem Grimmischen Tore einige französisch-isenburgische Offiziere in den Anlagen der Allee reiten. Der alte Mann hielt auf Recht und Ordnung und sagte den Herren, sie möchten die öffentlichen Anlagen schonen, selbst der französische General habe es befohlen. Die Herren Isenburger stürmen mit der ganzen Machtwut angetasteter hoher Privilegiaten, bei denen weder Recht noch Ordnung gilt, auf den guten Alten ein, und einer droht ihm fürchterlich mit seinem neuen, großen Säbel durch das Fenster den Kopf zu spalten. Nach einigen Tagen starb der Alte, und seine Anverwandten behaupten nicht ohne Grund, daß ihn Schrekken und Ärger über die lieblichen deutschen Landsleute getötet haben.

Das Böse muß man mehr erzählen als das Gute, aus einem guten psychologischen Grunde. Die Guten handeln gut, weil sie gut sind, ohne Rücksicht, aus tiefem Pflichtgefühl und gewöhnlicher Ehrliebe. Aber die Schlechten müssen durch die Furcht vor der Schande, die sie trifft, zurückgehalten werden. Dessenungeachtet hat ein guter Mann immer mehr Vergnügen, wenn er etwas Gutes erzählen *kann,* als wenn er etwas Schlimmes erzählen *muß.*

Es mag wohl sehr zahmklug sein, den Schurken und Hybristen aus dem Wege zu gehen, aber es ist männlich besser, sie rechtlich aus dem Wege zu schaffen, wo sie Unfug machen.

Taste nur *einen* Tyrannen mit der Sonde der Vernunft, so rührt sich das ganze Polypensystem und schreit: „Meuterei, Empörung und Verbrechen!“ Noch schlimmer ist es mit den Privilegiaten, weil ihr Eigennutz noch verflochtener und krebsartiger ist als die Netze der Herrschsucht.

Rebellion heißt Widerstand, und Empörung heißt Kraft und Mut, geradezugehen; beides können also schöne, männliche Tugenden sein. Nur die Umstände stempeln sie mit Schande.

Es ist nur noch *ein* Ungeheuer, welches gräßlicher ist als Tyrannenunvernunft: die Volkswut, und nur die Furcht vor der letzten macht die erste erträglich; auch weiß die erste sehr künstlich mit der letzten zu schrecken und in Schranken zu halten.

Es ist kein besseres Kunstgriffchen der Despotie als die Sprachverwirrung und die Halbbegriffe. Ich halte also den Turmbau zu Babel für ein Gaunerstückchen irgendeines Nimrod oder Samuel.

Das Wort *Herr,* von Menschen zu Menschen, ist kein Begriff. Man ist nur Herr, wo man unbedingt zwingen kann, und dieses liegt gar nicht in der menschlichen Natur.

Je mehr die Menschen in Staaten von ihrer ursprünglichen Gleichheit behalten, desto mehr behalten sie von ihrer eigentümlichen Kraft für den Staat selbst, desto größer ist die Summe des Ganzen für das Gemeine. Jeder Eingriff in die Gerechtigkeit ist eine Schwächung der Nationalkraft, also ist das erste Privilegium der erste Hochverrat.

Das Eigentum im Staate ist immer durch den Staat bedingt, und es gilt kein Besitz, durch den nicht für den Staat ohne Beeinträchtigung einzelner der größte Vorteil entstände; also gilt endlich nur *reiner und gleichbedingter* Besitz für alle. Also ist jede Realimmunität eine Torheit und nur insofern rechtlich, als man den Staatsverwesern das Recht zugestehen will, töricht zu handeln. Man macht es aber kürzer, indem man jede quaestio juris mit einer res facti entscheidet und das Bajonett zu Hilfe nimmt.

Sobald im Staate Unterbesitzungen und Intermediärleistungen oder Feudalverbindungen erscheinen, ist alles auf dem Wege zur Sklaverei. Nur reiner Verkauf der Güter sichert die Gerechtigkeit. Das haben die Franzosen nicht begriffen, also werden sie wieder sehr tief, vielleicht bis zur Leibeigenschaft sinken.

Wo ich in einem Staate gesetzlich von *einem* Sklaven höre, nehme ich sogleich die Möglichkeit von zehn Millionen an; der Keim dazu ist gelegt. Und wo sich einer vor dem andern mit Freiheiten und Rechtsvorzügen brüsten kann, wird Freiheit und Gerechtigkeit noch lange nicht wohnen.

Wer von Freiheit und Gerechtigkeit kein besseres Ideal kennt, als ihm die Geschichte zeigt, ist sehr arm an Trost für die Menschheit.

Es ist nicht so gefährlich, zwanzig allgemeine Wahrheiten kühn zu sagen, als eine einzige Anwendung davon zu machen, und wenn sie auch noch so liquid wäre. Im Gegenteil, je liquider sie ist, desto gefährlicher wird sie.

Die meisten Regenten fürchten sich mehr vor den Bürgern als vor den äußern Feinden: ein Beweis, daß die meisten Staaten schlecht eingerichtet sind.

Der Krieg ist furchtbar und gräßlich, aber noch gräßlicher ist oft, was man Friede nennt, wo Pleonexie und Kastenwesen das Volk in Sklaverei und zur gänzlichen Verdumpfung und Entäußerung alles Menschenwertes herabstößt. Und es wäre schwer zu bestimmen, ob der Krieg oder dieser Friede mehr Greuel habe.

„Er ist in Ungnade gefallen", ist ein Lieblingsausdruck der Deutschen, ein Beweis, daß diejenigen, die so reden, nicht unter der Ägide der Vernunft stehen.

Wer mehr als gewöhnlichen Respekt *verlangt,* verdient auch den gewöhnlichen nicht.

Die Engländer sprechen in ihren öffentlichen Schriften sehr oft mit Selbstzufriedenheit von ihren Privilegien, ein Beweis, daß es entweder mit ihren Begriffen oder mit ihrer Freiheit noch nicht sonderlich steht. Wo Freiheit ist, sind keine Privilegien.

Es gilt im Staate rechtlich eigentlich kein Zwang als der Zwang, das Vaterland zu verteidigen und *verhältnismäßig* zur Aufrechthaltung der Ordnung beizutragen. Jeder andere Zwang ist Sklaverei, und der Staat ist unweise, wenn er ihn zuläßt, und tyrannisch, wenn er ihn befördert.

Die einzige Sicherung der Freiheit ist die Einschränkung der Besitzungen auf die Reinheit. Wo man mit dauernden Realbelastungen verkaufen kann, geht die Freiheit zugrunde.

Die anscheinende Liberalität ist die Quelle der schwersten Bedrückungen, so wie die wirkliche die beste Stütze der Gerechtigkeit ist.

Solange der Fürst sich als Edelmann denkt – und leider ist das überall verfassungsmäßig –, ist im Staate kein Civismus möglich, und ohne diesen ist der Staatskörper ohne Seele.

Das Wort *Staatskörper* ist sehr passend gewählt, denn man hat bis jetzt wenig daran gedacht, auch Seele hineinzubringen.

Gleichheit allein ist die unumstößliche Base des Rechts. Recht, gleich, droit, égal, aequum, aequitas, aequalitas – der ganze Sprachgebrauch hilft beweisen. Der Begriff *Krieg* setzt die Gleichheit voraus, der Begriff *Friede* beruht darauf sowie jeder Vertrag. Wenn der Despot sich eine Leibwache setzt, gibt er sein Leben in ihre Hände, erkennt also faktisch ihre Gleichheit oder gar ihre Überlegenheit. Wenn doch die Menschen sich so wenig als möglich von der ursprünglichen Gleichheit entfernen wollten, sie würden alle weit sicherer stehen und gehen. Wenn man etwas endlich *ausgleichen* will, muß man doch immer seine Zuflucht dahin nehmen.

Wer von der Gleichheit des Rechts etwas fürchtet, steht unter den Pleonekten und gehört schon mit Recht zu den Krebsgeschwüren der Gesellschaft.

Der vorige König von Preußen scheint mir die erste Ursache an dem ganzen politischen Wirrwarr in Europa zu sein. Sechs Wochen vor dem Reichenbacher Kongresse hätte er mit Hilfe Polens und Schwedens und eigener Energie die Russen zu einem vernünftigen Frieden mit den Türken zwingen können und sollen. Herzbergs ehrliche, vortreffliche Meinung! Dadurch wäre das Intermediärreich Polen geblieben, in Deutschland wäre Ruhe gewesen, die Franzosen wären nicht zu Extremitäten geschritten. Die Pillnitziade schlug dem Fasse den Boden aus, man teilte die Bärenhaut. Man hätte die Franzosen den Franzosen überlassen sollen und sollte es noch jetzt tun. Elektrisiert nur eine Nation, wenn ihr ihre ganze furchtbare Kraft wecken wollt! Bei den Deutschen ist nur wenig Elektrisierung möglich, weil keine Nationalität da ist, dafür haben die Privilegien gesorgt.

Ich höre, die Engländer wollen eine Landung in Frankreich bei Havre machen. Cui bono? Ich hoffe, sie werden so albern nicht sein. Je mehr hingehen, desto mehr werden erschlagen. Das muß psychologisch notwendig kommen, wenn nicht alle Franzosen Thersiten und alle Engländer Ajaxe sind.

Mißtrauen kommt nie zu früh, aber oft zu spät.

In einer Gesellschaft, wo ich gegenwärtig war, betrug sich ein Offizier gegen alle Regeln des Anstandes beleidigend gegen andere. Als er mit Ernst zur Rede gesetzt wurde, meinte der naive Herr, er müsse als Offizier doch einige Vorrechte haben. Der Grund wurde gefordert, er war natürlich nicht imstande, ihn zu geben, und hatte noch Bescheidenheit genug, in die Grenzen zu treten, vielleicht nur, weil sein Gegner auch ein Edelmann war. Ein anderer mit etwas mehr altsoldatischer Arroganz hätte vielleicht an den Degen Appell geschlagen. Und wo man an den Degen oder die Traube der Kanone schlägt, hat freilich alle Vernunft ein Ende.

Ein guter dicker Herr gab sich viele Mühe, mir die staatsrechtliche Konsequenz der Steuerfreiheit der großen Güter zu beweisen, als nämlich mit geringer Besoldung der Staatsämter, der Gesandtschaftsposten, der Hofdienste, und wie der jämmerliche Firlefanz weiter heißt, den jeder Dorfschulmeister widerlegen kann. Es wollte also nicht ziehen, und ich blieb bei meiner Ketzerei. Das große argumentum ad hominem behielt er bescheiden in petto, und ich erfuhr es erst kurz nachher: der gute dicke Herr besaß drei Rittergüter und war also ein schlimmerer Privilegiat als der eingefleischteste Edelmann.

Wenn man erst die Freiheiten, das heißt die Privilegien, wird getötet haben, nur dann erst ist etwas für die Freiheit zu tun. Jetzt würde man einen Tyrannen vernichten, und zehn würden aufstehen.

Es ist sehr gut, daß die Regierungen Rebellion und Empörung zu Verbrechen machen, aber es ist sehr schlecht, daß ihre meisten Maßregeln so geeignet sind, um diese Verbrechen zu Tugenden zu stempeln.

Je niederträchtiger der Kriechling sich Macht erschlichen und erschachert hat, desto pleonektischer, glupischer und glotzender übt er sie.

Allgemeine Wahrheiten wirken am besten in die Länge, und ihre einzelnen kaustischen Anwendungen am besten und gefährlichsten für den Moment.

Die Gelehrten haben meistens die abgeschliffenste Gleichgültigkeit gegen Recht und Unrecht und vermieten ihr bißchen erbärmliche Dialektik für den schmutzigsten Gewinn an den Meistbietenden, aber die Staatsverweser und Religionsvorsteher tun auch alles mögliche, um aus rechtlichen, vernünftigen Leuten Indifferentisten zu machen.

„Gott straf mich, Herr Bruder", sagte ein Isenburger Offizier zu seinem Kameraden, indem er die Worte echt militärisch durch die Nase schnürte, „Gott soll mich strafen, Herr Bruder, wenn ich meinen Wirt nicht täglich zehen Taler koste!" Das nenne ich Ehre! Der dumme Wirt und der schlechte Offizier!

Dem gewöhnlichen Menschen ist das Vaterland, wo ihn sein Vater gezeugt, seine Mutter gesäugt und sein Pastor gefirmelt hat, dem Kaufmann, wo er die höchsten Prozente ergaunern kann, ohne von dem Staat gepflückt zu werden, dem Soldaten, wo der Imperator den besten Sold zahlt und die größte Insolenz erlaubt, dem Gelehrten, wo er für seine Schmeicheleien am meisten Weihrauch oder Gold erntet, dem ehrlichen, vernünftigen Manne, wo am meisten Freiheit, Gerechtigkeit und Humanität ist. Also findet der letzte nur selten sein Vaterland.

Es ist nichts Ernsthaftes, das nicht irgendeine Afterphilosophie lächerlich gemacht, und nichts Lächerliches, das sie nicht ernsthaft behandelt hätte. Auf beides muß man gefaßt sein, sobald man nur die Haustüre öffnet.

Das Wörtchen *Wir* der Fürsten ist eine stille philanthropische Anerkennung der eigentlichen ursprünglichen Rechtsverhältnisse: ich und ihr, das Volk und ich, oder ich und die im Namen des Volks bei mir sind. Das *Ich* würde hier weit egoistischer und tyrannischer sein.

Es ist weit schwerer, die Wahrheit von seinen Freunden zu sagen als von seinen Feinden; und es gehört vielleicht mehr reiner Mut dazu, den Fehler eines Freundes freimütig zu rügen, als dem Dolch eines Feindes entgegenzugehen.

Die Sklaverei der deutschen Sprache ist in den Höflichkeitsformeln bis zum kriechendsten Unsinn gesunken und hat bloß dadurch die mehrsten Abstufungen des Knechtsinns gewonnen. Du und ich und ich und du, sagt der gesunde Verstand, dabei blieben fast ohne Ausnahme die Griechen und Römer und alle alten und neuen besseren Barbaren. Die polizierten Unvernünftler setzten aus Respekt den einzelnen in die Mehrheit. Dabei blieben die Engländer, Franzosen, Holländer und übrigen. Nur die Italiener wagten es nicht, aus übergroßer Ehrfurcht, von einer gegenwärtigen Person als gegenwärtiger zu sprechen, und redeten sie als abwesend an: Er, Sie. Die Deutschen aber, die Koryphäen der Knechte in ihrer Sprache, reden zu einer einzigen, gegenwärtigen Person aus Proskynesensucht, als ob sie vervielfacht abwesend wäre. „Ich bin Ihr gehorsamer Diener!“ Mit Erlaubnis, da habe ich dir eine dumme Beleidigung gesagt, wenn du einigermaßen vernünftig bist.

Ohne Marathon und Salamis wäre Thermopylä eine Donquichotterie, aber in ihrer Mitte ist es das Kleinod der Menschengeschichte.

Der Vorzug des Dichters ist das schöne, warme, heiße, glühende Gefühl für Schönheit und Recht und Tugend und Freiheit. Hat er dieses nicht, so gehört er unter die Blendlinge und Hypokriten, und er und sein Name sind ohne Wert. Der Mann mit hohem Enthusiasmus, als Held und Richter und Märtyrer, kann das nämliche fühlen, aber dann ist er in dem Momente Dichter. Ein schlechter Dichter ist ein Widerspruch, denn kein Dichter ist schlecht als Dichter, sondern nur insofern er es nicht ist.

Wer wahres Ehrgefühl hat, tut wohl, wenn er sich etwas mit Sinn in der vornehmen Welt umsieht, solange er sie nicht braucht, und sich lieber totzuschießen, ehe er sich ihr naht, sobald er sie braucht.

Man darf nur die meisten Menschen bestimmt nötig haben, um sogleich ihre Bösartigkeit zu wecken.

Das Point d'honneur ist gewöhnlich der Gegensatz der Ehre oder höchstens nur ihr Lückenbüßer.

Man tut meistens den Fürsten unrecht, wenn man sie beschuldigt, daß die nicht Wahrheit hören wollen, sie wird ihnen nur selten gesagt. Und geschieht es einmal, so geschieht es nicht mit Ernst und Nachdruck der Würde, sondern sie wird ihnen vorgepoltert. Die Höflinge sind gewöhnlich die goldenen Schmeißfliegen der Gesellschaft, die ihren Glanz aus Unrat und Fliegenpilzen ziehen.

Wenn ich von preußischer Impertinenz spreche, so meine ich die traurige Abartung von der alten humanen energischen Ehre, und Möllendorf und Kalkreuth unterschreiben meine Klage.

Wenn Grundstücke mit Erbpacht, Erbzins, Fröne und überhaupt mit Unterdienstlasten veräußert werden, so sollte man in einem vernünftigen Staate den Geber ins Zuchthaus und den Nehmer ins Narrenhaus sperren. Freilich schreien die Pleonekten Zeter über ein solches Gesetz, aber worüber schreien die Pleonekten nicht? –

Privilegium heißt eine Ausnahme vom Gesetz, und wo man sie macht, taugt das Gesetz nichts, oder die Ausnahme ist schlecht. Man erdichtet so gern Kollisionen, um ihre Notwendigkeit oder Wohltätigkeit zu beweisen. Je mehr ich denke und denke, desto gewisser werde ich, daß das Privilegium und die Immunität das letale Krebsgeschwür der Staaten ist. Hat man nur erst dieses Radikalübel geheilt, die übrigen sind leicht zu heben. Es ist mir lieb, daß man in den alten Griechen und Römern kein ganz bezeichnendes Wort für diese Schändlichkeit findet, Sache und Name sind Ausgeburt der neuen Unvernunft.

Wenn ich jetzt in eine deutsche Gesellschaft komme, so radebrecht man zuerst die Sprache und dann den Menschenverstand. Alles huldigt mit tiefem Gefühl der eigenen Nichtswürdigkeit, der fremden Tyrannei, die allerdings wenigstens das Mäntelchen der Humanität umnimmt. „Was hat's denne kekeben? Se sein ja wol ooch ums Tor herumme kekangen?" Nun wird dann erzählt von den herrlichen schönen Franzosen, von denen alle Weiber, von der Dame bis zur Jungemagd, ganz bezaubert sind. Und was das Tödlichste ist, die Weiber haben recht. Wir sind verdammt zur Dummheit und Weggeworfenheit durch das Stocksystem und die Privilegien.

„Warum gehen Sie denn nicht in die Kriegsdienste des Königs von Preußen und dienen Ihrem Vaterlande?" fragte man vor zwei Jahren einen lebhaften, wohlgebildeten, sehr wohl unterrichteten jungen Menschen. „Da bekomme ich ja

Prügel von dem adligen Fähnrich", war seine Antwort, „ich mag es anfangen, wie ich will, und meine Ehrenlaufbahn geht bis zum Feldwebel, wo mich ein adliger Fähnrich zeitlebens hudelt." So konnte man leider antworten, und so muß man leider antworten überall. Wehe der Vernunft, dem Civismus und dem Vaterlande, solange es so bleibt! Und es wird so bleiben, dafür werden unsere 365 Königlein und ihre Satelliten sorgen.

Das Beste vom Leben ist, daß man niemand zwingen kann zu leben. Wer durch eigene Niederträchtigkeit dazu gezwungen wird, ist sein eigener moralischer Büttel und Scharfrichter.

Eben jetzt in diesem Momente möchte ich auf fünf Jahre Erzherzog Karl von Östreich sein. Östreich möchte untergehen, aber Deutschland sollte erwachen. Käme ich im Kampfe um, so sollte mein Tod mein Leben schmücken. Zur Belohnung wollte ich sodann lieber Holz hacken als Deutschlands Bonaparte werden.

Προνομίαι παρανομίαι, ἡ γὰρ ἰσονομία μόνη εὐνομία· πάντα προτερήματα τῶν κοινῶν καρκινώματα. Τὸ ἶσον μόνον τὸ δίκαιον, καὶ Εὐριπίδης.

Jeder denkt an sein Haus, niemand an das Vaterland. Aus selbstsüchtigen Hausvätern entsteht ein schlechter Staat. Wo soll auch Gemeinsinn herkommen in einem Lande, wo jeder mit Privilegien schachert und auf den Nacken das andern zu treten sucht? Wo man einseitig Pflicht aufbürden will und nach Gesetzen richtet, die nicht bekannt gemacht sind und deren Seele wieder das Vorrecht zum Tode der Gerechtigkeit ist?

Das Resultat des Privilegienwesens ist: ihr sollt alles tun, damit wir alles haben, und wir bewilligen, daß ihr geben sollt.

Die Franzosen beherrschen nun die Deutschen durch die Deutschen. Das war bei unserm allgemeinen Blödsinn, unserer Schwerfälligkeit und unserer Privilegiensucht vorauszusehen.

Wenn für das deutsche Vaterland etwas zu tun wäre, so würde ich die Gefahr nicht scheuen, es zu tun. Aber wir sind durch unsere eigenen Krebsgeschwüre zur Verworfenheit verdammt. Nur einige Männer könnten durch ihre Verhältnisse die Nation neu schaffen und gründen und halten, aber diese sind zu fürstlich privilegiert, um die Größe des Vaterlandsgeistes, Bürgersinnes und der höheren allgemeinen Gerechtigkeit zum göttlichen Enthusiasmus zu fühlen.

Ich finde in der Geschichte nur einige Züge in Charaktern, vor denen ich mit Ehrfurcht zurückschauere, das hält mein Selbstgefühl, auch wenn keine Seele je meinen Namen nennen sollte.

Wenn unser Charakter ausgebildet ist, fängt leider unsere Kraft an zusehends abzunehmen.

Cyrus, Miltiades, Alexander, Hannibal, Marius, Cäsar, Johann von Epirus, Cortez, Friedrich der Zweite sind alle größer als Bonaparte, und es ist moralisch unmöglich, daß er je ihre Größe erreiche, auch wenn er die Welt eroberte. Er hätte kleiner sein müssen, um größer zu werden.

Die meisten Menschen beschäftigen sich damit, zu grübeln, wie es die andern besser machen sollten, und sehen sehr scheel, wenn man an ihrer eigenen Unfehlbarkeit zweifelt.

Wer seinen Charakter durchträgt, ist sicher, Anhänger zu haben, auch wenn er liquid Bösewicht wäre, denn auch der zerstückelte Mensch will gern etwas Ganzes haben.

Reißt den Menschen aus seinen Verhältnissen, und was er dann ist, nur das ist er. Zuweilen können die Verhältnisse etwas von seinem Selbst zutage fördern.

Friedrich der Zweite ließ bei allen seinen Plänen der Vernunft freien Raum, Bonaparte sucht sie durchaus in die Formen seiner Willkür zu schmieden: mich deucht, eine große Differenz. Hat er es wirklich auch nur zu *seinen Absichten* nötig? Und was würde Friedrich an seiner Stelle getan haben?

Ein Glück für die Despoten, daß die eine Hälfte der Menschen nicht denkt und die andere nicht fühlt!

Jedes Privilegium ist eine ausgesprochene Tendenz zur Pleonexie. Pleonexie ist als Tatsache Schurkerei und als Rechtsregel Dummheit oder wenigstens Blödsinn.

Eine Nation, die nicht den Mut und die Kraft hat, sich zur allgemeinen Gerechtigkeit und Freiheit zu erheben, ist der Raub der Nachbarn, die das, wenngleich nicht ursprünglich rein, doch in einem höhern Grade vermögen.

Der erste Fußbreit Landes, der nicht gleich verhältnismäßig mit den übrigen zu den öffentlichen Lasten beiträgt, ist der erste Schritt zum Privilegium, zur Pleonexie, zur Habsucht, zur Ungleichheit, zur Willkür, zur Unterdrückung, zur Despotie, zur Tyrannei, zur Anarchie, zur Sklaverei.

Herrschen ist Unsinn, aber Regieren ist Weisheit. Man herrscht also, weil man nicht regieren kann.

Nicht wo einer regiert, ist Despotie, sondern wo einer herrscht, das heißt, nach eigener Willkür schaltet und die übrigen unbedingt als Instrumente zu seinem Zwecke braucht.

Aus dem Pleonekten wird bald ein Rädler, aus dem Rädler ein Despot, aus dem Despoten ein Tyrann, aus dem Tyrannen ein Wüterich, aus dem Wüterich ein Scheusal. Wo das nicht geschieht, fehlt bloß Gelegenheit und Versuchung.

Man muß viel gesehen und gedacht haben, ehe man zu Horazens Nil admirari gelangt, oder man ist von der Natur zum Faultier ursprünglich gemacht.

Dem Eroberer sind die Menschen Schachfiguren und eine verwüstete Provinz ein Kohlenmeiler. Mit wenigen Ausnahmen sind die großen Helden die großen Schandflekken des Menschengeschlechts. Selbst Miltiades hat seinen Charakter problematisch gelassen.

Für den Moment etwas Schönes tun, heißt noch nicht gut sein, das kann auch der Enthusiast. Wessen ganzes Leben nicht die strenge Sonde hält, gehört unter die moralischen Blendlinge.

„Καὶ σύ, τέκνον!“ sagte Cäsar zu Brutus, und diese drei Worte scheinen dem Republikaner auf einige Tage alle Besonnenheit genommen zu haben, nach deren Verlauf fast alles verloren war.

Wenn man in die Welt und in die Geschichte blickt, muß man es für eine große Torheit halten, vernünftig sein zu wollen, und wer nicht in sich Kraft fühlt, einen guten Charakter allein gut durchzutragen, fange lieber nicht an, denn auf Menschen und ihren Beifall und ihre Unterstützung darf er nicht rechnen.

Eine gute Tat, wenn sie wirklich die Probe hält, ist besser als Millionen guter Worte, aber manchmal ist das Wort die Tat selbst, und dann hat es hohen Wert.

Wenn die Kritiker Kritik schreiben, ist jeder ein Repräsentant der Weisheit und spricht Orakel von seinem Dreifuß und erregt Ehrfurcht in seinem heiligen Nimbus. Dann machen sie selbst Werke, und der Nimbus zerrinnt und zeigt eine Jammergestalt. Gemeiniglich geben sie dann dem Gezüchtigten durch ihre Werke Genugtuung für ihre Kritik.

Προτερήματα ἁμαρτήματα.

Die meisten beträchtlichen Güterbesitzer in allen Staaten sind Leute, die keinen Begriff haben von dem, was der Staat ist und was er an den Bürger und der Bürger an ihn fordern kann und muß. Sie schreiten also grob pleonektisch einher und nehmen in ihren Anmaßungen den Stock, den Strick und die Bajonettspitze zu Hilfe und glauben vielleicht gar, alles, was sie damit können, sei auch Recht. Das nennen sie sehr passend *ausübende Gewalt*, denn von Gerechtigkeit ist selten ein Fünkchen dabei.

Historisch kann man einen Rechtsgrundsatz vielleicht erläutern, aber nie begründen. Die Geschichte führt nur Tatsachen auf, und Millionen einseitige Tatsachen machen nie notwendig ein Recht, und wenn sie von der Sündflut in ununterbrochener Kette herabgegangen wären. Was die Urbefugnisse des Menschen beleidigt, bleibt ewig Unrecht, und wenn man die Schrift vom Himmel brächte.

Wer die Regel des Rechts nicht in sich trägt, findet von außen wenig Leitung.

An der Grenze dieses und des vorigen Jahrhunderts war der Kampf um philosophisch-politische Vernunft. Die ganze Ausbeute dieses Kampfes hat Bonaparte nicht ganz vertilgen können, aber die besseren Fortschritte hat er vielleicht auf Jahrhunderte gehemmt. Unsere Fürsten sind zu furchtsam und selbstsüchtig und nicht edel stolz genug, um den Grundbegriff der ursprünglichen allgemeinen Gerechtigkeit im Staate aufzustellen. Und doch nur dieses allein kann physisch, mathematisch, psychologisch, moralisch die größte Stärke geben.

Wir sind zu sehr geneigt, in allgemeinen Völkerverhältnissen unsere Neigung und unsern Widerwillen von allen auf einen und von einem auf alle überzutragen. Wir hassen alle, weil sie Anhänger eines einzigen sind, und wir hassen vorzugsweise einen einzigen, weil wir ihm das Unglück des Ganzen beimessen.

Haß und Neid müssen besseren Seelen fremd sein. Ich habe nie gehaßt und selten geliebt. Etwas Neidähnliches regte sich in mir nur beim Anblick schöner großer Handlungen, also auch nur selten. Das Gefühl war nie schmerzlich niederdrückend, also war es vielleicht mehr Eifer als Neid.

Je mehr ich von den Menschen sehe und höre, desto mehr überzeuge ich mich, daß bei ihnen keine Vernunft ist, und der vermessenste Gedanke scheint mir zu sein, daß man glaubt, der Mensch habe Vernunft im höheren Sinne. Er hat nur Kunsttrieb und Baulust und Zerstörungssucht.

Es ist nirgends mehr Haß als unter den Diminutivnatiönchen der deutschen Horden, und alle geben einander zur großen Freude der Fremden reichliche Ursache.

Wir sind nun wieder zu despotisch-aristokratischem Unsinn verdammt, und es ist schwer zu bestimmen, ob die fremde oder die einheimische Tyrannei die drückendere und unvernünftigere sein wird. Ich fürchte, die letztere ist tötender, und die erste ist schändlicher.

On a toujours de bonnes raisons à mal faire, hieß es ehemals im Wiener Kabinett und heißt es jetzt fast überall!

Wo der Fürst gnädig ist, ist er nie gerecht und also immer ein schlechter Fürst. Gnade gehört nur für Verbrecher und ist jedem ehrlichen Mann eine Last zum Tode. Man umnebelt und umgaunert mit dem Gespenst das Fünkchen emporkämpfende Vernunft. Ein Beweis von der tiefen Verworfenheit des Menschengeschlechts ist, daß es sich von dem Begriffe nicht losmachen kann.

„Haben Sie die Gnade!" heißt wörtlich: Ich verdiene zwar das Zuchthaus, aber sie werden mir schon einen andern guten lukrativen Posten geben, den ich nicht verdiene.

Eine Religion, die des Menschen vorzügliche, fast einzige Hoffnung in ein anderes Leben weist, hat die Präsumtion der Gaunerei in diesem für sich.

Die größten Gegner der wahren Kultur sind die Fürsten, die Edelleute und die Gelehrten, insofern sie zu den Privilegiaten gehören, nächst diesen die meisten Buchhändler als Handlanger der Gaunerei aller Art.

Die Alten hatten die Maxime: Salus populi suprema lex esto. Bei uns heißt es, wo nur die Eupatriden Person zu sein scheinen: Nostra privilegia et pleonectemata firmentur, stabiliantur; cetera concidant, ruant, pereant funditus. Nostrum nil interest, dummodo nos salvi simus.

Die politische Freiheit des Adels ist die Ausgeburt der Unvernunft und gerade der Gegensatz jedes liberalen Ideenganges.

Vor mehreren Jahren habe ich eine Diatribe über die Nase geschrieben, und es ist noch jetzt eine meiner gewöhnlichen unwillkürlichen Beschäftigungen, die Nasen zu belugen und zu ordnen. Den Familienstoff abgerechnet, bin ich immer noch der Meinung, daß jeder Mensch so ziemlich seine Nase selbst macht. Daher haben die Kinder fast durchaus unbestimmte Nasen. Zu der Nase, als der festen Prominenz, rechne ich zu psychologischem Behufe auch alle angrenzenden Muskelpartien, vorzüglich die Nasenwinkel und Augenwinkel und Mundwinkel, die sich sogar bis zum Kinn herabziehen. Auch die Maler nennen diese ganze Partie, wenn ich nicht irre, die Leidenschaftsmuskeln, und das mit Recht. Aber die Nase scheint vorzugsweise das Aushängeschild des herrschenden Charakters zu sein, woran jeder ziemlich viel lesen kann, dem die Natur ein ordentliches Rhinoskop gegeben hat. Ich klassifiziere dann mit vieler Gewißheit alle meine Nasen. Da ist die stolze Nase, die ärgerliche Nase, die eingebildete Nase, die vornehme Nase, die impertinente Nase, die tyrannische Nase, die listige Nase, die sklavische Nase, die dumme Nase, die bigotte Nase, die fromme Nase und viele andere Nasen. Zur besseren Bestimmung muß man die oben angeführten Winkel mitnehmen. Ich sehe jedes Gesicht als eine Grenzfestung der Seele an, von welcher die Nase den Kavalier und das Hornwerk macht. Vor andern zeichnen sich noch aus die vorwitzige und die geile Nase. Unschuldige Nasen oder vielmehr Näschen findet man auch, aber ich erinnere mich nie, eine vernünftige Nase gesehen zu haben. Sehr selten sind die rein schönen, ganz charakterlosen Nasen, und wo man sie trifft, gehört viele artistische Beschauung dazu, sie auch reizend zu finden. Die Vernunft scheint mit und auf dem Gesichte wenig zu tun zu haben, wie überhaupt mit dem Menschen. Das Gesicht ist der Tummelplatz der Leidenschaften. Bei vielen ist es sehr unterhaltend, zu untersuchen, wie kommt der Mensch zu der Nase? Die besten Nasen haben im allgemeinen die Frauen, ausgenommen die vielen verdrießlichen und spöttischen Nasen, welche den Trägerinnen nicht weniger als den Beschauern zur

Last fallen. Die vernünftigsten Nasen haben noch die Lazzaroni in Neapel. Der geizigen Nase tut man zu viel Ehre, wenn man sie eine Nase nennt; sie nähert sich an Gestalt und Bewegung dem Rüssel.

Allemannen hießen wir, jetzt heißen wir füglich Alleweiber. Dafür haben wir aber viel Königlein, mehr Fürstlein und noch mehr Herrlein und das Vaterland voll Privilegia.

Die deutsche Vernunft heißt Privilegium, nun fragt sich, ob Privilegium Vernunft heißen kann.

Fast jeder Deutsche wird mit irgendeinem Privilegium geboren, daher unsere Titel Hochgeboren etc. etc. etc., eine herrliche Antiphrase der gesunden Philosophie. Ist das nicht, so sorgt sein Herr Vater, ihm, sobald er aus der Kappe kommt, eins zu erwerben. Das hat er denn titulo oneroso zur Last des Staats und des Menschensinnes.

Der Erfinder und Einführer des ersten Privilegiums ist gewiß ein Zwitterding zwischen Schurken und Dummkopf gewesen.

Wenn dem Menschen nicht immer etwas teuerer ist als das Leben, so ist das Leben nicht viel wert.

Die Sittenlosigkeit hat mit ihrer Eutrapelie sich so der Sprache bemächtigt, daß ein ehrlicher, unbefangener, mit den Weltlastern unbekannter Mensch fast kein Wort sprechen kann, ohne eine Zweideutigkeit zu sagen. Die größte Herrschaft usurpiert die Geschlechtsbeziehung.

Wenn in der wirklichen Welt jetzt für mich etwas Vernünftiges zu tun wäre, würde ich mich nicht mit Idealen und Geschichtsgemälden beschäftigen. Wenn ein Marathon und Salamis wäre, würde ich nicht den Herodotus lesen.

Ich habe bemerkt, daß auf den Gütern der reichsten Leute immer die schlechtesten Häuser, die verfallensten Mauern und die meisten Bettler sind. Das gibt mir ein Recht, die reichsten Leute für die seelenlosesten Menschen zu halten.

Sic volo, sic jubeo; stet pro ratione voluntas! sagte der Römer. Je le veux, et cela sera! sagt Bonaparte weit kürzer und ebenso energisch. Ich möchte wohl den Weidspruch des Attila wissen.

Ich höre jetzt überall Tanzmusik. Das muß von den fremden Tarantelbissen kommen, wenn es nicht alter Bärentanz ist. Wie ein Deutscher bei dem Jammer und dem Sklavenjoch seiner Nation außer dem Zähneknirschen noch einen Ton finden kann, ist mir unbegreiflich.

Fast werde ich anfangen zu hassen, und zwar die Deutschen. Eine so empörende Weggeworfenheit hat kaum die Geschichte, als man jetzt überall findet, und am niederträchtigsten unter allen sind die Gelehrten. Es wäre unbegreifliche Dummheit, wenn sie nicht zu den Privilegienfischern gehörten. Hier macht die Schlechtheit die Verächtlichkeit erklärlich. Ein deutscher Gelehrter ist ein Amphibion zwischen Auster und Polypen: er schläft, langt zu, gähnt, deräsoniert und schläft wieder ein.

Si ferro possem, facerem caderentque tyranni;
  Nam nunquam huic sceleri non inimicus ero.
Aurea tum pax, justitia probitasque valerent,
  Almaque sanctaque lex omnibus aequa foret.
Sed quia non armis, possum contendere verbo,
  Vivus donec ero: littera scripta manet.

Wenn der Mensch aufhört, in irgendeinem Punkte eine Tinktur von Narrheit zu haben, so ist es mit seiner Weisheit und bald auch mit seiner Existenz zu Ende. Der Himmel behüte mich also vor der absoluten Weisheit, nach der ich strebe!

Der verstorbene Lord Bristol, liederlichen Andenkens, teilte in Rom die Deutschen ein in Weintrinker und Biertrinker, mit der Bemerkung, die Weintrinker seien Schurken und die Biertrinker Dummköpfe. So viel zynische Arroganz auch in dem Urteil liegt, muß man doch bekennen, der Mann kann durch das Studium unserer öffentlichen Verhältnisse füglich darauf geleitet worden sein. Jetzt haben wir der Weintrinker beträchtlich weniger, aber der Biertrinker beträchtlich mehr und sind also dadurch nichts gebessert.

Nulla fides pietasve viris qui castra sequuntur – Inter arma silent leges und dergl. sind Weidsprüche, die zwar leider ziemlich wahr, aber eben deswegen auch ein Schandfleck der menschlichen Natur und Vernunft sind.

Der jetzige Modeanzug unserer Damen gibt Ovids Corinna sehr musterhaft, ohne Fenstergardinen und Mittagsdämmerung, vom Quales ego vidique humeros tetigique lacertos bis zur forma papillarum und dem Cetera quis nescit.

Alle Malversationen und Privilegien beruhen auf irgendeinem Schein des Rechts, den die politischen Gauner nur gar zu gern für das Wesen des Rechts selbst ausgeben möchten, und bei der großen Menge von Dummköpfen gelingt es ihnen so wohl, daß die wenigen Hellsehenden nichts dagegen sagen dürfen.

Vor einigen Stunden sprach ich von einer liquiden Schurkerei nur eine Minute mit solcher Heftigkeit, daß mir das Blut schmerzlich wallend zu Kopfe stieg, und ich hätte mich gewiß um den Kopf selbst gesprochen, wenn es der

Moment gewesen wäre. Das gibt mir einiges Zutrauen zu meiner moralischen Natur.

Plutarch wäre für seine politischen Vorschriften *(πολιτικὰ παραγγέλματα)* zu Themistokles' Zeiten wahrscheinlich verwiesen worden. Für *sein* Zeitalter waren sie ordentlich zahmklug sehr gut, wo von griechischer Nationalität ebensowenig mehr die Rede war als jetzt von der deutschen. Wir für uns brauchen durchaus weiter nichts als leidenden Gehorsam und blinde Resignation in die Allweisheit unserer Machthaber. Jeder andere Gedanke wird zum Verbrechen gestempelt.

Vernünftigerweise sollten alle Staatsbeförderungen von unten auf gehen, das heißt, die Bürger sollten die Magistraturen und die Krieger die Befehlshaber gesetzlich ernennen. Das wäre rechtlich und psychologisch gut. Wo es umgekehrt ist, muß man von Freiheit nicht sprechen. Von oben herab ist man nach gewöhnlicher Menschlichkeit nie weise genug, den Vorteil des Ganzen ohne Pleonexie zu wollen: von oben herab kommen alle guten Gaben, christlich-moralisch; von oben herab kommen alle schlechten Verordnungen, pfäffisch-despotisch.

Τὸν δεσπότην ἡμῖν λέγετε χρηστόν; οὐδεὶς δεσπότης χρηστός, οὐδεὶς χρηστὸς δεσπότὸς.

Ich habe in der Geschichte und im Leben immer gefunden, daß die Könige im kleinen so viel Gerechtigkeit als möglich zeigen, um im großen so wenig als möglich zu haben.

Wenn man sich nur über Völkerungerechtigkeiten und Nationalschande gehörig weggesetzt hat, so kann man sich schon trösten, denn im ganzen wird es nicht beträchtlich schlechter und hier und da sogar wohl etwas besser.

Die Kriege sind meistens Völkerinfamien, die erst durch die Friedensschlüsse recht liquid werden, oft auf einer Seite, oft auch auf beiden.

Die Menschen sind durch die täglichen Erscheinungen um sich her so an Schändlichkeiten gewöhnt, daß sie alle Augenblicke von einer künftigen Infamie mit aller Unbefangenheit als von einer Sache sprechen, die zu der sogenannten guten Ordnung der Dinge gehöre.

Die Frage des Rechts ist bei einer Königssache – denn Völkersache kann man der Wahrheit nach nicht sagen – die allerletzte, die man tut. Hat man die Möglichkeit und Sicherheit der Ausführung begriffen, so holt man zur Rechtsfrage einige Staatsrabulisten, und sogleich ist ein Haufe schlechter Autoschediasten da, die in allen Formen verworfener Syllogistik beweisen, daß der Wolf die Schafe de jure zerreißt. Richtig von den Wölfen und für die Wölfe, also auch für die Menschen, meint man. Rapinatssystem, wobei man die Rechtsfrage besser ganz unerörtert läßt.

Schmeichelei ist immer verdächtiger als Tadel, denn wer sagt nicht lieber etwas Angenehmes auch ohne hinlänglichen Grund, ehe er sich überwindet, wäre es auch mit Recht, beschwerlich zu fallen?

Tadelsucht ist eine häßliche Leidenschaft in der Seele, und doch findet keine mehr Nahrung im wirklichen Leben. Jeder Blick auf die Welt beweist das Difficile est des Juvenal.

Die Philosophen mögen streiten über die Natur der Wahrheit. Für das Gute haben wir nur ein einziges haltbares Kriterion: daß es nütze, nicht zuweilen und einzeln, sondern immer und allgemein. Der Probestein des Guten ist Allgemeinheit und Dauer des Nutzens, nicht Vorteils.

Der Vorteil zerstört den Nutzen. Diese Allgemeinheit nannten die Alten Eudämonie, Kant nennt sie allgemeine Harmonie. Dieser Probestein ist auch zugleich der Bestimmungsgrund. Kalte Vernunft kann Regel, aber nie Bestimmungsgrund werden. Wenn das Gute aufhört zu nützen, hört es auf gut zu sein, seine Natur ist, daß es nütze. Eine Tat kann mir den Tod bringen, aber ihr Beweggrund, allgemein und immer befolgt, würde allgemeinen Segen schaffen, folglich ist die Tat gut. Nicht die einzelne zufällige Erscheinung, die ganze Folge notwendiger Wirkung muß beachtet werden. Kleine Seelen ziehen ins einzelne und werden selbstsüchtig; große tragen mit Aufopferung ins Ganze und helfen die Harmonie reiner stimmen.

Aufklärung ist richtige, volle, bestimmte Einsicht in unsere Natur, unsere Fähigkeiten und Verhältnisse, heller Begriff über unsere Rechte und Pflichten und ihren gegenseitigen Zusammenhang. Wer diese Aufklärung hemmen will, ist ganz sicher ein Gauner oder ein Dummkopf, oft auch beides; nur zuweilen eins mehr als das andere.

Dem Himmel darf man Hohn sprechen, der duldet's, denn er ist groß und seiner Allmacht und Weisheit gewiß. Der Menschen Dünkel und äffische Göttlichkeit antasten, bringt Ketten und Tod, denn sie sind klein und fühlen den Ungrund ihrer Anmaßungen. Sie schützen also Torheit mit Laster und Laster mit Verbrechen.

Selbstüberwindung ist ein falscher Ausdruck, ist Täuschung; was wir in gutem Sinne so nennen, ist Selbstfassung, Selbststärkung. Ebenso ist der Ausdruck *Aufopferung.* Die genauere Forschung findet keine, ich bekomme immer etwas Besseres für das Geopferte, am meisten erhält der Harmoniephilosoph für seine anscheinenden Aufopferungen. Ganz reine Aufopferung läßt sich nicht denken, oder sie wäre Torheit. Schöne Seelen, deren Wert mehr im Empfinden als Denken besteht, sind sich des Lohns ihrer Güte am wenigsten bewußt und genießen ihn doch noch am reinsten.

Wenn man gegen die Eudämonie und ihre Anhänger zu Felde zieht, bleibt man immer zu sehr beim einzelnen und momentanen stehen, da man doch ins allgemeine und so viel als möglich ins Ewige gehen sollte. Ist die allgemeine Harmonie etwas anderes als die Wirkung des Guten und Vernünftigen? Und ist Wirkung und Wesen nach der Notwendigkeit unseres Denkens nicht eins?

Wo gemeine, schwache Menschen in Bewunderung ausbrechen und die Huldigung anfangen, da gerät der Mann von Sinn und Stärke in Mißtrauen; und wo kurzsichtige Menschen mit Unzufriedenheit zu tadeln beginnen, fängt sehr oft des Weiseren bessere Billigung an.

„Ihr Bestien wollt glücklich sein?" sagte mir einmal Heidenreich in der Hitze des Streits; „ihr sollt nicht glücklich sein, ihr sollt gut sein!" Er war freilich nicht glücklich, das schien mir aber daher zu kommen, weil er auch nicht sonderlich gut war. Wer stets der Ball grober abwechselnder Leidenschaften ist, kann im strengern Sinne doch wohl schwerlich für gut gelten und muß zufrieden sein, wenn man ihn nur unter die Gutmütigen zählt.

Ich höre überall von heißpatriotischen Preußen, Östreichern, Bayern, Sachsen usw., die einander in die Wette hassen; nur höre ich von keinem Deutschen. Wehe also meinem Vaterlande! In hundert Jahren sind wir wahrscheinlich, wenn das Glück sich nicht unserer Dummheit erbarmt, die erbärmliche Zwitterbrut der Elsasser, Lothringer und Kurländer und Livländer, die ihre alte Nationalität verloren haben und keine neue finden können.

Unser Zeitalter ist eine Kette von öffentlichen Infamien, die niemand empören. Ein Beweis, daß das Zeitalter die Infamie selbst ist.

Sachsens Akquisition in Polen betrachte ich politisch als den Gewinn eines jungen Spielers. Er kann ihn leicht zum Verderben führen.

Rußland hat von seinem Bundesgenossen gewonnen. Wenn kein Geheimnis, wie ich hoffe, darunter ist, bezeichnet dieses hinlänglich seine Schändlichkeit oder seine dienstbare Ohnmacht.

Wer mit einem guten Gedanken stirbt, ist immer glücklicher, als wer als Sieger über ein Schlachtfeld zieht.

Hätte man Cajeta gehalten, von Cajeta aus hätte das Heil für Italien kommen können. Hält man Stralsund, von Stralsund aus kann das Heil für Deutschland wiederkehren. (Ich spreche nur politisch.)

Solange die Engländer einen Fußbreit Landes auf dem Kontinent von Europa haben, ist keine Hoffnung zu einem leidlich dauerhaften Frieden.

Nun sind endlich die Deutschen politisch aus ihrer zwitterhaften Existenz heraus in die entschiedene Nullität gekommen.

Die gefühllosesten Klötze für Nationalehre und Nationalschande sind die deutschen Gelehrten; davon überzeuge ich mich täglich mehr.

Die Griechen waren immer nur Spartaner, Athenienser usw. Was sind sie nun? Die Deutschen scheinen bloß den griechischen Buchstaben zu studieren. Sie sind Partikelkrämer; darüber geht das Ganze zugrunde.

Für den besten griechischen Politiker halte ich den Aristophanes. Er mußte aber frivol sein, und so ging er in der Frivolität der Nation verloren.

Wer nicht seines guten Gedankenganges sehr gewiß ist, der wird bei dem Anblick auf die öffentliche Welt gleichgiltig, nicht allein gegen Leben und Tod, sondern auch gegen Tugend und Laster.

Unsere Zeit ist ein blutig praktischer Kommentar über die Erbärmlichkeit des Fürstenwesens, aber die Erbärmlichkeit des Fürstenwesens kann ihn nicht begreifen.

In Leipzig in den alten Substruktionen der alten Pleißenburg, auf welcher die Sternwarte steht, hausen eine große Menge Nachteulen, die links und rechts bis an meine Fenster eine greulich schöne Musik machen. Ausgezeichnet lärmend war ihr Gekrächz auf und ab durch die Allee an den Abenden, wo Ehrhardt und Kompagnie Bonaparte in den Orion hineinflickten. Ob wohl Minervens Vögel die politischen, martialischen und literarischen Heldentaten feierten oder mit Angst von den Erscheinungen wegflatterten?

Es sind jetzt zwei große Räubernationen, die Franzosen zu Lande, die Engländer zur See, und die eine gibt immer der andern ihr Verfahren schuld, das heißt, sie braucht es zum Deckmantel ihrer Rechtsverachtung. Diese Nationen haben doch wenigstens das Gute, daß sie ihre Kräfte brauchen. Bei den übrigen ist von Klugheit ebensowenig die Rede als von Vernunft, und höchst wahrscheinlich wären sie noch schlimmer, wenn sie die Kraft hätten.

Die Dänen haben sich einrangiert in die Reihe der Nichtdenkenden. Denn so etwas wie die englische Expedition mußte durchaus vorauszusehen sein. Und ihre nachdrückliche Erklärung vor zehn Monaten für die Engländer oder die Alliierten hätte die Katastrophe ändern können, oder für die Franzosen hätte sie auf eine andere Art wenigstens eine Zeitlang sichergestellt. Sie haben das Schlimmste getan und sind nun auf beiden Seiten verloren, entweder von dieser oder von jener. Deutschland ist durch seine alte und neue Schwachheit ganz Nullität.

Wer frei und wahr denken will, sei allein, oder er hoffe nichts und fürchte nichts, denn für ihn sind der Dolch, der Giftbecher, die Bastille in hundert Gestalten, alten und neuen, von Potosi bis nach Kolivan.

Den Ruhm soll der Weise verachten, aber nicht die Ehre. Nur selten ist Ehre, wo Ruhm ist, und fast noch seltener Ruhm, wo Ehre ist.

Die schöne Stunde der griechischen Dichtung

In Salamis zum hohen Feste kränzte
Der Sieger Äschylus im Chore sich das Haar,
Und Sophokles, der Opferknabe, glänzte
In dem Triumphtanz am Altar;
Da brachte froh die freundlichste der Horen
Die schöne Kunde noch mit vollem Flügelschlag,
Euripides, der Liebling, sei geboren:
Dies war der Dichter Strahlentag.

Der ganze Unterschied zwischen einem reinen Republikaner und einem reinen Despoten ist, daß der erste die Menschen als weise und gut, der andere aber sie als schlecht und dumm annimmt. Die Erfahrung gibt dem letztern öfter recht als dem ersten. Was nicht ist, sucht jeder in seinem Sinne zu machen, und es glückt wieder dem letzten besser.

Gewisse Dinge glaube ich sogleich, wenn ich sie höre, so sehr haben sie den Stempel der Wahrheit; gewisse Dinge, wenn ich sie sehe; gewisse Dinge muß ich sehen und hören, um sie zu glauben; und gewisse Dinge glaube ich nicht, wenn ich sie auch sehe und höre.

Die Privilegienkrämer müssen ein Privilegium vom Himmel haben, dumm oder schlecht zu sein: zuweilen sind sie beides sine clausula.

Daß die deutschen Fürsten zu regieren aufhören, ist eben kein Unglück für die Nation, aber daß die französischen anfangen, kann eins werden, wenn sich die Nation nicht furchtbar auf Schildwache setzt, welches sie, wie ich fürchte, – – nicht tun wird.

Wer zwei Pferde vor dem Wagen lenken kann, kann nicht auch viere lenken, und ein guter Bürgermeister in Harburg ist deswegen nicht auch ein guter Bürgermeister in der Stadt jenseits des Flusses, et sic porro.

Die meisten Leidenschaften scheuen den Tag und sind schon gefährlich genug, aber furchtbar verheerend sind die, die in der Finsternis geboren werden und sich am Sonnenlicht nähren: Ruhmsucht und Herrschsucht.

Es ist eine gewöhnliche Narrheit der sogenannten bessern Gesellschaft, das Gemeine für schlecht zu halten. Wo das Gemeine verachtet wird, wird das Gute nie gemein werden, welches doch der Endzweck jeder bessern Kultur ist. Bei dieser Gesinnung findet kein Gemeingeist statt; die Folge davon fühlen wir bis zur gemeinen Schändlichkeit der Nation. Bloß der gemeine Mann hat noch etwas richtigen Takt der Sache. Wenn er einen wackern Patrioten bezeichnen will, sagt er wohl: „Der Herr ist sehr gemein."

Die Pfaffen haben die Erbsünde geschaffen, und der Adel verewigt sie; die Despotie verewigt alles zusammen.

Der Staat sollte vorzüglich nur für die Ärmeren sorgen, die Reichen sorgen leider nur zu sehr für sich selbst.

Die Deutschen sind immer nur Barbaren und Halbbarbaren gewesen, haben sich nie zu allgemeiner Gerechtigkeit und Freiheit, nie zur Einheit des Vaterlandes erhoben. Die Kaiser haben die Verbrechen begangen, die Heiligtümer der Nation an einzelne zu vergeuden und dadurch die Spaltung zu verewigen. Die größten Toren sind die deutschen Weisheitskrämer, die Publizisten, welche die Dokumente unseres Nationalunsinns, die Goldene Bulle, den Westfälischen Frieden, die Wahlkapitulation etc. etc., lobpreisend posaunen. Alles dieses hat endlich die Nation in die jetzige Schande gestürzt.

Deutschland wäre zu retten, durch eine verbesserte Lykurgische Legislative, wenn nur die deutschen Fürsten sich zur Vernunft erheben könnten. Jeder hütet nur die Jämmerlichkeit seines ohnmächtigen Firlefanzes von Hoheit. Sie sind alle zu klein, um Bürgersinn zu haben.

Die Bedingung der Vaterlandsliebe ist Freiheit und Gerechtigkeit. Von beiden ist in unsern europäischen Staaten nur das Minimum; die Vaterlandsliebe kann also leicht berechnet werden. Die Vaterlandsliebe der Privilegiaten ist der kochende Grimm wilder Tiere, mit welchem sie über ihren Raub wachen.

Die Deutschen haben bei jeder Gelegenheit einen sehr gewöhnlichen Ausdruck: „Das kann ich gar nicht leiden!“ und doch ist nichts Schlechtes, Vernunftwidriges, Dummes und Niederträchtiges, was seit fünfhundert Jahren und besonders in der letzten Zeit die Deutschen von innen und außen nicht gelitten hätten.

Abendlied

Nach einer alten bekannten Melodie

Was quäl ich mich, wie es dort draußen steht,
Wenn's leidlich nur von innen geht?
Und was kümmert's mich, was man am Jaik befiehlt?
Stehlen wird man immer, gleichviel, wie man stiehlt!
Rechtlich und vernünftig
Bleiben ewig künftig,
Und man würfelt mit dem Augenblicke.

Als Jüngling war ich plötzlich Flamm und Glut,
Doch legt sich nach und nach das Blut.
Wen bei jeder Schurkerei ein Ärger trifft,
Wird umsonst am Ende lauter Gall und Gift;
Und die Gauner glotzen
Hämischer und trotzen
Zähnefletschend nur mit Hohngelächter.

Was will denn ich Ephemeridending,
Da mancher Staat zugrunde ging?
Daß man mir zuweilen Lieb und Freundschaft log,
Nimmt mich's Wunder, da wo man so viel betrog?
Wo uns nur Harpyen
Um den Schädel ziehen,
Von dem Indus bis zum Oronoco?

Wer wagt es hier und will vernünftig sein?
Der wag es auch und steh allein!
Wem der Göttin milder Himmelsblick gefällt,
Suchet sie umsonst bei uns auf dieser Welt,
Denn vor jedem Fenster
Lauern Spottgespenster,
Die am Mittag wie im Finstern schleichen.

Wer hoffnungsvoll noch in das Leben tritt,
Der firlefanze blindlings mit!
Maß er sich auf seiner ebnen Bahn ein Ziel,
Denk er lieber stets zu wenig als zu viel,
Helfe zu dem Reigen
Dideldumdum geigen;
Und es dreht sich alles in der Schnurre.

Mein Lauf ist bald barock genug vollbracht,
Bald schlägt's vielleicht mir Gute Nacht;
Um die Schläfe wird auch schon das Haar mir weiß,
Gar nicht lange dauert's mehr, so bin ich Greis;
Dann kommt mit der Sichel
Hein und mäht den Michel
Und bugsiert ihn hinter die Gardine.

VORWORT

zu einem
Bändchen Bemerkungen
und Konjekturen

ZU SCHWEREREN STELLEN DES PLUTARCH

Der Wahrheit treu sein und sie verehren, die Gerechtigkeit bewahren, gegen alle ebenso wohl gesinnt sein als handeln, vor niemand sich fürchten.

Es ist schon lange her, daß ich aufgehört habe, lateinisch zu sprechen und zu schreiben; aber da es die Sitte mit sich bringt, daß, wer der gelehrten Welt etwas mitteilen will, dies lateinisch tut, so muß ich versuchen, ob, was ich etwa einstmals von Römischem besessen habe, nach meiner langen Entwöhnung davon wieder zum Leben aufwachen kann. Einem Manne, der zu Lande und zu Wasser weit umhergetrieben und, ein Vierteljahrhundert hindurch von wissenschaftlicher Tätigkeit entfernt, jetzt endlich einmal zu ihr zurückgekehrt ist, darf man, glaube ich, zugute halten, wenn er in sachlichen Dingen etwas herbe, in Worten hart und in der Schreibweise veraltet ist, einem Manne zumal, für den es im öffentlichen und im Privatleben keine andre Richtschnur gibt als Wahrheit und Gerechtigkeit.

Wenn es für einen Bürger Zeit und Raum zu ehrenvollem Handeln gäbe, so hätte ich mich niemals allein auf Lektüre und schriftstellerische Tätigkeit eingelassen, aber das ist schon der Geist oder vielmehr der böse Dämon unsers Jahrhunderts, daß für den rechtschaffenen und wahrheitsvollen Mann kein Trost außer den Wissenschaften übrigbleibt, und selbst diese kaum, wenn nicht jemand für die göttliche Macht der Wahrheit kühn und auf alles äußerste gefaßt ist.

Ein Vaterland – mich schaudert, es zu sagen – ein Vaterland haben wir nicht mehr; der Fremde hat uns gänzlich in seiner Gewalt, hat uns unterjocht, zu Sklaven gemacht. Der Rhein, der Main sind nicht mehr unser, nicht die Weser, wo einst unsere Vorfahren mit Arminius die Römer vernichteten; unsicher sind Donau und Elbe; Hessen gibt es nicht mehr, zugrunde gegangen sind die Cherusker, der Brukterer existiert nicht mehr. Schon gibt es keine Feste und keine Stadt des Vaterlandes, welche die Feinde nicht mit dem äußersten Übermute in Besitz behalten hätten und noch behielten. Überall sind die Unsrigen zu Boden geworfen, niedergemacht, in die Flucht geschlagen, verhöhnt, oder sie dienen – ein Ruhm, der der Barbaren würdig ist – im eigentlichen Sinne als Sklaven unter den Fahnen der Fremden; überall sehen wir Niederlagen unsers Volkes, tadelhaftes Verhalten der Staaten, Schädigung und Schmach. Mit blinder Wut schwelgen Deutsche im Blute ihrer Landsleute, verfolgen und verzehren sich wechselseitig in dem glühendsten Hasse, so daß alle in gleicher Weise infolge ihrer Sinnlosigkeit dem Fremden zum Spotte werden. Bürger werden ohne Urteilsspruch niedergesäbelt. Unsre Feldfrüchte verzehrt der fremde, gewalttätige, wein- und blutdürstige Soldat, Bauer und Bürger erfahren gleich schlechte Behandlung, überall herrscht Armut. Die zügellose Schamlosigkeit der Sieger geht bis zu unmenschlicher Grausamkeit. Keusche Jungfrauen sind geraubt, geschändet und durch einen schmählichen Tod, einen schmählicheren, als ihn unvernünftige Tiere geben können, besudelt, nachher in Mist und Unrat begraben worden, damit das Gräßliche und Ruchlose schauderhafter Verbrechen verborgen bliebe; Mädchen, mit offener Gewalt von der Straße am hellen Tage vor aller Augen zur Wollust der Soldaten in die Wachlokale geschleppt, kamen nicht wieder zum Vorschein. Schonung und Milde war, mit unserer Zeit verglichen, die Wut Tillys, des so unheilbringenden Zerstörers von Magdeburg. Woher kommt das alles? Was wird daraus werden? Schon sind wir der verdorbene Wein und Ballast unter den Völkern, schon kann man nichts Wertloseres, Verächtlicheres, Sklavischeres aussprechen als den deutschen Namen. Welches ist denn aber die Ursache und der Ursprung dieser so großen und unzähligen Übel, die unser gemeinsames Vaterland bedrängen, zugrunde richten und schließlich vernichten? Eine Heilung gibt es schon nicht mehr, so weit sind wir in Elend, Sinnlosigkeit, ja Wahnsinn versunken. Ja, diese Fäulnis, Seuche, Pestilenz und Vernichtung ist eine Folge der Prärogative, der Ausnahmezustände und der Privilegien. Jeder für sich, keiner für das Vaterland. Je mehr Vermögen jemand besitzt, um so mehr strebt er nach Privilegien, damit er die übrigen quälen, unterdrücken, wie Klötze und Dummköpfe behandeln kann. Es gibt nur *eine* Gerechtigkeit, *eine* Freiheit, nämlich gleiches Recht für alle; bei uns nennt man in mehr als barbarischer Weise Gerechtigkeiten und Freiheiten alles, was Vernichtung und Untergang der Freiheit, der Gerechtigkeit und des Gemeinwesens ist. – Das ist unser Elend, daher unsre Tränen. Überall gibt es bei uns despotische Ansprüche, Königreiche, Herrschaften, Dynastien, Grafen, Barone: Namen, barbarisch wie ihre Bedeutung; einen gesetzlichen bürgerlichen und militärischen Oberbefehl gibt es nirgends, nirgends eine Bürgerschaft. Der Name Bürgerschaft ist ein Verbrechen, der Name Bürger eine Schande. Wer von einem gerechten, das Volk zufriedenstellenden Verfahren spricht, wird zu den Rasenden in die Arbeitshäuser gejagt. Die ganze Anhäufung unseres öffentlichen Rechtes besteht aus Bestimmungen von Halbbarbaren, die ihre Aufgabe mit Waffengewalt, aber nicht mit gesunder Vernunft ausführen; die meisten Gesetze, an denen viele Kamele zu tragen hätten, sind Beweise der offenbarsten Härte, da sie meistenteils jeder gesunden Grundlage entbehren und mit dem Schwerte, aber nicht mit wohlwollender Gerechtigkeit verfaßt werden. Aus der Barbarei haben wir uns nicht emporheben können, daher war es notwendig, daß wir in Knechtschaft versinken mußten. *Eins sei das Volk, eins die Oberherrschaft, eins die Staatsgewalt, eins die Autorität und die Majestät des Vaterlandes!* Schon von der Zeit an begann unser Vaterland dem Untergange entgegenzugehen, als unsre Fürsten und Adeligen es wagten, sich aus der Zahl der Bürger auszuscheiden; der Untergang war sicher, als sie es ausgeführt hatten. Sobald die Einheit verlorengegangen war, mußte die Einigung schwer und fast hoffnungslos sein. Durch Zwietracht aber sind schon die größten Staaten zerfallen. Das erkannte der Mann, der einst die Stütze und der Ruhm unsers Volkes war, der der Wahrheit standhaft und unerschüttert anhängende Luther, schon zu seiner Zeit und stimmte fruchtlose Klagen an. Jetzt haben wir Haufen von Fürsten und Scharen von Edelleuten, während es auf der Welt nichts Unedleres als diese geben kann; das Vaterland ist dahin. Unsre Fürsten sind Leibwächter und Trabanten von Fremden, und was bei ihnen die Schande noch erhöht, von Emporkömmlingen, die sie vor fünfundzwanzig Jahren nicht an ihre Tafel gezogen, ja nicht eines Wortes gewürdigt hätten. Es ist so gekommen, weil ihnen die alte Gerechtigkeit und Billigkeit und das Volk überhaupt für nichts galt. Bei allem handelt es sich nur um Einkünfte, Zölle, Pracht, Hochmut, ohnmächtige Schaustellung von Macht; das Wohl des Staates ist das letzte von allem. Eingeschlossen in ihren Palästen und Schlössern, wurden sie von Hofleuten, die oftmals nichtsnutzige und intrigante Menschen waren, umlagert; inzwischen wurde das elende Volk vernachlässigt, geplagt und geschlagen. Tugenden für das Gemeinwesen gibt es nicht, wo es kein Gemeinwesen gibt. Wo das Volk rein zum persönlichen Eigentum und Gegenstande der Erbschaft wird, ist Freiheit, Gerechtigkeit und jede gesunde und rationelle Politik verloren; der Wahnwitz herrscht, die Knechtschaft ist da. Zwar kann die Kaiserwürde, damit man gefährliche Anlässe zu Spaltungen vermeidet, durch Erbschaft übertragen, nirgends aber darf das Volk, nirgends als Sache angesehen werden. Der Begriff Eigentum erstreckt sich nur auf Dingliches; niemals gibt es einen Eigentümer von Personen. In der menschlichen Natur liegt jener Strahl und Glanz göttlicher Macht, daß jeder, der die Freiheit aufzuheben wagt, vor dem ganzen Menschengeschlecht als der Schuld einer bösen Tat und dem Sakrileg des größten Verbrechens verfallen erscheint. Aber mag man dies Palladium auch hundertmal mit ruchloser Hand zerstören, hundertmal wird es mit größerem Glanze sich wieder erheben. Diejenigen, welche über die deutsche

Freiheit phantasiert haben, wußten nicht, was sie wollten. Die Freiheit ist die Gleichheit der Bürger im Staate, die Gleichberechtigung für Ehrenstellen und zu Lasten zum höchsten Besten des Gemeinwesens. Bei uns ist nichts gleich. Jene unsere gepriesene Freiheit bestand nur in häufiger ungesetzlicher Grausamkeit der Fürsten gegen alle, in dem Übermut und der Anmaßung des Adels gegen Bürger und Bauern, in einem schändlichen, im höchsten Maße verderblichen Handel mit Privilegien und in der allertiefsten Erniedrigung des Volkes. Denn wer hätte bei uns nach Tüchtigkeit, Standhaftigkeit und Verdiensten eines Mannes gefragt? Auf das Haus, die Familie, die Eltern und den Einfluß sahen diejenigen, welche das Heft in den Händen hatten. Für die Staatsmänner suchte man nicht verständige, tüchtige, den Geschäften gewachsene Männer, sondern jene wurden am häufigsten den unreifen Söhnen der Vornehmen übertragen. Bartlose Jünglinge mißachten oft übermütigerweise im Vergleich mit sich das ganze Volk und die würdigsten Männer, denn sie selbst bedürfen freilich nicht in hohem Grade der Manneskraft und der Weisheit, um ein Amt des Staates auf dem Wege der Erbschaft anzutreten, des Staates, von dem man gesehen hat, daß sie ihn von Tag zu Tag mehr und mehr durch ihre Torheit und Untüchtigkeit zugrunde richten. Es genügte, einen adeligen Vater oder wenigstens eine solche Mutter zu haben, damit derjenige, der wie ein Stein auf dem andern saß, die übrigen wegscheuchte, sie als Knechte und Sklaven betrachtete. Sobald die Notwendigkeit eintrat, zur Erhaltung des gemeinsamen Vaterlandes Steuern zu entrichten, schrie ein jeder, je mächtiger und vornehmer er war, um so mehr nach Steuerfreiheit und Exemtion – die verderblichste und schändlichste Ordnung der Dinge, die man sich denken kann. Die Leitung der Staatsverhältnisse ist in unserer Hand. Wir wollen, daß ihr gebt und arbeitet, wir, die wir dazu geboren sind, die Früchte zu verzehren – wir, das feine Obst, schwimmen oben. Das erst ist eine gesunde, beständige und gleichmäßige Methode der Staatsverwaltung, wenn jeder je nach seinem Besitze im Staate, ohne sich zu beschweren, ebenso wie alle anderen die Lasten trägt. Ruchlos und unsinnig ist jene Einteilung der Besitztümer in freie, unbesteuerte Grundstücke und solche, die Abgaben unterworfen sind. Was der gemeinsamen Belastung nicht unterworfen ist, gehört nicht in den Staat; jede Befreiung ist unüberlegt, unklug und verderblich. Dazu, daß bei den größten Gefahren das Volk in seiner größten Stärke hervortrete, entlastet man wohl gerade die größten Besitzungen! Nichts ist ungerechter, nichts verderblicher als diese Entlastung. Diese verkehrte Auffassung der Begriffe hat allen gesunden Menschenverstand aus dem öffentlichen Rechte herausgebracht und Schändlichkeit statt der Gleichheit eingeführt. Sobald aber die Gleichheit aus dem Gesetze herausgebracht ist, braucht man nach dem Rechte selbst nicht weiter zu fragen, mit brutaler Gewalt wird jede Sache behandelt, alles wird zugrunde gerichtet. „Gute Ordnung" nennt man oft dasjenige, was für das Wohl und die Sicherheit der Bürger am schlimmsten ist, „Ruhe und Frieden" die Geduld und Schlaffheit bis zum Tode. Eine gefährliche Freiheit, sagte daher jener ausgezeichnete Bürger, will ich lieber als eine ruhige Knechtschaft.

Von den Römern und den Griechen kann und soll man sich ihre Vaterlands- und Freiheitsliebe, ihr Streben nach männlicher Tüchtigkeit und die hohe Anerkennung derselben aneignen, aber nicht in gleicher Weise ihre ersten Rechtsbegriffe und -grundsätze. Wenn jemand dem Gesetze nach Sklave durch seine Geburt ist oder später wird, dann hat die antike Gerechtigkeit ein Ende. Die außerordentlichen Vorzüge einzelner haben das Altertum zu einer solchen Herrlichkeit gebracht, aber ein ursprüngliches Menschenrecht war ihnen kaum bekannt. Selbst jener göttliche Plato wollte seinen Staat auf das allerschlechteste einrichten, da er die Sklaven, die mehr als drei Viertel des Volkes ausmachten, zur Arbeit zwang, ohne ihnen etwas anderes zu gestatten; ich weiß nicht, auf welches Recht, auf welche Bestimmung er dabei seine Hoffnung setzte. Wenn irgendein furchtloser Spartakus diese aus der Werkstatt führt, so tut er es mit vollem Rechte und macht den Torheiten der Akademie damit ein Ende. Niemand darf gezwungen werden, für einen andern wider seinen Willen eine Arbeit zu tun. Sklave ist von Natur niemand und darf es auch nicht durch ein Gesetz werden, hätte es Aristoteles, der Schmarotzer der mazedonischen Könige, der Lehrer der Tyrannenherrschaft, der wegen dieser Lehre vielmehr den Namen Äschistoteles verdient, selbst tausendmal in vollem Wortlaute ausgesprochen. Niemand hat, an und für sich und absolut betrachtet, eine größere Macht als ein anderer, und die Quelle alles Rechtes besteht in der ursprünglichen Gleichheit und alter Gleichberechtigung, wie dies die ganze Geschichte und die Übereinstimmung aller Sprachen zu beweisen scheint. Ein System des Naturrechts kann also aus den Alten auf keine Weise gewonnen werden, wohl aber läßt es sich durch Beispiele aus ihnen aufs vortrefflichste erläutern. Sie besaßen mehr männliche Tüchtigkeit als wir an gelehrter Bildung, aber mit Recht mißt man jener höheren Wert bei. Fern bleibe uns, jemals zu den tiefen Abgründen ihrer Verirrungen zurückzukehren, aber mögen wir immer ihren mutigen Sinn haben!

Unsere Feinde sind auf keine Weise anzuklagen, sie sind anständig mit uns umgegangen, sogar etwas anständiger, als die Unserigen mit ihnen umgehen würden. Die fremden Länder hatten sie natürlich unter sich geteilt, ohne sich um Recht und Billigkeit zu kümmern und indem sie der Zügellosigkeit ihrer Natur folgten. Jetzt trat das Vergeltungsrecht ein, und zwar mit größerem Verderben. Die Freiheit und die bessere Überlegung siegte, welche indes jetzt schon wieder zur andern Seite zu neigen scheint. Die Fremden sind überall im Vaterlande Herr, von uns wagt niemand auch nur den Mund aufzutun oder zu mucksen. Mag es Recht oder Unrecht sein, alles wird vermischt. Deutsches

(Germanisches) gibt es nicht mehr, der Ursprung unseres Namens gereicht uns zum Vorwurf. Unsre Verwaltung wird vertrieben oder gezwungen, auf Seiten der Sieger zu treten. Wegen der Tyrannenherrschaft sind die Herren schon Sklaven geworden und suchen sich einen eitlen Glorienschein selbst aus dem Elende des Vaterlandes zu gewinnen. Überall gibt es einen König, einen Gewalthaber, der in barbarischer Weise Herrscher mit seinem Trabanten und wieder selbst Trabant ist, Steuerfreiheit, Exemtion, Privilegien. Sobald öffentliche Lasten zu tragen sind, setzen gerade die Reichsten und Vornehmsten, durch die unsinnigsten Privilegien geschützt, heftigen Widerstand entgegen. Das ist nun jener berühmte Adel, durch den es geschehen ist, daß unsre Schande schon berühmt geworden ist. Jene Schar von Adeligen war im Friedens- wie im Kriegsgewande im Besitze von allem Ansehen, wodurch wir denn auf das unwürdigste in elender Weise zugrunde gegangen sind. Wer nicht adelig war, galt als Sklave; daher ist es gekommen, daß wir schon nichts Sklavischeres als unsern Adel haben. Mag das Vaterland zugrunde gehen, wenn nur unsre Privilegien gesichert sind, mögen wir immer Sklavendienste in schimpflichster Sklaverei tun, wenn es nur Menschen gibt, die in noch niederträchtigerer Weise unsre Sklaven sind. Schon faßt die Erde unsre Erniedrigung und servile Schmeichelei nicht mehr, wir machen uns in unsrer Verblendung sogar an den Himmel.

Was das Volk mit einem tüchtigen und kräftigen Feldherrn vermag, haben schon unsre Feinde ausreichend bewiesen; was dagegen Feldherrn und ihr törichter Ehrgeiz ohne das Volk, das ist durch unsern Untergang veranschaulicht worden. Es war keine Kraft da, weil es keine Einigung, keine öffentliche Gerechtigkeit gab, weil gerade die Reichsten eine unnütze Last im Vaterlande waren, weil nirgends eine verständige Übereinstimmung stattfand. Gerade die Letzten und Geringsten wurden zu den Truppen getrieben, welche das gemeinsame Wohl sichern sollten; Bürger gab es dort nicht. Der gemeine Soldat, das Allerwichtigste im Staate, weil in ihm die Kraft und der Schutz des Vaterlandes liegt, wurde überall in unwürdiger Weise behandelt. Nicht mit Weinreben, sondern mit Stöcken, nicht mit Stökken, sondern mit Knüppeln wurden sie von den unreifen Söhnen des Adels zu dem elenden Dienste getrieben. Das war das Feld, wo die sinnlose Torheit der Vornehmen zum Verderben des Vaterlandes wüten durfte. Eine Hilfe des Gesetzes gab es für die Unglücklichen nicht, dagegen fortgesetzte Stockschläge, wo sich eine etwas freiere Denkart zeigte. So stand es im Buche des Schicksals: „Mühe dich ab, damit du klagst; klage, damit du geschlagen wirst!" – eine verderbliche Härte, welche allen die gebührenden Früchte gebracht hat: wir sind Staub und Asche. Was auch bei uns eingetreten ist, es sind Taten der Fürsten und der Mächtigen mit ihren Privilegien. Unser Elend verdanken wir nicht den Feinden, sondern unsern höheren Beamten, denn jene waren freilich nicht Beamte, sondern Käufer der Provinzen, ungerechte Eintreiber von Zöllen und Abgaben, Zerstörer alles Rechtes. Jetzt haben sie das, was sie nicht aufgehört haben, sich seit Jahrhunderten zu bereiten: sie sind Sklaven mit andern Sklaven, weil sie nicht mit Freien frei haben leben wollen. Unter billigen Gesetzen des Vaterlandes zu stehen, haben sie verschmäht, jetzt ertragen sie solche, die von Fremden diktiert werden. Den Fremden sind sie gehorsam, das Vaterland haben sie ins Verderben und in Ruin gebracht, weil sie Gleichheit im Staate neben einer gesetzlichen Obergewalt haßten.

Die Feinde, sage ich, sind nicht anzuklagen. Sie haben große Taten vollführt gegenüber leeren Drohungen, die strengste Rache gegenüber feindlicher Gesinnung. Schlau haben sie uns getäuscht, wie es gegen Feinde erlaubt ist, tapfer uns in offenem Kampfe besiegt, klug unterdrückt und listig dafür gesorgt, daß sich keine Kräfte neu erheben können. Bedenklich ist ihre Feindschaft, bedenklicher ihre Freundschaft; es sind Bündnisse nach Römerart: wessen

Freunde sie sind, dessen Herren sind sie auch. Alles dies hätte man voraussehen können, man sah es aber nicht voraus.

Unser Adel dagegen hat unter sich gewetteifert, nicht in Gerechtigkeit, sondern in Stolz, nicht in Mannestugend, sondern in Hochmut, nicht in guten Ratschlägen, sondern in Zügellosigkeit.

Gelage, Jagden, Liebschaften, ja sogar liederliche Weiber waren ihre Lieblingsdinge, darin herrschte der regste Wetteifer. Sie waren nicht Heerführer, nicht Richter, sondern die feinsten Kenner der Galanterie und eines üppigen Lebens. Überall fanden sich bei ihnen Hofleute, die durch die Schlechtigkeit ihres Charakters bekannt waren, ruhmredige Offiziere, ja sogar schmarotzende, in Schwelgerei versunkene Busenfreunde, vor deren Unverschämtheit und Frechheit kaum jemand sicher war, die gegen fleißige Bürger und ruhige Landleute sehr kühn, vor den Waffen des Feindes aber sehr feige, und wenn die Sache mit dem Schwerte geführt wurde, sehr flüchtig waren. Schon sind unsre Kriege nichts als große Schandmale, kaum gibt es einen und den andern, der sich in Wahrheit als Mann gezeigt hätte. Exzellenzen von Kommandanten und erlauchte Heerführer, wie unsre servile Ausdrucksweise ist, haben die stärksten und mit allem Kriegsmaterial reichlichst versehenen Festungen den Feinden übergeben, ohne einen Versuch zur Verteidigung zu machen, so daß selbst gemeine Soldaten wegen der Infamie der Handlung außer sich waren. Seit Friedrich (II.) von Preußen gibt es nur wenige Männer des deutschen Volkes, die mit Ehren in das Buch der Geschichte eingetragen werden können. Aber es gibt kein Zeitalter, das schönere Reden hervorgebracht hätte. Wir sind ein Volk von Schönrednern, Schauspielern, Musikern und Philosophen, aber dabei, meine ich, von Händlern und Müßiggängern, die viel Lärm machen und hin- und herlaufen, jedoch nichts tun. Ehrlichkeit verschwindet im öffentlichen wie im privaten Leben, Freunde bereichern sich durch Raub von ihrem

Freunde, überall herrscht Betrug und Sittenverderbnis. Der gute Ruf ist auf Erden ein Übel, die alte Unverletzbarkeit der Ehre ist verschwunden. Vom Himmel hat jener Sokrates, der beste Bürger, die Philosophie (auf die Erde) gezogen, unsre Landsleute zwingen durch ihren Aberglauben die Weisheit, von der Erde in den Himmel zurückzukehren. Die ganze Religion wird durch religiöse Verirrungen vernichtet. Wir liegen brach und kommen kaum noch in Betracht. So dringt denn aus dem Norden schon eine harte Barbarei in Verbindung mit Sklaverei herein, vom Süden eine zwar etwas mildere Herrschaft, aber eine nicht weniger gefährliche und noch schmachvollere Knechtschaft. Wer möchte zu widersprechen wagen? Wir sind der Gegenstand der Schmach, wir sind nichts als Beute.

Hoffnung ist eitel, wo kein gesunder Menschenverstand ist, wo alle jede freisinnige Gerechtigkeit wie alte Weiber in elender Weise fürchten. Wir haben es nicht gewagt, verständig zu sein, jetzt kann es kaum helfen, wenn wir es auch wagen. Durch Privilegien sind die größten Staaten zerfallen, keiner aber gefestigt worden. Durch Privilegien gingen die Perser, gingen die Griechen zugrunde, alle haben sich an diesem Wahnsinn bis zum Tode gequält. Vorteile und Bevorzugungen vor andern sind überall verderblich, mit welchem Namen man sie auch nennen mag. Ἄριστοι und Optimates nennt man jene unter Verachtung alles gesunden Menschenverstandes am allerunrichtigsten, da sie die Vernichter jeder bessern Einsicht sind. Quelle und Ursprung jedes alten Rechtes ist uns verloren. Wir werden von Gelehrsamkeit erdrückt wie von Barbarei. Die sogenannten Gelehrten und wissenschaftlich Gebildeten unter uns beschäftigen sich, von jedem Streben nach ehrenvollerem Ruhme entfernt, mit Quisquilien und unnützen Dingen, indem sie über Unwesentliches und Geringfügiges streiten, was für unsre Verhältnisse keine Bedeutung hat. Der Feind besitzt, trennt und verwirrt alles und hat doch, was der Gipfel unsrer Schande ist, nichts schlechter machen können, als es ist. Alles ist jetzt bei uns nach Art der Fremden; was irgend vaterländisch ist, wird gering geschätzt, verlacht und verspottet. Alles ist voll von Napoleon, von den Säulen des Herkules bis zum Don, von seiner Macht allein wird alles gewaltsam regiert. Der Verbannung nach Gyari wert, ja als Tempelschänder eines zwiefachen Todes schuldig gilt derjenige, der dagegen, daß wir langsam und stumpf an Geist, die Fremden aber höchst gewandt sind, auch nur ein Wort zu äußern wagt. Unsre Muttersprache, die würdige Sprechweise unsrer Vorfahren, wird sehr bald im eigentlichsten Sinne eine Sklavensprache sein, da sie ja nur von Sklaven gesprochen wird, während diejenigen, welche für die Besten gehalten werden wollen und für die Schlechtesten gehalten werden, schon seit langer Zeit sowohl die Sprache ihrer Väter als die der Fremden mit schnöder Barbarei radebrechen. Sie tun ihren Kriegsdienst so, wie sie sprechen, sie sprechen, wie ihr Geschmack ist, nämlich sehr schlecht. Nach Jahrhunderten, ja sogar schon nach einem Jahrhundert werden wir Elsässer, Lothringer, Kurländer und Livländer gemeinsam mit den Polen sein, die in ihrem Elend schon alle nicht wissen, was für Landsleute sie sind und zu welchem Volke man sie rechnet. Bei diesen hat dies der Wahnsinn des Adels bereits erreicht, bei uns wird er es in kurzer Zeit tun.

Nicht von unsern Feinden, sondern von denjenigen unsrer Landsleute sind wir zugrunde gerichtet, welche die Leitung der Dinge in den Händen hatten; elend untergegangen sind wir durch Unklugheit, Schlaffheit und Feigheit, die wesentliche Ursache aber und der Ursprung von alledem liegt im Privilegium und in der Ungerechtigkeit. *„Μόνον τὸ ἶσον τὸ δίκαιον."* (Nur Gleichheit ist Gerechtigkeit), ist weise von einem der Alten gesagt worden, und ebenso daß *νόμος* (Gesetz) davon seinen Namen hat, daß es das Gleiche gibt *(νέμει),* und nur jene goldene Gleichheit der Rechte und der Ansprüche kann Staaten gründen, befestigen, schützen und erhalten. Wenn ein Mann besser ist, so bleibt er stets von besserer Beschaffenheit, sowohl für sich selbst als für das Vaterland, wie es die Natur der Menschheit mit sich bringt, aber wer nach Privilegien und Bevorzugungen schreit, der ist stets schlechter, stets verderblicher. Was hätte eine Heilung gewähren können, liegt auf der Hand: Freiheit, Tapferkeit, Gerechtigkeit, allgemeine Gleichheit: alles Dinge, von denen wir kaum die Begriffe bei uns gehabt haben. Jetzt ist Hannibal schon nicht nur vor den Toren, sondern bereits auf dem Kapitol. Ich habe gesprochen, lieber Leser, und wenn auch nicht mein Leben, so doch meine Gesinnung gerettet.

Auf Plutarch bezüglich nur weniges. Meine sämtlichen Anmerkungen, wie sie sein mögen, beziehen sich auf Stellen, die meines Wissens von den Auslegern noch nicht ausreichend erklärt sind. Was mir beim Lesen aufgefallen ist, habe ich angemerkt und aufgeschrieben, und so nimm es hin! Auf welche Weise du es auffassen magst, ich habe nur beschränktes Hausgeräte. Benutzt habe ich die neueste Ausgabe von Hutten, die, wie es mir scheint, an literarischem Material recht reich ist. Was ich gewagt habe mitzuteilen, schätze ich nicht hoch, denn ich bin nicht der Mann, daß ich nach Maßgabe meines verflossenen Lebens dem Ruhme unter Gelehrten nachjagen sollte. Kurze Noten, ungefähr von dieser Art, habe ich fast für alle griechischen Redner und Dichter zu Papier gebracht, aber sie sind weniger zahlreich und von geringerer Bedeutung als diejenigen, welche ich hier veröffentliche. Unter den Toten mit Thucydides, Tacitus und Plutarch bei Marathon und Salamis zu leben, ist schließlich noch die ehrenhafteste Art des Lebens, wenn man der Würde und der Majestät des Vaterlandes keine Tätigkeit weiter zuwenden darf. Und doch:

„Ein Wahrzeichen nur gilt: das Vaterland zu erretten."

Geschrieben am 1. Januar 1808

14 *To buy …* – (engl.) Zu kaufen und zu verkaufen ist die Seele ihrer Weisheit.
15 *Hülfe* – Sonderform von Hilfe, hier: Zwangsvollstreckung.
Isonomie – Gesetzesgleichheit.
16 *Sarmaten* – Ehemals Bewohner des Gebietes zwischen Weichsel und Wolga, Seume spielt auf die Zerstückelung Polens an.
17 *Scipionen* – Beiname einer römischen Patrizierfamilie, deren Mitglieder als Feldherren und Staatsmänner die Vormachtstellung Roms festigten.
Pichegru – Charles Pichegru (1761–1804), französischer General, Haupt der royalistischen Restaurationsbewegung.
Moreau – Jean Victor Moreau (1763–1813), französischer General, Gegner Napoleons.
18 *in emolumentum …* – (lat.) Für das öffentliche Wohl auf Grund gleichen Rechtes für alle.
Emphyteuse – Eine Art der Erbpacht, Einsetzung in den Nießbrauch eines Grundstücks.
in detrimentum … – (lat.) Das Eigentumsrecht darf den Staat nicht schädigen.
Intermediärleistungen – Zwischenlasten; Abgaben und Arbeitsleistungen, die beim An- und Verkauf eines Grundstücks an Dritte zu leisten sind; so kaufte Seumes Vater ein Grundstück, auf dem Fronarbeit lag, die an Dritte zu leisten war.
19 *Jetzt hält man den Ölzweig empor* – Bezieht sich auf den Frieden von Preßburg am 26. Dezember 1805, durch den Österreich gezwungen wurde, einige Gebiete an Bundesgenossen Napoleons abzutreten.
20 *Ich war willens, noch ein Werk zu schreiben* – Ein Lehrgedicht „Asträa", das unvollendet geblieben ist und in dem Seume in drei Teilen das ehemalige „goldene Zeitalter", die gegenwärtige „Epoche der Kriege und Unterdrückung" und eine künftige glückliche Zeit der Menschheit beschreiben wollte.
21 *Es ist so schön …* – In dem Gedicht beklagt Seume seine unglückliche Liebe zu Johanna Loth, die ihm Anlaß zu seiner nordischen Reise wurde.
Paktol – (griech. Paktolos) Ein Fluß in Lydien, der im Altertum wegen seines Goldreichtums berühmt war.
Urania – Beiname der griechischen Göttin der Liebe.
22 *Stoa* – Griechische Philosophenschule, die Leidenschaftslosigkeit und höchste Selbstbeherrschung anstrebte.
23 *Samogeten* – Litauer; nach der litauischen Landschaft Samogitien.
24 *Euthymie* – Gemütsruhe.

Mein Sommer 1805

Von April bis September 1805 reiste Seume über Polen nach Rußland und Skandinavien. Das Manuskript des Reiseberichtes lieferte er bereits im Dezember an seinen Verleger Steinacker in Leipzig. Das Buch erschien Ostern 1806 unter Seumes Namen, jedoch ohne Verlagsangabe. Es wurde im französisch besetzten Süddeutschland, in Österreich und Rußland sofort verboten.

5 *Veritatem sequi* ... – (lat.) Der Wahrheit treu sein und sie verehren, die Gerechtigkeit bewahren, gegen alle ebenso wohlgesinnt sein als handeln, nichts fürchten.

8 *a potiori* – (lat.) vom Wichtigeren aus.

9 *quod bonum* ... – (lat.) was das öffentliche Wohl befördert.
die Spitzköpfe – Spitzfindige Sophisten, im Gegensatz zu den Plattköpfen, die kritiklos alles glauben.

10 *letal* – (lat.) tödlich.
Eupatriden – Athenische Adlige.
Parergon – Nebensache.
Interimsmäßigung – Zeitweilige Mäßigung.

11 *Schiboleth* – (hebr.) Erkennungszeichen, Losung.
Palladium – Sagenhaftes Pallasbild in Troja, daher: Schutzbild, Bürgschaft.
Realimmunität – Hier: Steuerfreiheit.

12 *Die unglücklichen Gracchen* – Tiberius (162–133 v. u. Z.) und Gaius (153–121 v. u. Z.) Gracchus, die als Volkstribunen eine Agrar- und Militärreform durchzuführen suchten; Tiberius wurde ermordet, Gaius rettete sich durch Selbstmord vor der Verfolgung durch seine Feinde.
sine capite – (lat.) ohne Kopf, im juristischen Sinne keine Person.

13 *ὁπάντα* ... – (griech.) Wer alles im Staate vermag, ist der Dynast.

14 *Spartakus* – Römischer Sklave und Gladiator, führte 73–71 v. u. Z. den bedeutendsten Aufstand der römischen Sklaven.
Roßbach und Krefeld – Hier siegte Friedrich II. von Preußen 1757 und 1758 über französische Truppen.

Zur Textgestaltung

Als Textgrundlage wurde die bei Gustav Hempel erschienene Ausgabe der Werke Seumes (o. J.) benutzt.

Für Hinweise zu den Anmerkungen danken wir Peter Goldammer und Gotthard Erler.

ANMERKUNGEN

25 *Canova* – Antonio Canova (1757–1822), italienischer klassizistischer Bildhauer; auf seiner Italienreise bewunderte Seume Canovas Plastik der Hebe, der Göttin der Jugendschönheit.

25 *Caligula* – Römischer Kaiser (12–41).

Becker – Wilhelm Gottlob Becker (1753–1813), Lehrer, Schriftsteller und Altertumsforscher, seit 1805 Direktor des Grünen Gewölbes.

Naumann Amphions Schwanenlied – Johann Gottlieb Naumann (1741–1801), Opernkomponist, erhielt den Beinamen „Amphion" nach einer seiner Opern; bei dem Schwanenlied Bethulia handelt es sich wahrscheinlich um ein Oratorium des Judith-Stoffes.

Schuster – Joseph Schuster (1748–1812), seit 1787 Kapellmeister in Dresden.

26 *Se dio* ... – (ital.) Wenn du Gott sehen willst ...

Prigionier ... – (ital.) Der Gefangene, der aus den Schrecken zurückkehrt in den heiteren Tag.

Corriamo ... – (ital.) Eilen wir zum Feld!

Anton – Karl Gottlieb Anton (1751–1818), Historiker.

nach Meffersdorf – Um die berühmten Sammlungen mathematischer Instrumente und seltener Mineralien des Herrn von Gersdorf zu besichtigen.

Gnadenberg ... Herrnhut – 1722 wurde in Herrnhut eine pietistische Brüdergemeine gegründet; 1743 entstand nach diesem Muster die Herrnhuter Kolonie Gnadenberg.

27 *Jetzt lebte ich ... den Frühling des letzten Jahres noch einmal* – Seume wanderte während der Osterferien 1804 ins Riesengebirge.

28 *... einige schwärmerischen Reime* – Zu dieser Zeit hatte Seume regelmäßig das Haus des Kaufmanns Loth besucht und war noch nicht von der Hoffnungslosigkeit seiner Liebe zu Johanna Loth überzeugt; zahlreiche Gedichte an Johanna vernichtete er.

Chalon – Stadt an der Marne.

29 *Graun* – Johann Gottlieb Graun (1702 oder 1703–1771), Komponist der norddeutschen Schule.

Rosental – Park im Norden Leipzigs.

30 *Perser* – Xenophon berichtet in der „Kyrupädie" von dem Meder Araspes, der sich sein widersprüchliches Handeln durch „zwei Seelen, eine gute und eine böse", erklärte.

Konfuz – Konfuzius (etwa 551–479 v. u. Z.), chinesischer Philosoph, der als höchste menschliche Tugend Nächstenliebe und Pietät auszubilden suchte.

Dan bis Berseba – Städte im Norden und Süden Palästinas, hier: überall.

30 *Poniatowsky* – König Stanislaus Poniatowsky, August IV. von Polen (1732–1798), ein Günstling Katharinas II. von Rußland, der von ihr als König von Polen eingesetzt wurde, um das Erstarken der polnischen Nation zu verhindern.

31 *Hogarthische Figuren* – William Hogarth (1697–1764), realistischer satirischer englischer Kupferstecher und Maler.

Amphiktyonenversammlung – Versammlung der Angehörigen eines griechischen Staatenbundes.

das Tal Gehenna – Die Hölle.

32 *stygisch* – styx-artig; Styx heißt der Fluß der Unterwelt in der griechischen Mythologie.

Musarion – Verserzählung von Christoph Martin Wieland, erschienen 1768.

33 *Strick ... Stenbock ... Stackelberg* – Offiziere der russischen Gesandtschaft in Warschau.

... Bier, das man nun zum Medium meiner Sehkraft machen will – Der französische Journalist Pierre Louis Roederer hatte im „Journal de Paris" den „Spaziergang nach Syrakus" besprochen und Seume wegen seiner Äußerungen über Napoleon angegriffen; er hatte ihm dabei vorgeworfen, durch den Dunst deutschen Bieres zu sehen und mit englischem Geld gekauft worden zu sein.

Dura satis ... – (lat.) Hart genug ist für die Armen die alte Erinnerung an ihre Übel, und schwerer stürzen die vom Gipfel Geschleuderten herunter.

Petrikau – Heute: Piotrków.

Olims Zeiten – (lat. olim: einst) Vergangene Zeiten.

Fuimus Troes – (lat.) Trojaner sind wir gewesen (Vergil, Aeneis II, 325).

Manum de tabula! – (lat.) Die Hand vom Gemälde!

Lucchesinis Vorspiegelung – Marches Girolamo Lucchesini (1751–1825), preußischer Staatsmann, der im März 1790 ein Bündnis zwischen Preußen und Polen zustande brachte, das er selbst brach.

Ordonnanz – Hier: Vorschrift, Gesetz.

34 *Suworow* – Graf Peter Alexei Wassiljewitsch Suworow (1730–1800), russischer Feldmarschall unter Katharina II., der 1788 die Türken besiegte und 1794 die aufständischen Polen niederwarf.

Kościuszko – Tadeusz Kościuszko (1746–1817), polnischer General und Freiheitskämpfer; beteiligte sich am Nordamerikanischen Unabhängigkeitskrieg, führte 1794 den polnischen Aufstand und bildete die provisorische Regierung; nach der Niederlage der Polen wurde er von Suworow gefangengenommen.

34 *Iffland* – August Wilhelm Iffland (1759–1814), Schauspieler, Schauspieldirektor und Autor zahlreicher Bühnenstücke.

35 *ein Schüler von Stanislaus Poniatowsky* – König Stanislaus Poniatowsky verstand, wie Seume im „Spaziergang nach Syrakus" sagt, sehr viel von Theater und Ballett und sehr wenig von den Bedürfnissen seiner Nation.

arbiter elegantiarum – (lat.) Richter des Geschmacks.

Laschenka – Laczienki, ein Park in Warschau.

aus den Krakauern ... – „Die Krakauer", Singspiel von Adalbert Boguslawski, das am Vorabend des polnischen Aufstandes 1794 im Warschauer Theater gespielt und zu einem Nationalstück geworden war.

Sobieskys Statue – Jan Sobiesky (1624–1696), polnischer Feldherr und Nationalheld, berühmt durch seinen Sieg über die Türken.

... Verse auf seinen Tod – In dem Gedicht „Parentation".

36 *Sponton* – Offiziersspieß.

Friedrichsdor – Goldfriedrich, preußische Münze.

Chechanowice – Heute: Ciechanowiec.

37 *Vidierung* – Beglaubigung.

38 *Reichstag spielte* – Die Mitglieder des polnischen Reichstages stimmten 1793 der zweiten Teilung Polens zu.

39 *Kowno* – Heute: Kaunas.

40 *Majus* – (lat.) mehr.

41 *Minus* – (lat.) weniger.

42 *ex plenitudine ...* – (lat.) im Vollgefühl seiner Macht.

43 *Sybarit* – Schlemmer, Einwohner der italienischen Stadt Sybaris.

Potemkin – Fürst Grigori Alexandrowitsch Potemkin (1739 bis 1791), russischer Staatsmann und Günstling Katharinas II.

44 *Die hiesige Muse* – Eine Vereinigung gebildeter Rigaer.

45 *Browne* – Georg Browne (1698–1792), russischer Feldmarschall, langjähriger Gouverneur in Livland.

Repnin – Nikolai Wassiljewitsch Repnin (1734–1801), russischer Feldherr und Diplomat, seit 1794 Generalgouverneur von Litauen.

46 *Röntgen* – David Röntgen (1743–1807), berühmter Kunsttischler.

47 *Marengo* – Schlacht bei Marengo (14. 6. 1800), entscheidender Sieg Napoleons über die Österreicher.

Konsulargarde – Elitetruppe Napoleons, später Garde impériale.

Tyrtäus – Altgriechischer Liederdichter (7. Jahrhundert v. u. Z.), der das Spartanertum besang.

47 *Kokytus* – Unterweltsfluß in der griechischen Mythologie.
Erinnyen – Rachegöttinen der griechischen Sage.
Orkus – Unterwelt in der griechischen Sage.
Bassen – Bassa: Pascha, Despot.
48 *Kechenäer* – Gaffer.
Urania Vulgivaga – Venus, die Göttin der Liebe, verkörpert als Venus Urania die edle, als Venus Vulgivaga die käufliche Liebe.
49 *... meinen jungen Reisegefährten ...* – Seume brachte einen jungen livländischen Adligen, dessen Vater während eines Besuchs in Leipzig gestorben war, zu seinen Verwandten zurück.
Athenäum an der Embach – Seumes Bezeichnung für Dorpat; Athenäum: Tempel der Weisheit, nach Athene, der griechischen Göttin der Weisheit.
51 *Parochialschule* – Wörtlich: Zur Pfarre gehörende Schule, Einrichtung einer Schule in jedem Kirchspiel.
52 *Morgenstern* – Karl Simon Morgenstern (1770–1852), Philosoph und Altphilologe, seit 1802 Professor an der deutschen Universität in Dorpat, Begründer der dortigen Universitätsbibliothek.
53 *Klinger* – Friedrich Maximilian Klinger (1752–1831), deutscher Dichter, trat in russischen Militärdienst, wurde General und führte seit 1802 die Oberaufsicht über die Universität in Dorpat.
54 *Käsebier* – Christian Andreas Käsebier, berüchtigter Dieb im 18. Jahrhundert.
Antihesperiden – Gegenstück zu Hesperiden: Abendland, meist für Italien und Spanien gebraucht.
55 *Vetturino* – (ital.) Lohnkutscher.
56 *Hupel* – August Wilhelm Hupel (1737–1819), Superintendent in Oberpahlen, Schriftsteller und Sammler.
... Elend und Sklaverei über ein freies Volk brachten – Weißenstein wurde im 13. Jahrhundert als Ordensburg gebaut und diente zur Unterdrückung der slawischen Bevölkerung.
Troglodytenhöhlen – Höhlen für Höhlenbewohner.
58 *Epanorthose* – Belehrung.
61 *Schikaneder* – Emanuel Johann Schikaneder (1751–1812), Wiener Schauspieldirektor und Verfasser zahlreicher Bühnenstücke, er schuf den Text zu Mozarts Oper „Die Zauberflöte".
Kotzebue – August von Kotzebue (1761–1819), Verfasser zahlreicher Theaterstücke.
62 *Müller* – Johannes von Müller (1752–1809), Historiker, von 1800 bis 1804 Kustos der kaiserlichen Bibliothek zu Wien.

62 *Karamsin* – Nikolai Michailowitsch Karamsin (1766–1826), russischer Dichter und Historiker, schrieb eine „Geschichte des russischen Reiches".

63 *Geldnegotiant* – Geldkaufmann.

67 *Alexander* – Alexander I., Zar von Rußland, regierte von 1801 bis 1825.

71 *Appertinenzen* – Zubehör.

72 *Joseph* – Nach biblischer Überlieferung Sohn Jakobs, wurde nach Ägypten in das Haus des ersten Ministers verkauft, dessen Frau Potiphar in Liebe zu ihm entbrannte; als Joseph Minister geworden war, sah er sieben fette und sieben magere Jahre voraus, für die letzteren traf er in den fetten Jahren Vorsorge.

Delator – Geheimer Ankläger, Denunziant.

Narziß – Narcissus, freigelassener Sklave, der als Minister Kaiser Claudius' die Regierungsgeschäfte beherrschte.

Sejan – Lucius Aelius Seianus, Befehlshaber der Garde unter Tiberius, der nach der Kaiserkrone strebte und deshalb 31 u. Z. verhaftet und hingerichtet wurde.

75 *Gall* – Franz Joseph Gall (1758–1828), bekannter Arzt, der die Fähigkeiten und Charaktereigenschaften der Menschen an ihrem Schädelbau erkennen wollte.

le tremblement du cul – (franz.) Das Zittern der Hinterbacken.

Maritorne – Mißgestaltete, schmutzige alte Frau; nach Maritorna, einer Magd in „Don Quichote".

78 *... Narwa durch Pultawa gutmachen* – Bei Narwa unterlag Peter I. im Jahre 1700 den schwedischen Truppen, die er bei Poltawa im Jahre 1709 besiegte.

82 *Küttner* – Carl Gottlob Küttner (1755–1805), Verfasser eines Reisehandbuchs, das unter Seumes Aufsicht bei Göschen gedruckt worden war.

Buhle und Goldbach – Dozenten an der Universität Moskau.

Iwan Weliki – Glockenturm des Kreml.

83 *Garnerin* – André Jacques Garnerin (1769–1823), berühmter französischer Luftschiffer.

84 *die Herren der großen Hanse* – Im 14. und 15. Jahrhundert besaß die Hanse, ein Bund, in dem sich deutsche Kaufleute der Ostseestädte zusammengeschlossen hatten, eine Handelsniederlassung in Nowgorod.

87 *Dikasterium* – Gerichtshof.

88 *Fischer* – Naturforscher und Lehrer an der Universität Moskau.

Nepotismus – Vetternwirtschaft.

perpetuieren – sich immerwährend erhalten.

vim retroactivam – (lat.) rückwirkende Kraft.

Quidproquo – (lat.) Mißverständnis.

90 *Shakespeares Gerberewigkeit* – Der Totengräber glaubt, daß Gerber sich sogar im Grabe ihre Widerstandsfähigkeit bewahren (Hamlet V/1).
O Mahomet ... – (franz.) O Mahomet, dein Paradies der Frauen ist der Sitz der Glückseligkeit.
91 *Piakel* – Sünde.
„Der Teufel kam vor vielen Jahren ..." – Gedicht von Daniel Schiebeler (1741–1771), einem Lyriker, der durch eine Sammlung von Romanzen bekannt geworden war.
Markeur – (franz. Marquer) Aufwärter.
93 *Polyglotte* – Buch in vielen Sprachen, hier: Vielsprachigkeit.
94 *russischer Johannistag* – Nach dem alten russischen Kalender der 6. Juli.
Storch – Friedrich Heinrich Storch (1766–1835), Sekretär Katharinas II. von Rußland, Lehrer der Kinder Pauls I., Vizepräsident der Akademie der Wissenschaften von Rußland, schrieb den „Brief über den Garten zu Pawlowsk".
96 *die Kaiserin Mutter* – Maria Feodorowna.
98 *Acerbi* – Joseph Acerbi, in seinem Buch „Reisen durch Schweden, Finnland und Lappland zum Nordkap in den Jahren 1798 und 1799", englisch London 1802.
Vernet – Joseph Vernet (1714–1789), französischer Landschaftsmaler.
Pauls Familie von Kügelgen – Das Gemälde „Die Familie Kaiser Pauls I." von Gerhard von Kügelgen.
100 *Portikus* – Säulenhalle.
der größte Mann des Nordens – Zar Peter I. von Rußland (1672–1725).
101 *Köhler* – Heinrich Karl Ernst Köhler (1765–1838), deutscher Archäologe, russischer Staatsrat und Direktor des Antikenkabinetts in Petersburg.
Adyton – Etwas Unzugängliches.
Voltaire – Eigtl. François-Marie Arouet (1694–1778), französischer Philosoph und Schriftsteller der Aufklärung; nach seinem Tode erwarb Katharina II. seine Bibliothek.
102 *Suchtelen* – Jan Pieter, Graf von Suchtelen (1751–1836), russischer General; gemeinsam mit ihm hatte Seume in Warschau den Aufstand der Polen erlebt.
„Ah, mon cher camarade ..." – (franz.) „Ah, mein teurer Unglücksgefährte, seien Sie willkommen! Augenblicklich geht es uns ein bißchen besser als in Warschau vor elf Jahren!" – „Sehr viel, sehr viel, Euer Exzellenz, dem Himmel sei Dank!"
106 *Austerität* – Ernst, Strenge.
107 *Kakus* – Feuerspeiender Riese.

109 *Linné* – Karl von Linné (1707–1778), schwedischer Botaniker; ordnete und bezeichnete systematisch die ihm bekannten Pflanzen- und Tierarten in seinem 1735 erschienenen Buch „Das System der Natur".

110 *Der Bourbonide* – König Ludwig der XVI. von Bourbon wurde 1793 hingerichtet.

septembrieren – Ermorden, nach den Septembertagen 1792, während der die Jakobiner feindliche Aristokraten töteten.

teufen – (im doppelten Sinne: taufen und ertränken) weihen, zur Freiheit läutern.

111 *cayennieren* – In die ehemalige französische Verbrecherkolonie Cayenne in Südamerika verbannen.

... den Papst mit seiner Zunft – Napoleon wurde am 2. Dezember 1804 durch Papst Pius VII. zum Kaiser gekrönt.

Benedeiung – Seligpreisung.

Le peuple ... (franz.) Das Volk ist nichts für den, der zu befehlen weiß.

112 *Haberrohr* – Hirtenpfeife.

113 *Proviantxenien* – Xenien: Gastgeschenke.

Idiosynkrasie – Überempfindlichkeit.

Trans Suionas ... – (lat.) Jenseits der Schweden liegt ein anderes träges, fast unbewegliches Meer, es soll den Rand und das Ende der Erdscheibe bilden. Das vermag man daraus zu schließen, daß der letzte Glanz der untergehenden Sonne bis zum Anfang anhält, so sehr hell, daß sie die Sterne stumpf macht (aus der „Germania" des Tacitus).

114 *Kißlestschie* – (russ.) säuerliches Getränk.

115 *Epernay* – Nordfranzösische Stadt, Mittelpunkt der Champagnerherstellung.

fromme Tränen ... Rebhühneraugen – Weinsorten.

116 *Kabacke* – Branntweinschenke.

Traiteur – (franz.) Speisewirt.

118 *Nikolay* – Ludwig Heinrich von Nikolay (1737–1820), Jurist, ging als Hofmeister nach Rußland, wurde Erzieher des Großfürsten Paul und Direktor der kaiserlichen Akademie der Wissenschaften.

119 *Agathodämon* – Guter Geist.

121 *Werner* – Abraham Gottlob Werner (1750–1817), Lehrer an der Bergakademie in Freiberg, berühmter Geologe.

122 *... wo Vater Cato Griechisch lernte* – Marcus Portius Cato (234–149 v. u. Z.), römischer Staatsmann und Historiker, der die römische Tradition pflegte und den griechischen Einfluß bekämpfte; erst im hohen Alter lernte er Griechisch.

123 *Pleonexie* – Habsucht.

123 *anathematisch* – verfluchend.
127 *Facundus ...* – (lat.) Ein redegewandter Begleiter ersetzt unterwegs das Gefährt.
Brücke quaestionis – umstrittene Brücke.
132 *Merkel* – Garlieb Merkel (1769–1850), Publizist, beschrieb das menschenunwürdige Leben der Letten in seinem 1796 erschienenen Buch „Die Letten", das mit Seumes Gedicht „Elegie auf einem Feste zu Warschau" veröffentlicht wurde.
133 *der Philippide* – Alexander der Große von Makedonien, Sohn Philipps von Makedonien.
134 *Pepliers* – Verfasser einer bekannten französischen und schwedischen Sprachlehre.
137 *Surplus von Gratial wegen* – Ein Mehr als Geschenk; Trinkgeld.
138 *Aubergist* – (franz. Aubergiste) Hotelwirt.
140 *2 Meilen Schwedisch* – Längenmaß von 36000 Fuß.
141 *Ichthyophagen* – Fischesser.
142 *... Ursache, es nicht zu glauben* – Anspielung auf Wilhelmine Röder.
143 *Nekropompe* – (griech.) Totengeleit.
144 *Delier* – Apollon, der griechische Gott der Dichtkunst und der Musik, dem auf der Insel Delos eine Kultstätte errichtet worden war.
147 *der Wohltäter Upsalas* – König Gustav Adolf von Schweden.
Stenbock – Graf Magnus Stenbock (1664–1717), schwedischer Feldherr, der 1713 Altona verbrannte und sich danach den dänischen, sächsischen und russischen Truppen ergeben mußte; er starb im Kerker zu Kopenhagen.
Thunberg – Karl Peter Thunberg (1743–1828), schwedischer Arzt, Naturforscher und Sammler.
148 *Linnés Sammlung* – Seine Pflanzensammlung mit über 7000 Arten kaufte die Linné-Gesellschaft in London.
die sogenannte silberne Handschrift des Ulphilas – Die Handschrift der gotischen Bibel, die der Bischof Ulphilas im 4. Jahrhundert aus dem Griechischen übersetzte; er schrieb mit silberner Tinte auf rotes Pergament.
149 *die schöne Ausgabe unsers Landsmanns* – Eine Ausgabe der gotischen Bibelübersetzung wurde von J. C. Zahn, Weißenfels 1805, herausgegeben.
Siegwart – „Siegwart, eine Klostergeschichte", 1776 erschienen, ein sentimentaler Roman von Johann Martin Miller.
del. – (lat. delineavit) er hat es gezeichnet.
engraved – (engl.) graviert, in Kupfer gestochen.
„Ekklesiazusen" ... „Frösche" – Komödien des griechischen Dichters Aristophanes (444–385 v. u. Z.).

149 *Seneca* – Lucius Annäus Seneca (um 4 v. u. Z.–65 u. Z.), römischer stoischer Philosoph und Politiker, Schriftsteller, Lehrer Neros.

Tacitus – Publius Cornelius Tacitus (um 55–120 u. Z.), römischer Staatsbeamter und Historiker.

Burrus – Afranius Burrus, Prätorianerpräfekt unter Nero, der gemeinsam mit Seneca die Politik des jungen Kaisers beeinflußte.

150 *Non sum sapiens ...* – (lat.) Ich bin nicht weise, und ich werde es auch nicht, damit ich deine Mißgunst nähre. Ich bessere mich also nicht, damit ich besser als die Bösen bin, sondern damit du das Bessere wollen mögest. Es genügt mir, täglich etwas von meinen Fehlern abzulegen und meine Irrtümer zu schelten.

Strabo – Strabon (63 v. u. Z.–19 u. Z.), berühmter griechischer Geograph, verfaßte eine geographische Beschreibung der gesamten damals bekannten Welt.

Caeterum nec ... (lat.) Übrigens entspricht es nicht ihrer Auffassung von der Größe der Himmlischen, die Götter in Wände einzuschließen oder in irgendeiner Weise dem menschlichen Gesicht nachzubilden (aus der „Germania" des Tacitus).

152 *Moseback* – Von schwedisch mossabacke: Mooshügel.

Sergel – Tobias Sergel (1740–1814), schwedischer Bildhauer.

153 *Ankarström* – Mörder König Gustavs III. von Schweden, der während eines Maskenfestes am 29. März 1792 ermordet wurde.

... in dem Michailowschen Schlosse – Hier wurde 1801 Zar Paul I. von adligen Verschwörern ermordet.

155 *Imhof* – Amalie von Imhof, spätere Gräfin von Hellwig (1776–1831), deutsche Schriftstellerin und Hofdame der Herzogin Anna Amalia in Weimar; seit 1803 lebte sie als Frau eines schwedischen Obersten in Stockholm.

157 *Von ihrem König ...* – Gustav IV. von Schweden, Sohn des ermordeten Gustav III.

Solamen miserorum miserum – (lat.) Der klägliche Trost der Elenden.

Drottningholm ... Haga – Schwedische Königsschlösser.

158 *Schonen* – Südliche, fruchtbare Gegend in Schweden.

... bei Abschaffung der Potemkinschen Ordonnanz ... – Zar Paul I. von Rußland hatte aus Haß auf seine Mutter Katharina II. bei seinem Regierungsantritt auch die von General Potemkin eingeführte Kleidung der Soldaten verändert.

159 *ephemerisch* – vorübergehend.

Chargé d'affaires – (franz.) Geschäftsträger.

163 *de tribus impostoribus* – (lat.) „Über die drei Betrüger", Titel einer angeblich 1598, in Wirklichkeit 1685 entstandenen Schrift, die die drei Religionsstifter Moses, Jesus und Mohammed als Betrüger bezeichnet.

165 *böotisch* – Aus der altgriechischen Landschaft Böotien stammend, in übertragenem Sinne: denkfaul.

Wennersee – Irrtümlich für Wettersee.

166 *der fünfundzwanzigste April* – Geburtstag der Wilhelmine Röder.

obsolet – veraltet, abgenutzt.

... wirst in der Mitte wohl nicht sehr irren – Der 21. August, der Geburtstag Johanna Loths.

Heureux celui ... – (franz.) Zitat aus Seumes Geburtstagsgedicht für Johanna Loth: „Glücklich derjenige, für den dieser Tag das liebste Fest sein wird!"

167 *Auch die Toten ...* – Zitat aus der Schlußstrophe der 1. Fassung von Schillers „Ode an die Freude".

unreimisch – Soviel wie: ungemütlich, unheimlich.

Rosts Schäferstunde – Johann Christoph Rost (1717–1765), Verfasser schlüpfriger Schäfererzählungen.

die sechste Bitte – „... und führe uns nicht in Versuchung", aus dem Gebet „Vater unser".

Amtmann Riem – Eigentlich Amtmann Riemen aus dem Schauspiel „Die Aussteuer" von August Wilhelm Iffland: Das Zählen seines Geldes nennt der Amtmann seine Schäferstunden (I/9).

169 *dulcis patriae fumus* – (lat.) Der süße Dunst des Vaterlandes.

171 *Struensee* – Johann Friedrich Struensee (1737–1772), dänischer Staatsmann, der seit 1771 als geheimer Kabinettsminister die bürgerlichen Interessen vertrat, durch eine Adelsverschwörung gestürzt und 1772 in Kopenhagen öffentlich hingerichtet wurde.

172 *Trolhätta* – Berühmte Wasserfälle in Schweden; zur Umgehung der Trolhätta wurde 1793–1800 der 18 km lange Trolhätta-Kanal erbaut.

Karlskrona – Schwedischer Kriegshafen, die Stadt wurde im 17. Jahrhundert auf mehreren Inseln erbaut.

175 *Marezoll* – Johann Gottlob Marezoll (1761–1828), protestantischer Theologe, Hauptpastor an der deutschen Petrikirche in Kopenhagen.

176 *Moldenhawer* – Daniel Gotthilf Moldenhawer (1753–1790), Kustos der königlichen Bibliothek in Kopenhagen, der sich große Verdienste um die Entwicklung der Bibliothek erworben hatte.

177 *Reiske* – Johann Jakob Reiske (1716–1774), größter deutscher Orientalist des 18. Jahrhunderts.
Golius – Jakobus Golius (1596–1667), holländischer Orientalist.
Stobäus – Johannes Stobäus (5. Jahrhundert u. Z.), griechischer Schriftsteller, überlieferte Auszüge aus heute teilweise verlorenen Werken von fast 500 griechischen Schriftstellern.
... goldene Hörner – Drei heidnische Kultgeräte, die in der Kunstkammer verwahrt wurden.
Quinquaillerien – Klingelkram.
180 *kontagiös* – ansteckend.
von dem Gefechte des dritten Aprils – Am 2. und 3. April 1801 schlugen die Dänen einen Angriff der englischen Flotte zurück.
182 *Münter* – Friedrich Münter (1761–1830), Theologe und Altertumsforscher, Professor der Theologie in Kopenhagen.
Landolina – Saverio Ritter von Landolina (1743–1813), italienischer Altertumsforscher, mit dem Seume in Syrakus zusammengekommen war.
184 *Äskulap* – Griechisch-römischer Gott der Heilkunde.
„Ich ging, Egidi sind's drei Jahr" – Romanze aus der komischen Oper „Die Jubelhochzeit" (III/4) von Christian Felix Weiße, in der der Bauer Kunz erzählt, wie er im Wirtshaus von Werbern in den Soldatendienst gelockt worden war.
187 *Polypragmosyne* – Vielgeschäftigkeit.
Ramdohr – Friedrich Wilhelm Basilius von Ramdohr (1757–1822), preußischer Diplomat, schrieb eine philosophische Abhandlung über die Liebe, „Venus Urania", deren Korrektur Seume besorgte.
188 *... wieder etwas Theokritisches von mir zu bekommen* – Theokrit (um 305 v. u. Z.), hellenistischer Dichter aus Syrakus, besingt in Idyllen und Hirtenliedern das Hirtenleben; Seume gibt im „Spaziergang nach Syrakus" eine Übersetzung von Theokrits Gedicht „Der Zyklop"; „Die Hexe" und „Bei der Ernte" sind ebenfalls Gedichte Theokrits.
189 *... seine Youngischen Nachtgedanken ...* – Edward Young (1683 bis 1765), englischer Dichter, dessen berühmtes Werk „Nachtgedanken" Seume zu übersetzen begonnen hatte.
Taciturnität – Schweigsamkeit.
bei dem Eutiner – Johann Heinrich Voß (1751–1826), deutscher Dichter und Übersetzer, hatte bis 1802 als Rektor in Eutin gelebt, war dann nach Jena und 1805 als Professor nach Heidelberg gezogen.
190 *bei den Aboriginern* – Bei den Ureinwohnern.

191 *Noahs Mittelster* – Ham, der biblischen Überlieferung nach der mittlere Sohn Noahs; Wortspiel mit Ham-Hamburg.
Kamtschadalen – Einwohner Kamtschatkas.
Claudius – Matthias Claudius (1740–1815), Lyriker.
Deferenz – Ehrerbietung.
Farniente – (ital.) Nichtstun.
Perquisiten – Erkundigungen, Forschungen.
192 *Die einzige Promenade der Stadt mit dem artigen Namen* – Jungfernstieg.
Sperrung der Elbe – Napoleon sperrte die Elbschiffahrt, um den Handel Englands mit Deutschland zu unterbinden.
catonisches Aufwandsgesetz – Maßnahmen, die Cato gegen den Luxus der Römer ergriff.
Schröder – Friedrich Ludwig Schröder (1744–1816), Schauspieler, Theaterleiter und Verfasser zahlreicher Theaterstücke, Leiter des Hamburger Theaters von 1785 bis 1798 und von 1811 bis 1812.
194 *Algierer* – Hier: Seeräuber.
Albinagium – (lat.) „Fremdlingsrecht", nach dem in Frankreich kinderlose Fremde kein Testament machen durften; ihr Vermögen fiel bei ihrem Tode an den König.
195 *Hoffmann* – Benjamin Gottlob Hoffmann (1748–1818), Buchhändler in Hamburg.
Reimarus – Albert Heinrich Reimarus (1729–1814), Arzt, Gelehrter und Politiker, Sohn des Verfassers der „Wolfenbüttler Fragmente".
Wächter – Georg Wächter (1762–1837), Theologe und Schriftsteller.
196 *Thelkterien* – Zaubermittel.
Campens Ruheplätzchen – Joachim Heinrich Campe (1746–1818), Pädagoge und Autor beliebter Kinderbücher.
198 *autos-epha* – (griech.) Er selbst hat's gesagt.
199 *Adiaphora* – Gleichgültiges.
Concedo – (lat.) Ich gestehe zu, ich erlaube.
202 *Irene* – (griech.) der Frieden.

Apokryphen

Aus den Tagebuchnotizen Seumes entstanden in den Jahren 1806/07 die „Apokryphen". Nachdem Seume das Manuskript an Hartknoch gesandt hatte, genehmigte kein Zensor den Druck, kein Drucker wagte ihn auszuführen. Das Manuskript blieb liegen. Erst nach Seumes Tod im Jahre 1811 wurden die „Apokryphen" verstümmelt und gekürzt im Anhang zur dritten Ausgabe des „Spaziergangs nach Syrakus“ veröffentlicht, so übernahmen sie alle späteren Ausgaben; erst die zehnbändige Hempel-Ausgabe des Jahres 1870 ging auf das Manuskript des Dichters zurück.

203 *Apokryphen* – Von der katholischen Kirche nicht als echte göttliche Urkunden anerkannte Schriften. Für Seumes Wortverständnis vgl. seine zweite Apokryphe, S. 205.
205 *Der Ritter ohne Tadel* – „Der Ritter ohne Furcht und Tadel“, Ehrentitel mehrerer mittelalterlicher Ritter.
206 *He is possessed …* – (engl.) wörtlich: Er wird von großen Reichtümern besessen.
He is worth … – (engl.) Er ist zenhntausend Pfund wert.
Rex – (lat.) König.
roi – (franz.) König.
imperator – (lat.) Herrscher.
βασιλεύς – König.
ἄρχων – (griech). Herrscher.
Sophie – (lat.) Weise.
bruta vis – (lat.) die brutale Gewalt.
207 *Euripides* – Griechischer Dramatiker (480–406 v. u. Z.).
τὸ ἶσον ἔχειν … – (griech). Besitzgleichheit, Redefreiheit … und Gleichheit vor dem Gesetz.
… die Spitzköpfe den Plattköpfen … – Spitzfindige Sophisten im Gegensatz zu den Plattköpfen, die unkritisch alles glauben.
humilitas – (lat.) Unterwürfigkeit, Demut.
ταπείνωσις – (griech.) Erniedrigung, Selbstverleugnung.
Malo libertatem … – (lat.) Ich ziehe die gefahrvolle Freiheit der geruhsamen Sklaverei vor; vermutlich ein Ausspruch Kościuszkos.
208 *Autos epha* – Vgl. die Anm. zu S. 198.
Gäta – Italienische Stadt, die 1799 und 1806 von den Franzosen belagert und erobert wurde.
Ceciderunt … – (lat.) Sie sind in den Abgrund gefallen durch unsere alten Privilegien, sie sind gefallen; im Manuskript vermerkt Seume das Datum: April 8. 1806.
Pleonexie – Habsucht.
Atelie – Steuerfreiheit.
Leptines – Leptines hatte sich mit Demosthenes gestritten, weil er die Steuerfreiheit einzelner Bevorrechteter aufheben wollte.
Roßbach – Hier siegte 1757 Friedrich II. von Preußen über die französische Armee.
kimmerische Nacht – Ewigwährende Nacht.
209 *Prodikus* – Name eines griechischen Sophisten.

209 *B.* – Napoelon Bonaparte.
... des Addisonischen Cato – Joseph Addison (1672–1719), englischer Schriftsteller, schrieb die Tragödie „Cato".
The post ... – (engl.) Ehre ist Privatsache.
Le grand ... – (franz.) Großer Enthusiasmus, bezaubernder Geist, Edelmut und grenzenlose Niederträchtigkeit, große und schöne Gefühle ohne Vernunft, abwechselnd kriechend und stolz und immer liebenswürdig, selbst im Wahnsinn der letzten Narrheit: das sind die Franzosen. Alles, was sie sind, sind sie durch Leichtsinn. Durch Leichtsinn sind sie bei Roßbach geschlagen worden, durch Leichtsinn haben sie bei Austerlitz gesiegt. Sie haben einen König abgeschafft, um sich einem Despoten mit einer Hand aus Eisen zu ergeben (Anspielung auf die „Hand der Gerechtigkeit", das Symbol am Zepter der französischen Könige). Von ihrem Leichtsinn ist alles zu fürchten und alles zu hoffen.
210 *Synopse* – Zusammenstellende Übersicht.
... in den zwei Versen von Bürger – Zitat aus dem Gedicht „Der Raubgraf" von Gottfried August Bürger.
211 *Rousseau* – Jean Jacques Rousseau (1712–1778), französischer Schriftsteller und Philosoph, sein „Gesellschaftsvertrag" (Contrat social) beeinflußte die Staatsauffassung seiner Zeitgenossen in ganz Europa.
212 *Cleve und Mailand* – Anspielung auf die Vetternwirtschaft Napoleons, der seine Verwandten mit Fürstentümern und Königreichen beschenkte.
213 *La loi naturelle* – (franz.) Das Naturgesetz.
214 *Hobbes* – Thomas Hobbes (1588–1679), englischer Philosoph und Staatsmann, sah den Krieg aller gegen alle als den Naturzustand der Menschen an, der durch die Staatsmacht überwunden werden muß.
He is ... – (engl). Er ist mehr als irgendein anderer das Stekkenpferd der Tyrannen.
215 *Tergiversation* – Winkelzug.
Civism – (lat.) Bürgersinn.
Platos „Republik" – Eine Abhandlung des idealistischen griechischen Philosophen Platon (427–347 v. u. Z.) über den Staat.
Dike – Griechische Göttin der Gerechtigkeit.
216 *letale Talion* – (lat.) tödliche Vergeltung.
Grotius – Hugo Grotius (1583–1645), holländischer Philosoph und Staatsmann.
217 *Kalokagathie* – (griech.) Einheit des Schönen und Guten.
218 *Pompejus* – Gnaeus Pompeius (106–48 v. u. Z.), römischer Feldherr.

218 *Cato* – Marcus Portius Cato (95–45 v. u. Z.), leidenschaftlicher römischer Republikaner, der nach Cäsars Sieg Selbstmord beging.
Nobilitas ... – (lat.) Der Name gibt den Adel.
Il n'y a ... – (franz.) Es gibt kaum einen Unterschied zwischen dem Adel Herostrats und dem unserer Privilegierten und Titelträger. Der erste steckte den Tempel einer großen Göttin in Brand, die zweiten zerstören und plündern die Hütten der armen Elenden, die sie überheblich als Lumpenpack behandeln. Die Adligen sind immer kleine Tyrannen und die Tyrannen hohe Adlige, einer stützt immer den anderen, und es sind die Privilegien, die ihren verteufelten Zusammenhalt ausmachen.
Service vient ... – (franz.) Hier wird das öffentliche Recht offenbar; „Dienst" (service) kommt von „servitium" und bedeutet ursprünglich „Sklaverei".
219 *abusive* – mißbräuchlich.
Chez les Français ... – (franz.) Bei den Franzosen gibt es keine Höflichkeit, sondern nur die politesse (Höflichkeit im Sinne von Übertünchung, Glättung, Verzierung), weil es keine Bürgerschaft gibt, keinen Bürger, keinen Bürgersinn. Staatsbürger! sagte man ehedem. Geldbürger! sagt man heute. Es gibt selbst nicht mehr das Wort Freiheit, wie man sagt. Hier ist die Soldateska mit ihrem Anführer, das Grab aller Freiheit.
Höflichkeit – Bedeutet ursprünglich „in der Art des Hofes", des Herren- oder Königshofes.
politesse – (franz.) Höflichkeit (lat. polire: glätten, tünchen, polieren).
promulgiert – verbreitet, öffentlich bekanntgemacht.
220 *August* – (von lat. Augustus) Titel der römischen Kaiser.
Caligula – Römischer Kaiser (12–41 u. Z.).
Antonin – Antoninus Pius (86–161 u. Z.), römischer Kaiser, dessen Regierungszeit als die friedlichste des römischen Kaiserreichs gilt.
Hildebrand – Held des althochdeutschen Hildebrandliedes, dessen Stoff aus dem Sagenkreis der Ostgoten in Oberitalien stammt.
Aqua Toffana – Gefährliches Gift, nach der Neapolitanerin Toffana genannt.
Que les Allemands ... – (franz.) Daß die Deutschen die plumpe Nation sind, glaube ich gern, aber daß die Franzosen die große Nation seien, glaube Judas Apella.
221 *Bassen* – Bassa: Pascha.

221 *Epaminondas* – Der thebanische Feldherr Epaminondas siegte 371 bei Leuktra und 362 v. u. Z. bei Mantinea über Spartaner und Athener.
Novalis – Eigtl. Friedrich Leopold Freiherr von Hardenberg (1772–1801), romantischer Dichter.

223 *Avignon* – Zeitweiliger Sitz der Päpste; Seume verurteilt das neue Bündnis zwischen Napoleon und dem Papst; Napoleon hatte sich durch den Papst zum Kaiser krönen lassen.
Isegorie – Das gleiche Recht und die gleiche Freiheit, öffentlich zu reden.
Isonomie – Die Gleichheit der bürgerlichen Rechte.
Verba mutantur ... – (lat.) Die Wörter wechseln, die Sache bleibt.

224 *Hesiod* – Altgriechischer Dichter um 700 v. u. Z.
Ζηλοῖ ... – (griech.) Es eifert Nachbar mit Nachbar (aus „Werke und Tage", Vers 23).
... *der letzte Mann von Marathon* ... – Seume will lieber für die Befreiung des Vaterlandes kämpfen wie die Griechen 490 v. u. Z. bei Marathon, als für die Eroberung fremden Territoriums wie Alexander der Große 334 bei Granikos gegen die Perser, Oktavian 31 v. u. Z. gegen die Ägypter und Napoleon 1806 gegen Österreicher und Russen bei Austerlitz.
car tel ... – (franz.) „... so ist unser gnädigster Will", Schlußformel der königlichen Verordnungen.

225 ... *den Edelmann aus der Tasche nehmen* ... – Die Schriften von Johann Christian Edelmann (1698–1767), einem bürgerlichen Frühaufklärer, der sowohl gegen Orthodoxie als auch gegen den Pietismus kämpfte und sich zu dem Wort „Gott ist die Vernunft" bekannte; wurde später Anhänger Spinozas; kirchliche und weltliche Obrigkeit verfolgten ihn.
Point de citoyen ... – (franz.) Es gibt keinen Staatsbürger (Citoyen), das ist euer Unglück, Bürger, Bauer, Sklave!

229 *ποινή* – (griech.) Lösegeld, Genugtuung, Sühne.
τιμωρία – (griech.) heißt sowohl Hilfe, Beistand als auch Strafe.

230 *Sulla* – Lucius Cornelius Sulla (138–78 v. u. Z.), römischer Feldherr und Führer der Senatspartei im Kampfe mit der Volkspartei des Marius; Sulla ließ alle, die sich während seiner Abwesenheit von Rom zu Marius bekannt hatten, in Listen eintragen und für vogelfrei erklären; viele wurden ermordet, ihre Vermögen eingezogen.
Hagiograph – Heiligenbiograph.

231 *Quae, qualis* ... – (lat.) Welche, wie beschaffene, wie große Torheit!
Malversation – Rechtsverdrehung, Amtsunterschleife.

231 *Qui non habet in aere ...* – (lat.) Wer kein Geld hat, soll am Körper gestraft werden.
Qui habet in aere ... – (lat.) Wer Geld hat, soll am Körper gestraft werden.
capite censos – (lat.) wörtlich: nach dem Kopf Geschätzte; die Bürger des alten Rom, die besitzlos waren und deshalb nur als Person gezählt, nicht aber nach ihrem Besitz geschätzt werden konnten.
232 *in praevaricationem ...* – (lat.) Zur Verletzung und Beleidigung der Gerechtigkeit und der gesunden Vernunft.
Prosopolepsie – Rücksicht auf die Person.
... in seinem Buche vom Strafkriege – „De jure belli et pacis", das Hauptwerk von Hugo Grotius, behandelt von naturrechtlichen Voraussetzungen aus die Rechtsgrundlage der Kriege.
Kautionszwang – Bürgschaftszwang.
Malevolenz – Übelwollen.
233 *Theokratie* – Gottesherrschaft.
Septuaginta – „Die Siebzig", älteste griechische, von 70 Dolmetschern angefertigte Übersetzung des Alten Testaments.
234 *Weiße* – Christian Felix Weiße (1726–1804) Autor zahlreicher Singspiele und bekannter Kinderbücher.
Tacitus – Publius Cornelius Tacitus (55–120 u. Z.), römischer Staatsbeamter und Geschichtsschreiber.
235 *Ächsler* – Achselträger, einer, der es mit zwei Parteien zugleich hält.
Rodomontade – Prahlerei.
Cherubini – Luigi Cherubini (1760–1842), italienischer Komponist; er schrieb Lieder der Französischen Revolution.
οἰκέτης – (griech.) Hausgenosse, Hausdiener, Haussklave.
δοῦλος – (griech.) Sklave.
ἀνδράποδον – (griech.) Kriegsgefangener, der zum Sklaven erklärt und als Sklave verkauft werden kann.
servitia – (lat.) Gesinde, Gesindel.
236 *servus non habet ...* – (lat.) Der Sklave hat keinen Kopf oder ist keine Person.
Kapitol – Haupttempel des Jupiter im alten Rom, Sitz des römischen Senats und Wahrzeichen Roms.
Areopag – Der Hügel mit dem Gerichtshof Athens.
cur et quo iure – (lat.) warum und mit welchem Recht.
237 *Ἔστι δὲ ...* – (griech.) Es gibt aber eine Herrschaft um des Herrschens willen und eine, die zum Besten des Beherrschten ausgeübt wird. Jene gilt uns als despotisch, diese als Herrschaft über freie Männer (Aristoteles, Politik 1333 a 5, übersetzt von E. Rolfes).

238 … *Verwahrung des Sokrates* – Sokrates enthielt sich, wie Xenophon berichtet, jeder Leidenschaft, indem er starke Hitze, harten Frost und schwere Arbeit geduldig ertrug; in der Liebe wählte er sich häßliche Partner, um sich vor einem Übermaß der Leidenschaft zu bewahren.

238 *Sophroniskus und … Phänarete* – Eltern des Sokrates.

239 *De tyrannicidio …* – (lat.) Sehr unnütz und gefährlich ist die Untersuchung des Tyrannenmordes im öffentlichen Recht; Tatsache aber ist in der Geschichte: Tyrannen werden umgebracht. Denn vieles geschieht oft viel besser und schöner, als es ersonnen wird.

Quid tyrannus … – (lat.) Es ist Pflicht der Bürger, nicht der Ausländer, genau zu prüfen, wer Herrscher sein soll im Staate. Ausländer geht es nichts an, was die Bürgerschaft in eigener Sache bestimmt.

δοκεῖ μοι – (griech.) mir scheint.

240 *Jakob Böhme* – Schuhmacher und Philosoph (1575–1624), dessen Lehre nach 1800 in Deutschland größeren Einfluß gewann.

„Die Rechte des Menschen …“ – Aus der Erklärung der Menschen- und Bürgerrechte vom 26. August 1789, der Grundsatzerklärung der Französischen Revolution.

242 *Cyrus der Ältere* – König Cyrus von Persien (gest. 529 v. u. Z.), gliederte die kleineren Staaten des Vorderen Orient seinem Reiche ein, indem er ihnen Befreiung vom Joch der Babylonier versprach.

Xenophon – Griechischer Geschichtsschreiber (um 430 bis um 354 v. u. Z.), der im Dienste Cyrus' des Jüngeren stand und Cyrus den Älteren in seinem Roman „Kyrupaideia“ als Ideal eines Herrschers verherrlichte; er war Schüler des Sokrates, des Sohns der Phänarete.

Tò … – (griech.) Die Gerechtigkeit ist bei beiden gleich (Maximus von Tyros, XXIV 3 e p. 180, 17 ed. Hobein).

messenische Kriege – Eroberungskriege der Spartaner gegen das benachbarte Messenien (743–455 v. u. Z.).

Gillies – John Gillies (1747–1836), schottischer Historiker, Autor einer „Geschichte des antiken Griechenland“.

243 *cum grano salis* – (lat.) nicht ganz wörtlich zu verstehen.

244 *jus primae noctis* – (lat.) das Recht der ersten Nacht.

Χαίρετε … – (griech.) Freuet euch. Wir freuen uns! (Plutarch, Moralia 347 C.)

Miltiades – Athenischer Feldherr, der 490 v. u. Z. bei Marathon Athen gegen den Angriff der Perser verteidigte.

Octavian – Augustus Gaius Iulius Caesar Octavianus (63 v. u. Z.–14 u. Z.), erster römischer Kaiser.

244 *Soldats* ... – (franz.) Soldaten, ich bin zufrieden mit euch! Ausspruch Napoleons.
Citoyens ... – (franz.) Bürger, die Freiheit ist tot!
245 *Zama* – Antike Stadt in Nordafrika, hier besiegten die Römer 202 v. u. Z. im zweiten Punischen Krieg die Karthager.
Äschylus – Griechischer Tragödiendichter (um 525 bis 456 v. u. Z.).
Sophokles – Griechischer Tragödiendichter (497–406 v. u. Z.).
Euripides – Griechischer Tragödiendichter (480–406 v. u. Z.).
Salamis – Griechische Insel, bei der 480 v. u. Z. die Athener die Flotte der Perser besiegten.
Der Peloponnesische Krieg – Die Kriege, die Athen und Sparta im 5. Jahrhundert v. u. Z. um die Vorherrschaft in Griechenland führten.
246 *feizend* – süßlich, feixend.
Aristophanes – Bedeutendster griechischer Komödiendichter (um 445–386 v. u. Z.).
„Aristip – Briefroman von Christoph Martin Wieland über den griechischen Philosophen Aristippos von Kyrene; Seume betreute die Veröffentlichung des Romans bei Göschen in den Jahren 1800/01.
die Philippiade – Unterwerfung Thebens und Athens durch König Philipp von Makedonien in der Schlacht bei Chaironeia 338 v. u. Z.
Proselyten – Bekehrte, Übergetretene.
der Amphiktyonenrat – Bund altgriechischer Stadtstaaten zum Schutze eines Heiligtums; König Philipp von Makedonien nutzte sein Amt als Feldhauptmann der Amphiktyonie von Delphi, um seine Herrschaft in Griechenland auszudehnen.
Murat – Joachim Murat (1767–1815), Reitergeneral und Schwager Napoleons, König von Neapel (1808–1815).
247 *Triumvirn* – (lat.) drei Männer.
Massena – André Massena (1758–1817), französischer General.
Demosthenes der Alte – Athenischer Heerführer in der sizilischen Expedition im Jahre 415 v. u. Z.
248 *Grundgesetze* – (lat.) Sich zu rächen ist das erste Gesetz, das zweite ist, durch Raub zu leben, zu lügen das dritte, das vierte, die Götter zu verneinen. – Ausspruch eines gewissen Anonymus auf einen großen Beschneider seines Volkes, der die Gallier zu Kapaunen gemacht hat. (Der Sinn des Spruches beruht auf dem Wortspiel mit der Doppelbedeutung von lat. gallus: Hahn und Franzose).
Bedlam – Irrenanstalt bei London.

249 *Braver* – (nach ital. bravo) Räuber, Mörder.
Caprara – Jean Baptiste Caprara, Kardinal, Erzbischof von Mailand und seit 1801 päpstlicher Legat in Paris.
251 *Marasmus senilis* – (lat.) Altersschwäche.
von Sardes ... bis ... Platäa – Platäa: Stadt in Böotien, bei der die Griechen 479 v. u. Z. die Perser in einer entscheidenden Schlacht besiegten; 498 eroberten die Griechen Sardes von den Persern zurück.
252 *Cato* – Marcus Portius Cato (234–149 v. u. Z.), römischer Staatsmann.
Praeterea ... – (lat.) Im übrigen bin ich der Meinung, daß Karthago zerstört werden muß.
Praeterea censeo, deleantur privilegia ... – (lat.) Im übrigen bin ich der Meinung, daß die Privilegien zerstört werden müssen, die Privilegien müssen zerstört werden – mit der Wurzel.
Aristides – Athenischer Politiker (um 540–468 v. u. Z.).
Cicero – Marcus Tullius Cicero (106–43 v. u. Z.), berühmtester römischer Redner.
Scipionen – Römische Patrizierfamilie, die die Macht Roms verstärkte.
Fabier – Römische Patrizierfamilie; Quintus Fabius Maximus Cunctator kämpfte erfolgreich gegen Hannibal.
Fabrice – Von Gaius Fabricius, einem römischen Feldherrn, der 282 v. u. Z. die Samniter besiegte und allem Verrat widerstand, er galt als Muster eines römischen Bürgers.
253 *Kardinal Fesch* – Joseph Fesch (1763–1839), Erzbischof von Lyon, Onkel Napoleons.
Koadjutor – „Geistlicher Helfer"; Kardinal Fesch wurde 1806 Koadjutor des Rheinbundes.
254 *Phidias* – Bedeutendster griechischer Bildhauer der klassischen Zeit (um 450 v. u. Z.), Schöpfer einer berühmten Zeusstatue.
C'est une belle fille – (franz.) Das ist eine hübsche Dirne.
c'est une belle personne – (franz.) Das ist eine hübsche Person.
255 *Hore* – Eine der drei griechischen Göttinen der Ordnung und der Jahreszeiten.
Huri – (arab.) Schönes Mädchen im Paradies.
H-e – Hure; das Wort geht auf das gotische huorra, Ehebrecherin, zurück.
ὡραῖον – (griech.) reif (d. h. in voller Blüte stehend), schön.
id quod ... – (lat.) Dasjenige, was in seiner Art vollendet ist, ist schön.
Mihi religio est – (lat.) Ich besitze Religion (vernünftige Überlegung).
Sophron – Dichter aus Syrakus (um 430 v. u .Z.).

256 *Lessings Maler* – Anspielung auf die Äußerung des Malers Conti in „Emilia Galotti“ (I/4): „Ha! daß wir nicht unmittelbar mit den Augen malen! Auf dem langen Wege, aus dem Auge durch den Arm in den Pinsel, wie viel geht da verloren!“
Deferenz – Ehrerbietung.
Peter Squenz – Hier für Narr, nach dem Stück „Herr Peter Squenz“ von Andreas Gryphius.
257 *Genghiskan* – Auch Dshingis-Chan: Begründer des mongolischen Weltreiches.
Allemands – (franz.) wörtlich: die Männer.
258 *Böotier* – Bewohner der altgriechischen Landschaft Böotien; im übertragenen Sinne unkultivierter, denkfauler Mensch.
Strongbeer – (engl.) Starkbier.
Ἧμεν ... – (griech.) Wir waren aber bereit, mit Händen glühend Eisen/zu heben und durch Feuer zu gehen und bei den Göttern/zu schwören, daß wir nichts getan und daß wir/von dem nichts wußten, welcher das Geschehene/beratschlagt oder ausgeführt (Antigone, Vers 264–267).
259 *Thucydides* – Griechischer Historiker (um 460–400 v. u. Z.).
260 *Τὸ ἴσον ...* – (griech.) Nur das Gleiche ist das Gerechte.
Merops – Sagenhafter Sohn des Hyas, der nach der großen Flut die Menschen wieder gesammelt und angesiedelt haben soll.
261 *Tilesius* – Wahrscheinlich der Weltreisende Wilhelm Gottlieb Tilesius.
Kubo – Weltlicher Herrscher in Japan.
Ὅστις ... – (griech.) Denn der erwerbssüchtige Mensch kennt und will keine Gerechtigkeit, er ordnet sich weder einem Kreis von Freunden noch von Mitbürgern ein (Euripides, Fragment aus der Tragödie „Ixion“, überliefert bei Stobaeus, Floril. 10, 7).
262 *Eupatriden* – Athenische Adlige.
die Gracchen – Die Brüder Tiberius und Gaius Gracchus (162–133 und 153–121 v. u. Z.), römische Volkstribunen, die für eine Agrarreform zugunsten der Bauern kämpften.
263 *Borgia* – Stefano Borgia (1731–1804), römischer Kardinal, den Seume auf seiner Italienreise besucht hatte.
264 *Das alt-meropische Geschlecht* – Wahrscheinlich nach Merope, einer Gestalt der griechischen Sage, die gezwungen wurde, den Mörder ihres Gatten und ihrer Söhne zu heiraten.
Ulm – Hier wurden die österreichischen Truppen im Oktober 1805 von Napoleon besiegt.
Vestigia terreant! – (lat.) Die Spuren sollen schrecken! Im Manuskript vermerkt Seume am Rande: „Nov. 6. (1806)“.

265 *'Η μὲν ...* – (griech.) Denn die Gleichheit in allem und keinerlei Privilegierung sind Werke der Gerechtigkeit. Die Ungleichheit aber und die Privilegierung sind Werke der Ungerechtigkeit (Lucian, Calumniae non temere credendum 8).
Palingenesie – Wiedergeburt.
266 *Ehrhardt* – Christian Daniel Ehrhardt (1759–1813), Professor der Rechte an der Universität Leipzig und Vorsitzender des akademischen Senats.
Mahlmann – Siegfried August Mahlmann (1771–1826), Schriftsteller und Publizist.
Τὸ ἶσον ... – (griech.) Die Gleichheit schafft keinen Krieg (Plutarch, Solon 14, 4).
Plutarchs Solon – Die Lebensbeschreibung des Solon aus den berühmten Lebensbeschreibungen griechischer und römischer Helden von Plutarch.
τὸ ἶσον ... – (griech.) Die Gleichheit allein.
Isonomie – Gesetzesgleichheit.
Isotimie – Gleiches Anrecht auf Ämter und Ehrenstellen.
Isogonie – Gleiche Geburt.
Macon – Französischer General, späterer Gouverneur von Leipzig.
Voilà un ... – (franz.) Das ist ein ehrenwerter Feind!
267 *Tout autour ...* – (franz.) Rings um Weimar herum bis Leipzig und weiter wurde das Land gebrandschatzt, geplündert, verwüstet, zugrunde gerichtet. Man vernichtete, tötete, schändete und mordete ohne Scham und ohne den geringsten Funken Ehrgefühl. Es waren verachtete Mörder, aber Männer, Helden, wie sie für diese Sache gebraucht werden. Unter den Tigern und den Hyänen findet sich manchmal auch ein großmütiger Löwe.
269 *Äschines* – Athenischer Redner, der in seinen Reden für Philipp von Makedonien eintrat; Gegner des Demosthenes.
... bei den Hessen – In Hessen kämpften deutsche Partisanen weiter gegen Napoleon, bis sie von größeren Truppenverbänden geschlagen wurden; zehn der Widerstandskämpfer wurden zum Tode verurteilt, viele in französische Zuchthäuser gebracht; trotzdem brachen in Hessen immer wieder Unruhen aus.
270 *... und unser Fürst wird König bespöttelt* – Napoleon hatte den Kurfürsten von Sachsen zum König ernannt.
Se non ... – (ital.) Wenn es nicht wahr ist, dann – (ist es wenigstens gut erfunden).
271 *1. Libertas ...* – (lat.) Freiheit, gesunde Vernunft, gleiches Recht für alle, Vaterland.

271 *2. Rex* … – (lat.) König, Basileus (altgriechischer Stammeshäuptling), Konsul, was immer du willst, mit Ausnahme des Tyrannen.

3. Patria … – (lat.) Vaterland, gesunde Vernunft, gleiches Recht für alle, Freiheit – Seume vermerkt am Rande: „1. Januar 1807".

Quod tibi non vis – – (lat.) Was du dir nichts willst –; Anspielung auf das Sprichwort: „Was du nicht willst, das man dir tu, das füg auch keinem andern zu!"

si quis … – (lat.) Wenn irgend jemand irgend etwas von dem Seinen für das öffentliche Wohl getan hat.

'Ανεύϑυνον … – (griech.) Alle Dinge in der Stadt (im Staat) unterliegen der Rechenschaftslegung, Untersuchung und Nachprüfung (Aischines, Ktesiphon 22).

272 *Οἱ* … – (griech.) Der Adel ist verdorben, Leute mit großem Namen sind eine Last geworden, die Abgabenfreiheit und die Privilegien sind die Krebsschäden der Staaten.

273 *Pränumeration* – Die Vorauszahlung.

… *in Ägypten* – Um England zu schwächen und dessen Verbindung nach Indien zu erschweren, versuchte Napoleon 1798 in einem grausamen Feldzug Ägypten zu unterwerfen; er wurde jedoch von der vereinigten Macht der Ägypter, Türken und Engländer zur Rückkehr gezwungen.

… *Osterfarce in Paris* – Die Scheindebatte im französischen Senat und Tribunat, auf Grund derer Napoleon „gebeten" wurde, die Kaiserwürde anzunehmen; seit dem 18. Mai 1804 nannte er sich „durch Gottes Gnaden und durch die Konstitution der Republik Kaiser der Franzosen".

274 … *gegen ihn in Zirkulation gesetzt hatte* – Der Nürnberger Buchhändler Johann Philipp Palm (1768–1806), den Napoleon wegen der Veröffentlichung der Schrift „Deutschland in seiner tiefen Erniedrigung" erschießen ließ.

Voilà … – (franz.) Das ist der Unterschied!

275 *Pepliers* – Verfasser einer französischen Sprachlehre.

276 *Gazettiers* – Zeitungsschreiber (nach ital. Gazette: Zeitung).

'Απόλωλε τὰ … – (griech.) Zugrunde gegangen sind die Gemeinsamkeit, die Gleichheit, die Gerechtigkeit, die Freiheit, das Glück. Überall herrschen die Habsüchtigen, alles ist voll von Speerträgern für die Tyrannen, alles ist Furcht und Gewalt und Feigheit und Unwissenheit.

277 *Glaukomen* – Hier für „Blinde", nach Glaukom, dem grünen Star, einer Augenkrankheit.

Sueton – Suetonius (um 75–um 150), römischer Philologe und Historiker, der zwölf Kaiser-Biographien hinterließ.

277 *Livius* – Titus Livius (50 v. u. Z.–17 u. Z.), römischer Historiker und Demokrat, dessen wichtigste Werke unauffindbar sind (vgl. Seume, Spaziergang nach Syrakus, S. 226).
Τοῦτο ... – (griech.) Dies ist die äußerste Schmach der Erniedrigung und der Schmeichelei und das Verabscheuenswerteste.
278 *Τῶν ...* – (griech.) Die Schmeicheleien der Schmeichler und die Privilegien der Schelme und Adligen haben die Staaten gänzlich zugrunde gerichtet.
Witz – Ursprünglich Einsicht, Wissen.
279 *Solon* – Griechischer Politiker (um 560 v. u. Z.), der durch seine Gesetzgebung zur wirtschaftlichen und politischen Festigung des athenischen Sklavenhalterstaates beitrug.
Gesetze der zwölf Tafeln – Im Jahre 451 v. u. Z. wählten die römischen Patrizier und im Jahre 450 v. u. Z. auch die Plebejer ein Zehnmännerkollegium, das die bis zu dieser Zeit nur mündlich überlieferten Gesetze schriftlich festlegen sollte; da die Gesetze auf zwölf Tafeln geschrieben wurden, erhielten sie den Namen „Zwölftafelgesetze".
Dezemvirn – (lat.) Zehnmännerkollegium, vgl. die vorherige Anm.
tutela legitima – (lat.) Gesetzliche Vormundschaft über das Vermögen des Mündels.
tutor datur ... – (lat.) Der Vormund ist vorzugsweise der Person gegeben, nicht dem Vermögen.
280 *Tutel* – Vormundschaft, eingedeutschte Form von tutela.
politischer Weichselzopf – Nach Weichselzopf, einer Haarkrankheit, Haarverfilzung.
Quales sunt ... – (lat.) So wie die Bäche sind, sind auch die Fische, die gefangen werden.
281 *Tertium mihi ...* – (lat.) Ein Drittes ist mir nicht wahrscheinlich.
Erster Bauer – Seume vermerkt im Manuskript: „Den ersten Februar bei meiner Mutter".
Travalgen – Strapazen, Zwangsarbeiten.
Quatember – Eine vierteljährlich zu bezahlende Steuer.
283 *spazieren* – Von lateinisch spatium: Raum, Weite.
Quodlibet ... – (lat.) Jedes Wort ist richtig an seinem Ort.
Scapham scapham – (lat.) Einen Kahn einen Kahn (d. h. das Ding beim rechten Namen) nennen.
Dike – Die griechische Göttin der Gerechtigkeit.
Parrhesie – Freimütigkeit im Reden.
284 *Mais vous* – (franz.) Aber sie langweilen sich.
Kaunitz – Wenzel Anton Fürst von Kaunitz (1711–1794), österreichischer Staatsmann.

284 *Je ne ...* – (franz.) Ich langweile mich niemals, aber man langweilt mich.
Prokop – Prokop von Cäsarea (nach 526), byzantinischer Historiker.
Marius und Sulla – Gaius Marius (156–86 v. u. Z.), römischer Feldherr und Führer der Popularen, kämpfte mit Lucius Cornelius Sulla (138–78 v. u. Z.), dem Führer der Aristokraten, um die Macht in Rom; der Kampf wurde auf beiden Seiten mit großer Grausamkeit geführt.
Moloch – Semitische Gottheit, die das Brandopfer von Kindern forderte.
Adramelech – Name eines assyrischen Gottes, dem Kinder geopfert wurden, einer der Teufel aus Klopstocks „Messias".
285 *De mortuis ...* – (lat.) Über Tote und Abwesende nur Gutes.
ora populi – (lat.) Volksmund.
286 *Ἐλευθερία ...* – (griech.) Freiheit mit gleichem Recht für alle und Besonnenheit und Heiterkeit und Tapferkeit machen den Staat wohlbehalten und glücklich.
Lysander – Spartanischer Feldherr (gest. 395 v. u. Z.), der Athen im Peloponnesischen Krieg besiegte; während des Peloponnesischen Krieges hatte sich die einheitliche Klasse der Spartiaten aufgelöst, einige wenige hatten ihr Privateigentum, vor allem das an Sklaven, vermehrt, während viele andere verarmt waren.
Carus – Friedrich August Carus (1770–1807), außerordentlicher Professor der Philosophie an der Universität Leipzig.
287 *Mihi non ...* – (lat.) Ich halte es nicht für wahrscheinlich, die Privilegien sind im Wege, diese Schande der gesunden Vernunft.
288 *habeant sibi* – (lat.) So sollen sie.
Campi Catalaunii – Die Katalaunischen Felder, auf denen 451 die Hunnen unter Attila von einem vereinigten Heer der Römer und Gallier geschlagen wurden.
am Vesuv bei Spartakus – Spartakus, der Führer des bedeutendsten Aufstandes der römischen Sklaven in den Jahren 73 bis 71 v. u. Z., hatte sich mit seinem Heer auf dem Vesuv verschanzt.
Sesostris – Eroberungssüchtiger ägyptischer König (um 1860 v. u. Z.).
289 *... der Lohn des Griechen und Römers* – Anspielung auf Cicero, der 43 v. u. Z. auf Veranlassung des Marcus Antonius, gegen den er Schmähreden, „Philippica", gehalten hatte, ermordet wurde.
290 *ein Enakssohn* – Nach der biblischen Erzählung ein Riese.

290 *Phimose* – Krankhafte Verengung, hier: Zensurstrich.
291 *... mit dem Syrakuser Dichter* – Dionysius I. (367 v. u. Z), Tyrann von Syrakus, wollte seine Dichtungen gelobt sehen und strafte den griechischen Dichter Philoxenos, der sie verurteilt hatte, mit Kerkerhaft und Tod.
292 *Dekretalen* – Die Bestimmungen des zweiten Teiles des Kirchenrechts.
Fernow – Karl Ludwig Fernow (1763–1808), Zeichenlehrer und Kunstschriftsteller, seit 1804 Bibliothekar der Herzogin Anna Amalia von Weimar.
Uhden – Wilhelm Uhden (1763–1835), preußischer Geschäftsträger in Rom.
materia ... – (lat.) Eine sehr reiche Quelle.
Brennus – Der Sage nach Anführer der Gallier bei ihrem Einfall in Italien (387 v. u. Z.) und der Eroberung Roms.
Cocles – Horatius Cocles (der Einäugige), verteidigte nach der Sage 507 v. u .Z. ganz allein die Tiberbrücke, bis sie vor den andrängenden Etruskern abgebrochen werden konnte.
Appius – Appius Claudius, einer der Dezemvirn (vgl. die dritte Anm. zu S. 279), der durch seinen hochfahrenden Adelsstolz bekannt war.
Anio – Nebenfluß des Tiber.
Blandusiens Quelle – Die Quelle Blandusia auf dem Landgute des Horaz.
293 *Deisidämonie* – Abergläubische Furcht vor den Göttern.
apud quos ... – (lat.) Die immer die ganze öffentliche Autorität und Macht haben.
294 *Marqueur* – (franz.) Aufwärter.
295 *... Das Avancement zugestanden haben* – Bis dahin durften im preußischen Heer nur Adlige Offiziere werden.
296 *Archenholz* – Johann Wilhelm von Archenholz (1745–1812), Historiker und Journalist, der eine Geschichte des Siebenjährigen Krieges schrieb.
Isenburger Offiziere – Karl von Isenburg stellte in den damaligen preußischen Rheinprovinzen das erste preußische Infanterieregiment für französische Dienste zusammen.
297 *Jena, Halle ... Prenzlau ... Magdeburg* – Preußische Festungen, die sich 1806 den Franzosen ergeben hatten.
298 *Difficile est* – (lat.) Anspielung auf den Ausspruch des Juvenal: Difficile est satiram non scribere (Es ist schwierig, keine Satire zu schreiben).
Die Monaden des Leibniz – Gottfried Wilhelm Leibniz (1640–1716) lehrte, daß die Körper aus kleinsten, unteilbaren, nicht mehr räumlichen Substanzen, den „Monaden“, bestehen.

298 *Epikur* – Griechischer Philosoph (341–270 v. u. Z.), der sich „Atome" im leeren Raum existierend dachte, die bei ihrem Zusammenprall feste Körper bilden.
Phryx ... – (lat.) Der Phryge (Bewohner der kleinasiatischen Landschaft Phrygia) wird durch Schaden klug.
299 *On ne fait* ... – (franz.) Niemand macht gute Soldaten durch Prügel.
Bülow – Adam Heinrich Dietrich Freiherr von Bülow (1757–1807), preußischer Offizier und bedeutender Militärschriftsteller, der die preußische Strategie der Napoleons anpassen wollte; er kritisierte die strategischen Fehler der Alliierten in den Koalitionskriegen, wurde 1806 in Preußen verhaftet, den Russen ausgeliefert und starb im Rigaer Gefängnis.
ex post facto – (lat.) Hier: hinterher.
301 *ὕβρις* – (griech.) Übermut
ὑβρίζειν – (griech.) sich übermütig verhalten.
Xerxesse – Herrscher; nach Xerxes (485–465 v. u. Z. König der Perser).
304 *Nimrod* – Der biblischen Überlieferung nach ein Urenkel Noahs, der viele Völker unterdrückt haben soll.
Samuel – Israelitischer Richter und Seher.
Realimmunität – Unantastbarkeit des Besitzes.
quaestio juris – (lat.) Rechtsfrage.
res facti – (lat.) Tatsache.
305 *liquid* – (lat.) Hier: rein, wahrhaftig.
306 *droit* – (franz.) Recht.
égal – (franz.) gleich.
aequum – (lat.) gleich, billig, gerecht.
aequitas – (lat.) Gleichheit, Billigkeit.
aequalitas – (lat.) Gleichheit, Ebenmaß.
307 *... vor dem Reichenbacher Kongresse* – Hier wurde am 27. Juli 1790 ein Übereinkommen zwischen Österreich und Preußen über ihre Interessen in Polen getroffen.
Herzberg – Ewald Friedrich Herzberg (1725–1795), preußischer Staatsmann und Historiker.
Die Pillnitziade – Zusammenkunft des österreichischen Kaisers Leopold II. und des preußischen Königs Friedrich Wilhelm II. am 27. Juli 1791 in Pillnitz.
Cui bono? – (lat.) Zu wessen Nutzen?
Thersiten – Freche; nach Thersites, bei Homer ein schmähsüchtiger Grieche.
Ajaxe – Ajax der Telamonier und Ajax der Lokrer, sagenhafte griechische Helden im Trojanischen Krieg.
308 *argumentum ad hominem* – (lat.) ein handgreiflicher Beweis.

308 *in petto* – (lat.) in Bereitschaft, im Sinne haben.

310 *Marathon* – Strandebene in Attika, auf der 490 v. u. Z. die Athener die Perser besiegten; ein Krieger brachte die Siegesnachricht nach Athen und starb an den Anstrengungen des Laufes.

Salamis – Griechische Insel, bei der die athenische Flotte 480 v. u. Z. die persische besiegte, und antike Stadt auf Zypern, bei der die Athener 449 v. u. Z. die Perser besiegten.

Thermopylä – Auch Thermopylen, „Tor der warmen Quellen", ein Engpaß in Griechenland, den der Spartanerkönig Leonidas 480 v. u. Z. mit 300 Spartiaten und 700 Thespiern bis zum Tode des letzten Kriegers gegen die Perser verteidigte.

311 *Point d'honneur* – (franz.) Ehrgefühl.

Möllendorf – Wichard Joachim Heinrich von Möllendorf (1724 bis 1816), preußischer Oberbefehlshaber im Krieg gegen Polen, suchte die Behandlung der preußischen Soldaten zu bessern.

Kalkreuth – Friedrich Adolf Kalkreuth (1737–1818), preußischer General, der die preußische Kriegsführung und Heeresverfassung scharf kritisierte.

313 *Eben jetzt* – Im Manuskript vermerkt Seume: „Mai 1807".

Προνομίαι … – (griech.) Privilegien sind Gesetzwidrigkeiten, denn gleiches Recht für alle ist die einzige Gerechtigkeit, alle Privilegien sind Krebsgeschwüre des Staates. Die Gerechtigkeit liegt allein in der Gleichheit, sagt Euripides.

314 *Johann von Epirus* – Friedliebender König des Grenzgebietes zwischen Griechenland und Albanien (319–272 v. u. Z.).

Cortez – Hernando Cortez (1485–1547), eroberte 1519/21 das Aztekenreich in Mexiko für Spanien.

316 *Nil admirari* – (lat.) Sich über nichts wundern (Horaz, Briefe I 6, 1)

Καὶ… – (griech.) Auch du, mein Kind (Cassius Dio, Römische Geschichte 44, 19).

317 *Προτερήματα …* – (griech.) Privilegien sind Freveltaten.

319 *On a toujours …* – (franz.) Man hat immer gute Gründe, um Böses zu tun.

Salus … – (lat.) Das Wohl des Volkes sei das höchste Gesetz!

Nostra privilegia … – (lat.) Unsere Privilegien und Vorrechte sollen geschützt und gefestigt werden, das andere mag gänzlich zugrunde gehen, zusammenstürzen, umkommen. Uns liegt nichts daran, wenn wir nur wohlbehalten sind.

eine Diatribe über die Nase – Seume veröffentlichte den Aufsatz „Akroase [Rede] über die Nase" in der „Zeitung für die elegante Welt", 1803, Nr. 40, in dem er vorgab, den Charakter der Menschen an ihrer Nase erkennen zu können.

320 *Rhinoskop* – Nasenspiegel.

Kavalier … Hornwerk – Ausdrücke aus der Soldatensprache: Vorderschanzen einer Festung.

321 *Lazzaroni* – Angehörige der ärmsten Volksschicht Neapels.

titulo oneroso – (lat.) durch einen gewichtigen Titel.

Eutrapelie – Gewandtheit im Reden und im geselligen Verkehr.

322 *Sic volo …* – (lat.) So will ich, so befehle ich, die Macht herrsche gemäß der Vernunft.

Je le veux … – (franz.) Ich will es, und es wird geschehen.

deräsonieren – (franz.) klugreden, nörgeln.

Si ferro possem … – (lat.) Wenn ich mit Waffen kämpfen könnte, würde ich es tun, und die Tyrannen würden stürzen, ja immer werde ich diesem Verbrechen feindlich sein. Dann wäre goldener Frieden, Gerechtigkeit und Rechtschaffenheit würden stark sein, das segenspendende heilige Gesetz wäre für alle gleich. Aber da ich nicht mit Waffen kämpfen kann, so kann ich doch, solange ich lebe, mit Worten streiten: der geschriebene Buchstabe bleibt bestehen.

323 *Lord Bristol* – Ehemaliger Bischof von Derry, der als reicher Lebemann in Italien lebte.

Nulla fides … – (lat.) Weder Treue noch Redlichkeit gibt es unter Kriegern – unter den Waffen schweigen die Gesetze.

Ovids Corinna – Erdichteter Name einer Geliebten des Ovid.

Quales ego … – (lat.) Was für Schultern und Arme zu sehn, zu befühlen gelang mir (Ovid, Amores I 5, 19).

forma papillarum – (lat.) Busenform.

Cetera quis nescit – (lat.) Wer kennt nicht das übrige?

324 *πολιτικὰ …* – (griech.) politische Vorschriften.

Themistokles – Athenischer Staatsmann und Feldherr (um 527–459 v. u. Z.), unter seiner Führung besiegten die Athener 480 v. u. Z. die Perser bei Salamis.

Τὸν … – (griech.) Den Herrn nennt ihr uns gut? Keiner ist ein guter Herr, kein Guter ist Herr.

325 *Autoschediast* – Ein nach augenblicklicher Eingebung handelnder Mensch.

Rapinatssystem – Raub, Plünderungssystem.

Difficile est – Vgl. die Anm. zu S. 298.

Juvenal – Decimus Iunius Iuvenal (um 60–um 140), römischer Satiriker, der die Laster der römischen Gesellschaft geißelte.

327 *Heidenreich* – Karl Heinrich Heidenreich (1764–1801), Professor der Philosophie, der zu Seumes Leipziger Freundeskreis gehörte.

328 *Sachsens Akquisition in Polen* – Napoleon übergab dem König von Sachsen die Regierung des Herzogtums Warschau.

329 *... Bonaparte in den Orion hineinflickten* – Der Senat der Universität Leipzig beschloß nach dem Frieden von Tilsit, die Gürtelsterne des Orion zu Ehren Napoleons „Sterne Napoleons" zu nennen.

... die englische Expedition ... – 1807 beschossen die Engländer Kopenhagen, um Dänemark, das bis dahin neutral geblieben war, zur Auslieferung seiner Flotte zu zwingen und die Absperrung der Ostsee zu verhindern.

330 *Potosi* – Stadt in Bolivien.

331 *sine clausula* – (lat.) ohne Schlußformel.

Harburg – Der links der Süderelbe gelegene Teil Hamburgs.

et sic porro – (lat.) und so weiter.

332 *die Goldene Bulle* – Das von König Karl IV. 1356 erlassene Gesetz, das die Macht der sieben deutschen Kurfürsten vergrößerte und die königliche Zentralgewalt schwächte.

die Wahlkapitulation – Bedingungen, die den deutschen Königen seit 1519 vor ihrer Wahl auferlegt wurden und die die Zentralgewalt schwächen sollten.

eine verbesserte Lykurgische Legislative – Lykurg, sagenhafter Gesetzgeber Spartas um 820 v. u. Z.

333 *Jaik* – Der heutige Fluß Ural.

Ephemeridending – Ephemeriden sind in der Zoologie Eintagsfliegen.

Vorwort

ZU EINEM BÄNDCHEN BEMERKUNGEN UND KONJEKTUREN ZU SCHWEREREN STELLEN DES PLUTARCH

Nachdem die „Apokryphen" nicht gedruckt worden waren, suchte Seume neue Wege, um seine Meinung zu den Ereignissen seiner Zeit bekanntzumachen. Unter dem Deckmantel einer gelehrten, lateinischen, sprachwissenschaftlichen Arbeit hoffte er, die gefährliche Fracht durch die Zensur zu schmuggeln. Er schrieb 300 Anmerkungen zu schwierigen Stellen der Werke des Plutarch und setzte ihnen die Vorrede vor, in der er, unabhängig von dem Thema seiner Abhandlung, in bisher unerhörter Weise die Wurzeln des deutschen Elends aufdeckte. Doch die List mißlang; die

Zensur verweigerte die Druckgenehmigung. Nach Seumes Tod gingen die Anmerkungen verloren, die lateinische Vorrede veröffentlichte Hartknoch im Jahre 1819, und erst die Hempel-Ausgabe von 1870 brachte sie in deutscher Sprache.

335 *Konjekturen* – Vermutungen.
Plutarch – Griechischer Historiker und Biograph (um 46 bis um 120), der in seinen Lebensbeschreibungen berühmter Griechen und Römer die Biographien vieler bedeutender Persönlichkeiten der Antike überlieferte.
342 *jener ausgezeichnete Bürger* – Vermutlich der polnische Freiheitsheld Kościuszko.
343 *Aristoteles* – (griech.) der auf das Beste Zielende.
Äschistoteles – (griech.) der auf Schande Zielende.
344 *... sogar an den Himmel* – Vgl. die erste Anm. zu S. 329.
347 Ἄϱιστοι – (griech.) die Besten, die Aristokraten.
Optimates – (lat.) die Besten, die Aristokraten.

INHALTSVERZEICHNIS

BIBLIOTHEK DEUTSCHER KLASSIKER

Die „Bibliothek deutscher Klassiker" ist eine Volksbibliothek der in unserer Zeit lebendigen und weiterwirkenden Literatur deutscher Sprache vom Zeitalter des Bauernkrieges bis zum Ende des neunzehnten Jahrhunderts. Sie bietet einem weiten Leserkreis die bedeutenden Werke unseres literarischen Erbes in Auswahlausgaben auf wissenschaftlicher Grundlage.

Die Werke der großen Dichter und Schriftsteller sollen Liebe und Verständnis für die schöne Literatur wecken und ein fortschrittliches, humanistisches Welt- und Geschichtsbild vermitteln.

Die „Bibliothek deutscher Klassiker" wird von den Nationalen Forschungs- und Gedenkstätten der klassischen deutschen Literatur in Weimar herausgegeben.

Die Ausgaben erscheinen seit 1955 in zwangloser Folge.

Die „Bibliothek deutscher Klassiker" umfaßt folgende Ausgaben (in Klammern die Anzahl der Bände):

Volksbücher (3) · Schwänke (1) · Hans Sachs (2)
Hutten/Müntzer/Luther (2)
Gryphius (1) · Grimmelshausen (4) · Chr. Reuter (1)
Günther (1) · Klopstock (1) · Winckelmann (1) · Lessing (5)
Wieland (4) · Herder (5) · Lenz (1) · Klinger (2) · Bürger (1)
Schubart (1) · Voß (1) · Lichtenberg (1) · Moritz (2)
Bräker (1) · Goethe (12) · Schiller (5) · Jean Paul (2)
Forster (2) · Hölderlin (2)
Seume (2) · Kleist (2) · Hebel (1) · Novalis (1) · Friedrich Schlegel (2)
Arnim (1) · Brentano · E. T. A. Hoffmann (3) · Chamisso (1)
Hauff (2) · Tieck (2) · Eichendorff (1) · Grillparzer (3) · Raimund (1)
Börne (2) · Grabbe (2) · Büchner (1) · Droste-Hülshoff (1) · Lenau (1)
Gotthelf (2) · Mörike (1) · Heine (5) · Weerth (2) · Nestroy (2)
Freiligrath (1) · Herwegh (1) · Hebbel (3) · Stifter (4)
Fritz Reuter (3) · Keller (5) · Storm (2) · Anzengruber (2)
Ebner-Eschenbach (1) · C. F. Meyer (2) · Raabe (5)
Fontane (5)
Briefe: Lessing (1) · Herder (1) · Goethe (3) · Schiller (2)
Heine (1) · Keller (1) · Fontane (2)